LA PETITE FILLE SOUS LA NEIGE

Javier Castillo a grandi à Málaga et a fait des études de commerce et de management. Il a travaillé comme consultant financier en entreprise mais a abandonné les chiffres après le succès de son premier roman, *El día que se perdió la cordura*, devenu un phénomène d'édition. *La Petite Fille sous la neige* est son quatrième roman, le premier traduit en français.

JAVIER CASTILLO

La Petite Fille sous la neige

ROMAN TRADUIT DE L'ESPAGNOL
PAR ROMAIN PUÉRTOLAS

ALBIN MICHEL

Titre original :

LA CHICA DE NIEVE

© Éditions Albin Michel, 2023, pour la traduction française.
© Javier Castillo Pajares, 2020.
© Penguin Random House Grupo Editorial, S.A.U.
ISBN : 978-2-253-24947-4 – 1ʳᵉ publication LGF

*À toi, mamie,
même si tu ne pourras jamais lire ces mots,
je suis sûr que tu peux les sentir.*

*À toi, maman,
pour être le modèle
de tout ce que je suis.*

Peut-être y a-t-il quelqu'un,
là, dehors,
qui ne veut pas savoir que,
même sur la plus belle rose,
des épines poussent sans crainte.

1

New York

26 novembre 1998

*Le pire se produit toujours
avant que l'on puisse l'anticiper.*

Ignorant quelques secondes la majestueuse parade de Thanksgiving, Grace leva les yeux pour regarder sa fille, radieuse, montée sur les épaules de son père. Elle observa le jeu espiègle de ses petites jambes et vit comment les mains de son mari serraient les cuisses de la fillette avec une fermeté qu'elle jugerait, plus tard, insuffisante. Le père Noël des magasins Macy's approchait, souriant, assis sur un gigantesque trône et, de temps en temps, Kiera le montrait du doigt, exultant de bonheur au passage du cortège de lutins, d'elfes, de bonshommes en pain d'épices géants et de peluches qui défilaient devant le char. Il pleuvait. Un doux et fin rideau de pluie détrempait les imperméables et les parapluies comme autant de larmes.

— Là ! hurla la fillette. Là !

Aaron et Grace suivirent du regard le doigt de Kiera qui désignait un ballon blanc. Celui-ci devenait de plus en plus petit à mesure qu'il grimpait dans le ciel vers les nuages et survolait les gratte-ciel de New York. La fillette baissa ensuite les yeux vers sa mère, joyeuse et Grace sut à ce moment-là qu'elle ne pourrait pas lui dire non.

Elle jeta un coup d'œil vers le coin de la rue où elle avait vu une femme déguisée en Mary Poppins, un parapluie à bout de bras sous une montagne de ballons blancs, en offrir aux passants.

— Tu veux un ballon ? demanda Grace, tout en connaissant déjà la réponse.

Kiera ne répondit pas tant elle était émue. Elle ouvrit seulement la bouche dans une mimique de joie et acquiesça, ce qui eut pour effet de révéler ses jolies fossettes.

— Le père Noël arrive ! On va le louper ! protesta Aaron.

Kiera afficha de nouveau ses fossettes et dévoila l'espace entre ses dents de devant. Un gâteau à la carotte les attendait à la maison pour fêter l'anniversaire de la fillette le lendemain. Aaron y pensa alors et peut-être est-ce pour cette raison qu'il accepta.

— D'accord, dit-il, où peut-on acheter ces ballons ?

— C'est Mary Poppins qui les distribue au coin de la rue, répondit Grace, nerveuse.

La foule se pressait à présent autour de la petite famille et la quiétude qu'ils avaient jusque-là éprouvée fondait comme le beurre de la farce de la dinde dont ils allaient bientôt déjeuner.

— Kiera, tu restes avec maman pour nous garder la place.

— Non, je veux voir Mary Poppins !

Aaron soupira et Grace sourit, consciente qu'il allait céder encore une fois.

— J'espère que le petit Michael sera moins têtu, ajouta Aaron en caressant le ventre naissant de sa femme.

Grace était enceinte de cinq mois. Au début, il avait pensé que c'était une folie, Kiera était encore si petite, mais aujourd'hui il en était heureux.

— Kiera est comme son père, plaisanta Grace. Tu ne peux pas dire le contraire.

— D'accord, ma chérie. Allons chercher ce ballon !

Aaron remit Kiera sur ses épaules et ils se faufilèrent dans une foule de plus en plus nombreuse jusqu'au coin de la rue. Alors qu'ils ne se trouvaient encore qu'à quelques mètres de Grace, Aaron s'arrêta, se retourna vers elle et lui cria :

— Ça ira pour toi ?

— Oui ! Dépêchez-vous, il arrive !

Perchée sur les épaules de son père, Kiera fit un grand sourire à sa mère et son visage irradia de bonheur. Ce fut la seule consolation de Grace lorsqu'elle essaya par la suite de se convaincre que le vide n'était pas si sombre, la douleur si intense, la peine si étouffante. La dernière image qu'elle conserverait de Kiera serait sa petite fille qui lui souriait.

Lorsqu'ils arrivèrent à la hauteur de Mary Poppins, Aaron posa Kiera au sol. Un geste qu'il ne se pardonnerait jamais. Il crut qu'ainsi elle pourrait voir la dame aux ballons de plus près, ou peut-être, qui sait, qu'il pourrait s'accroupir à côté d'elle pour l'inciter à demander elle-même un ballon. Parfois, même les choses qu'on a eu le plus grand plaisir à faire peuvent avoir les pires conséquences.

La musique se mêlait aux cris du public en liesse, des centaines de bras et de jambes s'agitaient avec difficulté autour d'eux et Kiera serra la main de son père, un peu effrayée. Puis elle tendit l'autre vers Mary Poppins. Celle-ci prononça alors ces mots qui allaient rester à jamais gravés dans la mémoire de ce père sur le point de tout perdre :

— Cette jolie petite fille veut-elle une sucrerie ?

Kiera éclata de rire. Un son dont Aaron se souviendrait plus tard, un léger feulement à mi-chemin entre le simple rire et l'éclat de rire. Voilà le genre de souvenirs qui se figent dans notre esprit et auxquels on essaie désespérément de se raccrocher.

Ce fut la dernière fois qu'il l'entendit rire.

Au moment où Kiera attrapa la ficelle du ballon que Mary Poppins lui tendait du bout des doigts, il y eut une explosion de confettis rouges, puis les cris euphoriques des enfants et, d'un coup, parents et touristes s'entrechoquèrent dans une bousculade générale qui arriva de toutes parts et d'aucune en même temps.

C'est alors que se produisit l'inévitable. Tant de choses auraient pu être différentes si Aaron avait agi différemment durant ces deux minutes où tout bascula. Il aurait pu attraper le ballon, il aurait également pu insister pour que Kiera reste avec Grace, il aurait encore pu s'approcher de Mary Poppins par la droite et non par la gauche, comme il l'avait fait. Il ressasserait plus tard, impuissant, toutes ces possibilités.

Quelqu'un le poussa. Il fit un pas en arrière et trébucha sur le garde-fou qui entourait un arbre de la 36e Rue au niveau de Broadway. À cet instant précis, ce fut la dernière fois qu'il sentit les doigts de Kiera : la chaleur de sa peau, sa douceur, comment elle serrait l'index, le majeur et l'annulaire de son père de sa petite main. Père et fille se lâchèrent sans savoir que ce serait pour toujours. Cela aurait pu n'être qu'une simple bousculade si, dans sa chute, Aaron n'avait entraîné d'autres personnes avec lui, et ce qui n'aurait dû lui prendre qu'une seule seconde, pour se relever, se changea en une longue minute de douleurs. On lui marcha dessus, les gens essayant tant bien que mal d'éviter les roues du cortège et de remonter sur le trottoir. Involontairement, on lui écrasa une main, un tibia. À terre, Aaron cria :

— Kiera, reste où tu es !

Il crut entendre en retour :

— Papa !

Lorsqu'il parvint enfin à se remettre debout, il s'aperçut que Kiera ne se trouvait plus aux côtés de Mary Poppins. Les autres personnes tombées avec lui étaient en train de se relever elles aussi. Aaron cria de nouveau :

— Kiera, Kiera !

Les gens pressés autour de lui le regardèrent, étonnés, étrangers au drame qui était en train de se dérouler sous leurs yeux. Aaron courut jusqu'à Mary Poppins.

— Vous avez vu ma fille ?

— La petite fille avec la doudoune blanche ?
— Oui, où est-elle ?
— Je lui ai donné un ballon et je me suis écartée quand les gens ont commencé à pousser. Je l'ai perdue de vue dans la cohue. Elle n'est pas avec vous ?
— Kiera ! hurla Aaron, interrompant la femme et lançant des regards affolés dans toutes les directions.

Il la cherchait parmi des centaines de jambes.

— Kiera !

Ce qui devait arriver arriva. Ce qui arrive dans les pires moments. Pourtant, quelqu'un qui aurait vu la scène depuis le ciel aurait compris la situation en un instant. Un ballon blanc s'échappa des mains de quelqu'un et Aaron l'aperçut. Ce fut la pire chose qui pût se produire.

Il traversa tant bien que mal la foule qui lui bloquait le passage et courut jusqu'à l'endroit où il avait vu s'élever le ballon en hurlant :

— Kiera ! Ma fille !

Derrière lui, Mary Poppins commença elle aussi à crier :

— Une petite fille s'est perdue !

Lorsque Aaron atteignit l'endroit d'où s'était envolé le ballon, juste en face d'une banque, un homme et sa fille avec deux couettes frisées riaient de bon cœur en disant adieu à leur ballon.

— Vous n'avez pas vu une petite fille avec une doudoune blanche ? demanda Aaron.

L'homme le regarda, perplexe, et secoua la tête.

Aaron reprit sa recherche. Désespéré, il courut

jusqu'au coin de la rue en donnant de grands coups de coude à tous ceux qui se trouvaient sur son chemin. Les gens s'amoncelaient autour de lui comme une masse informe, des milliers de jambes, de bras, de têtes qui l'empêchaient de voir, et il se sentit si perdu et désemparé que son cœur fut sur le point de disparaître dans sa poitrine lui aussi. Les trompettes du cortège du père Noël résonnaient, stridentes, dans ses oreilles, ses cris se perdaient dans l'air et la musique. Le gros bonhomme rouge riait sur son char, et la foule se pressait autour de lui.

— Kiera !

Aaron s'approcha comme il put de sa femme qui regardait, amusée, des bonshommes en pain d'épices géants danser de façon bouffonne.

— Grace, je ne trouve plus Kiera, dit-il.
— Quoi ?
— Kiera a disparu ! Je l'ai descendue de mes épaules et je l'ai… perdue. (Sa voix tremblait.) Je ne la retrouve plus.
— Qu'est-ce que tu racontes ?
— Je ne la retrouve plus, je te dis !

Il fallut quelques secondes pour que le visage de Grace passe de la joie à la confusion puis à la panique. Elle cria :

— Kiera !

Ils l'appelèrent ensemble et les gens autour d'eux abandonnèrent ce qu'ils étaient en train de faire pour les aider à chercher la fillette. La parade poursuivit son chemin, le père Noël continua à sourire et à saluer les enfants restés sur les épaules de leurs pères, puis elle stoppa à Herald Square et annonça, officiellement, le début des fêtes de Noël.

En revanche, pour Aaron et Grace, qui s'étaient cassé la voix et brisé le cœur à chercher leur petite fille, ce n'est qu'une heure plus tard que tout changerait à jamais.

2

Miren Triggs

1998

> *Le malheur cherche toujours ceux*
> *qui peuvent le supporter. La vengeance, elle,*
> *cherche ceux qui en sont incapables.*

La première fois que j'entendis parler de la disparition de Kiera Templeton, ce fut pendant mes années d'université, à Columbia. Aux portes de la faculté de journalisme, j'avais pris l'un des nombreux exemplaires du *Manhattan Press* qu'on offrait aux étudiants pour les faire rêver et apprendre des meilleurs. Je m'étais levée tôt, après un cauchemar récurrent dans lequel, au beau milieu d'une rue déserte de New York, je courais pour échapper à mon ombre, et j'en avais profité pour me doucher et me préparer avant le lever du jour. J'étais en avance et les couloirs de l'université étaient vides. C'était ce que j'aimais. Je détestais marcher au milieu d'inconnus, je détestais me rendre en classe sous les regards et les murmures.

J'étais passée de Miren à « celle qui » et quelquefois aussi à « Chut, elle va nous entendre ».

Parfois, je sentais qu'ils avaient raison et que je n'avais plus de nom, comme si je n'étais plus que le fantôme de cette nuit-là. Lorsque je me regardais dans la glace, je me demandais toujours : Miren, es-tu là ?

Ce jour-là fut particulièrement étrange. Une semaine était passée depuis Thanksgiving et depuis que le visage d'une fillette, Kiera Templeton, avait fait la une de l'un des journaux les plus lus du globe.

La une du *Manhattan Press* du 1er décembre 1998 disait simplement « AVEZ-VOUS VU KIERA TEMPLETON ? », avec la mention : « Voir page 12 » et une photo où on voyait Kiera de face, saisie quasiment à l'improviste, les yeux verts perdus quelque part derrière l'appareil. Ce fut là l'image qui resta gravée à tout jamais dans la mémoire de tout un pays. Son visage me rappela moi quand j'étais petite, et son regard... le mien, maintenant. Si vulnérable, si fragile, si... abîmé.

La 71e parade des magasins Macy's, en 1998, était passée à la postérité pour deux raisons. D'abord, elle était considérée comme le défilé le plus impressionnant de tous les temps, avec quatorze groupes de musique, la performance de NSYNC, des Backstreet Boys, de Martina McBride, des flashmobs réalisées par des centaines de majorettes, ainsi que la troupe entière de *1, Rue Sesame* et un cortège interminable de clowns pompiers. L'année précédente, le vent avait causé de graves problèmes. Des ballons avaient blessé quelques personnes et il y avait eu un incident avec la baudruche de Barney : ce gigantesque dinosaure rose avait dû être poignardé par plusieurs spectateurs pour qu'on en reprenne le contrôle et qu'on le fasse atterrir. Le chaos avait été tel que l'organisation avait dû faire de gros efforts pour redorer la désastreuse réputation qu'avait acquise l'événement. Aucun parent n'oserait plus emmener ses enfants à une parade où ils risqueraient d'être frappés par Barney ou Babe, un cochon aussi haut que cinq étages. Toutes les têtes pensantes de l'organisation avaient alors estimé chaque risque, un par un, afin de tous les éliminer. Pour le défilé de 1998, tout devait bien se passer. Les dimensions des ballons avaient été réduites et on avait fait disparaître à tout jamais le majestueux Woody Woodpecker. On avait donné aux assistants chargés de remorquer le défilé flottant des cours intensifs de manipulation des gonflables. Le déploiement avait été si fascinant qu'aujourd'hui encore, presque vingt ans après, tout le pays se souvenait de l'immense cortège vêtu de bleu qui avait suivi le père Noël jusqu'à la fin, à Herald Square. Tout avait été parfait. Et la parade aurait été un énorme succès si ce jour-là, une petite fille d'à peine trois ans, Kiera Templeton, n'avait pas disparu dans la foule comme si elle n'avait jamais existé.

Mon professeur de journalisme d'investigation, Jim Schmoer, arriva en retard en classe. Il était alors rédacteur en chef du *Wall Street Daily*, un journal financier, mais pas que, et, apparemment, il venait d'acheter le *Manhattan Press*. Debout en face de nous, avec un geste que je pris pour de la colère, il brandit le quotidien en l'air et demanda :

— Pourquoi croyez-vous qu'ils font cela ?

Pourquoi croyez-vous qu'ils mettent la photo de Kiera Templeton à la une, avec un titre aussi succinct ?

Sarah Marks, une étudiante sérieuse et appliquée assise deux rangs devant moi, répondit :

— Pour que nous puissions tous la reconnaître si jamais nous la voyons. Cela pourrait aider à la retrouver. Si quelqu'un la voit et l'identifie, il pourra prévenir les autorités.

M. Schmoer secoua la tête et me désigna du doigt.

— Que pense mademoiselle Triggs ?

— C'est triste, mais ils font ça pour vendre plus de journaux, répondis-je sans hésiter.

— Continuez.

— D'après ce que j'ai lu dans la presse, elle a disparu il y a une semaine au coin de Herald Square. L'alarme a été donnée tout de suite et, peu après la parade, toute la ville était déjà en train de la chercher. Dans l'article, ils disent que sa photo est parue dans les journaux le soir même du défilé et que, le lendemain matin, ils ont même ouvert le JT de CBS avec. Deux jours après, il y avait son portrait sur tous les réverbères du centre de Manhattan. Une semaine plus tard, ce n'est pas pour aider qu'ils font ça mais pour en profiter, eux aussi, parce que l'affaire fait beaucoup de bruit.

Le professeur mit un moment avant de réagir.

— Mais aviez-vous déjà vu cette petite fille ? Avez-vous vu les infos ce soir-là ou le lendemain matin ?

— Non, monsieur, je n'ai pas la télé et je vis au nord, à Harlem. Les photos des enfants de riches collées sur les réverbères n'arrivent pas jusque-là.

— Donc ? Ils n'ont pas atteint leur objectif ? Ils ne

vous ont pas aidée à la reconnaître? Vous ne croyez pas qu'ils aient fait cela pour augmenter les chances de la retrouver?

— Non, monsieur. Enfin, un peu, oui, mais non.

— Continuez, ordonna le professeur, sachant pertinemment que j'étais arrivée à la conclusion qu'il voulait que je donne.

— Ils disent que le visage de Kiera est déjà apparu au JT de CBS pour ne pas être accusés d'être les premiers à tirer parti de la recherche de la petite, même si c'est ce qui se passe.

— Mais maintenant vous connaissez le visage de Kiera Templeton, maintenant vous pouvez, vous aussi, contribuer à la recherche, non?

— Oui, mais ce n'était pas le but. Le but réel, c'est de vendre des journaux. Avec le premier JT de CBS, peut-être qu'ils voulaient aider, mais maintenant, on dirait qu'ils ne veulent que faire durer. Ils essaient de tirer le maximum de profit d'une histoire qui semble avoir éveillé la curiosité du public.

M. Schmoer se tourna vers le reste de la classe et commença à applaudir.

— C'est exactement ça, mademoiselle Triggs, dit-il et c'est comme cela que je souhaite que vous pensiez. Que se cache-t-il derrière une histoire qui fait la une? Pourquoi une disparition est-elle plus importante qu'une autre? Pourquoi tout le pays est-il maintenant en train de chercher Kiera Templeton? (Il fit une pause avant d'assener:) Tout le monde cherche Kiera Templeton parce que c'est rentable!

C'était une vision simpliste de l'affaire, je l'avoue,

mais ce fut précisément ce sentiment de tristesse et d'injustice qui me poussa à m'intéresser au cas de Kiera moi aussi.

— Ce qui est dommage dans tout cela, et vous le découvrirez bien vite, c'est que les médias soutiennent toujours une cause par intérêt. Lorsque vous vous demandez si une nouvelle doit être racontée parce qu'elle est injuste ou triste, en réalité, l'unique question que vous posera l'éditeur du journal dans lequel vous travaillerez sera : cela nous permettra-t-il de vendre davantage ? Ce monde ne fonctionne que par intérêt.

« Les familles demandent de l'aide aux médias pour le même motif. Au final, à un cas très médiatisé, on affecte bien plus de ressources policières qu'à un cas anonyme. C'est un fait. L'homme politique de service ne souhaite qu'une chose, se faire bien voir de l'opinion publique, récolter plus de voix, il n'y a que cela d'important à ses yeux, voilà tout. Tout le monde est intéressé. Les uns pour gagner plus d'argent, les autres pour avoir plus de chances d'être élus.

Je demeurai silencieuse, bouillant de colère. Comme toute la classe, en fait. C'était navrant. Désespérant. Après cela, comme si la nouvelle de Kiera appartenait déjà au passé, le professeur entreprit de commenter un article qui impliquait le maire de la ville dans un détournement de fonds concernant le parking en chantier sur la rive de l'Hudson, et termina son cours sur cette nouvelle drogue qui était apparue en banlieue et commençait à faire des ravages chez les plus pauvres. Le cours était un condensé de réalité, de claques en pleine figure. Nous entrions en classe emplis d'espoir et en ressortions abattus en nous posant des questions sur tout. Maintenant que j'y pense, c'était le but.

Avant de prendre congé jusqu'à la semaine suivante, M. Schmoer avait pour habitude de nous donner un sujet à approfondir durant les prochains jours. Le dernier était un homme politique accusé d'avoir harcelé sa secrétaire. Pour cette semaine, en revanche, il se retourna et écrivit au tableau : « Sujet libre. »

— Qu'est-ce que ça veut dire ? demanda un étudiant du dernier rang.

— Que vous pouvez enquêter sur ce qui vous intéresse le plus dans le journal d'aujourd'hui.

Ce genre de devoir avait pour dessein de nous émanciper et de nous faire découvrir dans quel genre de journalisme nous souhaitions nous investir : politique et corruption, questions sociales, préoccupations écologiques, escroqueries financières... Une des principales nouvelles du jour concernait d'éventuels déversements toxiques dans l'Hudson, où étaient apparus des centaines de poissons morts. Cette affaire-là était un A garanti et toute la classe, moi comprise, s'en était rendu compte tout de suite. Il suffisait de prélever un échantillon d'eau et de le faire analyser dans un laboratoire de l'université pour déterminer l'élément chimique responsable de l'empoisonnement des poissons. Ensuite, il ne resterait qu'à découvrir quelle industrie chimique se trouvait en amont de la zone infectée de l'Hudson et produisait des résidus ou des produits contenant cette molécule. Et voilà ! Un jeu d'enfant.

En sortant de cours, Christine Marks, mon ancienne voisine de table jusqu'à l'année passée et le pôle d'attraction de tous les garçons de ma classe, vint vers moi, le visage sérieux. Auparavant, nous étions amies, désormais, sa présence me donnait la nausée.

— Miren, tu viendrais prélever un échantillon d'eau avec nous ? C'est fastoche. Les autres proposent d'aller cet après-midi à l'embarcadère 12, de remplir une éprouvette avec de l'eau et de boire quelques bières. Je crois même qu'il y aura des beaux mecs.

— Pas cette fois.

— Une prochaine fois alors ?

— Je n'ai pas envie, c'est tout.

Christine fronça les sourcils, puis adopta à nouveau un air chagriné.

— Miren…, s'il te plaît, il me semble que ça fait longtemps que…, enfin, que tout cela est arrivé.

Je savais pertinemment de quoi elle parlait. Je savais également qu'elle n'arriverait pas à terminer sa phrase. Depuis l'année précédente, nos relations s'étaient refroidies, enfin, disons que c'est moi qui avais pris du recul avec tout le monde. Je préférais être seule et me concentrer sur mes études.

— Ça n'a rien à voir avec ce qui est arrivé. Et, je t'en prie, arrête de me parler comme si je te faisais de la peine. Je suis fatiguée que vous me regardiez tous de cette manière. Ça suffit.

— Miren… dit-elle sur ce ton que je détestais (je suis convaincue qu'elle prenait aussi cette voix lorsqu'elle parlait à des enfants), je ne voulais pas…

— Je m'en fous, ok ? En plus, je ne vais pas

enquêter sur ce sujet. Ça ne m'intéresse pas. Pour une fois qu'on a le choix, je ne vais pas faire comme tout le monde.

— Et donc ?

— Je vais enquêter sur la disparition de Kiera Templeton.

— La petite fille ? Tu es sûre ? Dans ce genre d'affaire, c'est en général difficile de trouver quelque chose. Et la semaine prochaine, tu n'auras rien à montrer au prof.

— Et alors ? Comme ça, au moins, il y aura quelqu'un qui enquêtera sur cette pauvre gosse sans que ce soit pour de l'argent. Cette famille mérite que quelqu'un agisse pour leur fille de manière désintéressée.

— Tout le monde se fout de cette gamine, Miren. Même toi, tu l'as dit. Ce travail, c'est pour faire monter notre note, pas pour la baisser. Ne passe pas à côté de la chance qui t'est offerte.

— C'est mieux pour toi, non ?

— Miren, ne sois pas bête.

— Je l'ai peut-être toujours été, affirmai-je avec l'intention de clore la conversation.

Les choses auraient pu en rester là. Cela aurait pu être l'enquête ratée d'une étudiante en journalisme sans importance. Une mauvaise note à un partiel sans grande conséquence pour mon évaluation finale en JI, c'est ainsi que nous nommions cette matière, mais le destin voulut que je découvre un élément essentiel qui devait changer à tout jamais le cours de la recherche de la petite Kiera Templeton.

3

New York

26 novembre 1998

Même au plus profond des puits les plus obscurs,
il est toujours possible de creuser plus.

Quelques instants après la disparition de Kiera, Grace appela les secours avec le téléphone d'Aaron et expliqua, la voix brisée, qu'elle ne retrouvait plus sa fille. La police ne tarda pas à arriver. Des témoins dirent aux agents qu'ils avaient entendu Grace et Aaron crier de manière désespérée.

— Vous êtes les parents ? demanda le premier d'entre eux, qui avait traversé la foule pour arriver à l'intersection de Herald Square et de Broadway.

Plusieurs dizaines de passants avaient formé un cercle autour de Grace, Aaron et la police afin d'observer avec curiosité comment s'effondraient deux personnes qui viennent de perdre l'être le plus important de leur vie.

— S'il vous plaît, aidez-moi à la retrouver. Je vous

en prie, supplia Grace, en larmes. Quelqu'un a dû l'emmener avec lui. Jamais elle ne serait partie avec un inconnu.

— Calmez-vous, madame. Nous allons la retrouver.

— Elle est si petite. Et seule. Vous devez nous aider, s'il vous plaît. Et si…? Oh, mon Dieu… Et si quelqu'un l'avait enlevée?

— Calmez-vous. Elle doit sûrement être dans un coin, effrayée. Il y a beaucoup de monde en ce moment. Nous allons donner l'alerte auprès de tous nos agents. Nous la retrouverons, je vous le promets. C'est arrivé il y a combien de temps? Quand l'avez-vous vue pour la dernière fois?

Grace regarda autour d'elle, scruta les visages inquiets de la foule et cessa d'écouter. Aaron répondit, désireux de ne pas perdre de temps :

— Ça fait bien dix minutes. C'est arrivé là. Je la tenais sur mes épaules, nous allions acheter un ballon… Je l'ai posée à terre et… je l'ai perdue de vue.

— Quel âge a-t-elle? Pouvez-vous nous la décrire? Comment est-elle habillée?

— Elle a trois ans. Enfin, elle les aura demain. Elle est… brune. Elle a des couettes. Elle porte un jean… et… un pull… blanc.

— Il est rose pâle, Aaron. Pour l'amour de Dieu! l'interrompit Grace.

— Tu es sûre?

Grace soupira. Elle se sentait sur le point de défaillir.

— C'est un pull clair, abrégea Aaron.

— Si c'est arrivé il y a dix minutes, elle ne doit pas être bien loin. Il est presque impossible de faire deux pas dans toute cette foule.

L'un des policiers saisit sa radio et donna l'alerte :

— Attention à toutes les unités : nous avons un 10-65. Je répète, nous avons un 10-65. Une petite fille de trois ans, brune, portant un jean et un pull de couleur claire. Dans la zone de Herald Square, au croisement de la 36e avec Broadway. (Il se tut et se tourna vers Grace, dont les jambes commençaient à flageoler.) Comment s'appelle votre fille, madame ? Nous allons la retrouver, je vous le promets.

— Kiera. Kiera Templeton, répondit Aaron à la place de Grace.

Aaron sentait de plus en plus le poids de sa femme, comme si ses jambes ne pouvaient plus la porter et qu'il devait faire, à chaque seconde qui passait, un effort de plus pour la maintenir debout.

— Elle répond au nom de Kiera Templeton, reprit l'agent à la radio. Je répète, 10-65. Une enfant de trois ans, brune...

Grace fut bien incapable d'entendre de nouveau la description de sa petite fille. Son cœur battait à tout rompre, ses bras et ses jambes ne pouvaient plus supporter la tension qu'elle ressentait. Elle ferma les yeux et se laissa tomber dans les bras d'Aaron. Les gens autour d'eux lâchèrent une exclamation de surprise.

— Non, Grace... pas maintenant... murmura-t-il en la retenant comme il pouvait. S'il te plaît, pas maintenant... Ce n'est rien... chérie, ne t'en fais pas. Ça va passer...

Grace gisait sur le sol, le regard éteint, et les agents de police s'agenouillèrent à ses côtés afin de lui venir en aide. Une femme s'approcha et, bientôt, Aaron se retrouva entouré de gens qui ne souhaitaient qu'une seule chose, savoir ce qui s'était passé.

— C'est juste une crise d'angoisse ! S'il vous plaît... écartez-vous. Elle a besoin d'espace et d'air.

— Ça lui est déjà arrivé ? demanda un policier pendant qu'un autre appelait une ambulance par radio.

La rue était en effervescence, les gens se pressaient en tous sens. On avait coupé la circulation. Au loin, le père Noël continuait de sourire aux enfants depuis son char. Kiera devait se trouver quelque part au milieu de toute cette foule, blottie dans un coin, terrorisée, se demandant pourquoi ses parents n'étaient pas auprès d'elle.

— De temps en temps. Mais ça fait un mois qu'elle n'a pas eu de crise. Ça passera dans quelques minutes. Je vous en supplie, retrouvez Kiera. Aidez-nous à retrouver notre fille.

Le corps de Grace, qui semblait endormie par terre, commença à être secoué de spasmes.

— Ce n'est rien. Ce n'est rien, chérie, murmura Aaron à l'oreille de sa femme. Nous allons retrouver Kiera. Respire... je ne sais pas si tu peux m'entendre... Ne pense qu'à une seule chose, respirer, et ça va vite passer.

L'expression de Grace passa de la tranquillité à l'horreur. Elle s'évanouit et la seule préoccupation d'Aaron à ce moment-là fut qu'elle ne se cogne pas contre quelque chose.

Le cercle de curieux s'était resserré et les voix de ceux qui essayaient de donner des conseils se fondaient avec le bruit de la radio des policiers. Soudain, sur l'un des côtés, les gens s'écartèrent et une équipe de premiers secours apparut avec une civière et une trousse de soins. Deux policiers rejoignirent le groupe et entreprirent de repousser les passants.

Aaron recula pour les laisser travailler, une main sur la bouche, dépassé par les événements. Sa fille avait disparu et sa femme faisait une crise d'angoisse. Une larme roula sur sa joue. Ce n'était pas son genre de se laisser aller de la sorte. Il ne montrait jamais ses sentiments en public, mais il eut beau essayer de se maîtriser, une fine goutte d'eau salée perla de nouveau au coin de son œil.

— Comment s'appelle-t-elle? demanda une ambulancière.

— Grace, cria Aaron.

— C'est la première fois?

— Non, ça lui arrive… quelquefois. Elle suit un traitement mais…

Un nœud dans la gorge l'empêcha de poursuivre.

— Grace, écoutez-moi, dit la femme d'un ton rassurant, ça va passer. (Elle se tourna vers Aaron et demanda:) Est-elle allergique à un médicament en particulier?

— Non, répondit-il.

Aaron ne savait pas où donner de la tête. Il regardait d'un côté puis de l'autre, par terre, au loin, entre les pieds des gens, cherchant désespérément Kiera.

— Kiera! cria-t-il. Kiera!

Un des policiers lui demanda de le suivre et ils s'écartèrent un peu.

— Nous avons besoin de vous pour retrouver votre fille, monsieur. Les médecins vont s'occuper de votre femme. À quel hôpital voulez-vous qu'ils la transportent? Nous avons besoin de vous ici.

— À l'hôpital? Non, non! Ça sera passé dans cinq minutes. Ce n'est rien.

Un des assistants médicaux s'approcha et dit:

— Ce serait bien de l'emmener dans un endroit tranquille. L'ambulance est au carrefour et il vaudrait mieux qu'elle se remette de sa crise dedans. Nous allons vous attendre dans l'ambulance, qu'en dites-vous? Nous n'irons pas à l'hôpital, à moins qu'il y ait une complication. Ne vous inquiétez pas, c'est une banale crise d'angoisse. Ça devrait passer dans quelques minutes et à ce moment-là, il vaudra mieux qu'elle soit au calme.

Soudain, l'un des policiers qui venaient de s'approcher parut surpris en écoutant sa radio.

— Central, est-ce que vous pouvez répéter?

La voix qui résonnait dans l'appareil était inintelligible pour Aaron, qui se trouvait à quelques mètres de là, mais l'expression de l'agent l'avait interpellé.

— Que se passe-t-il? cria-t-il. Que se passe-t-il? C'est Kiera? Vous l'avez retrouvée?

Le policier écouta attentivement la radio et vit Aaron venir vers lui d'un pas décidé.

— Monsieur Templeton, calmez-vous, d'accord?

— Que se passe-t-il?

— Il semblerait qu'ils aient trouvé quelque chose.

4

27 novembre 2003
Cinq ans après la disparition de Kiera

*Seuls ceux qui ne cessent jamais de chercher
se trouvent eux-mêmes.*

À 9 heures le 27 novembre, au croisement de la 77ᵉ avec Central Park West, à New York, des centaines de bénévoles se pressaient contre les immenses figures gonflables sur le point de s'élever dans les airs. Tous les participants au spectacle des ballons qui parcourraient les rues de New York jusqu'au magasin Macy's à Herald Square étaient vêtus, pour l'occasion, à la manière du personnage qu'ils assistaient. Ceux chargés de faire voler le cochon Babe portaient des pulls roses, ceux qui dirigeaient le charismatique M. Monopoly étaient en costume noir, ceux qui accompagnaient le célèbre Soldat, en combinaison bleue. La matinée avait commencé à Herald Square avec une majestueuse flashmob de America Sings, affublée de pulls colorés, suivie de performances des meilleurs artistes du pays.

La ville était devenue une grande fête, les gens riaient dans les rues et les enfants marchaient, les yeux pleins d'étoiles, vers l'un des points de passage de la parade. Dans le ciel, le magnat Donald Trump survolait la ville en hélicoptère pour montrer à la NBC une vue aérienne du trajet qu'effectuerait le défilé dans les lignes droites de Manhattan.

La disparition de Kiera Templeton était depuis longtemps tombée dans l'oubli, mais demeurait dans l'inconscient collectif. Les pères et les mères marchaient dans les rues sans lâcher la main de leurs enfants, avec des précautions qu'ils n'auraient jamais prises auparavant. On évitait les points noirs du trajet, ces zones dans lesquelles on prévoyait de gros regroupements de spectateurs. Le carrefour de Times Square, la destination finale près des grands magasins Macy's ou le bas de Broadway n'étaient fréquentés que par les touristes, les adultes et les habitants des villes voisines. Les familles avaient choisi pour profiter de l'événement avec leurs enfants les abords du point de départ de la parade, sur la parallèle de Central Park West, une zone de moindres risques, avec de larges trottoirs et de grands espaces sans embouteillages ou sans possibilité de bousculades.

Il était maintenant 9 h 53 et, juste au moment où le ballon de Toccata, de *1, Rue Sesame*, décollait devant le regard attentif de centaines d'enfants et de parents, souriants et joyeux, un ivrogne jaillit au beau milieu de la rue en vociférant, en larmes.

— Surveillez vos enfants ! Surveillez vos enfants ou cette ville les avalera ! Elle les avalera comme elle

avale toutes les bonnes choses qui foulent ses rues !
N'aimez rien dans cette ville ! Parce que si elle l'apprend, elle vous l'enlèvera !

Quelques parents détournèrent les yeux du gigantesque oiseau jaune qui était maintenant à quelques mètres au-dessus du sol pour regarder l'ivrogne vêtu d'un costume couvert de taches. L'homme avait une grosse barbe noire et négligée, les cheveux ébouriffés. Il avait la lèvre fendue et il y avait du sang sur le col de sa chemise. Ses yeux exprimaient la douleur et le désespoir. Il marchait avec difficulté car il lui manquait une chaussure, il ne portait à un pied qu'une chaussette blanche noire de crasse.

Deux volontaires s'approchèrent de lui afin de le calmer :

— Hé, l'ami ! C'est pas un peu trop tôt pour être dans cet état ? lui dit l'un d'eux en essayant de l'entraîner sur le côté.

— C'est Thanksgiving, vous n'avez pas honte ? s'exclama le second. Allez-vous-en d'ici avant de vous faire arrêter. Il y a des enfants qui vous regardent. Tenez-vous bien.

— J'aurais honte de participer... à ça. D'alimenter cette... cette machine à dévorer les enfants ! cria-t-il.

— Hé, un moment... dit le premier, vous ne seriez pas... le père de cette petite...

— T'as pas intérêt à prononcer le nom de ma fille, misérable.

— Oui, c'est vous ! Vous ne devriez peut-être pas venir... ici, conseilla le second, essayant de se montrer compréhensif.

Aaron baissa la tête. Il avait passé toute la nuit à boire de bar en bar jusqu'à ce qu'il n'en trouve plus un d'ouvert. Ensuite, il avait été au Deli où il avait acheté une bouteille de gin que le vendeur pakistanais avait accepté de lui vendre par pitié. Il avait bu un tiers de la bouteille d'un trait avant de vomir. Puis il s'était assis pour pleurer. Tout cela s'était passé quelques heures avant le début de la parade de Macy's. C'était le cinquième anniversaire de la disparition de Kiera. La veille, il s'était réveillé en larmes, comme les années précédentes. Aaron ne buvait pas avant de perdre sa fille. Il avait un mode de vie sain et ne prenait un verre de vin blanc que lorsqu'ils avaient de la visite, dans leur ancienne maison de Dyker Heights, un quartier huppé de Brooklyn. Depuis ce qui était arrivé à Kiera, et le drame qui était survenu une semaine plus tard, il n'y avait pas un jour où il ne se levait pas avec un verre de whisky à la main. Le Aaron Templeton de 1998 ne ressemblait en rien à celui de 2003.

Un agent de police vit la scène et courut vers eux.

— Monsieur, vous devez partir, dit-il en agrippant le bras d'Aaron et en le guidant vers la sortie de l'autre côté de la barrière. Il n'y a que les bénévoles du cortège qui sont autorisés à être ici.

— Ne me touchez pas ! hurla Aaron.

— Monsieur… s'il vous plaît… ne me forcez pas à vous passer les menottes devant les enfants.

Aaron se rendit compte alors que tous les yeux étaient tournés vers lui. Peu importait l'ombre gigantesque que projetait l'oiseau jaune ou la figure de Spiderman qui était en train d'être gonflée un peu plus loin et sur le point de décoller. Il baissa la tête. Il était au bord de l'abîme. Le choc émotionnel de la parade était inévitable et la seule chose qu'il pouvait faire était de rentrer à son nouvel appartement, dans le New Jersey, pour dormir et pleurer, seul. Mais le policier le tira brusquement par le bras, ce qui était la dernière chose à faire. Aaron se retourna et écrasa son poing sur le visage de l'agent, qui tomba au sol devant le regard impressionné des centaines d'enfants et de parents, lesquels commencèrent à le huer avec colère.

— Quelle honte ! cria quelqu'un.
— Casse-toi, sale clown ! hurla un autre.

Une bouteille d'eau le frappa en plein visage et Aaron regarda dans toutes les directions, sonné, sans savoir d'où venait l'attaque.

Il n'eut pas le temps de se demander pourquoi. Deux agents venus en renfort le plaquèrent au sol. Il tomba visage contre terre et, cinq secondes plus tard, il avait déjà les bras dans le dos et des menottes lui comprimaient les poignets. Son cerveau n'avait pas encore traité la douleur de sa chute, cela arriverait deux minutes après, mais il avait senti, en revanche, les mains des agents qui l'avaient soulevé du sol sous les applaudissements de la foule étouffant les cris et les supplices d'un père désespéré.

Une fois dans le fourgon, il s'assoupit.

Lorsqu'il se réveilla, une heure plus tard, il était assis sur un banc du commissariat de la section ouest de la police de New York, menotté dans le dos aux côtés d'un homme âgé à l'air sympathique mais triste. Aaron avait mal au visage et il esquissa une grimace.

Ce fut une mauvaise idée. La douleur secoua tout son être.

— Mauvaise journée ? demanda son voisin.

— Mauvaise… vie, répondit Aaron, soudain pris d'une envie de vomir.

— En réalité, la vie est mauvaise si vous ne faites rien pour la changer.

Aaron se tourna vers lui et acquiesça. S'il n'avait pas été menotté, tout comme lui, jamais il n'aurait pensé que cet homme pouvait être un délinquant. Il imagina, un instant, qu'il était sûrement là pour une amende de parking.

Une femme aux cheveux châtains apparut alors et se dirigea vers l'homme âgé.

— Monsieur Rodriguez, n'est-ce pas ? demanda-t-elle en brandissant un dossier.

— C'est ça, répondit-il.

— Mon collègue de la crim' va venir vous poser quelques questions. Vous voulez que l'on prévienne votre avocat ?

Aaron regarda l'homme, l'air surpris.

— Ce n'est pas la peine. Tout est dit, rétorqua M. Rodriguez, imperturbable.

— Comme vous voudrez. Mais vous devez savoir que l'on peut vous assigner un commis d'office.

— J'ai la conscience tranquille. Je n'ai rien à cacher, ajouta-t-il, un sourire aux lèvres.

— Ok, répondit la policière. Mon collègue sera là dans un instant. Bien, à nous… Templeton, Aaron. Vous me suivez, s'il vous plaît ?

Aaron se leva comme il put et prit congé de

M. Rodriguez d'un signe de tête. Il emboîta le pas à la femme, qui allait plus vite que lui, et ils arrivèrent bientôt dans une sorte de salle d'attente.

— Vos affaires sont là. Vous pouvez appeler quelqu'un pour qu'on vienne vous chercher.

— Et c'est tout ? demanda Aaron, perdu.

— Le policier que vous avez frappé a eu pitié de vous. Il vous connaît, il vous a vu à la télé lorsque votre fille... Il pense que vous avez déjà assez souffert comme ça pour ne pas en rajouter. En plus, c'est Thanksgiving. Il n'a pas porté plainte contre vous et, dans le procès-verbal, il a écrit qu'il vous avait arrêté parce que vous étiez un peu trop agité. Ce qui est une infraction assez légère.

— Alors... je peux rentrer chez moi ?

— Pas si vite. Vous ne pouvez sortir d'ici que si quelqu'un vient vous chercher. On ne peut pas vous laisser partir alors que vous êtes encore... ivre. Vous pouvez dormir un peu dans la salle d'attente si vous voulez, mais je ne vous le conseille pas, c'est Thanksgiving, souvenez-vous. Rentrez chez vous, mettez-vous au lit et ensuite, déjeunez avec votre famille. Je suis sûre qu'un bon repas vous attend.

Aaron soupira et regarda à nouveau vers l'endroit où se trouvait M. Rodriguez.

— Je peux vous demander ce qu'il a fait ?

— Qui ça ?

Aaron désigna l'homme d'un mouvement de la tête.

— Ça a l'air d'être un chic type.

— Oh lui, oui. Hier soir il a tué à coups de pistolet quatre hommes qui avaient violé sa fille en réunion.

Aaron regarda encore M. Rodriguez, non sans un brin d'admiration.

— Il va sûrement passer le reste de sa vie derrière les barreaux mais je le comprends. Moi, à sa place… je ne sais pas ce que j'aurais fait.

— Mais vous êtes policière. Votre travail consiste à mettre les criminels en prison !

— Justement. Je n'ai pas confiance en notre système. Les hommes qu'il a tués ont un casier judiciaire long comme le bras, avec des plaintes contre eux pour délits sexuels et… vous savez où ils étaient ? Dans la rue. Alors moi, j'ai de moins en moins confiance en la justice. Voilà pourquoi je suis dans les bureaux, à faire de la paperasse, comme ça, je ne risque pas ma peau dehors pour le système. Je suis mieux ici, vous pouvez me croire.

Aaron acquiesça. La policière sortit une boîte en plastique contenant un portefeuille en cuir, des clés avec un porte-clés à l'effigie de Pluto et un portable Nokia 6600, et elle la posa sur le comptoir. Aaron mit ses effets personnels dans sa poche, sauf son téléphone. Il vit qu'il avait douze appels en absence de Grace. Il écrivit un sms qu'il effaça aussitôt : il préférait passer un coup de fil pour essayer de sortir d'ici le plus rapidement possible.

Il colla le portable à son oreille et, quelques secondes plus tard, il entendit une voix féminine au bout du fil :

— Aaron ?

— Miren, tu peux venir me chercher, je me suis mis dans de sales draps.

— Qu'est-ce que tu racontes ?
— S'il te plaît.
Miren soupira.
— Je suis au journal, dit-elle. C'est urgent ? Tu es où ?
— Au commissariat.

5

Miren Triggs

1998

On est ce que l'on aime,
mais aussi ce que l'on craint.

Cet après-midi-là, après les cours, je décidai de jeter un coup d'œil à tout ce qui avait été publié sur la disparition de Kiera Templeton. Une semaine seulement s'était écoulée depuis les faits, mais les articles, les nouvelles et les rumeurs avaient pris des dimensions folles. Je passai par les archives de la bibliothèque de la faculté et demandai à la stagiaire si elle pouvait réaliser une recherche sur toutes les publications depuis le jour de la disparition avec les mots clés «Kiera Templeton».

Je me souviens encore du visage de la fille et de sa réponse, froide comme l'acier :

— Les journaux de cette semaine ne sont pas encore archivés. On en est à 1991.

— 1991 ? Mais on est en 1998 ! rétorquai-je,

effarée. Nous sommes à l'ère de la technologie et vous êtes en train de me dire que vos archives ont sept ans de retard ?

— C'est ça. C'est la nouveauté, vous savez ? Mais vous pouvez consulter les documents originaux sur papier. Il n'y en a pas tant que ça.

Je soupirai. Elle avait raison, en partie. Combien de temps me faudrait-il pour mettre la main sur tous les articles qui mentionnaient la disparition ?

— Je pourrais voir les journaux de cette semaine ?
— Lesquels ? *Manhattan Press, Washington Post*...
— Tous.
— Tous ?
— Tous les nationaux et tous les locaux de l'État de New York.

La fille me regarda, et ce fut à son tour de soupirer.

Je m'assis à une table de la bibliothèque pendant que la stagiaire disparaissait derrière une porte. Il me sembla attendre une éternité et, sans m'en rendre compte, ma mémoire voyagea jusqu'à ce soir-là. Je me levai pour ne plus y penser et déambulai un instant dans les couloirs.

Soudain j'entendis un bruit de roulettes derrière moi et, lorsque je me retournai, je tombai sur la jeune stagiaire, souriante, en train de pousser un chariot chargé d'une centaine de journaux.

— Tout ça ? m'exclamai-je. Je ne pensais pas qu'il y en avait autant.

— C'est ce que vous m'avez demandé, non ? Les journaux publiés cette semaine. Les nationaux et ceux de l'État de New York. Je ne sais pas sur quoi vous travaillez, mais vous êtes sûre que les nationaux ne vous suffisent pas ?

— Non, c'est bon comme ça.

La jeune femme laissa le chariot à côté d'une des tables qui donnaient sur la fenêtre et retourna derrière son comptoir. Je pris un journal et le feuilletai, ne lisant que les titres et parcourant rapidement les pages.

Il existe plusieurs façons de se documenter pour mener à bien une enquête. Dans certains cas, il vaut mieux fouiller dans les procès-verbaux de la police, dans d'autres, dans les archives municipales ou les registres publics. Quelquefois, les pistes clés sont fournies par un témoin ou un indicateur, et on doit parfois aussi suivre son instinct. Il faut chercher, creuser, recouper chaque petite bribe d'information.

Dans l'affaire Kiera Templeton, j'avançais à l'aveuglette. Il était encore trop tôt pour essayer d'obtenir le dossier de sa disparition. En outre, aucun agent du FBI n'aurait voulu partager des informations avec une étudiante en journalisme de dernière année. Lorsque le FBI collaborait avec des journalistes, c'était en général avec les principaux médias et seulement lorsque c'était nécessaire, lorsqu'ils étaient persuadés que cela ferait progresser l'enquête. C'était arrivé à plusieurs reprises. Parfois, la police avait besoin des yeux de millions de personnes, elle livrait alors aux journaux des informations confidentielles dans l'espoir que les citoyens puissent identifier un assassin ou retrouver une victime. Pour les affaires les plus médiatiques, comme celle de Kiera, communiquer des détails sur les vêtements qu'elle portait ou l'endroit où on l'avait vue pour la dernière fois, ou même sur les choses qu'elle aimait faire, pouvait aider les recherches, maintenir les gens aux aguets et déboucher sur une piste.

Je survolai les journaux du 26 novembre, puisque c'était le jour de la disparition de Kiera. Les quotidiens avaient bouclé la veille au soir, l'affaire Kiera n'y était donc pas évoquée.

En revanche, dans ceux du jour suivant, après avoir feuilleté plusieurs centaines de pages de photographies de la parade et de titres sur le début officiel de Noël, je trouvai une première mention de la disparition de Kiera. En bas de la page 16 du *New York Daily News*, dans un encart entouré de lignes noires, apparaissait la première photo de Kiera, la même que celle publiée quelques jours plus tard à la une du *Manhattan Press*. L'article annonçait que depuis la veille on recherchait une fillette de trois ans qui s'appelait Kiera. Elle portait un jean, un pull blanc ou rose clair et une doudoune blanche. Il ne contenait rien de plus. Ni l'heure de la disparition ni l'endroit où elle avait été vue pour la dernière fois.

Dans les journaux du lendemain, je ne fus pas surprise de trouver un article plus fourni. Un autre journal, le *New York Post*, consacrait une demi-page à la disparition de Kiera. Le papier, signé Tom Walsh, relatait ce qui suit :

« Deuxième jour de recherche de Kiera Templeton, disparue durant la parade de Thanksgiving, il y a deux jours. Ses parents, désespérés, demandent l'aide de tous les citoyens pour la retrouver. »

L'image d'Aaron et Grace Templeton brandissant une photo de leur fille accompagnait l'article. Ce fut la première fois que je les vis.

Je continuai de lire les journaux de manière chronologique en sélectionnant les pages qui faisaient référence à Kiera ou au défilé, jusqu'à arriver à la une du jour du *Manhattan Press*.

Je jetai un coup d'œil à ma montre et pris peur en voyant qu'il était près de 21 heures. Il n'y avait plus personne dans la bibliothèque. En raison des partiels à venir, elle demeurait ouverte jusqu'à minuit en cette période de l'année, mais apparemment, les étudiants n'avaient pas encore commencé à réviser.

Je regrettai aussitôt de m'être autant attardée. Je rangeai rapidement les feuilles dans mon sac à dos et remis le chariot près du comptoir. La stagiaire émit un petit grognement lorsqu'elle vit que je lui avais laissé une montagne de documents en désordre.

Je sortis de la bibliothèque et m'engouffrai dans la nuit de New York. Je regardai d'un côté, personne. De l'autre, deux silhouettes auréolées de brume parlaient et fumaient à la porte d'un bar. Je revins à l'intérieur et la stagiaire esquissa un sourire hypocrite en me voyant.

— Je peux utiliser le téléphone ? demandai-je. Je n'ai pas pris d'argent pour le taxi… Je ne pensais pas rester si longtemps.

— Il n'est que 21 heures. Il y a encore des gens dans les rues.

— Je peux utiliser le téléphone oui ou non ?

— Bien... sûr, répondit-elle en me tendant l'appareil.

Je louais un petit appartement près de l'université, au centre de Harlem, dans un immeuble de brique rouge sur la 115ᵉ Avenue, à dix minutes de là, à l'ouest de Morningside Park, alors que la faculté se trouvait à l'est.

Je n'avais qu'à longer deux rues et à traverser le parc pour être chez moi. Le problème, c'est qu'à cette époque-là, cette zone était des plus conflictuelles. De nombreux projets sociaux avaient attiré dans le secteur, juste au-dessus de Central Park, des bandes de petits caïds, des toxicomanes et autres prédateurs à l'affût de proies faciles. En journée, il n'y avait pas d'agressions, mais le soir, c'était autre chose.

Je composai le seul numéro de téléphone qui répondrait à cette heure-ci.

— Allô? fit une voix masculine à l'autre bout du fil.

— Ça te dit qu'on se voie? demandai-je. Je suis à la bibliothèque de l'université.

— Miren?

— J'ai eu une journée un peu difficile. Ça te dit ou pas?

— Ok. Donne-moi un quart d'heure et j'arrive.

— Je t'attends à l'intérieur.

Je raccrochai et tuai le temps en observant comment la stagiaire rangeait le désastre que je lui avais laissé. Quelques minutes plus tard, le professeur Schmoer apparut sur le seuil de la porte, avec une veste à coudières et ses grosses lunettes rondes.

— Ça va ? me demanda-t-il, lorsque je mis le pied sur le trottoir.

— Je n'ai pas vu le temps passer.

— Je te raccompagne chez toi et j'y vais, ok ? Je ne peux pas rester. (Il me tourna le dos et commença à marcher vers l'est.) J'ai du boulot au journal. Le directeur veut faire la une sur Kiera Templeton, et j'ai le sentiment que tous les médias vont faire la même chose demain, après le numéro d'aujourd'hui du *Manhattan Press*. Ça va être un véritable délire médiatique, cette histoire, et sincèrement, ça me dégoûte d'en faire partie.

J'accélérai le pas et arrivai à sa hauteur.

— Et qu'est-ce que vous allez publier ? demandai-je par curiosité.

— L'appel de la mère aux secours. On a réussi à mettre la main sur une copie de l'enregistrement.

— Oulà, mauvais, dis-je en haussant les sourcils. Si le *Daily* commence à verser dans le sensationnalisme... Je croyais que vous étiez un journal économique.

— Je sais, Miren. C'est bien pour ça que ça me dégoûte.

J'attendis un moment avant de reprendre la parole. J'écoutais le son de nos pas sur le trottoir. J'observais comment nos ombres nous doublaient lorsque nous passions devant un lampadaire pour ensuite disparaître.

— Et tu ne peux rien dire ? Tu ne peux pas publier autre chose ? Tu es le rédacteur en chef, non ?

— Les ventes, Miren. Il n'y a que les ventes qui

comptent, répondit-il, gêné. Tu l'as dit toi-même aujourd'hui. Tu ne peux pas t'imaginer à quel point c'est la seule chose qui leur importe.

— Vraiment ?

— Le numéro d'aujourd'hui du *Manhattan Press* a cartonné. Il s'est vendu dix fois plus que celui d'hier. Ça a foutu tous les autres journaux en l'air. Ils ont été malins.

— Dix fois ?

— On ne sait pas ce qu'ils nous sortiront demain, mais c'est comme ça que ça marche. La recherche de cette gamine va devenir, qu'on le veuille ou non, l'énigme des mois à venir dans tous les médias. Je peux même te dire qu'il y a des journaux qui préféreraient qu'on ne la retrouve jamais, pour pouvoir en profiter longtemps. Et quand tout le monde aura oublié cette affaire, y compris la presse, ce sera le tour des hommages dont tout le monde se foutra. Seule la réapparition de Kiera, vivante, en plein Times Square, ou celle de son cadavre, pourrait alors relancer la machine.

Il semblait si abattu que je n'osai pas répondre. Nous arrivâmes devant la statue de Carl Schurz, près du parc, et je lui demandai de le contourner au lieu de le traverser, même si cela devait nous prendre le double de temps. Il accepta sans protester.

À partir de ce moment-là, il m'accompagna en silence. Il avait quinze ans de plus que moi et il devinait que je n'avais pas envie de parler. Peut-être s'attendait-il quand même à ce que j'aborde le sujet puisque je n'avais pas voulu passer par le parc.

En arrivant devant mon immeuble, après avoir remonté Manhattan Avenue, je lui dis :

— Merci, Jim.

— Il n'y a pas de quoi, Miren. Tu sais que je ne cherche qu'à t'aider…

Je le pris dans mes bras pour le remercier. Qu'il était réconfortant de se sentir protégée. À ma grande surprise, il me repoussa, préoccupé.

— C'est… ce n'est pas bien, Miren. Je ne peux pas. Je dois retourner au journal.

— Je voulais juste te prendre dans mes bras, Jim, lui répondis-je, agacée. Il y a quelque chose qui ne va pas ?

— Miren, tu sais que je… je ne peux pas. Je dois y aller. Cela ne devrait pas être en train d'arriver. Si on nous voyait…

— C'est si urgent ? m'enquis-je, essayant de ne pas accorder d'importance à son rejet.

— Non, c'est juste que… Oui, enfin. Bon, je ne peux pas rester.

— Pardon, je… je pensais qu'on était… amis.

— Non, Miren. Ce n'est pas ça… C'est que je dois retourner au journal, c'est tout.

Je le trouvai plus nerveux que d'habitude et j'attendis qu'il continue.

— C'est l'appel de la mère de Kiera Templeton aux secours, avoua-t-il. J'ai un mauvais pressentiment. Et je crois que c'est mieux que j'y aille.

— Tu peux m'en parler ? J'ai décidé d'enquêter sur cette affaire pour le travail de cette semaine.

— Tu n'as pas choisi les déversements toxiques

dans l'Hudson ? Je croyais que tu voulais avoir une bonne note.

Je lui fus reconnaissante de ne pas insister sur mon élan de tout à l'heure et de changer de sujet.

— Bien sûr que je veux avoir une bonne note, mais pas en faisant la même chose que les autres. Ils vont tous prendre ce sujet facile. Quelqu'un doit se plonger dans l'affaire de Kiera de manière désintéressée.

Il acquiesça.

— D'accord, je vais te révéler un élément de l'enregistrement.

— Je t'écoute.

— Eh bien, dans leur appel aux secours, les parents…

— Quoi ?

— Les parents semblent cacher quelque chose.

6

Appel de Grace Templeton
aux secours de New York

26 novembre 1998, 11 h 53

— 911, quel est votre problème ?
— Je... je ne retrouve plus ma fille.
— Quand l'avez-vous vue pour la dernière fois, madame ?
— Ça fait... quelques minutes... Nous étions là... au défilé... et elle est partie avec son père.
— Elle est avec son père ou elle s'est perdue ?
— Elle était avec lui... et plus maintenant. Elle a disparu.
— Quel âge a-t-elle ?
— Deux ans, presque trois. C'est son anniversaire demain.
— Très bien. Dans quelle zone êtes-vous ?
— Euh...
— Madame, dans quel secteur vous trouvez-vous ?
— À... au croisement de la 36ᵉ avec Broadway. Il

y a plein de gens et elle s'est perdue. Elle est si petite. Mon Dieu !

— Quels habits portait-elle la dernière fois que vous l'avez vue ?

— Elle portait… attendez… je ne me rappelle plus très bien. Un pantalon bleu et… non, je ne sais plus.

— Un pull ? Vous rappelez-vous la couleur ?

— Euh… oui. Un pull rose.

— Pourriez-vous me donner une description physique de votre fille ?

— Elle est… brune, avec des couettes. Elle sourit à tout le monde. Elle mesure dans les quatre-vingt-six centimètres. Elle est… un peu petite pour son âge.

— Couleur de la peau ?

— Blanche.

— Très bien.

— Je vous en supplie, aidez-nous.

— Avez-vous cherché dans les environs ?

— Il y a trop de gens. C'est impossible.

— Porte-t-elle une veste ou un manteau ?

— Pardon ?

— Votre fille porte-t-elle quelque chose par-dessus son pull rose ? Il pleut à New York.

— Euh… oui. Une doudoune.

— Vous rappelez-vous la couleur ?

— Euh… blanche, avec une capuche. Oui, elle a une capuche.

— Très bien. Restez en ligne. Je vais vous passer la police. D'accord ?

— D'accord.

Quelques secondes plus tard, une autre femme se fit entendre à l'autre bout du fil :

— Madame ?
— Oui ?
— Avez-vous vu la direction qu'a prise votre fille ?
— Euh... non. Elle était avec mon mari et elle n'est pas revenue. Elle a... elle avait déjà disparu.
— Votre mari est-il avec vous ?
— Oui.
— Pourrais-je lui parler ?
— ...
— Oui ? fit Aaron, la voix brisée.
— Monsieur, avez-vous vu dans quelle direction est partie votre fille ?
— Non, je n'ai rien vu.
— À quelle heure est-ce arrivé ?
— Ça fait cinq minutes. Il y a trop de gens, c'est impossible de la trouver là-dedans.
— Nous allons la retrouver.
— ...
— Monsieur, vous m'entendez ?
— Oui, oui.
— Une unité est en ce moment même en train de se diriger vers l'intersection de la 36e avec Broadway. Ne bougez pas.
— Vous croyez que vous allez la retrouver ? demanda Aaron.

Au loin, on entendit la voix de Grace qui disait quelque chose à Aaron, sans que l'on comprenne quoi.

— Grace, ce n'est pas le moment, dit-il.

— Ne vous inquiétez pas, monsieur. Nous allons retrouver votre fille.

On entendit à nouveau la voix de Grace au loin :
— Aaron, essuie-toi cette tache de sang.
— ...
— Monsieur ? demanda l'opératrice.
— Merci, mon Dieu, dit Aaron.

On entendit la voix grave de quelqu'un qui s'identifia comme étant un agent de police :
— Vous êtes les parents ?

7

27 novembre 2003
Cinq ans après la disparition de Kiera

*L'espoir émet la seule lumière capable
d'illuminer les ténèbres les plus sombres.*

Miren entra dans le commissariat vêtue d'un tailleur noir et d'un chemisier blanc, ses cheveux châtains ramassés en une queue-de-cheval haute. Aaron la suivit du regard depuis la salle d'attente. Elle se dirigea d'un pas déterminé vers le comptoir et demanda à le voir. La policière désigna Aaron du doigt et Miren, après avoir signé un formulaire, se tourna vers lui, le visage grave, et s'approcha.

— On y va ? demanda-t-elle en guise de salut.

Il y avait un an qu'ils ne s'étaient pas vus, mais le retrouver dans un endroit pareil ne sembla pas l'étonner. Durant les premières années de la recherche de Kiera, elle était tombée sur Aaron plusieurs fois et avait été témoin de sa déchéance, pris dans la spirale de la tristesse et du désespoir. Avec le temps, la routine et le fait que Miren ait commencé à travailler comme journaliste au *Manhattan Press*, ils s'étaient éloignés l'un de l'autre et ne s'étaient rencontrés que de manière sporadique. La dernière fois, c'était il y a un an exactement, le jour de l'anniversaire de Kiera, lorsque Aaron était entré dans les bureaux du journal en hurlant qu'il voulait la voir pour parler de ses promesses non tenues.

— Merci d'être venue, Miren… Je n'avais personne d'autre à appeler.

— Je vois. C'est rien. Laisse tomber, Aaron. Ce n'est pas la peine.

Il était 16 heures et la circulation était en train de revenir à la normale dans la zone nord. La parade était terminée, les rires des enfants s'étaient évanouis, et tout le monde était rentré chez soi pour préparer le dîner. Miren le guida jusqu'à sa voiture, une Chevrolet Cavalier couleur champagne garée sur le parking entre deux véhicules de police. Elle monta la première et attendit que Aaron fasse de même.

— Je suis désolé que tu me voies comme ça, dit-il.

Il sentait l'alcool et avait une allure lamentable.

— C'est pas grave. Je m'y suis habituée, répondit-elle, agacée.

— Aujourd'hui, c'est le huitième anniversaire de Kiera. Je n'ai pas pu… le supporter.

— Je sais, Aaron.

— Je n'ai pas pu supporter tout ça. La parade, l'anniversaire, tout ça le même jour. Ce sont tellement de souvenirs. Je me sens tellement coupable.

Il enfouit son visage dans ses mains.

— Tu n'as pas à te justifier. Pas avec moi, Aaron.

— Non… je veux juste que tu comprennes, Miren. La dernière fois qu'on s'est vus, je me suis comporté comme un…

— Aaron, c'est bon, je te dis. Je sais que c'est difficile pour toi.

— Et tes chefs, qu'est-ce qu'ils ont dit ?

— Eh bien, je t'avoue que ton petit manège ne leur a pas plu. Mais tu ne leur as pas laissé le choix. Je suppose que personne n'aimerait que le père de la petite fille la plus recherchée des États-Unis apparaisse devant son bureau, ivre, en criant qu'on a inventé tout ce que l'on a publié. Parce que tu sais très bien que c'est faux.

Les lèvres d'Aaron tremblaient. Sa main droite également. Comme si la tristesse était en train de prendre le contrôle de son corps.

Miren démarra et se dirigea vers le sud en silence.

— Tu as eu des problèmes à cause de moi ? continua Aaron.

— Ils m'ont donné un conseil : que je laisse tomber l'affaire Kiera Templeton car cela ne me mènerait nulle part.

Il la scruta et, comme s'il avait ruminé longtemps ses mots, lâcha :

— Ça t'arrange que Kiera ait disparu.

Miren freina brusquement. Elle était déjà énervée d'avoir dû aller le chercher au commissariat, de l'avoir vu saoul une fois de plus, particulièrement ce jour-là, aussi reçut-elle les paroles d'Aaron comme un coup de poing dans l'estomac.

— Ne redis jamais ça, Aaron. Tu sais que j'ai fait tout ce que je pouvais. Tu sais que personne n'a cherché Kiera autant que moi. Comment oses-tu me…?

— Je dis juste que t'en as profité. Regarde-toi maintenant, journaliste au *Press*.

— Descends, ordonna Miren, hors d'elle.

— Arrête…

— Je veux que tu sortes de cette voiture! cria-t-elle.

— Miren…, s'il te plaît.

— Écoute-moi bien, Aaron. Tu sais combien de fois j'ai lu le dossier de Kiera? Tu sais combien de personnes j'ai entendues à ce sujet ces cinq dernières années? Personne n'a consacré autant de temps que moi à la rechercher. Tu sais tout ce que j'ai sacrifié pour essayer d'avancer un peu dans toute cette affaire?

Aaron se rendit compte qu'il était allé trop loin.

— Je suis désolé… Miren. J'en peux plus… J'en peux plus… Tous les ans, quand cette date arrive, je me dis la même chose: «Allez, Aaron, cette année, tu vas sourire, au moins une fois, pour Thanksgiving. Cette année, tu vas aller voir Grace et vous allez vous souvenir ensemble de la belle famille que vous formiez.» Voilà ce que je me répète devant le miroir quand je me lève. Mais d'un coup je pense à Kiera, à tout ce qu'on a perdu, à tout ce qu'on aurait pu être et qu'on n'a pas été… à chaque sourire qu'on a perdu… et je supporte pas.

Miren le regarda pleurer et fit claquer sa langue. Mais en le voyant si triste, elle capitula.

— Fais chier! s'exclama-t-elle en remettant les mains sur le volant et en appuyant sur l'accélérateur.

— Tu me ramènes chez moi ? J'ai besoin de dormir un peu.

— J'ai parlé à Grace.

Aaron soupira.

— Pourquoi ? demanda-t-il.

— Elle a essayé de te joindre toute la journée et tu n'as pas décroché une seule fois. Alors elle m'a appelée pour me demander si je savais où tu étais. Elle n'allait pas bien du tout. J'imagine que cette date réveille chez elle aussi trop de souvenirs douloureux.

Aaron observa Miren. Son attitude si professionnelle et son regard presque inexpressif renforçaient l'impression qu'il avait toujours eue d'elle : Miren était quelqu'un de très froid.

— Quand tu m'as téléphoné, j'ai accepté pour elle. Sincèrement. Je l'ai rappelée pour lui dire où tu étais et elle m'a demandé de t'emmener chez vous le plus vite possible. Ça avait l'air urgent.

— Je ne veux pas y aller, dit Aaron.

— Je ne te demande pas ton avis, Aaron. Je le lui ai promis. Je lui ai dit que je t'emmènerais chez vous.

— Tu te fourres le doigt dans l'œil si tu crois que je vais aller voir mon ex-femme le jour de l'anniversaire de Kiera. Quand tu veux, mais pas aujourd'hui !

— Je m'en fous. Je t'y amène. Ça te fera du bien. L'un comme l'autre vous en avez besoin. Il n'y a que vous pour comprendre ce que vous ressentez l'un et l'autre. Grace a besoin qu'on s'occupe d'elle, elle aussi. Elle a souffert comme toi, ou plus, et pourtant elle ne se bourre pas la gueule et n'insulte pas les gens comme tu le fais.

Aaron ne répondit pas et Miren prit son silence pour un consentement. Depuis le commissariat du district 20, dans la 82e Ouest, ils avaient longé l'Hudson. Durant tout le trajet en direction du sud, Miren demeura silencieuse pendant que Aaron regardait avec dégoût la ville qu'il avait tant aimée. Finis les années de bonheur, de promotions professionnelles, de jeux dans le jardin de la maison, et les moments passés à caresser avec joie le ventre de Grace avant l'arrivée de Michael. Tout s'était évanoui avec ce ballon blanc, loin, au milieu des nuages.

Ils prirent le tunnel Hugh L. Carey qui relie Manhattan à Brooklyn. Lorsqu'ils refirent surface, la circulation était devenue moins fluide. Il fallait s'arrêter tous les cent mètres à des feux rouges interminables. Deux fois, Aaron essaya de relancer la conversation mais Miren y mit fin presque aussitôt à coups de monosyllabes. On aurait pu penser qu'elle était contrariée de perdre son temps avec lui un jour de Thanksgiving, mais en réalité, elle voulait construire un mur entre eux parce que l'affaire Kiera Templeton était bien trop prenante.

En arrivant à Dyker Heights, un ensemble de maisons individuelles avec jardin où se trouvait l'ancienne propriété de la famille Templeton, Miren s'aperçut que des voisins étaient en train d'installer les décorations de Noël. Après avoir serpenté dans les rues, ils virent Grace au loin, qui attendait sur le trottoir, regardant des deux côtés de la rue. Elle semblait inquiète.

— Qu'est-ce qui se passe ? demanda Miren.

— Je ne sais pas, répondit Aaron. Je ne l'ai jamais vue comme ça.

Grace portait une robe de chambre violette, des pantoufles et n'était pas coiffée. Aaron descendit de la voiture, troublé, et alla vers elle.

— Qu'est-ce qu'il y a, Grace ?
— Aaron… C'est Kiera.
— Quoi ?
— Kiera, elle est vivante !
— De quoi tu parles ?
— Elle est vivante, Aaron. Kiera est vivante !
— Qu'est-ce que tu racontes ?
— Elle est là-dedans.

Grace lui tendit une cassette vidéo VHS avec une étiquette blanche sur laquelle on avait écrit le chiffre 1 au marqueur noir. Et dessous, en lettres majuscules, le mot à la fois le plus douloureux et le plus porteur d'espoir pour ces parents : KIERA.

8

Miren Triggs

1998

Elle dansait seule quand elle voulait,
et elle brillait dans la nuit sans le vouloir.

Je ne pouvais pas rester là-dessus. La phrase de Jim m'avait inquiétée. Que cachait donc cet appel aux secours ? Pourquoi les parents semblaient-ils dissimuler quelque chose ? Tout cela éveillait ma curiosité.

— Tu dois me le faire écouter, dis-je, d'une voix déterminée.

— Je ne peux pas, Miren. C'est le scoop de demain.

— Tu crois peut-être que je vais le retranscrire pour le vendre à un autre journal ? Je suis étudiante en journalisme, je ne connais encore personne dans ce monde, à part toi, jamais ils ne m'écouteraient.

— Je sais que tu ne ferais jamais ça, mais...

J'interrompis sa phrase d'un baiser. Cette fois-ci, il se laissa faire.

Il savait que je l'utilisais mais cela ne semblait pas

le gêner. Depuis ce qui s'était passé, j'avais tiré un trait sur les hommes. Je ne voulais plus rien savoir d'eux. J'avais érigé une barrière infranchissable entre eux et moi et je pensais que jamais je ne me sentirais plus en confiance avec personne. Jusqu'à ce qu'un jour, après un cours, je commence à lui parler de cette horrible nuit comme si ce n'était pas à moi que c'était arrivé. Il m'avait même incitée à écrire là-dessus et, avec le temps, j'eus le sentiment qu'il était le seul à m'avoir traitée avec la maturité nécessaire. Mes camarades de classe étaient de vrais machos et je voyais en chacun d'eux le Robert que j'avais décidé d'oublier. Depuis le début, j'avais remarqué que les yeux de Jim me cherchaient. Toutes les filles s'accordaient à dire que c'était le professeur le plus sexy de Columbia. Sous ses costumes, on pouvait deviner un corps mince. Son visage de gentil garçon et son air innocent contrastaient avec le feu de son regard que l'on percevait derrière ses lunettes. Mais le plus séduisant, c'était son intelligence. Il y avait une touche de revendication dans chacun de ses reportages du *Daily*. Dans tous ses articles, il trouvait l'approche critique parfaite et écrivait avec un soin et un rythme tels que chacune de ses phrases happait le lecteur pour ne plus le lâcher. Les puissants craignaient de se retrouver dans sa ligne de mire, les politiciens devenaient nerveux dès qu'ils l'apercevaient dans l'assistance de l'une de leurs conférences de presse, ce qui n'arrivait pas souvent. Ses articles tournaient toujours autour de la politique et des entreprises mais lui se limitait à enquêter à partir des archives, des documents, des comptes et des factures, creusant dans les combines obscures qui avaient lieu dans les deux seuls mondes qui semblaient accaparer toute l'attention du pays : l'argent et la politique, deux thèmes qui allaient toujours de pair. La disparition de Kiera allait changer son univers et, sans que je le sache, le mien aussi.

— Pourquoi tu fais ça, Miren ? Je ne crois pas que… que ce soit une bonne idée…

— Ça me regarde, Jim. Ne sois pas comme tout le monde. C'est entre moi et moi. Et c'est moi qui décide comment je vais, c'est clair ?

— Ça fait longtemps que nous n'avons pas parlé de ce qui t'est arrivé, et ne pas en parler ne va pas le faire disparaître.

— Pourquoi tout le monde s'obstine donc à me faire parler de ça ? Pourquoi tu ne peux pas me laisser décider moi-même de ce qui est le mieux pour moi ?

Je fis volte-face et entrai dans le hall de l'immeuble.

— Merci de m'avoir accompagnée, Jim, ironisai-je, vexée.

— Miren, je ne voulais pas…

Je montai les marches quatre à quatre. En arrivant sur le palier du premier étage, j'entendis Jim crier mon nom mais il était trop tard.

J'entrai chez moi, je lançai mes Converse blanches contre le meuble à chaussures et m'engouffrai dans l'obscurité de ma chambre en déboutonnant mon jean. Je revins au salon en pyjama. Me changer était la première chose que je faisais en rentrant chez moi, un minuscule appartement loué dans un immeuble du quartier le plus chaud de la ville. Il s'agissait d'un petit studio sans fenêtres qui n'avait jamais été rénové, sans ascenseur et sans rien qui pût lui donner un quelconque intérêt. La cuisine consistait en une gazinière de deux feux où l'on ne pouvait mettre qu'une seule poêle parce qu'ils étaient trop collés l'un à l'autre. De plus, le prix était exorbitant. Mes parents disaient que mon appartement avait l'allure d'une planque de terroriste et que mon loyer était du vol. En réalité, c'était tout ce que je pouvais me permettre si je ne voulais pas dépenser tout mon prêt universitaire. Et puis il se trouvait près de la fac.

La seconde chose que j'avais l'habitude de faire en rentrant chez moi était d'appeler mes parents. Après plusieurs sonneries, j'entendis mon père à l'autre bout du fil :

— Enfin. Nous étions sur le point de te téléphoner. Tu es rentrée un peu tard, tu ne trouves pas ?

— Pardon, pardon. Je sais. J'étais à la bibliothèque. Maman va bien ?

— Elle est là, et dans tous ses états. Il faut nous appeler plus tôt, tu as compris ? Et si tu ne peux pas, tu nous préviens. Maman n'aime pas que tu traînes dans les rues à cette heure-là.

— Il n'est que 21 h 30, papa.

— Oui, mais dans ton quartier…

— C'est le seul où je puisse louer quelque chose, papa.

— Tu sais que nous pouvons t'aider.

— Vous m'avez déjà aidée avec l'ordinateur. Je n'ai besoin de rien d'autre. C'est justement pour cela que j'ai demandé un prêt universitaire.

Je jetai un coup d'œil à l'iMac Bondi Blue que mes parents m'avaient offert. Il était sorti quelques semaines auparavant et consistait en un écran avec une carcasse translucide bleu turquoise, un clavier blanc et une souris ronde. Il était très rapide et très facile à utiliser, et le commercial qui me l'avait vendu était réellement enthousiaste, parce qu'il avait assisté à la présentation du fondateur d'Apple en personne, au sujet duquel il ne tarissait pas d'éloges comme s'il le connaissait personnellement. Lorsque je l'avais sorti de son carton, je n'avais eu aucun mal à l'allumer mais j'avais mis un certain temps à configurer ma boîte mail et à en comprendre le fonctionnement.

— Mais il a seulement coûté mille trois cents dollars !

— Et ce sont mille trois cents dollars dont vous n'avez pas profité.

Mon père, après un silence, reprit :

— Ta mère veut te parler.

— Ok.

Elle prit l'appareil et je la trouvai triste à peine eut-elle ouvert la bouche. On se rend toujours compte quand nos parents ne vont pas bien, il suffit de se concentrer sur le rythme de leurs phrases.

— Miren, dit-elle, promets-moi de faire plus attention. Nous n'aimons pas que tu sois dehors à cette heure-là.

— Oui, maman, répondis-je.

Je ne voulais pas la contrarier. La situation était plus difficile pour elle que pour moi. Nous nous trouvions à plus de 1 000 km l'une de l'autre. Eux à Charlotte,

Caroline du Nord, moi à New York, et elle ne pouvait plus contrôler ce que faisait sa fille ni avec qui elle sortait. Sa petite était partie et elle voulait juste tendre les bras pour que le soleil ne me brûle jamais.

— Pourquoi tu n'achètes pas un portable ? Comme ça, tu pourras nous appeler chaque fois que tu en as besoin.

Je soupirai. Je détestais avoir à prendre autant de précautions.

— D'accord, maman, acquiesçai-je de nouveau, sans protester. Demain, je m'en achète un.

En réalité, je n'aimais pas les portables. Bon nombre de mes camarades de fac étaient déjà devenus accros à un jeu dans lequel un serpent cherchait de la nourriture sur tout l'écran, et ils ne faisaient plus rien d'autre pendant les interclasses. Il y avait aussi ceux qui n'arrêtaient pas de s'envoyer des sms, sans prêter attention aux cours. C'était facile de deviner les interactions entre eux. Quelqu'un écrivait et, quelques secondes après, un autre éclatait de rire. Puis c'était l'inverse et cela recommençait. Je n'aimais pas non plus me savoir joignable à chaque instant. Je n'éprouvais pas le besoin d'être toujours sur le qui-vive et disposée à rappeler. Tant qu'il y aurait des cabines téléphoniques, je ne voyais pas la nécessité d'avoir un portable, mais je dus capituler devant ma mère pour éviter de la contrarier.

— Demain, je t'appelle et je te donne mon numéro de téléphone.

— Moi aussi, je vais m'en acheter un, et comme ça, tu pourras m'appeler quand tu veux, ma chérie, dit-elle, rassurée.

— Génial. Bonne nuit, maman.

— Bonne nuit, ma chérie.

Je raccrochai et m'assis à mon bureau. Je sortis les coupures de presse et tombai sur le visage de Kiera, qui me regardait pleine d'espoir. Ses yeux paraissaient me demander de l'aide. L'idée que ces parents ne revoient jamais leur fille m'atterrait. Je revins près du téléphone, il ne s'était pas écoulé une minute depuis que j'avais raccroché, mais je composai à nouveau le numéro de mes parents. Ma mère décrocha, troublée.

— Ça va ? Il est arrivé quelque chose ?

— Non, rien, maman. C'était juste pour vous dire que je vous aime.

— Nous aussi, ma chérie. Tu es sûre que ça va ? Si tu nous le demandes, on saute dans un avion.

— Non, non. C'était juste ça. Je voulais que vous le sachiez. Je vais bien, ok ?

— Tu m'as fait peur, ma chérie. Si tu as besoin de quoi que ce soit…

— On pourrait se voir ce week-end. Je peux prendre un avion pour Charlotte.

— C'est vrai ?

— Oui, j'en ai très envie. Demain, je téléphone à l'agence pour réserver un vol.

— Merci, ma chérie. À demain.

— À demain, maman.

Je demeurai immobile, regardant le téléphone, pensant à ce que je venais de faire, mais le travail me rattrapa. Je me rassis à mon bureau et allumai l'ordinateur. Pendant qu'il se mettait en route, je commençai à survoler les articles que j'avais apportés sur la disparition de Kiera. Dans le *Daily*, le quotidien dans lequel travaillait Jim Schmoer, il n'y avait qu'une petite colonne à la page 12 au sujet de la fillette et sur les pas de fourmi de l'enquête. L'article mentionnait que le FBI était sur le point de se saisir de l'affaire en raison de la possibilité d'une séquestration. On n'y apprenait rien de plus que dans les autres journaux, mais on avait l'impression qu'ils en savaient plus qu'ils n'en disaient, sans doute pour ne pas entrer dans cet écœurant sensationnalisme que l'histoire était en train de générer.

Lorsque l'ordinateur s'alluma enfin, je me connectai à Internet et attendis en feuilletant des journaux que le modem achève sa symphonie, après une succession de bruits et de bips. Lorsque ce fut fait, j'ouvris Netscape et entrai dans la boîte mail de mon université. J'avais reçu un courrier, une alerte sur les nouveaux dossiers d'une revue d'écologie. Je le marquai afin de le retrouver plus tard et revins aux quotidiens.

Je passai deux ou trois heures à tout lire, soulignant le plus important et notant dans un carnet les points qui me semblaient les plus significatifs : «Herald Square», «famille aisée», «père cadre dans une compagnie d'assurances», «catholiques», «s'est produit aux alentours de 11 h 45», «26 novembre», «pluie», «Mary Poppins».

J'allai prendre un Coca dans le réfrigérateur – c'était mon dîner depuis des mois –, et lorsque je revins, j'avais reçu de nouveaux mails. Le premier avait pour objet «Je suis désolé», les autres ne comportaient qu'une numérotation de 2 à 6.

Ils étaient tous du professeur Schmoer. Il me les avait envoyés depuis son mail personnel. Cela m'étonna car jamais auparavant il ne m'avait écrit depuis cette adresse. Il disait :

« Miren, je te joins, dans plusieurs mails, tout ce que nous possédons au *Daily* au sujet de Kiera. Promets-moi que cela ne sortira pas de ton ordinateur. Je suis sûr que tes yeux voient plus loin que les miens.
Jim
PS : Désolé de m'être comporté comme un véritable con tout à l'heure. »

J'ouvris le premier mail. Mon sang se glaça dans mes veines : il s'agissait de deux dossiers vidéo datés du 26 novembre avec les enregistrements des caméras de sécurité de la zone dans laquelle avait disparu Kiera.

9

26 novembre 1998

> *Le pire dans la peur n'est pas qu'elle te paralyse,*
> *mais qu'elle tienne sa promesse.*

Aaron suivit un policier dans la foule qui commençait à se disperser car le défilé de chars avait pris fin. Il entendait les messages de la radio sans parvenir à les comprendre en raison du bruit de la rue. De temps en temps, l'agent s'arrêtait pour vérifier que Aaron était bien derrière lui. Bientôt, le policier tourna dans la 35ᵉ et stoppa net devant un immeuble où les attendaient un groupe d'agents en uniforme et au visage soucieux.

— Qu'est-ce qui se passe ? Vous l'avez retrouvée ? demanda Aaron.

— Du calme, monsieur, d'accord ? ordonna l'agent Mirton, un jeune policier blond de 1,80 mètre qui avait alerté les autres de sa découverte.

— Comment voulez-vous que je me calme ? Ma fille de trois ans s'est perdue et ma femme vient de faire une crise d'angoisse.

« Comment voulez-vous que je me calme ? » Cette phrase, il l'avait entendue tant de fois, prononcée par des gens de l'autre côté de son bureau, qu'il se surprit de l'avoir dite lui-même. Il travaillait dans une compagnie d'assurances à Brooklyn et avait été amené, pas mal de fois au long de sa carrière, à demander aux personnes qu'il avait en face de lui de se calmer alors qu'il leur annonçait par exemple que l'assurance médicale qu'ils avaient contractée ne couvrait pas leur nouveau traitement. La peur et le désespoir qu'il voyait alors dans leurs yeux, c'était ce que les gens discernaient ce jour-là en le regardant lui.

— C'est important que vous vous concentriez et que vous nous confirmiez quelque chose, dit le policier qui l'avait amené jusque-là.

— Quoi donc ? demanda Aaron, dépassé par les événements.

Les agents se regardèrent, se demandant qui ferait le premier pas.

L'immeuble devant lequel ils se trouvaient était situé au numéro 225 de la 35e Rue Ouest. Au rez-de-chaussée, il y avait un magasin de vêtements pour filles dont la vitrine était remplie de mannequins d'enfants habillés de robes de toutes les couleurs imaginables. Celles-ci formaient un arc-en-ciel en total contraste avec le moral d'Aaron. Il pensa qu'il devrait parler de ce magasin à Grace, Kiera adorerait s'habiller ainsi pour le déjeuner de Thanksgiving qui les attendait à la maison.

— Suivez-moi, dit l'agent Mirton en poussant la porte du 225.

Aaron s'exécuta. D'autres policiers l'attendaient à l'intérieur, accroupis dans un coin.

— C'est le père ? demanda l'un d'eux en se levant, avant de lui tendre la main pour le saluer.

— C'est moi. Qu'avez-vous trouvé ?

— Je suis l'agent Arthur Alistair. Pourriez-vous répondre à quelques questions ?

— Euh... oui, bien sûr. Tout ce que vous voulez. Mais pouvons-nous retourner à Herald Square ? J'ai peur que Kiera nous cherche là-bas et que ni Grace ni moi n'y soyons. Ma femme a eu une crise d'angoisse et je veux être près de Kiera quand elle réapparaîtra.

— Ne vous inquiétez pas, monsieur... dit l'autre, laissant sa phrase en suspens.

— Templeton, compléta Aaron.

— Templeton, reprit le policier. Nos agents sont en train de passer au peigne fin la zone autour de Herald Square. Si votre fille apparaît, elle sera en sécurité, croyez-moi. Ils nous préviendront par radio et tout cela n'aura été qu'une grande frayeur. Maintenant, j'ai besoin que vous nous aidiez.

— Comment ?

— Pourriez-vous à nouveau décrire les vêtements de votre fille ?

— Oui... elle porte une doudoune blanche et un pull rose. Et aussi un jean et des baskets... je ne me souviens plus de la couleur.

— Ce n'est pas grave, c'est parfait comme ça.

Les policiers encore accroupis se levèrent et s'écartèrent. L'un d'eux se dirigea vers la sortie. En passant près d'Aaron, il lui tapota l'épaule en silence.

— Elle est brune, continua Aaron, qui ne se rappelait plus s'il avait déjà donné ce détail. Avec les cheveux lisses jusqu'aux épaules, mais aujourd'hui, elle a des couettes.

— Bien, très bien, répondit l'agent Alistair.

— Vous m'avez fait venir pour ça?

Le policier attendit quelques instants avant de reprendre:

— Pourriez-vous me dire si les vêtements qu'il y a dans ce coin sont ceux de votre fille?

— Quoi? hurla Aaron.

Il alla vers l'endroit qu'on lui désignait et vit un tas d'habits au milieu duquel il reconnut aussitôt le pull rose de Kiera. Il y avait aussi la doudoune qu'il lui avait tant de fois mise ces dernières semaines, après s'être bagarré avec elle tous les matins parce qu'elle ne voulait pas se couvrir pour sortir. Aaron sentit le sol trembler sous ses pieds et l'air lui manquer en voyant à côté des habits des mèches de cheveux de la longueur de ceux de Kiera.

Il hurla. Il hurla de nouveau, puis encore, alors qu'une douleur intense, comme il n'en avait jamais connu, le projetait dans les ténèbres.

— Non!

10

27 novembre 2003
Cinq ans après la disparition de Kiera

> *Une lueur s'allume et illumine ton visage,*
> *mais crée aussi des ombres*
> *dans les recoins de ton âme.*

Grace marcha d'un pas rapide vers la maison en disant :

— Il faut que tu la voies, Aaron. Elle va bien. Notre fille va bien.

Aaron et Miren la suivirent en se regardant, abasourdis.

— De quoi tu parles, Grace ? C'est quoi, cette cassette ?

— Notre fille. C'est Kiera. Elle va bien, répéta-t-elle dans un murmure inaudible.

Aaron entra et chercha sa femme qui semblait s'être volatilisée. Grace parla de nouveau et sa voix le guida :

— Il faut que tu la voies. C'est elle, Aaron. C'est Kiera !

Aaron avait la gorge nouée. Sa femme se

comportait de manière étrange et il n'aimait pas du tout cela. Depuis la porte, il fit un geste à Miren, qui était restée à côté de la boîte aux lettres, afin qu'elle le rejoigne.

— Grace, ma chérie, dit Aaron en entrant dans la cuisine, où son ex-femme avait disposé un téléviseur et un magnétoscope sur un meuble à roulettes. Qu'est-ce qu'il y a sur cette cassette ? Nos vacances de Noël, c'est ça ?

Miren s'approcha et resta dans l'encadrement de la porte de la cuisine, attendant la suite.

— Quand je suis allée chercher le courrier, il y avait cette enveloppe, Aaron. Quelqu'un nous a laissé une cassette sur laquelle on voit Kiera.

Miren intervint, confuse :

— Une nouvelle piste ? C'est ce que tu es en train de dire, Grace ? Un enregistrement des caméras de sécurité ? Je les ai toutes visionnées, mille fois, plan par plan, seconde par seconde. Toutes les images de ce jour-là sont dans le dossier de la police, Grace. J'ai vérifié toutes les rues, tous les magasins de la zone. Tous les enregistrements. Il n'y a rien, Grace, rien du tout. L'enquête est au point mort.

— Non, assena Grace. Ça, c'est autre chose.

— De quoi s'agit-il alors ? demanda Miren.

— C'est Kiera, murmura Grace, avec une expression dans le regard que Aaron n'oublierait jamais.

La cassette était une TDK de cent vingt minutes, avec une étiquette blanche parfaitement collée au centre et ne dépassant pas des bords. Sur celle-ci était écrit KIERA, au feutre et avec une belle écriture.

Grace introduisit la cassette dans le magnétoscope et alluma la télévision. La neige envahit l'écran et des milliers de points blancs et noirs dansèrent en tous sens. Un souffle continu sortit des haut-parleurs stéréo du téléviseur Sanyo gris, rappelant à Aaron un film d'horreur qu'il n'arrivait pas à s'ôter de la tête. Grace monta le volume et il regarda sa femme sans savoir à quoi s'attendre. Miren, qui n'aimait pas du tout ça, fut sur le point de partir. Elle se souvint des paroles de son patron, le légendaire Phil Marks, responsable des articles qui avaient couvert l'attentat de 1993 avec un camion piégé contre la tour nord du World Trade Center, lorsqu'il avait essayé de la dissuader de poursuivre l'affaire Kiera :

« Je sais que les meilleures qualités d'un journaliste d'investigation sont la ténacité et la persévérance, Miren, mais cette histoire aura ta peau. Laisse tomber. Si tu commets une erreur, tu seras connue comme la journaliste qui s'est plantée dans l'affaire de la petite fille la plus recherchée des États-Unis. Ne sois pas cette journaliste. J'ai besoin de toi à la rédaction pour traquer des hommes corrompus, pour écrire des histoires qui changeront le monde. Tu as déjà trop perdu de temps avec tout ça. »

La neige continuait d'emplir l'écran d'une multitude de points blancs là où il y avait eu des points noirs, et de points noirs là où il y avait eu des points blancs. Un jour, Miren avait lu dans un magazine que cette neige qui apparaissait à la télévision était, en partie, un résidu du Big Bang et de l'origine de l'univers. La radiation des ondes qui avaient été générées à l'époque impactait le tube cathodique et créait cette image sur l'écran. Elle pensa à Kiera et à ce qu'elle était devenue. Cette image à la fois inerte et en mouvement ravivait la douleur, comme si elle permettait de partir à la recherche des souvenirs tristes, et Miren comprit alors pourquoi Grace était aussi affectée. Elle fut sur le point de dire quelque chose mais, soudain, une image vint remplacer la neige.

— Kiera ? soupira Aaron, surpris.

Filmée depuis un des angles supérieurs, on pouvait observer une chambre aux murs recouverts de papier peint au motif de fleurs orange sur un fond bleu marine. Sur un côté, se trouvait un lit avec une couette orange assortie aux fleurs de la tapisserie. Au centre de l'image, des rideaux de gaze blanche, immobiles car il n'y avait pas de vent, laissaient entrevoir la lumière du jour. Mais le plus dramatique se trouvait dans l'angle inférieur droit, près d'une maison de poupée, et Aaron et Grace en pleurèrent de joie. C'était une petite fille brune de sept ou huit ans en train de jouer à la poupée, assise par terre.

— Ce n'est pas possible, murmura Miren, le cœur battant dans sa poitrine avec la même intensité que le soir où sa vie avait changé à tout jamais.

11

New York

12 octobre 1997
Un an avant la disparition de Kiera

Après une journée radieuse,
quelquefois surgit la nuit la plus sombre.

À la fin du cours, Christine s'approcha de Miren. Le professeur spécialiste des documents publics était déjà sorti de la classe depuis quelques minutes, mais Miren était toujours en train de recopier ce qui était écrit au tableau.

— Miren, dis-moi que tu viens. Il y a une fête chez Tom et… j'ai un scoop.

— Une fête ? répéta Miren sans grand enthousiasme.

— Oui, tu sais ce qu'est une fête, non ?

— Ha, ha.

— Ces choses que font les étudiants dont… oh, surprise, tu fais toi aussi partie ! s'exclama Christine d'un ton moqueur, en arrachant des mains de Miren un stylo dont le bout était tout mordillé.

— Tu sais que je n'aime pas trop les fêtes.

— Laisse-moi terminer, insista Christine. Tom a demandé… si tu venais. Tu lui plais. Tu lui plais beaucoup !

Miren rougit.

— Il te plaît ! Il te plaît ! cria-t-elle.

— Il est… mignon.

— Mignon ? répéta Christine plus bas pour qu'on ne l'entende pas. Tu es en train de me dire que ce mec… (elle s'assit sur la table, juste sur les notes de Miren, et désigna Tom Collins du regard) est mignon ?

— Bon, ça va.

— Dis-le. Dis haut et fort que tu te le taperais bien. Ça suffit tes gamineries, Miren. Toi et moi, on est pareilles.

Miren la dévisagea.

— Moi, je ne dirais jamais un truc aussi vulgaire, dit-elle, puis, se ravisant : Je me le taperais et je ne te dirais rien.

Christine éclata de rire.

— Qu'est-ce que tu penses mettre pour la fête ? Il faudra se préparer avant.

— Se préparer ?

— Tu ne penses tout de même pas y aller comme ça, en jean et tennis ? Tu sais, se préparer, comme le font les filles normales, Miren. Tu es un peu… bizarre.

— Bizarre ?

— Voilà ce qu'on va faire. Je vais passer chez toi et je t'apporterai des fringues. J'ai acheté quelques robes à Outfitters, une marque que tu devrais noter dans ta petite tête, j'en suis folle. Je suis sûre qu'elles t'iront bien, en plus. Tu fais du S, non ?

— Euh… c'est pas la peine… J'aime comme je suis habillée, en jean et pull.

— À 17 heures, je suis chez toi, ajouta Christine, ignorant les paroles de son amie. On se change et on y va ensemble. Ok ?

Miren sourit et Christine interpréta cela comme un oui.

Une fois les cours finis, Miren rentra chez elle. Elle prit une douche et joua un long moment avec ses cheveux devant le miroir sans savoir comment se coiffer. Elle était brune, ses cheveux lisses tombaient jusqu'à sa poitrine et dans son regard passait tout un éventail d'incertitudes, fruit d'années à passer inaperçue au lycée de Charlotte. Là-bas, elle avait toujours été la première de la classe, la fayotte, la bonne élève à côté de qui personne ne voulait s'asseoir. Lorsqu'elle avait réussi les examens d'entrée à Columbia, elle avait fait des efforts pour adopter une attitude plus ouverte, elle avait essayé de s'adapter à cette ville au rythme très différent de celui d'où elle venait, mais elle avait eu du mal à sortir de sa carapace. L'année passa vite et les seules personnes avec lesquelles elle sympathisa, comme au lycée, furent les professeurs. Christine, sa voisine de table depuis la rentrée, semblait être le contrepoint parfait. Elles étaient toutes deux très différentes et ce fut peut-être la raison pour laquelle elles se lièrent. Miren était intelligente, elle avait toujours la bonne réponse. Christine, elle, n'intervenait jamais, elle prenait les devoirs à la légère, mais elle restait dans l'orbite de Miren et suivait toujours le chemin le plus facile. S'il fallait écrire un article, Miren choisissait une information particulière ou un lieu, et construisait un argumentaire avec des exemples et des points à débattre qui éveillaient, chez le lecteur, la curiosité d'en savoir plus. En revanche, Christine planchait sur les devoirs sans s'investir ni se mouiller, relatant ce qui était arrivé de manière superficielle et sans entrer dans les détails. Elles avaient des points de vue divergents sur le journalisme, ainsi que sur la vie. Si l'on veut arriver à quelque chose, il existe deux options : sauter à pieds joints dans la boue pour en sortir de manière triomphale, ou faire le tour de la flaque pour ne pas avoir à laver ses vêtements ensuite.

La sonnette retentit et Miren courut jusqu'à la porte.

— Prête pour te transformer en bombe sexuelle? demanda Christine.

Miren éclata de rire.

— Entre, idiote, répondit-elle dans un sourire.

Christine tenait une valise qu'elle laissa tomber sur le divan et s'empressa d'ouvrir, dévoilant une ribambelle de tissus à pois, brillants ou à motifs.

— Tu as de la musique? demanda Christine en jetant un coup d'œil autour d'elle.

— J'ai un CD de Lauryn Hill qui était déjà dans l'appartement quand je l'ai loué.

— Qu'est-ce que c'est que cette merde? Bon, on s'en fout. Mets-le. Ce soir, tu couches avec Tom.

Miren ne savait pas comment interpréter le fait que son amie en était si convaincue. À vrai dire, cela commençait à la rendre un peu nerveuse. Elle ne lui répondit pas et entra dans son jeu.

Elles passèrent une heure à essayer des vêtements, à rire pendant qu'elles se mettaient du rouge à lèvres, à chanter faux et a cappella *Walking on Sunshine* et, lorsque Miren voulut voir de quoi elle avait l'air, Christine l'attrapa par les hanches par-derrière pendant qu'elle se regardait dans le miroir, surprise du changement. Elle ne s'était jamais maquillée autant, elle n'aimait pas cela, elle estimait que se maquiller était un signe de faiblesse, une stratégie pour dissimuler ce que l'on est vraiment.

— Regarde-toi, Miren. Tu es super belle, murmura Christine.

Miren rejeta en arrière ses cheveux afin de dégager son visage et se regarda, perplexe, surprise de se voir ainsi. Elle portait une robe bustier orange qui descendait jusqu'à mi-cuisse. Elle vit le fard que Christine avait appliqué sur ses paupières avec l'art et la manière de celle qui le fait depuis des années. Étonnée par le résultat, elle se trouva séduisante pour la première fois de sa vie. Ensuite, son côté timide resurgit :

— Je n'aime pas me maquiller autant… Je ne suis pas… à l'aise.

— Je t'ai juste mis deux, trois coups de blush et d'ombre à paupières, Miren ! Tu n'as pas besoin de plus. Juste la touche des… divas.

— La touche des divas… répéta-t-elle, pas convaincue.

— La touche des putain de divas ! s'exclama Christine, euphorique, dans un cri de guerre.

Ensuite, elle chantonna des chansons que Miren n'avait jamais entendues.

Elles sortirent ensemble vers 19 heures et marchèrent un moment avant d'arriver devant un immeuble de la 139e de style moderne avec vue sur l'Hudson. Des copains de fac fumaient et buvaient devant la porte. Un type sortit la tête par la fenêtre et annonça en criant que quelqu'un, dont Miren n'entendit pas le nom, avait accepté un défi absurde. Elles montèrent et, au milieu des escaliers, un type ivre qu'elles ne connaissaient pas souffla son haleine à l'oreille de Miren en lui murmurant des mots qu'elle préféra ignorer.

— Ça fait toujours ça ?
— Quoi ?
— De se sentir regardée.
— C'est pas génial ? demanda Christine.

Lorsqu'elles arrivèrent à la fête, très vite Christine abandonna son amie pour aller saluer des gens que celle-ci ne connaissait pas. En réalité, Miren ne connaissait personne.

Elle soupira. Elle ne voyait pas Tom, leur hôte, même si elle entendait son rire, énergique et grave, qui semblait envahir tout l'appartement malgré la musique qui résonnait à un volume bien plus haut que le seuil de tolérance de n'importe quel voisin. Miren s'assit seule sur un banc dans la cuisine, tout en faisant semblant d'être occupée chaque fois que quelqu'un entrait se servir un cocktail ou prendre des glaçons.

Un garçon brun et rasé de près s'approcha d'elle et lui offrit un verre avec un sourire jusqu'aux oreilles.

— Ne me dis rien. Miren, pas vrai ?
— Euh… oui, répondit-elle.

Elle trouva réconfortant de parler avec quelqu'un. Elle ne se sentirait plus aussi seule.

— C'est Christine qui t'a envoyé pour me tenir compagnie ?

— Je n'ai aucune idée de qui est Christine, répondit-il, toujours souriant.

— Laisse-moi deviner, dit Miren. Tu es un ami de Tom. Un mec de sa bande.

— Dis donc, tu es perspicace, toi ! Mais non.

— Ici, tout le monde est un ami de Tom. Qui ne le serait pas ? Il est populaire et toutes les filles l'aiment, enfin, tu sais.

— En réalité, lui et moi, nous avons fait une rencontre fracassante.

— Explique-toi.

— Je conduisais et je l'ai écrasé. Depuis ce jour-là, on est amis…

— Sérieux ? demanda Miren en ouvrant de grands yeux.

— En fait, répondit-il, toujours souriant, je n'ai aucune idée de qui est Tom. Je suis venu parce que quelqu'un m'a invité.

Miren éclata de rire. Elle chercha Tom et Christine du regard.

— C'est plutôt une belle fête, dit-elle, rompant le silence.

— Oui, carrément. On trinque aux super fêtes ?

Miren trouva la phrase un peu cliché et faillit le laisser en plan.

— Je crois que je ne vais pas rester. Je ne suis pas trop du genre à…

— T'amuser ? demanda-t-il, haussant les sourcils et laissant voir quelques lignes sur son front dont il usait comme d'une arme de séduction.

— Non, du genre à boire. Je préfère lire ou rester à la maison.

— Et moi donc ! J'étudie la littérature comparée. Je passe mes journées à lire des classiques. Mais bon, l'un n'empêche pas l'autre. J'aime m'amuser aussi. Comme Bukowski ou… enfin, tous les écrivains.

Miren l'observa, surprise qu'il ait cité l'un de ses écrivains préférés, et ajouta :

— « Trouve ce que tu aimes et laisse-le te tuer. »

— Bukowski a aussi dit : « Certains ne deviennent jamais fous. Leur vie doit être bien ennuyeuse. » Je m'appelle Robert, continua-t-il en tendant un verre à Miren.

— Enchantée, répondit-elle en souriant.

12

Miren Triggs

1998

> *La créativité se cache dans la routine*
> *et c'est seulement lorsqu'elle s'ennuie*
> *qu'elle s'en échappe sous la forme d'une étincelle*
> *qui change tout.*

Je commençai à parcourir les documents joints aux mails de Jim. Je découvris qu'il y avait non seulement des vidéos mais aussi la plainte signée par Aaron Templeton, le père, et l'enregistrement de l'appel aux secours. Sans doute les éléments du dossier de la police que le *Daily* avait réussi à obtenir pour son compte.

Je ne tardai pas à comprendre comment les vidéos étaient identifiées : rue, numéro de rue, heure de début. Par exemple, la première d'entre elles était BRDWY_36_1139.avi. Sans doute se référait-elle au carrefour de Broadway avec la 36e, près de Herald Square, et à l'heure de la fin de la parade de

Thanksgiving. Une autre se nommait 35W_100_1210. avi pour la 35ᵉ Rue Ouest au numéro 100, commençant à 12 h 10. Il y avait onze vidéos différentes.

J'ouvris la première sans très bien savoir ce que j'y trouverais. D'après ce que j'avais pu lire, la disparition de Kiera était survenue autour de 11 h 45 aux environs du carrefour de Broadway avec la 36ᵉ, et donc, si la référence du document était correcte, cet enregistrement avait été réalisé quelques minutes avant le drame.

La première chose que je vis fut des parapluies. Des centaines de parapluies, de tous côtés. Je ne me souvenais pas qu'il ait plu ce jour-là, mais cela limitait sérieusement le champ de vision des caméras.

La vidéo avait été filmée depuis un plan situé plusieurs mètres au-dessus des parapluies du public qui attendait la parade. L'image montrait une masse compacte semblable à un tapis de couleurs qui tremblait et oscillait, et un peu plus loin, on apercevait des personnes déguisées en bonshommes de pain d'épices en train de défiler au milieu de la rue. De l'autre côté du cortège, des gens munis d'imperméables et de parapluies patientaient derrière une barrière en métal grise. Au-dessus d'eux, je reconnus le Haier Building sur l'autre trottoir et je n'eus pas de mal à me situer dans la ville. La caméra avait enregistré la scène en prenant des photos toutes les deux secondes, il y avait donc des temps morts.

Au milieu de la scène, un parapluie de couleur claire se détachait, immobile, entouré d'autres plus foncés. J'avançai la vidéo plusieurs fois avec la certitude que tout l'enregistrement serait ainsi. La seule chose qui changeait était la composition de couleurs du tapis et les bonshommes en pain d'épices qui se transformaient peu à peu en majorettes. Je cherchai Mary Poppins, qui distribuait des ballons au coin de la 36e, mais la caméra n'englobait pas cette zone-là.

Je remarquai qu'une majorette s'était approchée de la barrière près de la caméra et demeurait là, sur plusieurs photogrammes, comme si elle saluait la personne sous le parapluie blanc. Je visionnai six minutes d'affilée en essayant de distinguer au-delà de ce que me permettait de voir la caméra : les gestes, les changements de position des parapluies, la vitesse à laquelle ils bougeaient, mais il ne se produisit rien de notable. Soudain, un homme courut vers la zone près de laquelle, quelques minutes avant, la majorette avait salué. Le parapluie disparut, je supposai qu'il était tombé par terre durant les secondes qui s'étaient passées d'un photogramme au suivant et, pour la première fois, je vis le visage de Grace Templeton, la mère de Kiera.

L'image n'était pas très nette mais son visage affichait un air d'incrédulité. Sur le photogramme suivant, c'était devenu une expression de terreur. À ses côtés se matérialisa Aaron, qui semblait lui dire quelque chose. Ils apparurent ensuite à droite, entre deux parapluies verts, puis disparurent du cadre.

Mon estomac se noua. Je ne pouvais imaginer ce qu'ils ressentaient dans un moment comme celui-là. Ensuite, je visionnai à nouveau ces images, au cas où un détail m'aurait échappé, mais je ne vis rien d'important.

J'ouvris un autre document et découvris qu'il s'agissait d'un formulaire d'admission du Centre hospitalier Bellevue, avec les données de Grace Templeton. Elle avait été prise d'une sérieuse crise d'anxiété et on l'avait transportée là en ambulance. L'heure d'entrée déclarée était 12 h 50, sans doute pas très longtemps après la disparition de Kiera. Il y avait son numéro de Sécurité sociale, son adresse à Dyker Heights et le numéro de téléphone d'une personne de contact : Aaron Templeton.

Je notai sur un papier les autres noms des documents vidéo et cherchai dans l'appart un plan de la ville pour y indiquer la position exacte des caméras de surveillance. J'ignorais pourquoi il y en avait tant sur la 35e. Une dizaine filmaient plusieurs endroits de la rue, dans les minutes précédant et suivant la disparition. Tout semblait indiquer que tout s'était déroulé dans cette zone et j'entourai la rue entière sur la carte.

Un autre document attira mon attention dans l'un des mails. Après l'avoir ouvert, il me fallut quelques instants pour comprendre de quoi il s'agissait.

C'était la photographie d'un petit tas de vêtements sur un sol de marbre beige. Dessus étaient disposées quelques mèches de cheveux bruns. Cette image me troubla. Avaient-ils découvert un cadavre sans en avoir encore avisé la presse ? Y avait-il des éléments de l'enquête qui ne s'étaient pas encore ébruités ? Dans ces années-là, le traitement de ce genre de cas n'était pas aussi sensationnaliste. Seules les informations utiles filtraient, mais c'était sur le point de changer pour toujours. L'affaire Kiera Templeton allait devenir la pierre angulaire du journalisme des années à venir, initiée par le *Press* avec la une de ce jour-là. Elle se trouvait à présent à côté de mon ordinateur. De temps en temps, je détournais le regard vers elle et la photo de la petite fille semblait me murmurer : « Tu ne me retrouveras jamais… »

Je consacrai les heures suivantes à regarder les vidéos et à analyser les images, mais je n'obtins rien de concluant. En réalité, tout ce dont je disposais ne menait nulle part. C'était comme si les pièces que m'avait données mon professeur avaient été sélectionnées pour détourner l'attention, ou comme si le policier qui avait transmis toutes les informations au *Daily* avait réservé la bombe pour plus tard.

Je jetai un œil à ma montre. Il était près de 3 heures du matin. J'avais barré avec des croix les caméras inutiles. J'avais vu les vidéos des épiceries devant lesquelles on voyait les gens passer, celle de l'intérieur d'un supermarché où il n'arrivait rien d'intéressant et celle d'un Pronto Pizza qui venait d'ouvrir au coin de Broadway avec la 36e.

Un des documents avait un format différent. Il s'appelait CAM_4_34_PENN. avi et je n'arrivai pas à identifier à quoi il faisait allusion. Je l'ouvris. Je mis quelques instants à comprendre l'image, qui bougeait de manière plus fluide que les précédentes, bien que la qualité fût moins bonne. La lentille semblait floue, ce qui donnait une brume translucide difficile à percer. Mais on pouvait observer le quai d'une station de métro avec plusieurs personnes en train d'attendre la rame. La durée de la vidéo était de deux minutes et quarante-cinq secondes. Je ne m'attendais pas à trouver quelque chose d'intéressant en si peu de temps. Une dame avec un bonnet de père Noël attendait près d'un pilier en métal, deux hommes en costume conversaient au fond, un clochard était couché sur un banc à quelques mètres de la femme. Plusieurs groupes attendaient le métro, mais cette caméra filmait uniquement leurs jambes sur la partie supérieure de l'image.

Soudain, le métro entra en gare. Alors qu'il freinait, la caméra trembla faiblement. Un couple avec un petit garçon habillé d'un pantalon blanc et d'un manteau foncé apparut sur le plan et seize personnes sortirent du wagon. Ensuite, la petite famille et la femme du pilier y montèrent. Le train démarra, les gens s'évanouirent et seul demeura le clochard, le regard perdu dans le vide.

13

26 novembre 1998

> *Ce n'est que lorsque l'on en perd une pièce*
> *que l'on se rend compte que le puzzle*
> *ne peut plus avoir de sens.*

Aaron passa les heures suivantes à inspecter toute la zone, regardant partout et nulle part. Chaque fois qu'il tombait sur une famille avec un enfant, il se précipitait vers lui et essayait de chercher dans ses yeux ceux de Kiera. Plusieurs témoins affirmèrent plus tard à la police qu'ils l'avaient vu désespéré, hurlant au milieu de la foule, quand tout le monde autour de lui semblait l'ignorer. Les agents de la police de New York passaient également chaque coin de la ville au peigne fin, se couchaient par terre pour regarder sous les véhicules, ouvraient les portes d'immeuble avec l'espoir de retrouver la fillette recroquevillée dans un coin du hall. Mais les heures passaient et la nuit s'appropriait la ville, les lumières s'allumaient une à une alors que l'obscurité régnait dans le cœur d'Aaron, dont la voix n'était maintenant plus qu'un imperceptible murmure déchirant.

À 1 heure du matin, un agent trouva le père désespéré au croisement de la 42e avec la 7e, allongé à côté d'une bouche d'incendie, en train de pleurer, inconsolable. Il ne savait plus où chercher. Il avait couru en criant d'est en ouest depuis la 28e jusqu'à la 42e, pour enfin revenir, à mi-chemin, au carrefour de la 36e, là où tout avait commencé. Il avait inspecté les parcs de la zone, il avait crié le nom de Kiera dans les bouches de métro, il avait supplié un dieu auquel il ne croyait même pas et avait pactisé avec des démons qui n'existaient pas. Tout cela pour rien, comme cela arrive toujours dans le monde réel, dans lequel les vies et les rêves se brisent.

Alors qu'il levait le camp installé pour couvrir la parade de Macy's, un journaliste de CBS, qui avait entendu l'alerte sur la fréquence radio de la police, filma Aaron, détruit, courant d'un côté à l'autre. Ces images serviraient le lendemain à ouvrir le journal télévisé dans lequel une présentatrice annoncerait d'un ton neutre : « On recherche toujours depuis hier la petite Kiera Templeton, trois ans, disparue durant la parade de Thanksgiving dans le centre de Manhattan. Si quelqu'un a vu quelque chose, ou si vous avez une piste, contactez le service d'alerte AMBER pour mineurs disparus dont vous pouvez voir le numéro sur l'écran. » Juste après, et sans changer de ton ni d'expression, elle parlerait d'un bouchon sur le pont de Brooklyn dû à des travaux sur la rive est. Au même moment, les rédactions de tous les médias de la ville se lanceraient à la recherche d'images de ce père abattu, mettant en branle la machine du sensationnalisme.

Aaron regarda son portable qui sonnait de manière stridente et vit qu'il avait reçu plusieurs appels d'un numéro inconnu. Le policier l'aida à se relever.

— Oui ?

— Je vous appelle de l'hôpital Bellevue. Nous avons dû transporter votre femme ici afin de surveiller sa crise d'angoisse. Elle est stable depuis quelques heures maintenant et demande à partir. Monsieur ? Vous m'entendez ?

Aaron avait cessé d'écouter dès la première phrase. En face de lui se trouvait le policier qui lui avait montré les habits de Kiera devant le 225. Il ne se souvenait pas de son nom, mais son expression, son regard triste et son air grave anéantirent en lui tout espoir. L'agent Alistair lui fit un signe de la tête, la secouant de gauche à droite. C'était là le message le plus douloureux que pût recevoir Aaron.

Il pleura.

Et ne cessa de pleurer alors que plusieurs agents de police le guidaient dans la rue et le faisaient monter dans une voiture avant de démarrer toutes sirènes hurlantes. Les policiers s'étaient offerts de l'emmener à l'hôpital voir sa femme, non sans lui promettre que toutes les unités disponibles passeraient la zone au crible et n'abandonneraient pas avant d'avoir trouvé Kiera. Incapable de prononcer un seul mot, Aaron scrutait les ombres dans la rue à la recherche de sa fille, priant à chaque carrefour pour la découvrir. Une fois à l'hôpital, ils l'escortèrent en silence. Grace l'attendait au bout d'un long couloir aux dalles et aux murs blancs. Lorsqu'elle vit que son mari n'était pas accompagné de Kiera, elle courut vers lui en criant «Ma petite fille! Ma petite fille!» et les échos de ses hurlements résonnèrent partout dans l'édifice comme seules peuvent le faire les plus terribles nouvelles. Les cris de cette mère demeureraient pour toujours dans la mémoire des infirmières, des patients et des médecins qui s'étaient occupés d'elle et qui comprirent que la douleur de ces parents était la plus tragique dont ils aient jamais été témoins. Ils étaient habitués à la mort, aux maladies, aux traitements longs qui consument peu à peu la vie des patients, mais pas à la souffrance, irrémédiable, de ces parents à la fois désespérés et pleins d'espoir.

Lorsqu'elle fut contre Aaron, Grace le frappa à la poitrine. Il subit les coups sans éprouver la moindre douleur parce qu'il était déjà mort, noyé au plus profond de lui-même. Il attendit, les joues baignées de larmes et sans prononcer un mot, que Grace n'ait plus assez de force pour l'insulter et l'accuser.

14

27 novembre 2003
Cinq ans après la disparition de Kiera

*Souvent, l'espoir n'a besoin
que d'un petit clou ardent auquel se raccrocher.*

Grace, Aaron et Miren attendirent avec impatience l'arrivée de l'inspecteur Benjamin Miller, le responsable de l'enquête de 1998. Il arriva deux heures plus tard. Aaron l'avait appelé plusieurs fois au seul numéro qu'il conservait de lui, mais, à chaque fois, après que sa secrétaire l'eut mis en attente durant de longues minutes avec une mélodie exaspérante, elle avait raccroché sans lui avoir passé personne. Ce ne fut qu'au cinquième appel que la secrétaire écouta Aaron avec attention :

— C'est Kiera, elle est en vie ! Il faut que je parle à l'inspecteur Miller, s'il vous plaît. Kiera va bien !

— Que dites-vous ?

— Kiera Templeton, ma fille, elle est vivante ! répéta-t-il en hurlant dans le combiné.

— Écoutez, monsieur Templeton… nous ne pouvons

pas rouvrir votre dossier en ce moment... Il n'y a aucun élément nouveau et l'inspecteur Miller a été très clair : je ne dois lui passer aucun appel jusqu'à ce qu'il y ait du nouveau. Vous nous appelez tous les ans, à Thanksgiving. Vous devriez demander de l'aide.

— Vous ne comprenez pas... Kiera est vivante ! On l'a vue ! Sur une vidéo ! Quelqu'un nous a envoyé une cassette vidéo d'elle. Elle est en vie !

La secrétaire se tut quelques secondes et reprit d'un ton sec :

— Un instant, s'il vous plaît.

Quelques minutes plus tard, une voix grave et hachée résonnait à l'autre bout du fil :

— Monsieur Templeton ?

— Inspecteur Miller, merci mon Dieu ! Il faut que vous veniez. Nous avons reçu un paquet à la maison qui contient une cassette VHS de Kiera.

— Un nouvel enregistrement d'une caméra de surveillance ? Nous en avons plusieurs du moment suivant la disparition et ils ne nous ont menés nulle part.

— Non, ce n'est pas une vidéo prise dans la rue. C'est dans une maison. Et c'est Kiera, aujourd'hui, à l'âge de huit ans. Elle joue dans une chambre.

— Que dites-vous ?

— Kiera est en vie, inspecteur. Elle n'est pas morte. Kiera est vivante ! hurla Aaron, euphorique.

— Vous en êtes bien sûr ? demanda le policier, sceptique.

— C'est elle. Je n'ai aucun doute là-dessus.

— Votre femme pense la même chose ? Elle pense que c'est elle ?

— Il faut que vous voyiez ça de vos propres yeux.
— Ok, j'arrive. Attendez-moi chez vous et ne touchez plus la cassette. Peut-être… peut-être qu'elle va nous apprendre quelque chose.

En attendant le policier, Grace n'avait cessé de sourire et de pleurer de bonheur d'avoir vu sa fille jouer tranquillement dans une chambre. Aaron s'était assis à la table de la cuisine, le regard perdu, laissant de temps à autre ses émotions affleurer. Miren était restée muette. Elle avait consacré tant de temps à creuser les différentes pistes, à interroger les témoins et à décortiquer une à une les deux mille pages des dossiers de police sans rien trouver, mais la simple image de la fillette en train de jouer semblait avoir ébranlé ses convictions.

Durant la petite minute que durait l'enregistrement, une Kiera plus âgée jouait avec une poupée devant une maisonnette en bois, avant de se lever et de laisser le jouet sur le lit. Quelques secondes plus tard, et après avoir hésité un instant, elle allait jusqu'à la porte et y collait l'oreille. Elle portait une robe orange qui lui descendait aux genoux. L'image semblait s'être figée, si ce n'était pour le chronomètre qui continuait d'avancer. À la trente-cinquième seconde, Kiera décollait son oreille de la porte, comme si elle s'attendait à ne rien entendre de plus, et sautillait jusqu'à la fenêtre. Elle ouvrait le rideau de gaze blanche et contemplait un instant l'extérieur, dos à la caméra. À la cinquante-septième seconde, la petite fille se tournait vers le lit et fixait la caméra d'un air détaché. Puis elle prenait la poupée qu'elle avait laissée sur le lit, le magnétoscope expulsait la cassette et l'écran s'emplissait à nouveau d'une pluie de neige qui finirait par ensevelir la famille Templeton.

— Vous êtes sûrs que c'est elle ? demanda Miren, qui connaissait déjà la réponse.

Elle avait vu des centaines de photos de Kiera dans plusieurs albums de famille et la ressemblance était frappante, malgré la différence d'âge avec la petite fille de trois ans qui avait disparu.

— C'est Kiera, Miren. Tu ne vois pas ? Regarde son visage… Je pourrais reconnaître ma fille même si cinquante ans étaient passés. C'est notre fille !

— Je dis juste que la qualité de l'enregistrement laisse à désirer. Nous devrions peut-être…

— C'est elle, je te dis ! Ok ? l'interrompit Grace.

Miren acquiesça d'un mouvement de tête et sortit fumer une cigarette. La nuit était déjà tombée. Elle prit son téléphone portable et appela la rédaction pour s'excuser de ne pas être revenue au bureau à temps pour terminer l'article sur lequel elle travaillait.

Ensuite, elle laissa son regard errer sur les maisons de la rue. Plusieurs familles étaient en train d'accrocher les lumières de Noël sur les toits. Elle se dit que ce devait être dur pour les Templeton de vivre cette période, avec son bonheur et ses retrouvailles entre êtres chers, ces milliers d'ampoules qui montraient du doigt le seul endroit où il n'y en avait pas : chez eux. Dans un monde de lumières, un coin sombre est un signe. La maison des Templeton était la seule de la rue qui semblait ne pas participer à cette excentrique dépense d'électricité et, manifestement, celle qui dépensait le moins en jardinier. Le gazon était sec et parsemé d'immenses trous.

Miren se souvint de la première fois qu'elle était venue ici. C'était le gazon, alors en très bon état, qui avait attiré son attention à l'époque. Elle se rappela la sensation d'être dans la propriété d'une famille aisée, avec une jolie voiture garée devant la porte et une boîte aux lettres coiffée d'un petit drapeau, l'image de la famille parfaite. Tout cela n'était plus que cendres, la douleur avait conquis chaque recoin, teintant de gris non seulement la façade, le jardin et les fenêtres, mais aussi les âmes de tous ceux qui osaient pénétrer à l'intérieur de ce foyer.

Une Pontiac grise apparut enfin au bout de la rue. Un homme d'une cinquantaine d'années, habillé d'un costume, d'une cravate verte et d'une gabardine, en descendit.

— Je ne vais pas vous dire que je suis content de vous voir, dit l'inspecteur Miller.

Miren haussa les sourcils et jeta son mégot sur le trottoir.

— C'est sérieux ? demanda le policier avant d'entrer.

— On dirait, répondit la journaliste d'un ton sec.

Aaron sortit et le salua.

— Merci d'être venu, inspecteur, dit-il d'une voix anxieuse.

— Ma femme m'attend à la maison pour Thanksgiving. J'espère que c'est important, ajouta le policier.

Grace se trouvait dans la cuisine, les yeux rouges

d'avoir tant pleuré. Ils entrèrent dans la maison et Miller la salua en la serrant contre lui.

— Comment allez-vous, madame Templeton ?
— Il faut que vous voyiez la vidéo, inspecteur. C'est Kiera. Elle est en vie.
— Qui vous l'a donnée ?
— Je l'ai trouvée dans la boîte aux lettres.

Grace montra le paquet à bulles sur la table. Le policier l'examina sans le toucher, vit le numéro 1 écrit au feutre dessus.

— Vous l'avez manipulé ?

Grace acquiesça et porta la main à sa bouche.

— Où est la vidéo ?
— Dans le magnétoscope.

La VHS dépassait de quelques centimètres de la fente de l'appareil. Sur l'écran, la neige dansait et se reflétait dans les yeux de tous.

Miller sortit un stylo de la poche de sa veste et poussa la cassette avec. Grace appuya sur un bouton afin de rembobiner. Quelques secondes plus tard, ils entendirent un clac et le téléviseur afficha de nouveau la Kiera de huit ans en train de jouer à la poupée, avant de la laisser sur le lit, de coller son oreille contre la porte et d'aller à la fenêtre. Lorsqu'elle se tourna vers la caméra, l'image s'interrompit et le magnétoscope expulsa la cassette comme si de rien n'était.

— C'est elle ? demanda le policier, intrigué. Vous la reconnaissez formellement ?

Grace hocha la tête, tremblante. Ses yeux étaient inondés de larmes.

— Vous en êtes vraiment sûrs ?

— Sûrs et certains, Ben. C'est Kiera.

Le policier soupira et s'assit. Après avoir débattu avec lui-même durant quelques instants, il reprit :

— Vous ne pouvez pas publier cela, dit-il à Miren, qui attendait à la porte de la cuisine. Vous ne pouvez pas transformer cela en cirque encore une fois.

— Vous avez ma parole, répondit-elle. Mais seulement si vous rouvrez l'affaire.

— Rouvrir l'affaire ? Nous ne savons pas encore ce que nous avons. C'est juste l'enregistrement d'une fillette qui... Je vais être sincère, cela pourrait être n'importe quelle gamine qui ressemble un tant soit peu à Kiera.

— Vous êtes sérieux ? s'exclama Aaron.

— Je ne peux pas mobiliser des effectifs pour ça, monsieur Templeton. C'est tellement vague. Une vidéo surgit comme ça, de nulle part, cinq ans après... C'est tellement rocambolesque que mes chefs ne m'appuieront jamais. Vous savez combien d'enfants disparaissent chaque année ? Vous savez combien d'affaires nous avons en cours ?

— Inspecteur, que feriez-vous si c'était votre fille ? Dites-moi. Que feriez-vous ? protesta Aaron en haussant le ton. Si on enlevait votre fille de trois ans et que plusieurs années plus tard vous receviez pour son anniversaire une vidéo dans laquelle elle s'amuse comme s'il ne s'était rien passé ? Comment vous sentiriez-vous ? Si on vous arrachait ce que vous aimez le plus au monde et que, quelques années plus tard, on vous la foutait sous le nez pour que vous voyiez à quel point elle est bien sans vous ?

L'inspecteur Miller ne sut quoi répondre.

— Nous n'avons que cet enregistrement et votre parole qu'il s'agit bien de votre fille. Ça va être dur de convaincre mes supérieurs. Je ne vous promets rien.

— C'est Kiera… inspecteur, dit Miren. Vous le savez parfaitement.

— Comment pouvez-vous en être aussi sûre ?

— Parce que, lorsque je me lève chaque matin que Dieu fait, son visage est la première chose que je vois.

15

Miren Triggs

1998

> *La vérité est plus insaisissable*
> *que le mensonge et elle frappe bien plus fort*
> *lorsque l'on baisse la garde.*

Le lendemain matin, le réveil sonna plus tôt que mon corps ne pouvait l'accepter. Je m'étais couchée très tard, après avoir examiné les dossiers que m'avait envoyés le professeur Schmoer. Je pris pour le petit déjeuner le café à la vanille acheté au Starbucks du coin. Ensuite, je me rendis dans un magasin de téléphones portables et j'achetai un Nokia 5110 de couleur noire à la mode, ainsi qu'un forfait qui incluait cinquante messages et soixante minutes d'appels. Cela fait, je marchai jusqu'au tribunal sous un soleil radieux. À l'entrée, un aimable policier m'invita à laisser mon portable sur un plateau en plastique pour pouvoir accéder à l'enceinte.

— Les téléphones sont interdits, dit-il, rendant ainsi

inutile mon tout nouveau moyen de communication avec le monde.

— Le dossier que j'ai demandé il y a quelques semaines est-il prêt? dis-je à la secrétaire, qui pesta dès qu'elle me vit.

C'était une Afro-Américaine d'une quarantaine d'années qui ressemblait comme deux gouttes d'eau à la mère de Steve Urkel dans *La Vie de famille*.

— Encore vous!

— C'est mon droit, non? La loi Megan oblige les administrations à fournir au public la liste des délinquants sexuels de l'État, ainsi que leur adresse et une photo actualisée.

— La page web n'est pas encore prête. Vous savez, Internet. Ce dont tout le monde parle en ce moment.

— C'est ce que vous m'avez dit il y a deux semaines. Vous ne pouvez pas bafouer mes droits. C'est une loi fédérale, voyez-vous.

— Nous sommes dessus. Je vous le promets. C'est que ce sont beaucoup de dossiers.

— Il y en a tant que ça?

— Vous ne pouvez même pas imaginer.

— Pourrais-je les consulter?

— Les archives des délinquants sexuels? Je crains que ce ne soit pas possible.

— Ces données doivent être publiques, vous ne comprenez pas?

— Bon, d'accord. Laissez-moi quelques minutes, dit-elle finalement. Attendez-moi ici, s'il vous plaît.

Elle disparut dans un couloir et revint quelques instants plus tard. Entre-temps, j'en avais profité pour retourner à l'entrée et j'avais appelé ma mère pour lui donner mon numéro de téléphone. Comme elle ne répondait pas, j'étais revenue au comptoir de la secrétaire.

— Mademoiselle ? Veuillez m'accompagner. Je vais vous conduire aux archives.

Nous descendîmes au sous-sol où un homme en cravate et chemisette absorbé par la lecture d'un journal, nous reçut, étonné, comme s'il n'était pas habitué à avoir de la visite.

— Bonjour, Paul, comment se passe la matinée ? Voici une jeune femme qui... enfin, elle vient pour la loi Megan.

— Délinquants sexuels ? On est débordés. On est en train de numériser les archives mais... c'est plus de trente ans de délits. C'est un travail colossal.

Je levai la main et accompagnai le geste de mon plus beau sourire hypocrite.

— Alors, attendez voir... signez ici et ici, ordonna-t-il. C'est un document qui stipule que vous n'utiliserez pas l'information pour nuire ou faire justice vous-même, et que, le cas échéant, vous serez poursuivie.

— Bien sûr, répondis-je, les méchants aussi ont des droits !

Paul me guida au travers d'un long couloir de dalles jaunes illuminé de néons et s'arrêta devant une porte.

— Cette section que vous voyez là, c'est tout ce qu'on est en train de numériser. Les agresseurs de niveau 1 à 3, annonça-t-il avant d'ouvrir la porte sur un gigantesque labyrinthe d'étagères métalliques pleines de cartons. Sur Internet, vous trouverez un peu moins d'informations, mais voilà sur quoi nous sommes en train de travailler en ce moment. Peut-être que dans deux ans, tout sera disponible sur la toile mais... Enfin, Noël approche, et qui veut se mettre à fouiller dans les archives, hein? Je vous le demande.

— Tout ça? Vous plaisantez?

Il secoua la tête en pinçant les lèvres.

— Sur ces trois étagères, vous trouverez les dossiers depuis les années 70 jusqu'au début des années 80. Sur les deux autres, cela va de cinq ans en cinq ans. Comme vous pouvez le voir, c'est très intuitif. Les boîtes avec les pastilles jaunes sont celles des délinquants de niveau 3, les plus dangereux. Violeurs, assassins, pédophiles récidivistes. Le reste... harceleurs et abuseurs de niveau inférieur.

Il y a deux ans, une petite fille de huit ans, Megan Hanka, avait été violée puis tuée par son voisin, un pédophile récidiviste. Les parents de Megan avaient déclaré que s'ils avaient su que leur voisin était un dangereux agresseur d'enfants, ils ne l'auraient jamais laissée jouer dehors. L'affaire fut un véritable choc pour le pays, qui ne tarda pas à ratifier une loi fédérale obligeant les autorités à rendre publique la liste de délinquants sexuels en liberté, avec photographie et adresse actualisées afin de prévenir la population. Il s'agissait simplement de savoir qui habitait à côté de chez vous. Mais à New York, cette loi en était encore à ses balbutiements et cela prendrait encore un peu de temps avant qu'elle se mette en place. En attendant, il y avait cette pièce pleine d'archives, assez du moins pour se perdre dedans quelques heures.

— Si vous avez besoin d'autre chose, n'hésitez pas à venir me voir. Je serai dans l'entrée.

Paul referma la porte et me laissa là, seule et entourée de ces cartons puant la violence sexuelle.

Je pris la première boîte et son poids me surprit. Elle pouvait bien contenir deux cents chemises cartonnées. Je tirai la première et fus aussitôt prise de nausée. Dans le coin supérieur était agrafée la photo d'un homme blanc d'une soixantaine d'années, le regard perdu et une barbe de trois jours. La fiche consistait en une simple feuille volante avec des blancs remplis à la main. Mes yeux se dirigèrent directement sur la case intitulée «Condamné pour...» : «abus sexuel sur mineur de six ans».

Je refermai le dossier et pris le suivant. Ce n'était pas ce que je recherchais et je préférais ne pas perdre de temps à penser à ce que je ferais à ce type si je l'avais en face de moi. Durant plusieurs heures, je passai d'un dossier à l'autre, examinant les photographies et lisant ce qui était écrit. Notre pays était pourri. Enfin, les hommes étaient des pourritures. Sur près de cinq cents affaires, je n'étais tombée que sur six femmes. Je ne nie pas que ce qu'avaient fait ces six femmes me répugnait autant que les atrocités commises par les hommes, mais il était évident que les agressions sexuelles étaient un truc de mecs. Certains cumulaient les crimes : attouchements, abus, viol, viol et assassinat. D'autres manifestaient une conduite répétitive pathologique : fixation sur un type de filles en particulier, même couleur de cheveux, même taille, même âge, et cela s'aggravait au fil des années, quand ils avaient purgé leur peine pour leur premier délit commis vingt ou trente ans auparavant. Mais ceux qui me dégoûtaient le plus, et ils étaient les plus nombreux, étaient ceux qui s'en prenaient à des enfants de leur famille. En général, des parents ou des oncles.

— Enfoirés, dis-je à voix haute.

J'allai voir Paul et lui demandai jusqu'à quelle heure je pouvais rester. La tâche qui m'attendait allait me prendre plus de temps que prévu, il me répondit que je pouvais rester sans aucun problème jusqu'à 18 heures.

Je décidai de déjeuner dans les alentours du tribunal de justice. Pendant que j'attendais que l'on me serve, j'appelai avec mon téléphone flambant neuf le deuxième et dernier numéro que je connaissais par cœur.

— Qui est-ce ? répondit Jim Schmoer à l'autre bout du fil.

— Professeur ? Tu m'entends ? C'est Miren.

— Miren, as-tu pu jeter un œil à ce que je t'ai envoyé ?

— Oui... enfin, pas à tout. Mais... merci.

— J'ai besoin de ton regard neuf. Je pense que cette affaire est loin d'être terminée.

— Merci, Jim. Loin d'être terminée ?

— D'où m'appelles-tu ? Je ne t'entends pas très bien.

— Depuis mon nouveau portable.

— Eh bien, j'entends vraiment mal.

— Super. Il m'a coûté deux cents dollars. J'adore jeter mon argent par les fenêtres.

— J'imagine que tu m'appelles pour la nouvelle.
— Je n'ai pas encore lu le journal. Vous avez publié la transcription de l'appel aux secours ?
— Oui, mais personne ne l'a lue.
— Quoi ?
— Je dis que personne ne l'a lue. L'appel, tout le monde s'en fout, maintenant, Miren.

Derrière lui, je pouvais entendre le bruit du trafic. Il devait être dans la rue.

— C'est du passé, reprit-il. Le *Press*... enfin, excuse-moi. Tu n'es vraiment pas au courant ? Dans quel monde vis-tu ?
— Je suis au tribunal pour une affaire personnelle, répondis-je pour me justifier.
— Quelle affaire personnelle ? Ils ont chopé le coupable de ton... ? Enfin, tu sais... Tu aurais pu me le dire, tu sais que je t'aurais accompagnée.
— Non, non. Je suis en train de consulter les archives, pour un truc.

Le professeur soupira et ajouta, comme une lamentation :

— Ok. Si tu as besoin d'aide, tu me le dis, d'accord, Miren ?
— Ok. Pour l'instant, ça va, mentis-je.
— Bon. Tu n'as donc pas appris la nouvelle.
— Laquelle ?
— Achète le *Press* d'aujourd'hui. C'est incroyable. Je ne sais pas comment ils font mais...
— Qu'est-ce qui s'est passé ?

J'étais inquiète. Autant de secrets me tuait.

— Lis la une du *Press* et ensuite appelle-moi.

— Qu'est-ce qui s'est passé ? répétai-je avant de me rendre compte qu'il avait raccroché.

Je demandai au serveur du restaurant s'ils avaient le *Manhattan Press* mais il me répondit par la négative. Je rappelai mes parents, encore une fois, personne ne répondit. Qu'est-ce que Jim cherchait à me dire ?

Mon plat arriva, des spaghettis à la carbonara qui ne coûtaient que 7,95 dollars, boisson incluse, et je les dévorai, avec une seule idée en tête, aller acheter le journal le plus rapidement possible. Le restaurant était un endroit miteux aux murs couverts de miroirs et dont les seuls clients étaient les délinquants et leurs familles qui passaient leur matinée au tribunal. Je levai la tête et vis le visage de Kiera dans le reflet du téléviseur. Je me retournai pour le voir directement sans toutefois réussir à savoir où se trouvait l'écran réel dans ce labyrinthe de glaces.

— Vous pouvez monter le son ? demandai-je au serveur.

Quelques secondes plus tard, le visage de Kiera disparut et fut remplacé par celui d'un homme blanc, d'une cinquantaine d'années, les cheveux gris. Je ne connaissais pas ce type mais un titre apparut sous sa photographie, défilant de gauche à droite : LE PRINCIPAL SUSPECT A ÉTÉ ARRÊTÉ.

Lorsque le serveur monta enfin le volume sonore du téléviseur, j'entendis la présentatrice du JT terminer sa phrase : « ... marié, deux enfants, c'est le principal suspect de la séquestration de la petite Kiera Templeton. Il a été interpellé et mis en examen ».

16

New York

12 octobre 1997
Un an avant la disparition de Kiera

Parler de la douleur est un symbole de force,
mais ne pas le faire est aussi un symbole de courage,
car lorsque l'on se tait, ce qui est en nous
y demeure et nous dévore.

Miren n'avait plus aucun souvenir de comment elle avait atterri dans les bras de Robert, nauséeuse, sur un banc du parc Morningside, près d'un réverbère dont l'ampoule incandescente clignotait, sur le point de lâcher.

— Arrête, s'il te plaît, murmura-t-elle, comme étourdie.

— Allez… fais pas ta mijaurée.

Robert continua de l'embrasser et elle ferma les yeux pour ne pas vomir. Tout tournait autour d'elle et elle avait du mal à se repérer avec le réverbère qui éclairait de manière intermittente l'homme qui était sur elle. Elle ne se rappelait pas avoir bu autant pour finir dans cet état. C'était peut-être parce qu'elle n'avait pas l'habitude de l'alcool, mais cette sensation était très angoissante.

— S'il te plaît, ARRÊTE ! cria-t-elle en le repoussant. Je ne peux pas... Je ne me sens pas bien.

Soudain, elle prit conscience de l'air glacial de New York sur ses cuisses et, en regardant vers le bas, elle découvrit, horrifiée, que sa robe était remontée jusqu'à son nombril et que sa culotte, déchirée, pendait à l'une de ses chevilles.

— S'il te plaît, arrête, répéta-t-elle.

Mais Robert ne l'écouta pas et glissa sa grosse main entre ses cuisses. Elle essaya de l'en empêcher avec le peu de forces qui lui restaient mais n'y parvint pas.

Au loin, Miren entendit une voix masculine. En réalité il n'y en avait pas qu'une mais plusieurs, qui se juxtaposaient. Elle hurla pour qu'on l'entende avec ce qui lui restait de voix et de conscience. À ce moment-là, elle ignorait que c'était la pire chose à faire.

Il y eut ensuite des rires, les ombres d'hommes qui s'intercalèrent dans la lumière que projetait le réverbère toutes les deux secondes à la manière d'un stroboscope. Elle entendit ensuite Robert se disputer. Un instant plus tard, il était par terre, inconscient, le visage en sang. Elle distingua trois types devant elle. Elle vit une braguette s'ouvrir. Puis une autre. Et puis une dernière.

Elle ferma les yeux, pleurant et priant pour que le temps passe le plus vite possible. Elle comprit alors ce qu'elle avait lu un jour : le temps est relatif, d'après Einstein. Et en effet, il l'est. En fonction de ce que l'on souffre et combien on souffre.

Quelques heures plus tard, elle ne sut jamais combien exactement, elle se réveilla dans l'obscurité du parc. Elle avait mal partout et sa robe était déchirée jusqu'à sa poitrine. Son rouge à lèvres s'était étalé sur ses joues et le rimmel que Christine lui avait appliqué avait coulé avec ses larmes, dessinant sur son visage le regard le plus triste de New York. L'ampoule avait fini par griller et elle ne voyait pas à deux mètres. Elle fouilla le sol et mit un moment à trouver son sac, dans lequel elle avait fourré les clés de son appartement. Elle était transie. Un vent glacial soufflait de l'ouest et elle se souvint qu'elle était allée à la fête avec un manteau qu'elle ne voyait nulle part. Elle croisa les bras et commença à marcher. Elle se rendit compte qu'elle avait perdu une de ses chaussures à talons et enleva la seconde, qu'elle serra dans sa main comme s'il s'agissait d'une arme. Elle sentait ses hanches craquer chaque fois qu'elle posait son pied droit sur le sol. Ses genoux étaient couverts d'ecchymoses et son entrejambe la brûlait. Elle se mit à pleurer.

Elle marcha durant quelques minutes dans l'obscurité la plus absolue jusqu'à ce qu'enfin, elle sorte du parc par les escaliers de Morningside Avenue, au carrefour de la 116e. Elle réalisa qu'elle n'était pas loin de chez elle. Elle jeta un œil à son poignet mais on lui avait volé sa montre. Elle regarda dans son sac et remarqua que son portefeuille avait disparu également.

La voix d'un homme surgit de la nuit, lui offrant son aide :

— Ça va ? Qu'est-ce qui vous est arrivé ?

Mais sans pouvoir identifier d'où cette voix venait, Miren jeta la chaussure par terre et se mit à courir, prise de peur, lançant des regards partout autour d'elle. Quand elle arriva enfin devant son immeuble, le goût du sang lui envahit la bouche. En montant les escaliers, la main sur la rampe, elle sentit un filet chaud couler le long de sa cuisse. Du sang. Elle continua de pleurer, presque en silence, pour que personne ne puisse la trouver et se repaître de son corps brisé en mille morceaux.

Il lui fallut plusieurs secondes pour introduire la clé dans la serrure. Impossible de stopper le tremblement de ses mains, qui faisait tinter le porte-clés et pouvait alerter un nouvel agresseur. Lorsqu'elle put enfin entrer chez elle, elle referma d'un coup sec la porte et s'y adossa en criant, encore et encore, avec toute l'énergie qui lui restait.

Elle vit le téléphone sur la petite table près du divan. Elle rampa au sol, pleurant et gémissant, et elle porta le combiné à son oreille. Bientôt, elle entendit une voix endormie à l'autre bout du fil :

— Allô ?

— Aide-moi, maman, murmura-t-elle entre deux sanglots.

17

26 novembre 1998

> *Il est possible de cacher
> une immense cicatrice sur sa peau,
> mais impossible de dissimuler
> une simple égratignure dans son âme.*

L'agent Alistair demeura un instant près des parents qui, enlacés sur le sol de l'hôpital, passaient en revue ce qu'ils auraient pu changer à cette journée pour que Kiera soit toujours avec eux. Grace se souvint que, sur le point de sortir, elle avait remarqué qu'il pleuvait et avait pensé rester à la maison. Durant les dernières semaines, Kiera avait eu un léger rhume et elle craignait une possible rechute, mais ce doute s'était dissipé quand elle avait vu la joie avec laquelle Kiera se disposait à aller à sa première parade de Thanksgiving. Ce jour-là, elle s'était levée un peu triste parce qu'il n'y avait plus de Lucky Charms, ses céréales préférées, et sa mère l'avait grondée parce qu'elle voulait qu'elle mange plus sain. Aaron essayait de se remémorer chaque instant de cette matinée, chaque geste de Kiera, chaque moment où il aurait pu changer le cours des choses. Tant de décisions auraient pu éviter ce malheur qu'il ne comprenait pas comment cela avait pu arriver. Ensuite, il se souvint que, la veille, il était rentré tard du travail et que Kiera était déjà au lit. Il n'avait pas pu jouer avec elle ni lui lire une histoire comme il avait l'habitude de le faire avant de la coucher. La disparition de Kiera avait activé un mécanisme d'autodestruction dans l'esprit des deux parents, et ils cherchaient dans leur comportement les moments qui leur causaient le plus de souffrance. Les moments perdus, volés, les baisers non donnés, les jours de travail, les punitions.

— Monsieur et madame Templeton… dit l'agent Alistair, je sais qu'il est difficile de rentrer chez vous comme si de rien n'était, mais faites-nous confiance. Nous allons retrouver votre fille. Je vous le promets. Toutes nos unités ont été sollicitées et, au moment où je vous parle, elles fouillent la zone. Nous sommes également en train d'exploiter les enregistrements des caméras de surveillance, au cas où elles auraient filmé quelque chose. Faites-nous confiance.

— Mais… les vêtements… et les cheveux… Quelqu'un l'a enlevée, inspecteur. Notre fille est retenue contre sa volonté. Il faut que vous la retrouviez, s'il vous plaît, dit Aaron, après avoir hésité à révéler cette bombe devant sa femme qui ne savait rien.

— Des cheveux ? De quoi parlez-vous ? demanda Grace, surprise.

L'agent Alistair serra les lèvres. Il n'était pas habitué à aborder des sujets sensibles avec les parents et il s'efforça de mesurer ses propos :

— Je voulais aussi vous parler de cela. Nous n'écartons aucune piste et le FBI va prendre cette affaire en charge. Nous avons besoin que vous répondiez aux questions de l'agent Miller, membre de l'Unité des personnes disparues du FBI. Il attend que nous lui disions où vous pouvez le voir.

— Le FBI? Bien sûr. Oui. Tout ce que vous voudrez. Je ferai tout ce qui peut aider à retrouver Kiera. Où est-il?

— J'ai besoin que vous déposiez plainte au commissariat et que vous répondiez à quelques questions. Que dites-vous de lui parler là-bas? Je suis sûr qu'il va pouvoir vous aider. C'est un des meilleurs.

L'agent Alistair invita Grace et Aaron à monter dans la voiture de police. Lorsqu'ils arrivèrent, il était près de 3 heures du matin. Le commissariat du district sud était désert. Il n'y avait qu'une demi-douzaine d'agents, les traits tirés et les yeux rouges. En revanche, le sous-sol fourmillait de monde. Il y avait là une trentaine de gardes à vue, principalement des pickpockets et des petits voyous qui attendaient de passer devant le procureur le lendemain. Aaron et Grace s'assirent face à un bureau et furent auditionnés par l'agent Alistair qui, dans l'attente du FBI, voulait éviter de poser des questions qui n'auraient fait que remuer le couteau dans la plaie.

Selon leur déclaration, les parents se trouvaient avec leur fille au carrefour de Broadway avec la 36e de 9 h 45 jusqu'à 11 h 45, heure à laquelle Aaron avait laissé sa femme pour aller acheter un ballon à leur fille. Celle-ci avait disparu juste après. Aaron signala comme éventuels témoins une femme déguisée en Mary Poppins et tous ceux qui se trouvaient dans les alentours. Il essaya de se rappeler un visage, en vain. Il n'y avait que des inconnus et, à cette heure de la nuit et après tout le stress de la journée, c'était impossible. Grace mentionna une famille à côté d'eux, qui avait un fils de l'âge de Kiera. Elle s'en souvenait parce qu'elle avait imaginé Michael, l'enfant qu'elle attendait, à son âge, et cela l'avait émue. Grace se rappela encore qu'une majorette s'était approchée de Kiera pour lui taper dans la main, parce que la jeune femme avait trouvé amusant le sourire et l'enthousiasme de la petite fille. Aaron appuya son épouse dans chacun de ses souvenirs et Grace déclara qu'elle n'était pas présente lorsque le mouvement de foule s'était produit.

L'agent Alistair acheva de rédiger son procès-verbal et leur demanda une photo récente de Kiera. Aaron en avait une dans son portefeuille, au format photo d'identité, sur laquelle elle semblait regarder l'objectif avec une expression de surprise. Cette image était celle que publierait le *Press* une semaine plus tard et qui serait diffusée dans tout le pays sous le titre : « Avez-vous vu Kiera Templeton ? »

L'inspecteur Miller arriva au moment où Aaron était en train de signer la plainte et salua d'un « Monsieur et madame Templeton ? » qui parut venir tout droit de ses entrailles. Il avait une voix grave et rocailleuse, et lorsque ceux-ci se retournèrent, ils tombèrent sur un visage affable.

— Vous êtes du FBI ?

— Inspecteur Benjamin Miller, de l'Unité des

personnes disparues. Je suis désolé de ce qui vous est arrivé. Nous avons constitué une équipe spécifique pour cette affaire et nous cherchons votre fille activement. Ne vous inquiétez pas, nous allons la retrouver.

— Vous croyez qu'elle a été enlevée ? demanda Aaron, soucieux.

— Je vais être sincère, monsieur et madame Templeton. Je ne vais pas édulcorer la réalité parce que je crois que cela vous ferait plus de mal que de bien. Le FBI ne s'occupe de ces affaires que lorsqu'on croit qu'il y a enlèvement. Voilà pourquoi nous avons besoin que vous restiez chez vous au cas où vous recevriez une demande de rançon. Il s'agit d'une affaire à haut risque… et ceux qui ont fait ça essaieront de vous contacter.

— Une demande de rançon ? Mon Dieu…

Grace porta la main à sa bouche.

— Ce ne serait pas la première fois que… enfin, qu'il arrive quelque chose de ce genre. C'est plus commun qu'on ne pense. Avez-vous des ennemis ? des personnes qui vous voudraient du mal ? Pourriez-vous financer une rançon ?

— Des ennemis ? Une rançon ? Je travaille dans une compagnie d'assurances ! J'établis des contrats d'assurance, répondit Aaron, agacé. C'est un travail normal et ordinaire…

— Avez-vous refusé un contrat à quelqu'un dernièrement ?

Grace fusilla Aaron du regard.

— Quoi ? demanda-t-il à sa femme. Tu ne vas quand même pas me rendre responsable de ce qui est arrivé, si ?

— Ton travail, Aaron, tout ce qui nous arrive c'est à cause de ton fichu travail. Tous ces gens… ces gens désemparés, assena-t-elle, en colère. Je suis sûre que…

— Ça n'a rien à voir avec ça, Grace, l'interrompit Aaron. Comment tu peux croire ça? Inspecteur, bien sûr que je refuse des contrats, mais ce n'est pas moi qui décide. Ça vient d'en haut. Il faut répondre à des critères, vous savez? Si le client n'est pas fiable, on ne le prend pas. Quel hôtel accepterait de laisser entrer un client en sachant qu'il saccagera sa chambre?

— Je ne critique pas votre travail, monsieur Templeton. Mais la réalité est que votre métier est susceptible de vous créer des ennemis. Et dans ce genre d'affaires… Une possibilité est qu'il s'agisse de quelqu'un qui vous veut du mal. Une vengeance personnelle ou une question économique.

Grace soupira et pinça les lèvres.

— Nous aurons besoin de la liste des personnes à qui vous avez refusé un contrat ou une couverture, quoi que ce soit, sur les dernières années, demanda l'inspecteur Miller en notant quelque chose sur un bout de papier.

— Je te l'avais dit, Aaron. Et toi, toujours en train de te pavaner avec tes maudits ratios de rentabilité. Mais comment tu as pu…?

— Vous pouvez m'avoir ça? insista l'inspecteur Miller, désireux de clore la conversation.

Aaron acquiesça et déglutit pour essayer de résorber la boule qui s'était formée dans sa gorge et qui l'empêchait de respirer.

— De toute manière, en ce moment, nous ne négligeons aucune piste. Si demain vous n'avez aucune nouvelle, je vous conseille de placarder des affiches. Quelqu'un a peut-être vu quelque chose dans le quartier.

Grace hocha la tête. Elle était d'accord avec l'inspecteur, en lequel elle voyait la seule personne à même de contrôler la situation.

— S'il vous plaît, retrouvez-la vite, supplia Grace.

— On va la trouver. Dans la plupart des cas, ces affaires se résolvent dans les vingt-quatre premières heures. Et on en est à... (il jeta un œil à sa montre) quatorze, si je ne me trompe. Il nous en reste dix et, dans une ville avec autant d'yeux, c'est plus que suffisant.

18

27 novembre 2010
Douze ans après la disparition de Kiera

La seule chose que j'aie trouvée
en fouillant mes ruines,
ce sont les débris de mon âme.

La sonnette stridente résonna dans le couloir, brisant le silence qui avait éteint la vie dans cette maison. Une fine couche de poussière avait pris possession des lieux et l'atmosphère était si grise qu'on aurait dit qu'on y avait fait le ménage juste après un incendie. Mais il n'en était rien. Seules les photographies sous verre qui reposaient sur la table en acajou du salon brillaient comme si on les avait lustrées chaque jour. Sur les images, on pouvait voir un couple heureux et jeune. Lui n'avait pas plus de trente ans. Elle, un peu moins. Sur d'autres, apparaissait le même couple en compagnie d'une joyeuse fillette de trois ans, les cheveux couleur d'ébène et les yeux verts. Elle souriait, révélant ses dents du bonheur.

La sonnette retentit de nouveau, cette fois-ci plus

longuement, et Grace Templeton se leva de la table de la cuisine pour aller ouvrir. Laisser-aller ou désespoir, ses pas n'étaient pas aussi rapides que les premières années. Nous étions le 27 novembre et l'appel de son mari venait de réveiller à nouveau ses peurs les plus primaires.

Grace s'était levée ce jour-là en proie à un obscur mélange de sentiments. Enthousiasme, espoir, dégoût, tristesse et désespoir. Chacune de ces émotions était causée par la parade qui lui rappelait le drame chaque année. Grace Templeton posa sa main amaigrie sur la poignée et ouvrit, tremblante. Elle tomba sur un homme barbu, la cinquantaine, le visage ravagé par l'inquiétude.

Ils se regardèrent en silence, puis elle vit que l'homme tenait une enveloppe à bulles.

— Elle était où, cette fois-ci ? demanda Grace d'une voix fatiguée.

— Dans la boîte aux lettres de notre ancienne maison, comme la première fois. Les Swaghat m'ont appelé. J'ai prévenu l'inspecteur Miller. Il arrive. Il m'a demandé d'attendre la police scientifique qui l'accompagne.

— Encore une fois le jour de son anniversaire, Aaron. Comme pour la première vidéo. Qu'est-ce qu'ils nous veulent ? Pourquoi ils nous font ça !

Aaron demeura immobile, sans rien dire. Sa douleur était si intense qu'il ne ressentait plus rien.

— J'ai sorti le gâteau du frigo avant de... savoir qu'une autre vidéo était arrivée. Je l'ai commandé dans cette pâtisserie que l'on a vue lorsqu'on se promenait à l'ouest de Central Park. Ils l'ont décoré avec de petites fleurs orangées en sucre. Il faut que tu voies ça.

— Grace, s'il te plaît, arrête de faire de l'anniversaire de Kiera une fête ! Aujourd'hui, il y a un nouvel enregistrement. S'il te plaît, cette fois, non. Je sais que chaque année je viens ici pour que nous soyons ensemble le jour de son anniversaire mais... il y a une nouvelle vidéo, je te dis. C'est trop d'émotions d'un coup. Je préfère... la visionner et c'est tout, tu ne penses pas ? C'est la quatrième de notre fille. J'ai besoin de la voir et de pleurer tranquillement.

— Le gâteau, c'est la seule chose qui fasse que je ne suis pas encore devenue folle, Aaron. Ne m'enlève pas ça aussi. Tu m'as déjà fait assez de mal, tu ne crois pas ?

Il répondit avec un soupir et Grace se retourna pour aller dans la cuisine. Quelques minutes plus tard, elle revint avec une boîte blanche et se dirigea vers le petit salon. Aaron la suivit et la vit ouvrir la boîte. Elle contenait un gâteau.

— Il est beau, pas vrai ? Kiera va adorer.

— J'en suis sûr, Grace, répondit-il dans un murmure.

— Qu'est-ce que tu attends ? demanda-t-elle, alors qu'elle cherchait des allumettes dans un tiroir. Aujourd'hui, c'est 15.

Grace alla chercher deux bougies en forme de chiffre et Aaron fut certain qu'elle les avait préparées depuis un bon bout de temps déjà. Il demeura immobile, observant son ex-femme qui allait d'un côté et de l'autre avec des gestes énergiques, et il dut retenir ses larmes pour ne pas s'écrouler devant elle.

— Tu veux un milk-shake au chocolat ? demanda Grace en se dirigeant vers la cuisine.

— J'ai également prévenu Miren. Je pense que c'est important qu'elle soit là. Il y a peut-être du nouveau dans la vidéo, elle devrait la voir.

Grace réapparut presque aussitôt.

— Au chocolat ou à la vanille ? Le biscuit est à la carotte et fourré de crème.

— Tu m'as entendu ? J'ai appelé Miren. Elle devrait arriver d'une minute à l'autre.

— À la vanille, donc, continua Grace, ignorant les paroles de son ex-mari et commençant à verser un liquide jaunâtre dans un verre.

— Grace, s'il te plaît. Elle verra peut-être quelque chose dans la vidéo. Il faut y croire. Moi, j'en suis convaincu. Elle est de loin celle qui...

Soudain, le verre s'écrasa contre le mur, juste derrière Aaron, qui n'avait même pas eu le temps de faire un mouvement pour l'esquiver.

— Jamais, Aaron ! Tu as compris ? Tu vas l'appeler et lui dire qu'elle n'a pas intérêt de venir. J'en ai marre de la presse et de leur sensationnalisme.

Aaron soupira, encore une fois. Année après année, cette journée devenait de plus en plus dure pour tous les deux. Cela aurait été une charge émotionnelle insupportable pour n'importe qui, mais pour eux, la douleur se trouvait maintenant au-dessus de leur seuil de tolérance. Apparemment, Grace semblait agir avec tranquillité et ne parlait de Kiera que de temps en temps. Pour Aaron, cependant, c'était le seul sujet de conversation possible. Cela faisait des années qu'il avait arrêté de parler de quoi que ce soit d'autre. Lorsqu'ils se retrouvaient, la seule chose qui existait pour eux était celle qu'ils n'avaient plus près d'eux : Kiera.

— D'accord. Je vais lui dire que c'était une fausse alerte. Je la lui montrerai plus tard.

Grace hocha la tête, apaisée, les yeux inondés de larmes.

Aaron déposa le paquet sur la table et envoya un message à Miren : «Ne viens pas. Grace ne veut pas te voir.»

Mais Miren ne réagit pas. Elle semblait ne pas avoir lu ce message, ni les précédents où il l'avertissait de cette quatrième vidéo en douze ans.

— Allez, on commence? demanda Grace en allumant la télé posée sur un meuble de métal face à la table de la cuisine.

Sur la partie inférieure se trouvait un magnétoscope Sony couleur aluminium, une relique qui continuait de fonctionner grâce à la persévérance de Grace et Aaron. Ils l'avaient acheté en 1997, lorsque Kiera avait seulement deux ans, dans le but de lui passer des films qu'ils lui avaient offerts pour Noël. Son préféré était *Mary Poppins*, que Aaron avait maintenant fini par détester, avec ses chansons, sa psychorigidité et sa maudite joie de vivre. Lorsqu'il pensait à Kiera, il revoyait Mary Poppins en train de lui offrir un ballon. S'il n'y avait pas eu ce ballon, Kiera serait encore parmi eux.

Aaron ouvrit l'enveloppe à bulles portant le numéro 4 et laissa tomber sur la table ce qu'elle contenait : une vidéo VHS de la marque TDK de cent vingt minutes avec un autocollant blanc sur lequel était écrit KIERA à la main.

Grace dut s'asseoir. Le coup de fil d'Aaron avec l'annonce d'une nouvelle vidéo avait balayé l'espoir de mieux supporter l'anniversaire de sa fille cette année-là.

— Ça va ? demanda Aaron, sur le point de fondre en larmes lui aussi.

Elle acquiesça d'un mouvement de tête, but une gorgée d'eau.

— Allons-y, s'il te plaît.

Aaron sortit des gants en latex de sa poche et les enfila. Ensuite, il s'empara de la cassette avec délicatesse et l'introduisit dans le magnétoscope.

Il s'assit à la table à son tour, devant le gâteau et à côté de Grace. Elle craqua une allumette et alluma les bougies, illuminant de leur douce lueur les petites fleurs orange qui décoraient le gâteau et leur âme de parents tristes. Ils se prirent par la main.

C'était le seul moment où ils s'accordaient une trêve. Ils se voyaient tous les ans pour l'anniversaire de leur fille dans l'unique but de visionner la dernière cassette en date. Ensuite, s'ils avaient le temps, ils parlaient pendant des heures, se donnaient des nouvelles, avant de prendre congé l'un de l'autre pour l'année. Là, c'était différent. Ils s'étaient assis tous les deux avec une vidéo qu'ils n'avaient pas encore vue, et aucun des deux n'était prêt pour toutes ces émotions le même jour : l'anniversaire de leur petite et la revoir après tant d'années.

Ils se regardèrent, abattus, fermèrent les yeux et laissèrent échapper quelques larmes. Le silence se fit, à peine troublé par leur respiration, puis ils entonnèrent *Joyeux anniversaire*.

Le chant terminé, ils s'approchèrent du gâteau et soufflèrent les bougies à la place de Kiera.

— Qu'as-tu demandé cette fois-ci ? demanda Aaron.

— La même chose que tous les ans. Qu'elle aille bien.

Aaron hocha la tête.

— Et toi ?

— La même chose que tous les ans. Qu'elle revienne à la maison.

Grace laissa échapper un soupir empreint de tristesse et ce fut comme si une cohorte de fantômes s'était glissée hors de sa bouche. Elle appuya ensuite sa tête sur l'épaule d'Aaron. Celui-ci prit la télécommande sur la table et alluma le téléviseur, révélant la neige noir et blanc qui dansait sur l'écran. Il augmenta le volume et ils commencèrent à entendre le bruit qu'émettait l'image. Cette vieille télé était une relique qui continuait de fonctionner malgré les années et les coups que Aaron lui avait donnés le soir de la première vidéo. Dans le coin supérieur droit, on pouvait voir deux fissures, résultat d'une chute depuis la même table sur laquelle elle était posée maintenant. Aaron changea de télécommande et alluma le magnétoscope. L'écran passa au noir absolu. Peu après, dans le coin droit apparut un compteur de secondes figé sur 00.00.

Grace serra la main de son ex-mari en le voyant bouger. Quelques instants plus tard, qui leur parurent une éternité, alors que le compteur affichait 00.02, l'écran noir fut remplacé par une chambre identique à celle que Grace attendait mais avec une différence qui leur glaça le sang.

— Qu'est-ce que c'est que ça ? hurla-t-elle.

Sur l'image, filmée depuis l'un des coins supérieurs de la pièce, on pouvait voir une chambre aux murs couverts de papier peint avec un motif de fleurs orange sur un fond bleu marine. Sur un côté, il y avait un petit lit avec une couette orange assortie aux fleurs des murs. De l'autre, un tas de feuilles et de carnets reposaient sur un bureau en bois, face auquel se trouvait une chaise qui ressemblait plus à une chaise de cuisine que de bureau. Les rideaux de gaze blanche d'une fenêtre, au centre de l'image, demeuraient immobiles.

— Où est Kiera ? demanda Grace.

Aaron était pétrifié.

Ils s'attendaient à la voir d'une seconde à l'autre, comme chaque fois. Dans chacune des trois cassettes vidéo précédentes, il y avait toujours eu Kiera, plus grande à chacune de ses apparitions. Le compteur continuait d'avancer, implacable, devant l'incrédulité des deux parents.

— Non ! Ça doit être une erreur ! cria Grace. Où est ma fille ?

Quelqu'un sonna à la porte, mais ils étaient si

absorbés par l'image de cette chambre vide, sans Kiera, qu'ils ne l'entendirent pas.

Lorsque le compteur afficha 00.59, l'image se figea et le magnétoscope expulsa la cassette. L'écran se teinta en bleu pour ensuite passer à la neige, ces points noirs et blancs qui sautillaient d'un côté à l'autre.

— Non ! crièrent-ils en chœur en voyant Kiera disparaître de leur vie pour la deuxième fois.

19

28 novembre 2003
Cinq ans après la disparition de Kiera

*Existe-t-il un sentiment plus puissant
que l'espoir de trouver ce que l'on cherche ?*

L'inspecteur Miller accepta de rouvrir l'affaire, à condition que Miren ne publie rien durant une semaine. Il lui avait rapporté les progrès de l'enquête de manière succincte pour ne pas prendre de risques et lui avait donné son point de vue pour un premier article qui marquerait le rythme et le ton de la presse du pays pour les années à venir.

La dernière vidéo eut l'effet d'une bombe au bureau du FBI de New York, où plusieurs agents entreprirent d'analyser l'enregistrement photogramme par photogramme au cas où il y aurait quelque chose à en tirer. Ils firent plusieurs copies de la cassette VHS et démontèrent l'original pour trouver des empreintes et examiner la bande magnétique. Ils décortiquèrent également l'enveloppe à bulles dans laquelle elle avait été expédiée. Elle ne portait pas de timbre, donc elle n'avait pas été envoyée d'un bureau de poste, mais quelqu'un l'avait glissée dans l'ancienne boîte aux lettres des Templeton.

Une équipe se déplaça jusqu'au quartier des parents de Kiera pour demander aux voisins s'ils avaient vu quelqu'un rôder près de la maison les jours précédents. Personne n'avait rien vu si ce n'était des enfants en train de jouer dans la rue.

La logique voulait que la vidéo, tout comme l'enveloppe, soit couverte d'empreintes de Grace. Les policiers les lui prirent donc afin de les distinguer de celles qu'ils trouveraient sur ces deux éléments. La bande était une TDK de cent vingt minutes, sur lesquelles cinquante-neuf secondes seulement étaient enregistrées. Le reste était vierge, sans aucun matériel magnétique exploitable. La cassette était d'une marque et d'une durée très communes, qu'il était encore possible de se procurer dans toute la ville, malgré l'arrivée du DVD. Les cassettes VHS tendaient à disparaître à cause de leur durée de vie limitée et de leur mauvaise qualité. Il était inévitable que la charge magnétique d'une VHS dégénère jusqu'à ce que ce qui était enregistré dessus disparaisse, plus ou moins vite. Les nouveaux formats numériques, comme le disque compact, permettaient d'améliorer la qualité de l'image, le son et la durée, en introduisant, en outre, des éléments tels que le menu, les bonus ou la sélection de scènes. Bien conservés, ils pouvaient durer plus de cinquante ans, soit deux à cinq fois plus que n'importe quelle cassette VHS. Les dossiers digitaux des DVD donnaient également des informations sur le type d'enregistreur, la date à laquelle le document avait été créé et même, parfois, la géolocalisation de l'endroit où il avait été enregistré, tout cela caché dans les métadonnées de chacun des dossiers stockés sur le disque. Mais ces attributs n'existaient pas dans une cassette vidéo : il n'y avait rien dans une VHS qui permette de retrouver, localiser, identifier quand et où avait été enregistré ce qui apparaissait sur l'image. La seule chose qu'il était possible d'établir était sur quel appareil l'enregistrement avait été réalisé, en fonction de la position des particules magnétiques sur la bande, de la même manière qu'une arme à feu laisse une trace unique sur la balle qu'elle tire.

À partir des marques latérales de la bande magnétique, un expert réussit à identifier que l'image avait été enregistrée sur un appareil Sanyo VCR de 1985. Cependant, cela était de peu d'utilité car Sanyo était une des marques leader du marché en ce temps-là.

Durant cette semaine-là, des experts en calligraphie analysèrent l'écriture du nom de Kiera sur l'étiquette et le 1 inscrit sur l'enveloppe. La seule conclusion que put tirer la police, à partir de l'analyse chimique de l'encre, fut qu'ils avaient été écrits à la main avec un feutre permanent Sharpie, encore une fois la marque la plus vendue du pays. À en juger par la pression du trait et les changements de direction sur les lignes du A et du 1, les deux inscriptions avaient été rédigées par la même main. Lorsque le rapport de la police scientifique sur les empreintes retrouvées sur la cassette arriva trois jours plus tard, l'inspecteur Miller perdit tout espoir. Ils n'avaient trouvé aucune empreinte qui ne soit pas de Grace. Les résultats de celles laissées sur l'enveloppe n'arriveraient qu'en fin de matinée, mais Miller alla rendre visite à la famille Templeton pour leur annoncer l'absence d'éléments.

Aaron et Grace le reçurent avec des étoiles dans les yeux. Il descendit de voiture, regarda autour de lui et vit que le quartier débordait de joie. Deux enfants à vélo slalomaient entre des cônes disposés sur le trottoir. Une vieille dame taillait les hortensias de son jardin, un homme terminait d'installer des soldats Casse-noisettes grandeur nature face à la haie de sa maison. Tout le quartier respirait la magie de Noël et l'inspecteur Miller déglutit avant de marcher vers la seule maison qui semblait plongée dans la tristesse.

— Vous avez trouvé quelque chose ? s'enquit Aaron dès qu'il l'aperçut.

— C'est encore trop tôt. On avance à petits pas. On essaie de tirer le maximum de ces cinquante-neuf secondes.

— Il y a des empreintes ? Il doit y en avoir.

— Pas sur la cassette. J'attends les résultats en ce qui concerne l'enveloppe, mais je ne vous cacherai pas que je n'y crois pas, monsieur et madame Templeton. Si le type s'est appliqué à ne pas laisser de traces sur la cassette, je ne vois pas pourquoi il n'en serait pas de même avec le paquet.

— Et les images ? Il n'y a rien qui puisse vous dire où elle se trouve ?

— La qualité de l'image est si mauvaise qu'on ne peut même pas voir ce qu'il y a derrière les rideaux. Nous croyons que c'est une maison. La couleur verte derrière le rideau blanc pourrait être celle d'un jardin mais... tout cela ne sert pas à grand-chose. Même l'angle de la lumière dans la chambre ne peut pas nous indiquer sa position par rapport au soleil puisque nous ne savons pas à quelle heure ont été filmées les images. Impossible d'établir son orientation ou une latitude approximative. Ça va être très compliqué. Je sais que c'est encore un peu tôt pour vous dire ça mais si nous ne trouvons rien de plus, cette cassette n'aura servi qu'à vous conforter dans le sentiment que votre fille va bien, même si vous ne savez pas où elle se trouve. Nous devrions considérer cela comme... une preuve qu'elle est encore en vie.

— Qu'est-ce que vous voulez dire ?

— Dans les enlèvements, les preuves de vie servent à montrer que la personne séquestrée va bien et que vous pouvez payer la rançon. Là, c'est pareil, sauf que... ils ne vous ont rien demandé.

— Eh bien, il faudrait les pousser à ce qu'ils nous demandent une rançon, dit Aaron, sérieux.

— Vous voudriez apparaître à nouveau dans les médias ?

— Pourquoi pas ?

— Ça ne nous attirera que des problèmes. Et j'aimerais mieux éviter d'avoir à revivre ce qui est arrivé il y a cinq ans.

— Si cela peut aider à retrouver ma fille, je le ferai.

— Une personne est morte, monsieur Templeton. On ne peut pas risquer de nouveau la vie de quelqu'un.

— Ce n'est pas moi qui l'ai tué, inspecteur Miller. Mettez-vous bien ça dans la tête. Ce n'est pas moi qui ai mis le feu.

20

Miren Triggs

1998

On ne sait jamais avec certitude quelle direction
prend le voyage que l'on entreprend
au milieu de la nuit.

Je m'étais toujours demandé ce qu'il se passait dans l'esprit de quelqu'un dont l'être cher disparaît du jour au lendemain, comme s'il n'avait jamais existé. Durant plusieurs années, j'avais tenté de l'imaginer. C'était sans doute pour cela que j'avais décidé de faire des études de journalisme, c'était pour cette raison que j'aimais ce monde-là. Parce que, en définitive, c'était en cela que consistait le journalisme : chercher. Ce que cachent les puissants, ce que dissimulent les hommes politiques, ce qu'occulte quelqu'un qui préfère que la vérité n'éclate jamais au grand jour. Chercher dans les recoins obscurs une histoire à raconter, les énigmes, les mystères, les personnes perdues. Voilà de quoi il s'agissait, de chercher et de trouver.

Quand j'étais petite, je lisais les enquêtes de Sherlock Holmes, et ce qui m'intéressait n'était pas tant le coupable que la vérité des faits, comprendre ce qui s'était réellement passé. La plupart du temps, je me délectais à essayer de deviner ce qui allait arriver, cependant l'histoire réussissait toujours à me surprendre et je ne trouvais jamais la solution. Depuis le début, l'affaire Kiera m'avait peut-être attirée parce qu'une partie de moi savait que je ne la retrouverais pas.

L'image du suspect à l'écran m'avait procuré une joie immense. Ma petite enquête personnelle ne m'avait pris qu'une soirée mais j'y avais mis du mien. Peut-être à cause de son regard, parce que j'avais vu mes yeux, craintifs, surpris, incrédules, face à la cruauté du monde, dans ceux de Kiera.

À la une du *Press* de ce jour-là apparaissait le visage de l'homme que la police avait arrêté sous le titre : « A-t-il aussi enlevé Kiera Templeton ? » La suite de l'article se trouvait en page 4, après les éditoriaux, et occupait deux pages entières. Il décrivait comment, la veille au soir, l'homme sur la photo, répondant aux initiales J.F., avait été interpellé pour tentative d'enlèvement d'une fillette de sept ans dans les alentours de Herald Square. Selon les témoins, l'homme avait pris l'enfant par la main et s'était dirigé vers le nord sur Broadway en direction de Times Square.

Lorsqu'elle s'était rendu compte que ses parents n'étaient plus là et qu'elle ne connaissait pas ce monsieur qui lui avait promis de la conduire jusqu'à eux, elle s'était mise à hurler et plusieurs personnes étaient intervenues. Les explications que l'homme avait données ne s'étaient pas révélées très convaincantes. Selon lui, il était tombé sur cette fillette perdue dans la foule, loin de ses parents, et il avait décidé de l'emmener jusqu'au commissariat le plus proche situé au carrefour de Times Square. La tension suscitée par l'enlèvement de la petite Kiera et le fait que ce nouvel incident se produise dans la même zone avaient poussé les témoins à s'en prendre à l'homme dès qu'ils avaient entendu les cris de l'enfant. Selon le journal, elle se trouvait à présent saine et sauve chez elle.

L'article reprenait également les déclarations des Templeton, qui remerciaient toutes les personnes ayant aidé à neutraliser le dangereux individu et incitaient tous les parents à rester sur le qui-vive vu la présence de prédateurs sexuels. Selon ce que je pus lire, la police avait aussitôt fait le lien entre cet incident et la disparition de Kiera. Le journaliste qui signait l'article postulait que, le suspect ayant vérifié que la technique utilisée avec Kiera fonctionnait, celui-ci avait récidivé dans la même zone une semaine plus tard. Il ne restait plus qu'à lui arracher des aveux pour enfin retrouver la petite fille.

Ce qui avait achevé de confirmer les soupçons était, selon le même journaliste, que l'homme arrêté figurait sur la liste des agresseurs sexuels pour un délit commis vingt-six ans auparavant.

Je refermai le journal, surprise et heureuse que l'affaire Kiera ait enfin été éclaircie. Je rappelai Jim, qui décrocha au bout de deux sonneries.

— J'imagine que tu sais maintenant de quoi je voulais te parler, dit-il.

— C'est une bonne nouvelle. Ils sont bons au *Press*, tu ne peux pas le nier.

— Oui, ils ont été bons sur ce coup-là. Moi, je planche tout seul là-dessus. Tout mon service est sur d'autres dossiers, je suis donc le seul à traiter des infos un peu plus... douloureuses, pour ainsi dire.

— Il faut bien que quelqu'un le fasse, non ?

— Tu dois avoir raison, Miren. De toute façon, c'est une bonne nouvelle. Et... ne t'inquiète pas, il est encore temps que tu rédiges un article sur les déchets toxiques, comme les autres.

— On n'a pas encore retrouvé Kiera. Je n'ai pas encore terminé mon enquête, Jim. Je peux présenter un travail qui prenne en compte l'évolution de l'affaire jusqu'à maintenant, bien qu'il reste encore pas mal de choses à éclaircir.

— Très bien, Miren. La plus grande qualité d'un journaliste d'investigation est la persévérance. Je l'ai toujours répété. On naît persévérant ou pas. On ne peut pas changer cela. La curiosité est ce qui nous définit, l'envie de remettre les choses à leur place, même lorsque cela semble impossible.

— Je sais. Tu répètes toujours ça en classe.

— C'est la seule chose qui vaille la peine d'être retenue de mes cours. Ce métier tient plus de la passion que du talent. Il s'agit plus d'être tenace que brillant. Bien sûr, tout peut aider, mais si un sujet te porte suffisamment, tu ne le lâcheras pas avant de connaître la vérité.

— Et la vérité, c'est que Kiera n'a pas encore réapparu.

— Voilà, répondit-il.

Durant notre conversation, je le trouvai bizarre. Sa voix tremblait légèrement mais je pensai que cela devait venir de la mauvaise qualité de mon nouveau téléphone.

Après avoir raccroché, je retournai au tribunal avec un bretzel pour Paul. Il avait l'air d'un chic type. C'était le parfait fonctionnaire que personne ne semblait remarquer et cela me fit un peu de peine de le voir tout seul en bas, au milieu de tous ces dossiers, assis à sa petite table. Il me remercia d'un sourire.

— Je vais m'habituer si vous continuez, dit-il.

Je lui demandai une faveur avant de me plonger à nouveau dans cette pièce pleine de saletés.

— Pourriez-vous m'aider à trouver quelque chose ? m'enquis-je, en prenant l'air abattu.

— Bien sûr, tout ce que vous voulez. Je n'ai pas beaucoup de choses à faire, si ce n'est m'occuper de ce tas de dossiers que vous voyez là, mais ce n'est pas urgent.

Je souris, laissai le *Press* sur la table avec le visage de J.F. qui occupait toute la une et me lançai :

— Serait-il possible de mettre la main sur son dossier dans le registre des délinquants sexuels ?

— S'il a commis le délit dans l'État de New York, oui.

— M'aideriez-vous à le chercher ?

— Comment s'appelle-t-il ?

— Aucune idée. Selon l'article, c'est un certain J.F. Et il a été condamné il y a vingt-six ans.

— Je vais jeter un œil.

— Merci, Paul.

— Je vous en prie.

Nous entrâmes ensemble dans la salle des archives et je repris ma tâche là où je l'avais laissée. De son côté, Paul se mit à examiner les boîtes contenant les dossiers des années 70. À un moment, il me demanda ce que je cherchais dans les années 90, mais je lui donnai une réponse évasive tout en écartant les dossiers dont j'avais déjà vu la photographie. Depuis ce qui m'était arrivé l'année passée, j'avais du mal à être dans la même pièce qu'un inconnu. J'avais cessé de faire confiance aux hommes et le contenu de ces cartons n'était pas fait pour me faire changer d'avis, loin s'en faut.

Quelques instants plus tard, je l'entendis s'exclamer :

— Je l'ai ! Il est là. James Foster. J.F. Accusé de... relations sexuelles consenties avec une mineure en 1972.

— Consenties ?

— Mmm, c'est ce qu'il semble. L'âge de la victime était de... Attendez voir...

— C'est écrit dans la case « Âge de la victime ».

— Ah oui, dix-sept ans, et lui en avait... dix-huit.

— Quoi ? Il doit y avoir une erreur.

— Il est marié et vit à Dyker Heights avec sa femme et ses deux fils de douze et treize ans.

— Vous êtes sûr que c'est bien lui ? Dyker Heights ?

Il me montra le dossier. Il s'agissait bien de la même personne. Sur la photo, on aurait dit quelqu'un de normal, mais il est difficile de juger ce genre de choses par les apparences. Il donnait l'impression d'un père de famille ordinaire, rien qui pût indiquer qu'il était dangereux et avait déjà été condamné pour abus sur mineur. Mais d'après tout ce que j'avais vu dans ces dizaines de dossiers, l'habit ne fait pas le moine. Les criminels étaient experts en dissimulation. Nombre d'entre eux étaient juges, médecins, policiers, professeurs et même curés, et leur apparence était tellement au-dessus de tout soupçon que personne n'aurait pu l'imaginer, à moins de les prendre en flagrant délit. Et même ainsi, ils semblaient si normaux que c'en était quelque peu déstabilisant pendant les interrogatoires. Tout cela me dégoûtait.

— Il y a plus d'informations à son sujet ?
— Pas sous la loi Megan. Vous ne pouvez consulter que le résumé des dossiers et les peines, c'est tout ce qui sera disponible dans le registre numérique.
— Je ne peux pas avoir accès au dossier complet ?
— C'est impossible. On ne le transmet qu'à l'avocat et... aux autorités, bien sûr.
— D'accord.
— Vous avez besoin d'autre chose ?
— Que vous me laissiez seule, demandai-je avec un sourire emprunté.

Cette phrase parut le prendre par surprise et il me regarda, stupéfait. Je me sentis mal. Sa présence me stressait et je compris aussitôt que j'avais été trop loin. Lorsqu'il fut sur le point de sortir de la pièce, un brin vexé, je m'exclamai :

— Merci beaucoup, Paul. Excusez-moi.

Ses lèvres esquissèrent une expression de résignation et il disparut dans le couloir, me laissant à nouveau seule parmi les piles de boîtes.

Je repris ma recherche dans les dossiers des années 90. Un à un, les cartons passaient d'un côté à l'autre de la table lorsque je les avais examinés. Plus tard, ils reprendraient la poussière sur leur étagère. J'avais feuilleté les dossiers de délinquants sexuels violents, d'hommes qui s'étaient masturbés en public et de violeurs de la pire espèce et ils avaient tous quelque chose en commun : il s'agissait de types de toutes les couches sociales et de toutes les ethnies. J'étais fatiguée, sur le point de laisser tout cela pour un autre jour, lorsque j'eus soudain un flash me propulsant jusqu'à la nuit la plus noire de ma vie. La photo ne laissait aucune place au doute. C'était le seul souvenir indélébile qu'il me restait. Devant moi se trouvait le dossier de l'un des hommes qui m'avaient violée un an auparavant dans le parc Morningside.

21

1998

> *C'est fou comme le temps passe vite*
> *lorsqu'on ne le souhaite pas*
> *et lentement lorsqu'on veut qu'il accélère.*

Les dix heures suivantes passèrent à une allure vertigineuse. Chaque minute sans trace de Kiera était autant de coups de poignard dans le cœur de ses parents qui, à midi le jour suivant, s'écroulèrent dans le salon devant les policiers qui s'y trouvaient dans l'attente d'une demande de rançon.

— En ce moment, nous sommes en train d'interroger tous les locataires et propriétaires du 225 de la 35ᵉ Rue, où l'on a trouvé les vêtements de Kiera, dit l'inspecteur Miller. Nous faisons de même avec les commerces de la zone et nous avons demandé les enregistrements des caméras de surveillance des alentours. Nous avons de la chance. Rien qu'à Manhattan, il y en a plus de trois mille, avec les magasins, les gares et les bâtiments publics. Si la personne qui a enlevé votre fille est passée devant l'une d'elles, on la retrouvera.

Bien que son discours soit rassurant, cela n'allait pas être aussi simple. La plupart des caméras actives en 1998 consistaient en de petits systèmes de circuit fermé qui enregistraient en boucle sur la même bande et, dans le meilleur des cas, n'étaient pourvus que de six à huit heures d'enregistrement disponible. En définitive, il s'agissait plus de caméras destinées à la surveillance en temps réel pour dissuader le vol et le vandalisme qu'autre chose. Ce système ne permettait que rarement de retrouver des coupables d'infraction mais l'inspecteur Miller préféra passer cela sous silence. Il ne voulait pas admettre qu'ils avançaient à tâtons.

L'enquête se centra également sur la recherche d'une des rares personnes qui avaient été témoins de la disparition, une actrice embauchée pour offrir des ballons aux enfants à la fin de la parade. Le FBI contacta le centre commercial Macy's, et la direction leur donna accès à toutes ses archives, caméras de surveillance et contrats, et les aida à retrouver l'entreprise responsable de l'embauche du personnel, et particulièrement de la femme déguisée en Mary Poppins.

Vers 16 heures, une jeune femme fragile se présenta au bureau du FBI de Manhattan afin de faire sa déposition.

Cette audition fut une goutte de plus dans l'océan des déclarations et n'apporta rien de nouveau. D'après ce qu'elle dit, elle avait vu la fillette, qu'elle identifia à l'aide de la photographie que les policiers lui montrèrent, souriante et en compagnie de son père. Elle déclara qu'il y avait ensuite eu un brusque mouvement de foule et que le père avait hurlé le prénom de sa fille. Elle avait appelé elle aussi, à l'instar d'autres personnes présentes, puis elle n'avait plus rien vu. Un agent prit ses empreintes digitales et ils la laissèrent rentrer chez elle. Sa version correspondait à celle donnée par Aaron qui, à ce moment-là, se trouvait avec un groupe de volontaires, voisins et collègues de travail en train de placarder des affiches avec la photo de sa fille dans tout le centre de New York.

À minuit, le visage de Kiera était partout, collé sur les lampadaires et les cabines téléphoniques, sur les chariots de hot-dogs, sur les portes des cafétérias et des restaurants, sur les poubelles, ou volant librement dans toute la ville comme le souvenir de la petite fille qui était sur le point de devenir le plus grand mystère du pays. Les jours passèrent rapidement, sans aucune nouvelle d'elle, face à la douleur croissante et permanente des parents submergés par l'angoisse. Une semaine plus tard, les États-Unis se réveillèrent avec le visage de Kiera à la une du *Manhattan Press* avec ce titre : « AVEZ-VOUS VU KIERA TEMPLETON ? »

L'article reprenait en détail tout ce qui était arrivé depuis la disparition et comprenait plusieurs numéros de téléphone pour aviser sur l'éventuelle localisation de la fillette. L'un de ces numéros était celui du centre d'appel que Aaron et Grace avaient créé chez eux de manière rudimentaire, avec plusieurs terminaux connectés sur une table à laquelle quatre volontaires, voisins et amis répondaient et notaient toutes les informations qui leur parvenaient.

Ce jour-là, le centre avait été débordé. Les pistes

arrivaient de tout le pays : une petite fille ressemblant à Kiera jouant dans un parc de Los Angeles, un type suspect rôdant autour d'un collège à Washington, une liste interminable de plaques d'immatriculation de fourgonnettes de livraison blanches garées dans des quartiers ouvriers depuis plusieurs jours, un couple qui avait adopté une fillette dans le New Jersey. Kiera était partout et nulle part. Elle était devenue un fantôme qui traversait le pays de bout en bout en un battement de cils, une petite fille que tout le monde adorait mais que personne ne connaissait. Ce soir-là, quelques associations d'enfants disparus organisèrent des marches en signe de protestation pour le manque d'action manifeste des autorités, qui ne s'étaient toujours pas prononcées publiquement sur cette affaire. Les appels se succédaient, et chacun déposait un infime grain de poussière sur le mystère, imperceptible sur le moment mais dont la portée devenait dramatique avec le passage du temps. Les premières minutes passèrent, puis les premières heures, puis la première nuit. Comme tout le monde croyait avoir aperçu Kiera parmi les ombres, ces minuscules traces de poussière se changèrent, au petit jour, en une dense couche grise qui semblait ne jamais devoir se lever.

Durant la journée, Aaron et Grace sortirent plusieurs fois pour des rendez-vous avec la presse, qui avait repris l'affaire dès que la nouvelle avait fait la une du *Press*. Mais à minuit, ils étaient abattus, assis sur le divan de leur salon, voyant les illuminations de Noël de tout leur quartier clignoter à travers leurs rideaux pendant que leurs téléphones ne cessaient de sonner, enregistrant des messages de plus en plus absurdes : un médium qui offrait ses services pour qu'ils puissent parler à leur fille dans l'au-delà, une voyante qui retrouvait les cadavres dans le marc de café, un soi-disant écrivain espagnol qui affirmait que la fillette avait été victime d'une secte clandestine.

Une Pontiac grise se gara devant la maison et Aaron et Grace sortirent accueillir l'inspecteur Miller.

— Que se passe-t-il ? Vous avez des nouvelles ?

— Je crois que nous le tenons, monsieur et madame Templeton, annonça-t-il.

— Vous l'avez retrouvée ?

— Pas si vite. Pas encore. Nous venons d'interpeller un suspect et nous sommes en train de l'interroger.

— Il a Kiera ? Où est-elle ?

— Nous ne savons rien pour l'instant. Hier, un homme a essayé d'enlever une petite fille près de l'endroit où a disparu Kiera et nous n'écartons aucune piste. Il la retient peut-être prisonnière quelque part. Nous avons saisi dans son véhicule différents objets et nous voulons savoir s'ils appartiennent à Kiera.

L'inspecteur sortit un sac en plastique transparent contenant une barrette à cheveux blanche avec des paillettes et Grace laissa échapper une larme.

— Elle en a des comme ça, dit-elle avec difficulté.

— Vous croyez que celle-ci peut lui appartenir ?

— Je… je ne sais pas. Peut-être, oui.

— Ok.

— Inspecteur, vous pensez avoir retrouvé Kiera ? intervint Aaron.

Le policier ne répondit pas. Un faux espoir aurait tôt fait de tuer ces pauvres parents.

— Laissez-moi venir avec vous. Il faut que je le voie, dit Aaron.

— Non, monsieur Templeton. C'est impossible. Il est encore trop tôt.

— J'ai besoin de le regarder en face. Ne me refusez pas ça, s'il vous plaît.

— Nous ne sommes pas encore sûrs qu'il s'agit de la bonne personne.

— S'il vous plaît !

L'inspecteur Miller le contempla. Il avait un aspect pitoyable. Il portait une barbe négligée, avait de profonds cernes gris et les yeux rouges et emplis d'espoir. Il n'avait pas changé de vêtements depuis plusieurs jours.

— Je ne peux pas, Aaron, vraiment. Ce n'est pas la meilleure idée, ni pour vous ni pour l'enquête. Nous faisons tout pour retrouver Kiera. Restez ici et demain je vous donne des nouvelles. On travaille contre la montre. Je suis venu vous voir en personne parce que je crois que c'est le minimum que je puisse faire pour vous. On est près du but.

Aaron prit Grace dans ses bras et elle sentit un instant la chaleur de son mari. Depuis une semaine, il était devenu froid, comme si ses caresses n'avaient plus de sens. Mais cette fois-ci, émanait de lui le parfum de l'espoir.

Quelque peu soulagée, Grace soupira dans les bras d'Aaron cependant que l'inspecteur prenait congé et remontait dans sa voiture. Ils observèrent les lumières bleues et rouges du véhicule s'éloigner en direction de l'ouest et pensèrent qu'ils avaient cessé de s'aimer dès l'instant où Kiera avait disparu. Le sourire de la fillette leur était devenu indispensable depuis le moment même où elle avait ri pour la première fois.

— On va la retrouver, dit Aaron. Et bientôt, nous serons à nouveau tous les quatre.

Il caressa le ventre de sa femme. Se rendit compte qu'il y avait une semaine qu'il ne le faisait plus. Il sentit la légère courbe sous le pull de Grace.

— Comment va Michael ? demanda-t-il.

— Je ne sais pas. Cela fait plusieurs jours que je ne le sens plus…

22

27 novembre 2010
Douze ans après la disparition de Kiera

*Le pire dans l'obscurité, c'est de voir
se consumer la flamme de notre dernière bougie.*

L'inspecteur Miller arriva dès qu'il put. Il avait mis plus de temps que d'habitude parce que, ce jour-là, un gigantesque embouteillage s'était formé après le choc frontal de deux véhicules dans le tunnel Hugh L. Carey qui relie Manhattan à Brooklyn. Durant le trajet, il avait appelé trois fois au bureau pour s'excuser de ne pas y passer et, lorsque enfin il avait réussi à avancer après être resté bloqué deux heures, il avait vu une grue ramasser les restes de deux automobiles et deux ambulances s'affairer autour de trois corps. Des infirmiers s'occupaient de plusieurs blessés graves causés par la collision. Miller ne s'était jamais habitué à voir des corps qui venaient de perdre la vie et l'image d'une housse en plastique se refermant à son passage lui retourna l'estomac. La plupart des cas sur lesquels il travaillait avaient une fin heureuse, sauf les rares exceptions où les disparus s'évanouissaient dans la nature comme s'ils n'avaient jamais existé. Quelquefois, rarement, un cadavre apparaissait des semaines ou des mois plus tard au milieu de nulle part, vidé de son sang, décharné, moins prégnant.

Il se gara en face d'un immeuble de quatre étages de brique rouge près de Prospect Park où vivait Grace depuis cinq ans.

— Comment allez-vous ? demanda-t-il en arrivant.

— Vous en avez mis du temps, Ben. Où étiez-vous ? demanda Aaron, nerveux, après lui avoir ouvert la porte à une vitesse telle que le policier eut l'impression d'être aspiré.

— Il y a eu un carambolage à l'entrée du tunnel et je suis resté coincé. Je ne pouvais ni avancer ni faire demi-tour. Un truc effroyable. Il y avait un mort sur la chaussée lorsque la circulation a repris et un tas de blessés. Pourquoi une telle urgence ? Il est arrivé quelque chose ?

— Cette fois-ci, c'est différent, Ben, annonça Aaron.

— Qu'est-ce qui se passe ?

— Elle n'est pas sur la vidéo. Kiera n'est pas sur l'enregistrement, intervint Grace.

— Qu'est-ce que vous voulez dire ?

— Ça n'est jamais arrivé. Jamais ! hurla Aaron. Nous avons reçu trois cassettes de Kiera ces dernières années et elle apparaissait toujours dessus. Mais maintenant… sur la quatrième, elle n'y est pas, inspecteur. La chambre est vide.

— Je peux la voir ?

— Bien sûr, répondit Grace. Elle est dans le magnétoscope.

Ils le guidèrent jusqu'au salon et rembobinèrent la cassette. Lorsqu'ils appuyèrent sur *Play*, l'inspecteur porta la main à sa bouche. Ce que lui avaient dit Grace et Aaron était vrai.

— Où l'avez-vous trouvée, cette fois-ci ? Qui vous l'a donnée ?

— Elle a été déposée à la maison. Enfin, notre ancienne maison. Comme la première.

Le policier hocha la tête et réfléchit.

— La deuxième et la troisième sont apparues à votre bureau, Aaron, et sur le banc d'un parc, n'est-ce pas ?

— Oui.

Après leur divorce en 2000, Grace avait continué d'habiter un temps dans la maison qui avait été celle de la famille Templeton, mais en 2007, ils avaient dû la mettre en location. Grace ne supportait plus de rester seule entre ces murs, attendant un appel, une piste, la moindre information sur Kiera. La douleur avait été si grande et les reproches si constants qu'ils ne se revoyaient que lorsqu'une lueur d'espoir de retrouver Kiera jaillissait. Mais cette lueur n'apparaissait que sous la forme d'une cassette VHS qui arrivait de manière aléatoire. Les lumières du quartier dans lequel ils avaient toujours vécu étaient devenues la métaphore de leur vie. Ils avaient cessé de décorer leur maison, mais autour d'eux, malgré les regards compatissants de leurs voisins, tous allumaient leurs décorations le soir et oubliaient leur peine et leur jardin vide.

C'est une famille indienne avec deux enfants qui loua la maison des Templeton. Le père était propriétaire de deux supermarchés du centre-ville. Le jour où ils signèrent le contrat, Aaron et Grace prirent congé du couple au milieu des rires de leurs enfants qui jouaient et chantaient en hindi dans la chambre qui avait un jour été un centre d'appel pour collecter des informations sur Kiera. M. Swaghat et sa femme avaient promis d'être heureux dans cet endroit et de les prévenir aussitôt s'ils recevaient un paquet pour eux. Ils avaient accepté ces étranges conditions en échange d'une réduction sur le loyer. À l'exception de la première année, ils n'avaient reçu à cette adresse que des papiers administratifs.

La première vidéo était apparue dans la boîte aux lettres en 2003, pour Thanksgiving, alors que Grace vivait toujours là, mais les deux suivantes étaient arrivées, imprévisibles, dans différents endroits. Par exemple, pour la deuxième vidéo, envoyée en 2007, une semaine entière avait passé avant que Aaron la trouve sur les arbustes devant les bureaux de la compagnie d'assurances dans laquelle il avait travaillé. Une ancienne collègue l'avait vue et avait appelé Aaron car elle avait lu l'article de Miren Triggs dans le *Manhattan Press* lorsque la première vidéo était apparue.

La troisième avait été découverte en février 2009 sur un banc de Prospect Park à Brooklyn, à quelques pas du nouvel appartement d'Aaron, et là encore, trois jours passèrent avant qu'un clochard ne la remît à CBS en échange de deux cents dollars.

Les trois cassettes de Kiera étaient devenues un événement, à tel point que la troisième avait été diffusée dans le JT avant même que les parents et la police ne la voient. Un magazine satirique local avait même publié une vignette très critiquée sur laquelle on pouvait voir une plage pleine de monde avec le message : « Où est la nouvelle cassette de Kiera ? » en référence aux célèbres livres de Charlie. Ce fut là l'apogée du sensationnalisme et la goutte d'eau qui fit que Aaron et Grace se détournèrent à jamais des projecteurs.

La recherche de Kiera, qui avait un jour rassemblé tout un pays, s'était transformée en un spectacle accablant. L'État de New York avait voté en urgence une loi afin d'interdire la diffusion de preuves essentielles dans les affaires en cours afin de limiter le cirque médiatique. La loi Kiera fut ratifiée en mars 2009 sans aucune difficulté et modifia le climat dans lequel se déroulaient les enquêtes, mais certains hommes politiques et entrepreneurs l'utiliseraient également afin de sauver leur peau en cas d'accusation. Les gens commencèrent à critiquer la loi Kiera qui allait à l'encontre de la liberté d'information et il fallut bientôt la modifier pour calmer la presse, qui exigeait plus de transparence dans les enquêtes policières. Le résultat fut une adaptation de cette loi, qui devint la loi Kiera-Hume, adoptée mi-2009, en référence à une entreprise qui avait porté plainte contre le *Wall Street Daily* après que celui-ci avait exposé publiquement les graves irrégularités dénoncées par la Commission fédérale de commerce au sujet d'analyses sanguines falsifiées. La nouvelle loi stipulait que l'on ne pouvait diffuser aucune information sur des enquêtes en cours pour les délits d'enlèvements, assassinats et viols, mais que cela restait possible pour les délits de corruption, d'escroquerie, et autres infractions d'ordre économique. Ainsi, si une nouvelle cassette de Kiera apparaissait dans le futur, on éviterait le retentissement médiatique. Avec toute cette affaire, un commerce douteux des VHS de Kiera, à base d'enchères de plus en plus exorbitantes sur des sites tels que SilkRoad, s'était mis en place.

À l'aide de chacune des trois cassettes, la police essaya de trouver une piste qui puisse faire avancer l'enquête, en vain. Ils recherchaient des empreintes digitales, génétiques, partaient en quête de témoins dans le secteur et visionnaient les bandes des caméras de surveillance des environs afin de mettre le doigt sur des points communs entre les enregistrements des différentes années.

Avec la deuxième vidéo de 2007, ils eurent un peu d'espoir. Elle avait été déposée devant les bureaux de la compagnie d'assurances où avait travaillé Aaron, or il y avait des caméras sur la façade et les coins supérieurs du bâtiment. Lorsque les policiers visionnèrent les images, ils purent observer qu'une silhouette, qui ressemblait à une femme aux cheveux frisés, s'approchait des bureaux, au lever du soleil, et laissait l'enveloppe sur un arbuste près de la porte d'entrée. L'analyse d'autres enregistrements de caméras disposées dans les environs, sur des distributeurs d'argent, des supermarchés, des commerces, ainsi qu'à l'entrée de tunnels et autoroutes, ne donna rien. On ne retrouva cette femme sur aucun enregistrement.

À cette époque-là, l'inspecteur Miller expliqua à la famille Templeton où en était l'enquête et leur communiqua plusieurs images de la silhouette noire qui apparaissait sur les plans, mais cela ne servit qu'à changer ce couple brisé en deux âmes en peine qui la cherchaient partout. L'affaire n'avança pas et ne fit que raviver l'espoir et la douleur de ces parents qui regardaient passer les années en souffrant d'un vide énorme. Avec la première cassette, en 2003, cela avait été différent. Les émotions avaient duré plus longtemps, avaient été plus intenses que par la suite. Avec les années, dès qu'apparaissait une nouvelle vidéo de Kiera, une douce flamme s'allumait. Mais elle durait juste le temps d'illuminer les cœurs enténébrés de Grace et Aaron, qui étaient incapables de guérir.

— Qu'est-ce que cela veut dire, Ben ?
— Je ne sais pas, Grace. Mais j'ai bien peur que ce soit la dernière cassette que nous recevions.

23

Miren Triggs

1998

> *Que fuit-on toujours,*
> *si ce n'est les monstres du passé ?*

Lorsque je sortis des archives du tribunal, la nuit était tombée et je me sentis vulnérable dès que je foulai le trottoir. Après avoir mis un pied dans la rue Beaver, au sud de Manhattan, je me demandai si je devais appeler Jim, qui était toujours prêt à me raccompagner chez moi, mais je m'abstins. Une partie de moi lui avait pardonné son rejet, mais l'autre ne souhaitait pas le revoir. J'étais trop loin de mon appartement pour rentrer à pied, et le métro était la seule option valable. La station la plus proche était Wall Street et le trajet durait quarante-cinq minutes, jusqu'à la 116e. Une fois là-bas, j'aurais juste à longer une rue et je serais chez moi. Cela semble peut-être simple mais cela ne l'était pas pour moi.

Je me dirigeai vers la bouche de métro, luttant

contre le vent glacé qui soufflait sur Manhattan. À peine avais-je descendu les escaliers que la peur m'assaillit. Deux jeunes étaient appuyés de chaque côté de la porte, se protégeant du froid pendant qu'ils parlaient de base-ball ou de basket. Je m'armai de courage et, lorsque je passai à leur niveau (car il n'y avait pas d'autre entrée), ils se turent. Je les sentis me fixer, passant la langue sur leurs lèvres, prêts à se jeter sur leur proie, et j'accélérai le pas. Ils furent bientôt derrière moi.

Je profitai qu'un couple de jeunes gens passait les tourniquets pour les rejoindre. Je ralentis et marchai à leurs côtés. Comme si le fait qu'il y eût des témoins m'empêcherait d'avoir peur. Les deux types me suivirent et j'accélérai de nouveau jusqu'au quai de la ligne 3 en direction de Harlem. Je vis qu'ils étaient juste derrière moi et me montraient du doigt. Je remarquai un regard complice entre eux et je tournai la tête dans toutes les directions pour chercher de l'aide.

Personne.

Je fus prise d'une furieuse envie de courir. Il fallait que je sorte d'ici. Pendant un moment je pensai sauter sur les voies et courir dans l'obscurité du tunnel, mais je savais que la mort m'attendait au bout.

Je regardai en l'air et tombai sur une caméra de surveillance dirigée vers moi. Si je restais là, je savais qu'un vigile verrait ce qui était sur le point de m'arriver et viendrait m'aider.

Je respirai profondément.

Des colonnes bleues étaient plantées tous les trois mètres sur le quai et je m'appuyai contre l'une d'elles, tournant le dos aux deux jeunes, pensant que s'ils me perdaient de vue, ils renonceraient peut-être.

— Hé, toi ! cria l'un d'eux.

— Mademoiselle, pourquoi vous êtes partie en courant ? demanda l'autre.

J'entendis clairement leurs voix à moins de dix mètres. Je vérifiai à nouveau que la caméra filmait tout. Si tu peux la voir, elle peut te voir aussi, me dis-je. J'articulai « Au secours » plusieurs fois, priant pour que le vigile qui était devant son écran accoure. Ces secondes me parurent durer une éternité. Je me sentais seule et désemparée.

Encore une fois.

Je fermai les yeux en gémissant, et je vis la lumière du réverbère du parc clignoter, puis le visage que je venais de reconnaître dans un dossier me sourire, et le filet de sang qui coulait le long de ma cuisse quand j'étais arrivée chez moi.

Le bruit de la rame qui entrait en gare parvint à mes oreilles, ainsi que le crissement des roues freinant sur les rails. Les deux types s'arrêtèrent à côté de moi, l'air intrigué.

— Vous allez bien ? demanda l'un d'eux.

— Vous avez fait tomber ça, dit l'autre en me tendant le dossier avec le nom de mon violeur que je venais de voler au tribunal.

Je mis quelques secondes à comprendre et je hochai la tête.

— Vous allez bien ? insista le premier, confus.

— Euh… oui, c'est rien, répondis-je en séchant une larme d'une main et en attrapant la chemise cartonnée de l'autre. Je viens de me disputer avec mon... chef.

Il soupira. L'autre sourit et dit sur un ton qui se voulait rassurant :

— Vous trouverez un autre boulot, ne vous inquiétez pas. On vit dans la ville des opportunités. Il ne peut nous arriver que des trucs bien ici !

Je ne répondis pas. Le wagon venait de s'arrêter devant moi et les portes s'étaient ouvertes.

Pendant le trajet, je relus le dossier de ce type. Jeremy Allen, divorcé. Accusé et condamné pour abus sexuel sur une jeune fille en état d'ébriété près d'une discothèque du Bronx. Âge de la victime : 21. Origine ethnique : noire. Il semblait aimer les filles vulnérables. Il avait purgé une peine de quatre mois de prison et fait un an de travaux d'intérêt général. Adresse actuelle : 176 sur la 124e Ouest, 4e étage, New York.

Ce sale type vivait à peine à dix rues de chez moi.

Je descendis à l'arrêt de la 116e et, avant de sortir de la bouche de métro, composai le numéro de mes parents. C'est ma mère qui décrocha au bout de quelques instants.

— Maman ? Il était temps ! Je t'ai appelée je ne sais combien de fois.

— Oh, Miren, je suis désolée, ma chérie. Mamie a eu un petit accident en descendant les escaliers et on a passé toute la journée à l'hôpital.

— Mamie ? Elle va bien ?

— Elle a quelques bleus sur le visage et le dos, et elle s'est cassé le radius. Papi l'a trouvée inconsciente dans le hall de l'immeuble. Apparemment, un de ses sacs de courses s'est déchiré et elle a perdu l'équilibre. Elle est tombée depuis le haut de l'escalier. Tu sais comment elle est. Il faut toujours qu'elle utilise ces sacs en papier, pour cette histoire d'environnement qu'elle s'est mise dans la tête.

— Mais pourquoi continue-t-elle à faire les courses? Pourquoi ne l'aidez-vous pas? Vous pourriez embaucher quelqu'un.

— Une assistante? Papi n'aimerait sûrement pas avoir une inconnue chez lui. Tu le sais.

— On s'en fiche de ce qu'il veut, papi! Il dit ça parce qu'il ne fout rien!

— Miren, ne parle pas comme ça de ton grand-père.

— C'est un sacré macho! assenai-je, sans pitié.

— Il est né à une autre époque, Miren. Ses parents l'ont éduqué comme ça. Les hommes de ce temps-là, on leur apprenait à être… des hommes.

— Des hommes? Depuis quand se comporter comme ça fait de toi un homme? Il a grandi sans télévision et pourtant, il en a bien une maintenant! En fait, il s'est adapté à ce qui l'arrangeait!

Ma mère soupira. Elle n'aimait pas que je parle ainsi de son père mais moi, tout cela me révoltait. Et depuis toute petite. Quand j'étais chez eux, je devais débarrasser la table pendant que mes cousins pouvaient aller jouer. Un jour, même, j'avais osé protester, et sa réponse avait été: «Les garçons ne font pas la vaisselle, Miren.»

Ma grand-mère acceptait tout ça et, j'avais beau les admirer tous les deux, j'enrageais intérieurement de cette situation qui me semblait injuste.

— J'entends du bruit autour de toi, Miren. Tu as acheté ton portable ?

— Oui, ça y est.

— Donne-moi le numéro.

— Mmm... je ne l'ai pas encore appris par cœur. Je te rappelle dès que je suis à la maison.

— Tu es dehors à cette heure-ci ! s'exclama-t-elle.

— C'est encore l'après-midi, maman.

— Oui, mais la nuit est tombée. Tu m'as appelée pour ça, pas vrai ?

Le son de mes pas dans la rue se glissait dans le combiné. Plusieurs voitures circulaient et tous les deux ou trois immeubles des jeunes bavardaient sur les escaliers. Chaque fois que je passais devant eux, je posais une question à ma mère, pour qu'ils voient que j'étais au téléphone.

— Oui, admis-je. Ça y est, je rentre à la maison. Je ne voulais pas... être toute seule.

— Tu peux m'appeler toutes les fois que tu veux, chérie, d'accord ?

— Je sais. Et papa, ça va ?

— Tu es encore loin ?

— Deux petites minutes.

— Très bien. Il est là, il regarde la télé. Tu as acheté ton billet d'avion pour ce week-end ? Mamie sera très contente de te voir.

— J'ai eu beaucoup de boulot. Je m'en occupe demain.

— D'accord. Il y a du monde dans la rue ?

— Un peu. Mais je préfère parler avec toi, si ça ne te dérange pas.

— Bien sûr que non, chérie. Attends deux secondes, j'ai quelque chose sur le feu.

— Qu'est-ce que tu cuisines ? demandai-je, alors que je passais devant le dernier groupe de jeunes avant ma porte.

— J'avais mis des saucisses à cuire mais ton père me fait des signes pour me dire qu'il ne veut pas dîner. Tu veux lui parler ?

— Pas la peine, je suis en train d'arriver.

— Parfait.

— Ça y est.

— Sûre ?

— Oui. Je suis en train d'ouvrir.

Je sentis ma mère soulagée.

— Je t'aime, ma chérie.

— Moi aussi, maman. Si tu t'achètes un portable demain, appelle-moi pour me donner ton numéro.

— Parfait. Je te promets que je l'achète demain. Bonne nuit, ma grande.

— Dis bonsoir à papa.

— C'est fait.

Je raccrochai et j'entrai dans l'obscurité. Je me retournai pour fermer à clé mais juste à ce moment-là, une voix masculine jaillit des ténèbres de l'escalier du dessus et me dit :

— Miren, attends, c'est moi.

24

28 novembre 2003
Cinq ans après la disparition de Kiera

*Quelquefois, l'innocence
est dans le camp de la méchanceté.*

Le téléphone de l'inspecteur Miller sonna et il s'excusa auprès de Grace et Aaron, qui le regardèrent à la fois contrariés et pleins d'espoir.

— Inspecteur Miller ? demanda un agent à l'autre bout du fil. C'est Collins, de la scientifique.

— C'est important ? Je suis avec la famille, dit le policier en s'éloignant vers le trottoir.

— On a trouvé cinq empreintes digitales sur l'enveloppe. Main droite complète.

— Sérieux ?

— Oui, mais… pas si vite. Vous n'allez pas le croire.

— Quoi donc ?

— Ce sont les empreintes d'un enfant.

— Un enfant ?

— Comme je vous le dis. Elles sont petites comme

celles d'un enfant de huit ou neuf ans. Au début, on a même pensé que ça pourrait être celles de Kiera.

— Quoi, vous êtes en train de me dire que c'est Kiera qui a apporté cette cassette ?

— Laissez-moi terminer. On a pensé que ce pouvait être Kiera, mais on a écarté cette piste ensuite. On a réalisé une simulation dans le IAFIS de l'évolution des empreintes de Kiera prises en 1998 que l'on a dans le fichier, et ça ne correspond pas. Ce n'est pas elle. On attend la confirmation du Département de médecine légale des analyses ADN, car on a du matériel génétique sur l'enveloppe, mais je vous l'annonce d'ores et déjà : ce n'est pas elle. Peut-être un autre enfant enlevé. On est en train de consulter les fichiers des mineurs disparus depuis 1990 pour trouver une correspondance mais pour l'instant il n'y a rien. Peut-être que ceux qui ont enlevé Kiera ont un autre enfant en leur possession.

L'inspecteur Miller écoutait avec attention pendant que Grace et Aaron le regardaient de loin, soucieux, essayant de capter des bribes de la conversation.

— On en a parlé ici entre nous et peut-être pourrait-on faire pression sur le gouvernement, continua Collins, pour lancer une campagne de documents d'identité dans les écoles. Ainsi on pourrait peut-être… identifier les empreintes sur l'enveloppe.

— Mais si cet enfant ne fait pas de demande de document d'identité, tout cela n'aura servi à rien, vous ne croyez pas ?

— Dans ce cas, je ne vois pas ce que l'on peut faire. C'est la première fois que le principal coupable semble être un enfant.

L'inspecteur répondit avec un soupir :

— Ne vous inquiétez pas, je crois que…

Il s'interrompit et se retourna, regarda la rue, l'air contrarié. Il observa la femme qui avait cessé de s'occuper de ses hortensias et qui était maintenant en train de tailler un arbuste avec un sécateur. Les enfants avaient jeté leur bicyclette au sol pour jouer au pendu sur le trottoir avec une craie. Un homme tirait de sa boîte aux lettres un exemplaire du *New Yorker*, sur la couverture duquel on voyait un célèbre réalisateur incarcéré deux mois auparavant.

— Je vous rappelle, Collins.

— Qu'est-ce qui se passe ? Qu'est-ce qu'ils ont trouvé ? demanda Aaron dès que le policier revint vers eux.

L'agent raccrocha et leva la main en direction des parents, leur demandant d'attendre un instant. Aaron passa un bras autour des épaules de Grace et celle-ci ne put s'empêcher de ressentir une immense tristesse. Ils virent alors Miller s'approcher de leur voisin et lui demander sa revue. L'homme regarda le policier s'éloigner avec en direction des enfants du quartier et s'accroupir devant eux.

De là où ils se trouvaient, Aaron et Grace ne purent rien entendre de la conversation mais ils virent le policier sortir un billet de sa poche et le tendre aux enfants. L'un d'eux se leva d'un bond, attrapa le billet et le magazine. L'autre se leva aussi et ils coururent vers la maison des Templeton. Ils s'arrêtèrent devant la boîte aux lettres, l'un d'eux l'ouvrit et l'autre y laissa la revue. Ensuite, ils rejoignirent l'inspecteur, qui leur donna un autre billet à chacun.

La conversation avec les enfants se prolongea. Le plus grand des deux hocha la tête deux ou trois fois tandis que l'autre les regardait en spectateur, comme si le dialogue ne le concernait pas. Quelques instants plus tard, Miller revint à la maison des Templeton avec le plus grand des deux, pendant que ceux-ci se demandaient à quoi tout cela rimait.

— Monsieur et madame Templeton, je vous présente votre petit voisin.

— Zack. Je m'appelle Zack Rogers... J'habite à quatre maisons d'ici. Mes parents sont John et Melinda Rogers.

L'enfant semblait nerveux et mit les mains dans ses poches.

— Ok, Zack, qu'est-ce que tu as à nous dire ? Tu n'as rien à craindre.

— Je suis désolé, vraiment, dit-il en baissant la tête, visiblement mal à l'aise.

Grace se pencha vers lui. Aaron fronça les sourcils.

— Qu'est-ce qui t'arrive, mon grand ? demanda-t-elle d'un ton maternel. Tu verras, tout ira bien. Tu sais, nous avons une fille de ton âge... Je suis sûre que vous vous entendriez bien. J'adorerais que vous jouiez ensemble un jour.

Zack parut se calmer et déglutit avant de continuer :

— Je suis désolé pour l'enveloppe. Je voulais pas... Je voulais pas vous faire pleurer, madame Templeton.

— Pourquoi ? demanda-t-elle.

L'enfant baissa de nouveau les yeux. Le policier

lui donna une petite tape sur l'épaule pour l'inciter à poursuivre.

— Ne t'en fais pas, Zack, tu n'as rien fait de mal. Tu peux lui raconter. Elle comprendra, dit l'inspecteur Miller pour rassurer l'enfant.

— Une… une femme m'a donné dix dollars pour laisser l'enveloppe dans votre boîte aux lettres. Si j'avais su que ça vous rendrait triste, j'aurais rien fait.

— Une femme? demanda Aaron, surpris.

— Qui? Comment était-elle? cria Grace.

— Je sais pas… Je l'avais jamais vue ici avant… Elle avait des cheveux blonds frisés… J'ai cru que c'était la factrice. Elle m'a donné l'enveloppe et dix dollars, et elle m'a demandé de la laisser dans votre boîte. J'ai pas pensé que c'était mal… j'm'excuse. Elle pleurait et j'ai voulu l'aider. Je lui ai rendu l'argent mais elle a insisté. Je vous jure que j'ai voulu lui rendre mais elle m'a demandé de le garder, elle a dit que je le méritais.

— Mon garçon, tu n'as rien fait de mal, répéta l'inspecteur Miller. Au contraire, tu nous as beaucoup aidés.

— Comment? demanda le garçon.

— Tu as toujours ce billet? On pourra peut-être trouver une trace d'ADN dessus.

— Il est dans ma tirelire, répondit Zack.

— Tu te souviens comment était cette femme?

— Je vous l'ai dit. Blonde avec les cheveux frisés.

— Oui mais… tu sais ce qu'est un portrait-robot? demanda le policier en souriant en même temps que Grace approchait et portait la main à sa bouche.

L'enfant acquiesça et Miller lança :

— Enfin une piste!

25

1998

On ne comprend la fragilité d'un château de cartes
que lorsque quelqu'un frôle l'une des cartes.

Le visage de la gynécologue, qui fronçait les sourcils comme jamais elle ne l'avait fait auparavant, était bien trop sérieux. Elle lâcha un long soupir et s'arma de courage avant de parler. Aaron serrait la main de sa femme pendant que celle-ci faisait des grimaces sous la pression de l'échographe qui glissait sur son ventre pour trouver la position adéquate.

— Qu'est-ce qui se passe ? Michael va bien ? demanda Grace avec un sursaut de douleur provoqué par un nouveau mouvement de la gynécologue.

La docteure Allice avait suivi Grace durant la grossesse de Kiera. Elle était douce et chaleureuse et, depuis la première consultation, elle s'était adressée à la mère et au bébé en faisant des blagues à tous deux comme si le petit embryon qui grandissait dans son ventre pouvait l'entendre et la comprendre. Aaron était tendu. Depuis que Grace lui avait dit qu'elle ne sentait plus leur fils, il s'inquiétait.

— C'est peut-être le stress provoqué par Kiera qui fait que Michael se calme un peu. Je suis sûr que lui aussi pense à sa petite sœur et c'est pour ça qu'il ne se montre pas aussi actif que d'habitude, l'avait rassurée Aaron.

Cependant, en voyant que la docteure Allice ne souriait pas et ne faisait plus de blagues sur ce voyou de Michael, tantôt timide, tantôt extraverti, ou sur la position qu'il avait adoptée, ils surent que quelque chose clochait.

Après quelques minutes de silence, la docteure Allice éteignit l'échographe et regarda les parents. Ce qu'elle allait leur annoncer serait le coup de grâce pour eux.

— Ce n'est jamais facile de dire ça mais… vous devez savoir que le fœtus n'a pas survécu. Il n'y a plus de rythme cardiaque.

Grace lâcha Aaron et porta ses mains à son visage.

— Non… non… s'il vous plaît, docteure, non, ce doit être une erreur. Michael va bien. Je sais qu'il va bien !

— Grace, écoutez-moi, reprit le médecin. Je sais que c'est difficile à accepter, mais ne vous inquiétez pas. Vous êtes fertile et vous pouvez avoir d'autres enfants. Cela arrive plus souvent qu'on ne le croit.

— Mais… il allait bien il y a encore deux semaines. Ce n'est pas possible. Qu'est-ce qui est arrivé ? demanda Aaron en pleurant.

— Je ne peux pas vous dire. Il y a des milliers de

raisons possibles. Je sais que ces derniers temps ont été très compliqués pour vous. Mieux vaut que vous n'y pensiez plus et que vous vous concentriez sur ce qui importe.

Aaron se rendit compte qu'elle n'avait pas appelé Michael par son nom.

Grace n'avait pas écouté l'échange entre Aaron et la docteure Allice. Son esprit était remonté à ce soir où ils avaient fait le test de grossesse, en pensant que son absence de règles devait être un simple retard. Mais après avoir vu les deux lignes bleues, ce sentiment d'incertitude s'était immédiatement changé en joie à l'idée de former une famille de quatre. Puis, de l'euphorie de savoir qu'ils attendaient un petit frère pour Kiera, ils étaient passés à la peur de ne pas être capables de gérer une telle situation, suivie de l'inquiétude liée au coût d'un autre enfant. Après avoir vérifié qu'ils avaient bien conservé les pyjamas et bodies de Kiera, une sensation d'amour et d'union les avait submergés. Grace se souvenait du moment où ils étaient allés voir leur fille, qui dormait dans son petit lit blanc, et l'avaient embrassée avant de la border et de lui murmurer, dans ses rêves, qu'elle ne serait plus jamais seule.

Mais ces souvenirs ne faisaient que l'éloigner un peu plus du drame qu'elle vivait, depuis que toute leur joie s'était enfuie au passage du père Noël sur son char, des majorettes qui défilaient sous la pluie en dansant, souriantes, et des ballons blancs qui se perdaient à jamais dans le ciel.

La docteure leur expliqua la procédure à suivre, cependant que Grace se limitait à hocher la tête.

Quelques instants plus tard, Grace et Aaron attendaient assis sur d'inconfortables chaises en plastique pendant que l'on préparait le bloc chirurgical pour retirer le fœtus, comme l'appelait la gynécologue, ou Michael, comme ils l'appelaient, eux. La tête de Grace reposait sur l'épaule d'Aaron, les yeux fermés. Lui regardait, abattu, un point lointain perdu entre les carreaux du mur du couloir. Un carreau blanc comme ces ballons qui montaient haut dans le ciel, un carreau gris comme le futur qui attendait cette famille heureuse de quatre réduite à néant.

La docteure Allice revint vers eux, tête baissée, vêtue d'une blouse blanche.

— Vous me suivez, Grace ? Tout est prêt, dit-elle du ton le plus chaleureux qu'elle pût prendre.

Aaron se leva en même temps que son épouse et l'embrassa sur le front.

— Ce sera rapide. Ne vous inquiétez pas, Aaron. Vous pouvez rester ici. Dans deux mois, tout cela ne sera qu'un mauvais souvenir et vous pourrez réessayer d'avoir un enfant.

Aaron hocha la tête, la gorge serrée. Il n'avait plus la force de parler et son doux « À tout à l'heure, ma chérie » fut si faible que sa femme ne perçut qu'un gémissement. Grace lâcha la main de son mari et leurs doigts se séparèrent plus facilement qu'elle ne l'aurait cru.

26

Miren Triggs

1998

*Nous avons tous des secrets
que nous révélons aux bonnes personnes,
mais d'autres sont capables de fermer leur cœur à clé
et de la jeter au fond d'un lac.*

Le professeur Schmoer surgit des ténèbres de l'escalier, l'air surpris à cause de mon cri.

— Désolé de t'avoir fait peur, murmura-t-il.

La porte de ma voisine d'en face, Mme Amber, s'ouvrit et sa voix aiguë résonna.

— Jeune fille, vous allez bien ?

— Excusez-moi, madame, dit Jim, c'est moi qui ai fait peur à votre voisine.

— Ne vous inquiétez pas, madame Amber, tout va bien, dis-je. Tu as failli me tuer, ajoutai-je en regardant Jim. Qu'est-ce que tu fais là ?

— Si j'entends des cris, j'appelle la police. Vous avez compris, ma petite ? Votre mère me l'a fait promettre.

— Oui, ne vous inquiétez pas, vraiment. C'est juste… un ami.

La porte de ma voisine se ferma d'un coup sec et, même si je savais qu'elle avait de bonnes intentions, j'avais la certitude que c'était une sale mégère. Chaque fois que je la croisais sur le palier, elle se vantait d'avoir tellement engueulé le facteur au sujet des prospectus qu'elle retrouvait dans sa boîte aux lettres, qu'elle ne recevait plus d'offres et autres publicités. Je l'avais vue en train de se disputer avec le caissier du supermarché du quartier au sujet de la mauvaise qualité des sacs en plastique, ou de la quantité d'air qu'ils mettaient dans les paquets de céréales ou encore parce qu'il ne l'avait pas appelée par son nom en la saluant alors que cela faisait un siècle qu'elle venait faire ses courses dans ce magasin. En la voyant, on pensait à une vieille dame forte et revêche, un exemple de volonté qui obtenait tout ce qu'elle voulait. J'imaginais que, dans les années 60, elle avait participé aux manifestations contre la guerre au Vietnam, hurlant contre les voitures de police qui menaçaient ce mouvement pacifiste. Ses yeux paraissaient cacher une guerrière, une vieille amazone qu'il était difficile de blesser avec de simples attaques. Mais un jour, alors que j'arrivais chez moi, je l'avais trouvée en train de fourrer dans ma boîte toutes les publicités qu'on avait mises dans la sienne. Je l'avais saluée, et elle m'avait rendu mon salut comme si de rien n'était. Ce soir-là, je lui avais proposé de lui monter ses sacs de courses, comme je le faisais toujours, et elle avait accepté en disant que les jeunes n'étaient plus aussi serviables qu'avant. Une fois arrivée en haut, elle m'avait arraché les sacs des mains, avait grogné quelque chose puis avait refermé sa porte sans un merci.

— Je t'ai appelée plusieurs fois mais ton téléphone était éteint, murmura Jim.

Je lui fis signe d'entrer. Je ne voulais pas que Mme Amber écoute notre conversation et aille ensuite tout répéter à ma mère.

— J'étais dans le métro. Ça doit être pour ça, répondis-je, nerveuse.

— Miren, c'est fini.

— Quoi donc ?

— Je me suis fait virer du *Daily*.

— Quoi ? Mais pourquoi ? À cause du *Press* ? C'est pour ça que tu es venu ?

— Pour plusieurs choses. C'est plus compliqué que ça, mais oui, c'est en partie à cause du *Press*. Ils ont toujours un temps d'avance sur mes articles. Ces derniers mois, on a observé une baisse drastique des ventes. Le *Daily* est en crise et la direction a vite cherché une tête de Turc. C'est tombé sur moi, j'étais le seul qui couvrait les enquêtes les moins en accord avec la ligne éditoriale du journal. Ça fait plusieurs mois que je voyais ça venir mais… je ne pensais pas que cela arriverait si tôt.

Il semblait abattu et je ne savais pas quoi lui dire. J'avais lu que depuis l'essor d'Internet, les lecteurs de journaux étaient passés à Yahoo et à d'autres plateformes digitales surgies de nulle part. Les journaux traditionnels se demandaient comment s'adapter. Certains voyaient là une opportunité, d'autres un nouveau cadre dans lequel les grands reportages des journaux classiques n'avaient plus leur place. Les gens étaient avides d'informations instantanées, de faits divers auxquels prêter attention l'espace de quelques minutes seulement, et on n'avait plus besoin d'équipes dédiées à un seul article de plusieurs pages. En outre, après la publication de chaque reportage, venait le temps des plaintes, et les journaux, avec des ressources de moins en moins importantes à cause de la baisse des ventes, souffraient de devoir faire appel à des avocats à même de les défendre en cas de procès avec les entreprises visées.

— Il te reste la fac, dis-je en guise de consolation.

Je ne le connaissais pas si bien que ça. Les mois où nous avions le plus parlé, et pendant lesquels il m'avait le plus aidée, nous avions l'habitude de discuter des enquêtes sur lesquelles il travaillait et de mes doutes au sujet du programme ou sur la manière d'envisager certains thèmes des travaux de classe. Mais je ne savais rien de lui ni de sa famille, j'ignorais même où il vivait.

— Tu peux toujours continuer tes cours et gagner ta vie comme professeur, poursuivis-je. Tu es fait pour ça. Tu as le don de tirer le meilleur de tes étudiants.

— Je ne m'épanouis pas tant que ça, Miren. Les étudiants s'en fichent un peu et ils sont paresseux. Tu n'as qu'à voir le travail de cette semaine. J'ai déjà reçu douze textes sur les déchets toxiques de l'entreprise PharmaLux. Cela fait six mois que le sujet circule à la rédaction, c'est un secret de Polichinelle pour tous les journaux, et si aucun média n'a encore sorti l'affaire avec les conclusions finales, c'est parce que personne ne veut se confronter à un géant de l'industrie pharmaceutique. Ce monde est pourri, Miren. Et le journalisme l'est tout autant. Nous sommes des lâches. Il n'y a plus rien d'original, et comme professeur je ne sais pas comment aider mes étudiants. Si tu veux mon avis, l'avenir de la presse est très incertain, et si elle abandonne son sens critique, alors nous sommes foutus. Les puissants gagneront.

— Eh bien moi, je suis motivée, Jim. Et il suffit que de chaque cours sorte un bon journaliste pour faire du monde un monde meilleur.

Le professeur resta silencieux pendant quelques secondes. Il m'observait derrière ses lunettes. Il était là, à moins d'un mètre, debout devant moi, plus sérieux qu'il ne l'avait jamais été.

Chacun de ses gestes révélait ses contradictions, toutes sur le point d'exploser, tout comme mon cœur. Mais soudain, il se tourna, soupira et alla s'asseoir sur le divan. Il repoussa ses cheveux en arrière puis sortit un CD de la poche intérieure de sa veste qu'il posa sur la table basse.

— C'est quoi ? demandai-je.

— Ce que j'ai pu sauver sur l'affaire Kiera. On avait beaucoup de matériel, mais c'était bien trop pour moi. Je n'ai pas pu tout examiner. C'est tout ce que j'ai. Je t'en ai envoyé une partie.

Après avoir ramassé le CD, j'allai à mon ordinateur.

— Tu as le droit de me le donner ? m'enquis-je, surprise.

— Non, mais personne ne sait que je l'ai. Disons que c'est du matériel donné par un informateur à une future journaliste. Personne n'a à savoir comment tu l'as obtenu. Cela pourra peut-être te servir pour le texte que tu dois me rendre.

— Je ne l'ai pas encore commencé. Je ne sais pas si je vais oser parler de tout cela. Il y a beaucoup d'informations. Mais la seule chose que je sache, c'est que le suspect qu'ils ont arrêté n'a pas le profil. Il y a quelque chose qui cloche…

— Pourquoi dis-tu ça ? Ils ont interpellé un homme déjà condamné pour agression sexuelle sur mineur alors qu'il était en train de partir avec une fillette de sept ans dans la zone où Kiera a disparu. Ça me semble assez évident qu'il s'agit d'un prédateur.

— C'est justement ça qui ne me convainc pas. J'ai feuilleté son dossier et ça ne va pas.

— Tu as consulté sa fiche de police ? Explique-toi.

J'ouvris mon sac à dos et lui tendis le dossier Megan de l'homme arrêté. Il l'ouvrit à la première page et se mit à lire.

— Qu'est-ce que c'est ? s'exclama-t-il, incrédule. Son casier ?

— Sa fiche dans le registre des délinquants sexuels de la loi Megan. J'ai volé son dossier aux archives du tribunal.

— Tu es sérieuse ?

J'acquiesçai, fière de moi. Il me regarda, surpris, puis réajusta ses lunettes avant de baisser à nouveau son regard sur la chemise cartonnée.

— Ce n'est pas que j'approuve les relations avec

des mineurs, continuai-je, mais son casier judiciaire parle d'une relation sexuelle consentie avec une fille de dix-sept ans quand lui en avait dix-huit. En plus, si tu regardes bien, ils ont retiré les accusations à son encontre lorsque la victime a eu dix-huit ans. On ne peut pas déduire de tout ça qu'il soit devenu un prédateur vingt-six ans plus tard.

— Et qu'est-ce que tu en conclus ? me demanda-t-il, intéressé.

Cela me plut d'avoir su capter ainsi son attention. Je trouvais cela flatteur.

— On dirait une plainte déposée par un père surprotecteur lorsqu'il découvre que sa fille a un fiancé plus vieux qu'elle et qu'il les a surpris au lit. Je ne l'approuve pas, ne te méprends pas, mais une amie à moi était dans la même situation et n'arrêtait pas de plaisanter en disant que son petit copain finirait en taule.

— Tu te moques de moi ?

— Si ses parents avaient découvert leur relation, ils auraient porté plainte et il aurait fini avec cette tache dans son casier judiciaire. Je pense que le type que la police a arrêté n'est pas celui qui a enlevé Kiera. Je dirais même plus, je crois que cet homme s'est marié avec la fille de dix-sept ans avec qui il a eu cette relation à cette époque-là. Il faudrait que je vérifie à l'état civil. J'ai besoin du nom de jeune fille de sa femme, même si je crains que cette information soit protégée. Cependant, je crois que mon intuition est la bonne.

— Mais on l'a bien arrêté avec cette petite fille et

il était en train de l'emmener vers Times Square loin de ses parents.

— C'est justement là qu'est situé le commissariat le plus proche du lieu où il l'a trouvée.

Le professeur hocha la tête.

— Et s'il avait dit la vérité ? J'aimerais me tromper, Jim, et être persuadée qu'on a mis la main sur le coupable, mais je ne crois pas que ce soit lui. Je pense que Kiera est retenue quelque part contre son gré, par le vrai kidnappeur.

— Tu en as parlé à quelqu'un ? Tu crois que la police est en train d'enquêter sur le passé de ce type ?

— Je crois, oui, répondis-je. Et tôt ou tard, ils le relâcheront. Le pire, c'est que pendant ce temps-là, personne ne recherche Kiera.

27

27 novembre 2010
Douze ans après la disparition de Kiera

> *Quelquefois, se raccrocher à un mauvais souvenir est la seule manière de provoquer quelque chose de bien.*

Après que le policier fut parti avec la quatrième cassette vidéo, Aaron resta dans le nouvel appartement de Grace sans savoir quoi dire. Le bruit de la neige du téléviseur était constant et perturbant, mais avec le temps, tous deux y avaient trouvé une espèce de consolation et de compagnie. Aaron fit les cent pas dans le salon et observa toutes les photos sur la table où on les voyait tous les deux, heureux, ou avec Kiera dans les bras.

— Qu'est-ce qu'on était jeunes ! s'exclama-t-il en se saisissant d'un des cadres pour détailler la photo.

Grace respira profondément pour se donner du courage. Ensuite, elle lança le rituel qu'elle suivait chaque année pour l'anniversaire de sa fille.

Elle s'approcha de la table, l'air triste, ramassa les

cadres puis les rangea dans un petit coffre posé sur le vieux meuble du salon.

— Pourquoi tu continues à faire ça, Grace ? Tous les ans, tu les sors comme si rien n'avait changé, mais regarde-nous. Regarde mes cheveux blancs, mes rides. Et toi… toi aussi, tu as changé, Grace. Nous ne sommes plus les jeunes débordant d'espoir de ces photos. Cesse de nier ce qui est arrivé. Arrête de faire comme si Kiera était encore là.

— Aaron, tais-toi. Je ne peux pas…

— Regarde cette photo. Tous les trois en train de sourire. Ça fait combien de temps que tu ne souris plus, Grace ? Ça fait combien de temps que je n'entends plus ton rire ?

— Et toi, ça t'arrive encore ?

Aaron secoua la tête en silence.

— Mais… ça n'a aucun sens que tu fasses ça tous les ans, que tu fêtes son anniversaire comme si de rien n'était. Je viens te voir et toi, tu agis comme si Kiera était toujours là. Le gâteau, les photos et même cet appartement que tu as loué avec une chambre de plus pour Kiera. Mais Kiera n'est pas là. Tu comprends ? Rien de cette époque-là n'existe plus. Ni toi, ni moi, ni le bonheur de ces photos. Elles te rendent juste malheureuse. Si Kiera te voyait… et tu le sais, Grace. Peut-être… peut-être que le fait qu'elle ne soit pas sur cette dernière cassette est la meilleure chose qui nous soit arrivée. Tu comprends ?

— Comment oses-tu dire un truc pareil ?

— Peut-être que si on ne recevait plus ces vidéos, on arrêterait de penser à elle. Cessons d'imaginer ce que l'on n'a pas vécu, toutes ces choses que l'on n'a pas eues, et profitons de ce que l'on a. Tu te rappelles quand tu lui lisais des contes ? Tu te rappelles ce que tu éprouvais quand tu lui caressais la main avant qu'elle s'endorme ? Nous devons penser à ça et pas à ce qu'on n'a pas. Il faut avancer et tourner la page.

— Tu t'entends, là ? Arrêter de penser à Kiera ? Faire comme si elle n'avait jamais existé ?

— Grace, beaucoup de gens perdent un enfant et avec le temps... avec le temps, ils réapprennent à vivre.

— Ils réapprennent à vivre ? Personne ne peut réapprendre à vivre après ça. Personne. Et encore moins une mère. Je l'ai portée dans mon ventre pendant neuf mois, elle a grandi en moi, Aaron. Mais ça, tu ne le comprendras jamais. C'est impossible. Tu travaillais du matin au soir et tu ne rentrais que pour la coucher. Elle passait toute la journée avec moi. Toute la journée, répéta-t-elle en haussant le ton. Alors peut-être que toi, tu peux réapprendre à vivre, mais moi non, Aaron. J'ai besoin de savoir qu'elle va bien. J'ai besoin de savoir qu'elle ne souffre pas. La voir sur ces vidéos me soulageait, au moins. Peut-être que pour toi, les cassettes sont une torture, mais pour moi c'est le seul moment que je passe chaque année près de ma fille.

Grace commença à pleurer. Elle sentait un tel nœud dans sa poitrine, une telle douleur, que c'était inévitable. Elle avait tu tout cela pendant toutes ces années mais elle avait besoin aujourd'hui d'exploser devant Aaron, qui se comportait comme si la peine n'était qu'accessoire dans leur vie. C'était le cas, lorsque la douleur était liée à une situation précise, à une rupture, à une tragédie inattendue. Mais rien de tout cela n'était comparable à la perte d'un enfant et, encore moins, à une perte répétée en douze ans.

— Kiera est aussi ma fille, Grace ! Je ne fais pas comme si de rien n'était. Je l'aime plus que tout. C'est injuste que tu dises un truc pareil. Je dis juste que… ne pas la voir sur les vidéos nous aidera à tourner la page et à arrêter de la chercher.

— Je ne cesserai jamais de chercher ma fille, Aaron, jusqu'à ce que je découvre où elle est et qui l'a enlevée. Tu comprends ? Jamais ! hurla-t-elle de toutes ses forces.

Aaron se demanda s'ils ne devaient pas clore cette conversation. Il réalisa qu'il était impossible de sortir son ex-femme de cet endroit obscur dans lequel elle semblait enchaînée. Pourquoi ne se sentait-il pas aussi malheureux qu'elle ? Il en vint à douter de son amour pour sa fille et sa femme. À ce moment-là, il doutait de tout, et même de lui. Ces incertitudes n'avaient rien de nouveau. Il y avait quelques années déjà qu'il les ressentait et qu'il tentait de les noyer dans l'alcool lorsque la date du défilé de Thanksgiving approchait.

D'ailleurs, la veille, il avait bu chez lui, comme chaque année, jusqu'à ce qu'il s'endorme à 16 heures sur le divan devant la retransmission d'un match de basket des années 90 au cours duquel Jordan mettait un panier les yeux fermés. Tel était son rituel depuis 1999 durant les semaines qui précédaient Thanksgiving. Il prenait quelques jours de congé, puis il s'enfermait chez lui pour boire et oublier. Un jour de 2003, il avait perdu les pédales et avait été arrêté. C'était l'année de la première vidéo. Après ce triste épisode, il avait essayé de contrôler ses pulsions entre les quatre murs de son appartement. Ainsi, les jours précédant Thanksgiving, il se rendait au supermarché et achetait de l'alcool bon marché, comme s'il se préparait au passage d'une tornade, et il s'asseyait pour pleurer des larmes de vodka. Son corps avait appris à métaboliser l'alcool progressivement au point que le lendemain matin il ne se réveillait qu'avec une légère gueule de bois qui ne durait que jusqu'à ce qu'il boive son café. Cela durait jusqu'à l'anniversaire de Kiera, moment où il arrêtait de boire pour aller retrouver Grace et se comporter, pour quelques heures seulement, comme le père de famille qu'il avait un jour été.

— Qu'est-ce que tu crois qu'il va arriver, maintenant ? demanda Grace.

— Je ne sais pas, murmura-t-il. J'espère juste que Kiera va bien.

28

Quelque part

1998

> *Il y a des gens capables d'avoir en tête*
> *deux pensées contradictoires*
> *et cela les aide à ne pas perdre la raison.*

Le blanc du divan sur lequel Iris était assise contrastait avec le bleu et l'orange du papier peint. Devant elle, de l'autre côté de la table basse en verre, William faisait les cent pas pour essayer de se calmer.

— Chéri, la petite demande sa mère. C'est pas bien ce qu'on a fait. Ça fait deux heures qu'elle pleure et on dirait qu'elle va pas s'arrêter. Annulons tout, William. Il est encore temps, supplia Iris qui ne lâchait pas son mari du regard.

— Tu pourrais te taire et me laisser réfléchir? ordonna-t-il sans même tourner les yeux vers elle.

— Écoute, William, on peut encore tout arrêter. On retourne dans le centre-ville et on la laisse là où elle était. Personne s'en apercevra.

— T'es folle ou quoi ? Ils vont nous choper et nous mettre en taule pour tentative d'enlèvement. On lui a coupé les cheveux et on lui a mis d'autres fringues pour la voler, Iris ! Tu regrettes maintenant ? Plus possible de faire marche arrière. T'avais qu'à le dire avant. Pourquoi t'as rien dit quand on était là-bas ? Ça avait pas l'air de te tourmenter. T'as encore rien dit, comme d'habitude. C'est toujours moi qui prends les décisions. Et toi tu dis oui. Des fois je me demande si je vis avec une femme ou avec un caillou.

— Comment tu voulais que j'imagine une seconde qu'on allait l'enlever ? s'enquit Iris.

— Arrête de mentir, s'il te plaît.

— Elle était toute seule et je voulais juste la protéger. Elle était perdue, cette gamine... et... je me suis juste éloignée de la foule. Il aurait pu lui arriver quelque chose ! ajouta-t-elle.

— Et alors, pourquoi tu lui as acheté ces vêtements de garçon quand je te l'ai demandé ? Si on retourne là-bas, ce sera la première question qu'ils te poseront. Et qu'est-ce que tu leur diras, hein ? Tu serais capable d'expliquer à la police pourquoi tu as coupé les cheveux à une gamine qui est pas à toi et pourquoi tu lui as mis d'autres habits ? Je vais te dire, moi, ce qu'ils vont penser : tentative d'enlèvement.

— Je sais pas, William. Je sais pas pourquoi je t'ai rien dit. Et puis, c'est toi qui lui as coupé les cheveux !

— J'ai fait ce que j'avais à faire, Iris. Je voulais que tu sois heureuse. C'est pas ce que tu disais tout le temps ? Que tu voulais une famille ? Que tu voulais raconter des histoires à ton enfant le soir et le rassurer quand il est triste ?

— Oui, mais pas de cette façon, Will ! On peut pas garder la petite. Elle est pas à nous. T'as perdu la boule ou quoi ? Je veux être mère mais je suis pas une voleuse.

— Iris, écoute-moi, c'est ce dont on a toujours rêvé. C'est un cadeau tombé du ciel. On peut pas dire non. Tu comprends ? C'est le plus beau cadeau que la vie nous a donné. Ça fait combien de temps qu'on essaie d'avoir un enfant ? Hein ? Combien ?

— Un cadeau tombé du ciel ? T'es sorti de la maison avec les ciseaux, Will. T'avais préparé ton coup.

— Oui, et alors ?

— Quoi « oui, et alors » ? Tu m'as dit qu'on allait au défilé pour rêver, pour voir les autres familles et imaginer comment serait la nôtre si on avait des enfants. T'avais déjà tout en tête, pas vrai ? Ça a toujours été ton plan d'aller à la parade et d'en repartir avec une petite fille. Dis-moi la vérité, Will !

William réfléchit un instant.

— Je pensais pas que ce serait facile, Iris. Je te jure. C'était une idée absurde. Mais je peux pas supporter d'autres fausses couches. Je peux pas supporter de te voir souffrir à nouveau, tu comprends ? T'as fait huit fausses couches !

La main d'Iris trembla. Elle regarda en direction de la pièce au fond du couloir, d'où venaient les pleurs de Kiera.

— Écoute-moi, Iris. Rappelle-toi ce qu'a dit la docteure Allice. On pourra jamais avoir d'enfants. C'est un fait. On peut pas. Ton corps… peut pas.

— Elle a jamais dit ça, Will. Elle a dit qu'on devrait étudier d'autres options pour avoir des enfants. Que beaucoup de couples adoptent et qu'ils sont heureux.

— Mon Dieu, Iris, tu t'entends ? Et ça, c'est pas la même chose que te dire que tu pourras jamais avoir d'enfants ? d'enfants à toi ? J'ai demandé à la docteure d'édulcorer un peu la chose. Mais je vois que t'es pas capable de lire entre les lignes.

Les pleurs de Kiera redoublèrent derrière la porte.

— Iris, tu dois comprendre. Tes fichus ovaires fonctionnent pas et ton utérus a déjà repoussé huit tentatives de fécondation *in vitro*. On peut pas avoir d'enfants. Enfin, tu peux pas. Moi oui, je pourrais en avoir avec une autre femme.

— Quel salaud tu es, William ! T'es un bel enfoiré.

— On est ensemble dans cette épreuve, Iris. J'ai fait ça pour toi.

— Pour moi ? Je t'ai jamais demandé d'enlever une fillette, William. Moi, je voulais juste... je voulais juste être mère.

Elle se mit à pleurer.

— Eh bien, tu l'es maintenant ! On est enfin parents d'une jolie petite fille. C'est comme si elle était à nous. On devra apprendre à la connaître petit à petit, découvrir ce qu'elle aime, ce qui la fait rire, la réconforter quand elle pleure. On peut l'élever comme notre propre fille, avec beaucoup d'amour, ici, à la maison, chérie.

Iris se souvenait de chaque tentative. Elles s'étaient toutes terminées par un échec. Huit échecs cuisants. Chaque fois, son visage s'était illuminé lorsque les tests s'étaient avérés positifs, mais quelques semaines plus tard, une toute petite goutte de sang dans la cuvette des toilettes mettait fin à ses rêves. Elle se souvint de chaque implantation que son corps avait rejetée. L'assurance avait seulement couvert la première tentative. Ensuite, ç'avait été l'escalade de l'endettement pour pouvoir faire face aux factures médicales astronomiques. Elle se rappelait le visage du type de la compagnie d'assurances. Un type sérieux aux cheveux bruns qui s'était montré distant et froid et dont elle avait encaissé le refus comme un violent coup en pleine poitrine.

— William… s'il te plaît… dis-moi qu'on arrête tout et qu'on continue d'essayer par nous-mêmes. C'est pas notre fille !

— Tu veux continuer à jeter l'argent par les fenêtres ? C'est ça que tu veux ? Iris… sérieusement, il faut que tu comprennes ça. On peut pas s'endetter plus. On a fait une deuxième hypothèque sur la maison pour financer les soins et tout ça pour rien. On peut pas continuer à essayer sans savoir si ça marchera. À chaque fois, c'est comme si on foutait des dizaines de milliers de dollars en l'air. Tu comprends ça, Iris ? C'est important. On peut pas avoir d'enfants. On a pas d'argent pour ça.

— On pourrait vendre la maison…

— Iris…

William s'approcha de son épouse, s'assit à ses côtés et caressa son visage pour sécher ses larmes.

— Tu comprends pas ? reprit-il. On peut pas vendre la maison avant d'avoir liquidé les deux hypothèques qu'on a dessus. On est coincés jusqu'à ce qu'on paye. Y a pas d'autre solution, Iris.

— Peut-être que l'assurance…

— Iris! s'énerva-t-il. Arrête. Tu sais que j'ai raison et que…

Soudain, la femme leva la main et tourna le regard vers la chambre, surprise.

— Elle pleure plus, murmura-t-elle, les yeux emplis d'espoir.

Le côté obscur d'Iris semblait s'éveiller sans qu'elle en fût consciente. Elle commençait à accepter, avec le silence de l'enfant, le sentiment qui l'avait assaillie lorsqu'elle lui avait pris la main au milieu du tumulte de la foule. C'était elle qui, pendant que William l'attendait devant un immeuble, était allée acheter les vêtements de garçon pour que ses parents ne la reconnaissent pas. C'était elle également qui, alors qu'elle remontait la 35e Rue, avait répété à Kiera qu'elles allaient rejoindre son papa et sa maman, qu'ils avaient dû partir sans la prévenir à cause d'un problème avec les cadeaux de Noël. Et plus ils s'étaient éloignés de l'endroit où ils l'avaient trouvée, au carrefour de la 36e avec Broadway, plus ils avaient compris qu'ils étaient en train de franchir un point de non-retour. Lorsqu'ils étaient montés dans la rame du métro à Penn Station, devant le regard indifférent d'un vagabond, ils avaient su que ce trajet serait juste un aller.

— Tu vois? s'exclama William avec un soupir presque imperceptible. Il faut qu'elle s'habitue à sa nouvelle maison. C'est juste une question de temps pour que nous soyons une famille heureuse, Iris. Tu comprends?

Il s'avança vers elle, prit son visage entre ses mains et plongea les yeux dans les siens.

— La pauvre, elle doit être fatiguée d'avoir autant pleuré, murmura Iris, appuyant sa tête sur la poitrine de son mari. Elle veut juste revoir ses parents. Elle a peur. Elle comprend pas ce qui se passe.

— Ses parents ? Ils l'ont abandonnée au milieu de la foule, Iris. Tu crois qu'ils méritent plus d'être ses parents que toi et moi ? Tu le penses vraiment ? Ça te paraît juste ?

Iris se leva et se dirigea vers la porte de la chambre, au cas où il serait arrivé quelque chose à la fillette. C'était la première fois qu'elle éprouvait cette peur pour quelqu'un d'autre et elle aima ce sentiment protecteur à l'égard d'une personne vulnérable. Elle ouvrit et elle ne put s'empêcher de sourire de bonheur.

Kiera s'était endormie, recroquevillée sur la moquette. Elle portait les habits qu'Iris lui avait achetés en vitesse. Un pantalon blanc et un manteau bleu marine mal boutonné. Elle avait le visage humide à cause des larmes et la femme s'accroupit à ses côtés pour suivre le sillon que l'une d'elles avait laissé sur sa joue gauche.

— Tu peux pas t'imaginer comme ça me faisait mal de l'entendre pleurer, William. Je sais pas si j'en serai capable. C'est... trop pour moi.

— Chérie, maintenant c'est notre fille. C'est normal que tu aies mal. Ça ira mieux petit à petit. Il faut qu'on soit forts. Pour elle. Pour la protéger de ce monde horrible et sans pitié qui l'attend dehors.

29

29 novembre 2003
Cinq ans après la disparition de Kiera

*Comme il est difficile de demander de l'aide,
et plus encore d'admettre d'en avoir besoin !*

Dans le bureau du FBI, Zack, accompagné de ses parents, hésitait à chaque nouveau coup de crayon du dessinateur. Ils se trouvaient dans une petite salle au troisième étage, devant un membre de l'Unité de reconnaissance faciale qui esquissait, traçait, effaçait et estompait un portrait-robot à l'aide d'une douzaine de crayons de différentes tailles posés sur la table, à côté de plusieurs gommes. Dans le dos du dessinateur, l'inspecteur Miller faisait les cent pas, en silence, et jetait un coup d'œil de temps en temps à cet enfant qui paraissait avoir peur de rater son examen.

— Et maintenant ? Le nez est assez long ? demanda l'illustrateur après quelques minutes de silence.

Cela faisait bien une demi-heure qu'il modifiait le triangle formé par les yeux et le nez.

— Je sais pas... Je crois... ou alors, comme avant. Je suis pas sûr.

— Comme avant ? répéta l'inspecteur Miller, perdant patience. Et comme laquelle des vingt versions d'avant ?

Zack essuya une larme, souhaitant ne jamais avoir dit que c'était lui qui avait mis l'enveloppe dans la boîte aux lettres des Templeton. La mère de l'enfant regarda avec horreur le policier en train de s'énerver. Ils avaient réalisé tant de versions qu'à chaque nouveau visage, cette femme mystérieuse devenait un peu plus irréelle.

En réalité, Zack ne se souvenait plus trop de la femme qui lui avait donné dix dollars pour le service. Elle l'avait fait depuis l'intérieur d'une voiture blanche, elle portait des lunettes de soleil, et la seule chose qu'il se rappelait avec clarté était ses cheveux blonds frisés. Elle portait un pull noir et conduisait une petite voiture, mais Zack n'avait plus été capable de rien voir d'autre lorsqu'elle lui avait tendu le billet.

— Vous ne parlez pas comme ça à mon fils, d'accord ? On a accepté qu'il vous aide mais on n'est pas obligés de tout supporter. C'est qu'un enfant !

— Madame Rogers, s'il ne collabore pas, il peut être condamné pour entrave à la justice. La vie d'une fillette est en jeu et retrouver celle qui l'a enlevée ou non dépend des souvenirs de votre enfant.

— Comment pouvez-vous dire ça ? Hein, comment ? On dirait que vous nous rendez responsables de ce qui est arrivé à cette petite fille. C'est terrible, d'accord, mais mon fils essaie juste de vous aider.

Mme Rogers caressa la joue de son fils et lui murmura quelque chose que personne ne parvint à entendre dans la salle. Le père de Zack secoua la tête à l'adresse de l'inspecteur Miller, puis se pencha sur son enfant pour le rassurer.

— Mon chéri, tu peux arrêter quand tu veux. Tu m'entends ? Tu n'es pas obligé de faire ça.

— Vous ne m'avez pas bien compris, monsieur. Votre fils est le seul témoin que l'on ait actuellement pour retrouver cette petite fille. Vous vous souvenez d'elle, pas vrai ? La fille de vos voisins, les Templeton. Faites un effort. Kiera Templeton aurait aujourd'hui l'âge de Zack. Vous comprenez ?

L'enfant acquiesça, craintif, et dit :

— Elle avait le menton un peu plus arrondi que ça, je crois.

Le portraitiste soupira, jeta son crayon et se leva. Il fit signe au policier de l'accompagner dehors.

— Ben, c'est compliqué pour un enfant de se souvenir aussi précisément de quelque chose qui n'avait aucune importance pour lui. C'est différent lorsqu'une victime essaie de reconnaître un coupable, tu sais ? Normalement, la tension du moment de l'agression fait que notre cerveau travaille à une vitesse extraordinaire, transformant notre mémoire en un appareil photo capable de retenir le moindre petit détail. Mais sans cette tension... je crains que ce soit normal que ce garçon ne se souvienne pas bien. Tout ce que je pourrai dessiner sera un mélange de ses souvenirs et de son imagination, d'autant plus qu'il sait que plus vite il aura terminé, plus vite il rentrera chez lui.

— Mark… c'est le seul témoin que l'on ait ! C'est la seule personne qui ait vu la femme qui retient Kiera prisonnière. Je ne peux pas appeler les parents et leur dire que le portrait-robot ne vaut rien. Je ne peux pas. Je te le dis, c'est au-dessus de mes forces.

— Eh bien, il le faudra, pourtant. Je n'ai jamais vu une affaire où il est aussi évident que la déclaration du témoin ne vaut rien. Combien de fois a-t-il changé la forme du menton ? Blonde avec les cheveux frisés. Voilà toute la description. On ne sait rien de plus. Le reste n'est que suppositions. Aucun signe particulier, rien. Quand j'ai dessiné un menton pointu, il a dit qu'il était bien comme ça. Quand je l'ai dessiné arrondi, il a dit la même chose. Quand je suis revenu au menton pointu, il a dit que c'était parfait. Il ne sait même pas quel genre de lunettes de soleil elle portait. C'est n'importe quoi. Ce portrait ne vaut rien du tout, je te le répète.

— Merde ! fut la seule chose que le policier pût répondre.

Il jeta un coup d'œil à sa montre et réalisa que cela faisait trois heures qu'ils étaient dans cette pièce et qu'ils n'avaient pas avancé d'un iota. En temps normal, cette procédure ne prenait pas plus d'une heure et demie. Il revint à la porte de la pièce et fit un signe aux parents, qui se tenaient toujours aux côtés de leur fils et lui murmuraient des mots doux tout en lui caressant les cheveux. Le père sortit et prit la parole avant que Miller ne puisse le faire :

— On s'en va, inspecteur. Tout cela n'a aucun sens. Zack est fatigué et ne se rappelle plus rien. On voudrait vraiment aider, on est de bons citoyens, mais... (il hésita à lancer sa bombe à voix haute et finalement continua) ce n'est pas notre fille. Chacun doit s'occuper des siens, inspecteur. Le monde est horrible et on doit d'abord se protéger nous-mêmes. Mon fils n'en peut plus. Si vous voulez, demain ou un autre jour, on essaiera de nouveau. Mais c'est fini pour aujourd'hui.

Miller soupira et mit quelques instants à admettre qu'il était aussi perdu qu'avant, même plus, parce que la cassette vidéo le mettait devant le fait qu'il n'avait pas été capable de retrouver Kiera, et qu'un petit garçon du même âge pleurait comme une Madeleine dans les locaux du FBI.

— Je comprends parfaitement, monsieur Rogers. Il est tard. Je vous remercie pour les efforts qu'a faits Zack et pour votre bonne volonté. Je vous appellerai si j'ai besoin d'autre chose. Ne vous inquiétez pas.

Il les raccompagna jusqu'à l'entrée du bâtiment et dit au revoir à l'enfant en lui caressant les cheveux. Il demanda qu'une patrouille les reconduise chez eux mais ils refusèrent et il se confondit en excuses une fois de plus. Ensuite, il revint à son bureau, au deuxième étage, en pensant à tout ce qui l'attendait. Il alluma l'écran de son ordinateur, s'assit en silence et se prit la tête dans ses mains.

— Y a la journaliste du *Press* qui t'a appelé, lui annonça Spencer, son collègue de bureau, un moustachu bien plus jeune que lui mais qui en paraissait presque dix de plus.

L'agent spécial Spencer était une célébrité de

l'Unité des personnes disparues du FBI, pas pour ses résultats ou sa capacité à analyser des cas complexes, mais parce qu'il avait eu la chance de s'occuper de toutes les affaires qui se terminaient bien. On le surnommait « le Talisman », parce que chaque fois qu'on l'affectait à la recherche d'une adolescente disparue, elle réapparaissait quelques jours plus tard chez son petit copain. Lorsqu'il s'agissait d'un garçon, c'était un des deux parents qui avait rompu l'accord de garde alternée. Il attirait comme un aimant les cas dans lesquels on retrouvait la personne recherchée comme par magie. En revanche, l'inspecteur Miller, un policier compétent qui ne comptait pas ses heures de travail, avait enchaîné les cas désespérés et les échecs.

— Elle m'a appelé ici ? Sur le fixe ?

— Oui, je lui ai dit que tu la rappellerais. Que tu étais sur un portrait-robot.

— Je n'ai jamais rencontré une fille comme elle.

— Elle est bonne ?

— Pas pour ça, idiot ! Je veux dire que c'est la seule personne qui n'a jamais cessé de chercher Kiera depuis le début. Elle a peut-être un truc important à nous dire.

— À *nous* dire ? Ben, tu deviens fou ou quoi ? Ne me mêle pas à ton enquête. J'ai un état de service impeccable. Je ne veux pas tout gâcher. Si je continue comme ça, il se peut que je finisse par devenir le boss de ce bureau.

Miller soupira parce qu'il savait que les bons résultats de son collègue n'étaient dus qu'à la chance. Selon lui Spencer ne pourrait même pas trouver sa paire de couilles dans l'obscurité, mais il ne le lui dit pas, au cas où Spencer prendrait un jour, comme il le pensait, la direction du service. Et il y avait de grandes chances que cela se fasse, vu que son taux d'élucidation était de 100 %.

Le téléphone se remit à sonner et Miller fit signe à Spencer de se taire avant de décrocher.

— Ça doit être elle. Tu me raconteras. Elle a une voix de fille canon.

Miller porta le combiné à son oreille en priant pour que Miren n'ait pas entendu.

— Inspecteur, vous avez quelque chose ? demanda la jeune femme d'un ton froid.

Après plusieurs années à travailler au *Press*, et après de nombreux incidents avec la police, avec des avocats ou des entreprises qu'elle avait mis en cause, Miren avait appris à reconnaître les situations où elle avait le dessus ou, au contraire, quand elle devait lécher les bottes. Dans l'affaire Kiera, il s'agissait d'un mélange des deux. Elle voulait retrouver la fillette à tout prix et ne pas entraver l'enquête, mais en même temps, elle savait qu'elle était en position, au *Press*, de forcer les choses avant de lâcher une bombe dans un article. Dans la conversation qu'elle avait eue avec l'inspecteur de police, elle avait fini par accepter de reporter son papier sur la cassette de Kiera, mais, après avoir parlé avec les parents le matin même, elle avait appris qu'un enfant du quartier avait vu la personne qui avait apporté la vidéo. Cela changeait tout. Le portrait-robot passerait d'un média à l'autre à la vitesse de l'éclair et sa publication aiderait certainement à retrouver Kiera.

— Mademoiselle Triggs…, souvenez-vous de notre accord. Vous m'avez promis que vous ne publieriez rien avant quatre jours.

— Inspecteur, si vous avez un portrait-robot, serait-il pas judicieux de le faire circuler et de le passer au *Press* ?

— Le problème, c'est qu'on n'en a pas.

— Comment ça, vous n'en avez pas ?

— Malheureusement non. Le garçon ne se souvient plus bien.

L'agent Spencer esquissa un mouvement de hanches sensuel et articula en silence une insanité. Miller fronça les sourcils et lui fit signe de le laisser tranquille.

— Et qu'est-ce que vous allez faire ?

— On arrête tout, mademoiselle Triggs. On n'a aucune information supplémentaire. Il n'y a aucune empreinte sur la cassette, personne n'a rien vu si ce n'est cet enfant qui ne se rappelle plus le visage de la femme avec précision. Une équipe est en ce moment en train de bosser sur le papier peint mais la qualité de l'image est si mauvaise qu'il pourrait s'agir de n'importe quel papier à fleurs. On fait aussi des recherches sur la maison de poupée en bois, au cas où ce serait une pièce rare et qu'elle pourrait nous donner des détails sur l'endroit où elle a été achetée. Mais je ne vous cache pas que c'est un travail pour une équipe beaucoup plus importante que celle dont je dispose. Depuis l'histoire du suspect, mes supérieurs sont de plus en plus sceptiques et précautionneux. Je n'ai que trois hommes et une semaine pour avancer, mais j'ai bien peur qu'après cela, on lâche à nouveau l'affaire.

— Vous envisagez de refermer le dossier ? Vous n'allez pas y consacrer plus d'effectifs ? demanda Miren, incrédule.

Les graves de sa voix semblaient vouloir attaquer le policier depuis l'autre bout du fil.

— Mademoiselle Triggs... c'est beaucoup plus compliqué que cela n'y paraît. Vous savez combien d'enfants disparaissent seulement dans l'État de New York ? En ce moment, il y a plus de cent gamins dont on ne sait plus rien. Et je ne parle que des cas depuis un an.

— Cent ?

— C'est horrible, pas vrai ? Mademoiselle Triggs, il faut me croire quand je vous dis que je fais tout ce que je peux. Je n'ai que deux yeux. Je suis coincé.

— Vous avez besoin d'yeux pour visionner cette cassette ? C'est ce que vous êtes en train de me dire ? reprit Miren, qui avait une idée derrière la tête.

— Je dis juste qu'il y a beaucoup de choses à analyser et que je dispose de peu d'effectifs. Nous travaillons le plus possible et le mieux possible avec le peu de personnel qui nous est alloué pour l'enquête.

— Inspecteur, si vous avez besoin d'yeux, insista Miren, demain, je peux vous en fournir deux millions qui analyseront cette maudite vidéo...

30

Article publié dans le *Manhattan Press*
le jeudi 30 novembre 2003 : « La petite fille
sous la neige », par Miren Triggs

Cela fait cinq ans que la petite Kiera Templeton, qui en avait alors trois, si vous vous en souvenez encore, a disparu dans le centre-ville de New York, en plein jour, durant la parade de Macy's. Selon ce que j'ai appris de la bouche de ses parents, Kiera était une fillette heureuse, souriante, qui adorait le chien Pluto et qui rêvait de devenir collectionneuse de coquillages de Long Island. Depuis sa disparition, ma vie est liée à la sienne. En réalité, si je suis devenue journaliste au *Manhattan Press*, c'est parce que je me suis trouvée au bon endroit au bon moment, avec les convictions et l'expérience adéquates. Et je vais vous dire pourquoi.

Je me suis fait violer.

Oui, vous avez bien lu.

Il est difficile d'écrire ce mot sans trembler et sans que les touches de mon clavier essaient de se dérober sous mes doigts. Et non seulement on m'a violée, mais en plus, la police n'a jamais mis la main sur le coupable. C'est comme si c'était un fantôme qui m'avait fait ça une nuit d'octobre 1997. Je n'ai pas su voir les crocs du tigre quand ils étaient devant moi, dissimulés par un beau sourire, ce tigre à qui j'ai pris la main et qui m'a guidée dans les profondeurs de la grotte la plus obscure de ma vie. Il est difficile de sortir de cette caverne. Durant pas mal de temps, je n'y suis pas arrivée. Personne ne vous dit comment faire. On ne sait jamais comment réagir devant un tel événement. On se regarde dans le miroir et on cherche ce qui ne va pas chez soi. Pourquoi on ne pleure plus de la même façon, pourquoi on n'arrête plus de pleurer, d'ailleurs. On pense à se venger, à s'acheter une arme, comme si cela allait protéger notre âme d'une blessure que l'on nous a déjà infligée. Comme si, le jour où cela se produirait à nouveau, on serait capable d'appuyer sur la détente et de mettre fin à ce traumatisme.

La première fois que j'ai lu un article à propos de Kiera, je me la suis imaginée en train de prendre la main du même tigre que moi, souriant et flatteur, ne cessant de lui répéter que tout irait bien. Ensuite, je l'ai imaginée acceptant de jouer à se couper les cheveux et à se travestir en garçon, comme j'ai accepté de me promener jusqu'à ce parc au beau milieu de la nuit, comme si l'alcool m'avait poussée à trouver cela amusant, comme si j'étais toujours cette petite fille de trois ans qui ignorait que les sourires peuvent cacher des crocs terribles. Sa coupe de cheveux et ses habits de garçon l'ont rendue invisible dans une ville de huit millions d'habitants et, encore aujourd'hui, personne ne sait où se trouve Kiera Templeton, comme j'ignore où est passée la Miren Triggs d'il y a six ans, celle qui a disparu au moment où cette ombre maléfique l'a enlevée dans l'obscurité.

Aujourd'hui, pour la première fois, je rends public ce viol car il m'a liée, d'une certaine façon et sans que je le veuille, à Kiera Templeton, et parce que depuis que j'ai découvert son histoire, j'ai reconnu en elle la fillette que j'ai été un jour. Kiera a besoin que vos mains la tirent de l'obscurité de cette caverne.

J'ai passé ces cinq dernières années à la chercher, tout en essayant de me retrouver en chemin, et la semaine dernière, aussi difficile à croire que cela puisse paraitre, je l'ai revue.

Oui. Vous avez bien lu.

Et, quand je vous dis que je l'ai revue, ce n'est pas en rêve, je l'ai bien vue, elle, en vie, dans une chambre, filmée sur une cassette VHS envoyée à ses parents cinq ans plus tard. Il s'agit là du jeu le plus macabre qu'on puisse concevoir. Cette vidéo est un coup terrible pour les parents à qui il ne reste qu'un peu d'espoir et l'envie de se raccrocher à tout et n'importe quoi pour un jour revoir leur fille.

Sur la première image qui accompagne cet article, vous pouvez voir un photogramme, de la meilleure qualité possible, de l'aspect actuel de Kiera Templeton, à huit ans, extrait de la vidéo envoyée à ses parents, au cas où vous la reconnaîtriez ou l'auriez vue ces dernières années. Sur la deuxième image, vous pouvez observer la chambre dans laquelle elle joue et où elle est retenue prisonnière. Vous pourriez identifier un objet, un détail important qui pourrait nous aider à la retrouver. Dans les deux pages suivantes, vous trouverez, agrandis plusieurs fois, chacun des objets extraits de l'image. Il y a un lit, un matelas, des rideaux, une porte, une robe, une maison de poupée et les dalles du sol.

Après avoir visionné la vidéo, qui dure exactement cinquante-neuf secondes, et qui a été enregistrée sur une cassette de cent vingt minutes, la neige a envahi l'écran, vous savez, cette neige qui tombe en continu sur notre téléviseur lorsque l'appareil ne reçoit plus de signal. Dans cette neige, j'ai également vu Kiera, mais cette fois-ci, au sens figuré. Comme si la petite fille que je cherchais s'était changée en neige, pas celle qui se défait entre nos doigts chauds, mais celle qu'il est impossible d'attraper, avec des points noirs et blancs sautillant d'un côté à l'autre. Kiera Templeton est perdue dans cette neige et a besoin de vous.

Si vous détenez des informations qui permettent de retrouver Kiera Templeton, appelez le 1-800-698-1601, poste 2210. Merci.

31

Miren Triggs

1998

Sans le savoir,
la tristesse tourne autour de ses semblables.

Le professeur Schmoer me tint compagnie durant deux heures pendant que je cherchais sur Internet des informations sur James Foster, l'homme interpellé pour la disparition de Kiera, et sur sa femme. Jim me donna quelques explications alors que je survolais le contenu du CD qu'il m'avait apporté. Depuis que je lui avais confié mes doutes au sujet de l'incrimination du suspect, il était devenu soucieux, nerveux, et son enthousiasme avait cédé la place à la prudence.

Après avoir attendu que la page de l'état civil se charge, nous pûmes accéder aux données publiques des quatre cents James Foster qui vivaient dans l'État de New York. Parmi eux, seulement cent quatre-vingts habitaient, d'après leur code postal, dans le centre de Manhattan. Comme nous disposions de sa fiche Megan, sur laquelle apparaissait sa date de naissance, il ne fut pas difficile de retrouver sa trace.

James Foster était marié à une certaine Margaret S. Foster, et le professeur murmura «*Eurêka*» en s'apercevant qu'elle avait exactement un an de moins que lui. Mon hypothèse semblait bonne. Si j'arrivais à confirmer cette information, je serais alors en possession d'un détail suffisamment intéressant pour remettre sa culpabilité en cause, et cela avant tous les autres médias. Je savais que la police l'interrogerait jusqu'à la limite du temps légal de soixante-douze heures puis l'enfermerait pour tentative d'enlèvement de la fillette, ce qui signifierait qu'ils arrêteraient alors de chercher Kiera. Je ne savais pas encore ce que cela entraînerait d'affirmer que sa condamnation dans le passé n'était due qu'à une ridicule interprétation de la loi, mais mon esprit me demandait de mettre chaque pièce du puzzle à sa place et d'aller de l'avant.

— Comment pourrions-nous prouver que Margaret S. Foster a bien été la victime de James, professeur ? demandai-je.

— Appelle-moi Jim, s'il te plaît. Je ne sais pas pourquoi tu t'entêtes à m'appeler professeur.

— Je ne veux pas que tu cesses d'être mon professeur. Je n'aimerais pas, non. C'est… ma matière préférée.

— Tu ne préfères pas les techniques d'interview ? C'est la légendaire Emily Winston qui assure le cours.

— Elle est super ennuyeuse. Toujours en train de répéter que c'était elle la meilleure au *Globe*. Elle fait un cours sur elle, en fait, et sur ses centaines d'interviews. Et je vais te dire, je ne la trouve pas si géniale que ça. Elle réussit à obtenir de l'information, c'est vrai, mais de l'information sans aucune valeur. Dans le dernier article que j'ai lu d'elle, elle parlait avec un fringant serial killer de femmes depuis la prison, et tu sais ce qu'elle a obtenu ? Que le type lui montre les lettres qu'il reçoit de ses admiratrices et comment il leur répond avec amour. Elle a écrit un article super joli, avec de jolies photos, sur lui et comment il traite bien ses fans. Je suis sûre qu'en lisant ce reportage, il y a au moins une femme qui est tombée amoureuse de lui. Je ne sais pas. Humaniser des criminels ne me semble pas la meilleure chose pour le journalisme.

— Mais même les criminels sont des êtres humains.

— Il y en a qui sont des monstres, coupai-je, et ça, aucun article ne pourra le changer.

Il acquiesça d'un mouvement de tête et réajusta ses lunettes avec son index, un geste qui lui était familier. Ensuite, il demeura silencieux un instant et je compris qu'il avait perçu que ce sujet me mettait en colère.

Je détestais de toutes mes tripes ces assassins et violeurs capables de faire le mal autour d'eux, insensibles à la peur dans le regard de leurs victimes. J'avais beaucoup lu sur eux. Ces dernières années, il était à la mode à la télé de parler des crimes qu'ils avaient pu commettre et il y avait toujours un journaliste pour souligner, avec un mélange d'admiration et de dégoût, l'indifférence des psychopathes pour les sentiments d'autrui. Depuis que tout cela m'était arrivé, je m'étais éloignée de mon corps, de ma sexualité, de mes émotions. Quelqu'un avait écrasé mon âme et m'avait transformée en une petite bête peureuse qui courait se réfugier chez elle dès que la nuit tombait. Une partie de moi voulait que mes émotions demeurent là où elles avaient toujours été, près de mon cœur, et pas là où elles semblaient être restées, dans le coin obscur d'un parc où je n'avais plus envie de me promener, pas même en plein jour.

— Miren, dit-il enfin, peut-être que ton hypothèse ferait un bon article pour un journal. Aucun média ne considère ta théorie en ce moment, j'en suis sûr. Personne n'ose contredire le *Press*.

— De quoi parles-tu ?

— Si finalement tu as raison quant à l'innocence de James Foster, et je te suis là-dessus, l'opinion publique te donnera une médaille qu'aucun rédacteur en chef ne refusera. Crois-moi. Jusqu'à aujourd'hui, j'ai travaillé au *Daily*. Je sais ce qu'il se trame dans la direction d'un journal. L'image, la crédibilité. J'ai toujours été un suiveur, avec toujours un temps de retard, et je l'ai payé. C'est pour ça qu'ils m'ont viré. Mais toi, tu es en avance, Miren, et c'est ce que cherche n'importe quel journal.

— Et s'il est coupable, finalement ?

— On est à deux doigts de le savoir, Miren. Tu ne le vois pas ?

— Mais... comment ? demandai-je sans entrevoir ce qui lui semblait évident.

— L'arme la plus puissante d'un journaliste, c'est sa source. Tu as son adresse dans sa fiche du registre des délinquants sexuels. Tu peux aller directement poser la question à sa femme et avoir confirmation de ta version. Un journaliste d'investigation avance en confirmant des hypothèses, Miren. Et la tienne a juste besoin du oui ou du non de Margaret S. Foster. C'est quelque chose que tu peux obtenir rien qu'en le lui demandant et en observant sa réaction.

Je demeurai perplexe. Je n'avais jamais encore enquêté en face à face avec un témoin. Durant mes études, j'avais interviewé des camarades de classe ou des profs, quelquefois des écrivains et des hommes politiques, mais toujours par téléphone.

— Tu peux le faire, Miren, insista-t-il.

Je détestais sortir la nuit et il devait déjà être 21 heures. Nous avions encore le temps d'aller chez les Foster et de parler avec Margaret avant que ne bouclent les principaux journaux. Jim m'avait promis que si je confirmais mon hypothèse et que j'écrivais un article suffisamment bon sur l'interpellation de Foster, il l'enverrait immédiatement à ses collègues des autres journaux et ils publieraient mon premier article. À cette heure-ci, Margaret S. Foster devait se trouver au commissariat du district 20, dans l'attente de nouvelles de son mari, ou à la maison, avec ses deux enfants, en train de pleurer sans savoir ce qui se passait et pourquoi on mettait autant de temps à le remettre en liberté pour un simple malentendu.

— Tu veux que je t'accompagne ? me demanda le professeur.

Une partie de moi allait refuser mais quand je vis l'obscurité de la nuit derrière la fenêtre, je ne pus m'empêcher d'accepter.

Selon son dossier, le domicile des Foster se trouvait à Dyker Heights et Jim me proposa de payer le taxi, dont le prix serait exorbitant. Pendant le trajet, je pris conscience que c'était la première fois que j'avais l'impression d'être une vraie journaliste. Je regardais les lumières des rues derrière les vitres et je percevais que cette ville était en elle-même une histoire entière à raconter. Nous traversâmes le pont de Brooklyn et, au fur et à mesure que nous approchions de notre but, je sentais que mes émotions étaient en train de changer. Tout était légèrement plus sombre, tout semblait dissimuler quelque chose qui me rappelait ce parc cette nuit-là. Jim resta silencieux la plus grande partie du temps du trajet, mais, lorsqu'il devina que mes peurs resurgissaient de leur caverne, il me demanda :

— Tu as pardonné à ce... Robert ? Celui qui t'a emmenée dans ce parc.

— Quoi ?

— Je te demande si tu lui as pardonné de... de ne pas t'avoir mieux défendue. D'après ce que je sais, il a pris la fuite, te laissant seule avec... ces sales types.

— Il a dit aux flics qu'ils l'avaient roué de coups de pied, mais je ne me souviens plus de rien. Je ne me rappelle qu'un lâche partant en courant. Il n'a même pas voulu identifier le seul que la police a arrêté.

— Je sais seulement qu'il n'a pas désigné le même type que toi. Ensuite, il a dit qu'il faisait trop sombre pour pouvoir reconnaître clairement quelqu'un. J'ai lu le dossier. Il a tout compliqué avec son témoignage.

— Et grâce à lui, le mec a été relâché. Un violeur de plus dans la nature.

— Il t'a demandé pardon ? s'enquit-il.

— Il a mis plusieurs mois à le faire. Il est entré dans ma classe et… il m'a lu une phrase d'Oscar Wilde sur le pardon. C'est le comportement le plus immature que j'aie vu chez un homme dans ma vie. Je lui ai demandé de me laisser et de ne plus jamais chercher à me revoir.

— Je pense qu'il ne voulait pas t'aider, toi, mais seulement se protéger lui-même.

— C'est ce que j'ai pensé aussi.

Le taxi s'arrêta devant une maison décorée de lumières de Noël. Toute la rue semblait avoir terminé d'installer les illuminations, à l'exception de quelques demeures plongées dans l'obscurité, et le quartier résidentiel brillait à tel point qu'on aurait dit qu'il faisait jour. Noël arrivait toujours un peu plus tôt dans ce quartier qu'ailleurs. La tradition avait été lancée au milieu des années 70 par une habitante de la 84e Rue et s'était rapidement répandue chez les voisins.

— Les parents de Kiera vivent dans le coin, dit le professeur après être descendu de voiture.

— Ça doit être horrible de savoir que c'est quelqu'un d'aussi proche qui t'a pris ta fille.

— Mais ce n'est sans doute pas le cas. C'est pour ça que nous sommes là.

— Oui, mais ils ne le savent pas encore.

Je fus troublée de ne voir personne dans ces rues considérées comme une zone touristique en cette période de l'année. Je marchai sur les pavés comme si j'étais en train de traverser un pont suspendu jusqu'à la maison éclairée des Foster. Nous frappâmes trois grands coups à l'aide d'un heurtoir doré et une femme brune en robe de chambre vint nous ouvrir.

— Qu'est-ce que vous voulez ? Qui êtes-vous ? demanda-t-elle.

32

1998

*La joie nous fait croire
que nous ne sommes pas seuls,
la tristesse, en revanche,
que nous l'avons toujours été.*

Abattu, Aaron commença à pleurer à l'instant où il se laissa tomber sur le divan, après avoir accompagné Grace dans sa chambre pour qu'elle se repose après l'intervention. D'un côté du salon, sur une table normalement couverte de photos encadrées d'eux trois, il vit les téléphones silencieux du centre d'appel qui, ce jour-là comme les précédents, avait été constamment sous tension. Il y avait plusieurs heures que les volontaires étaient rentrés chez eux, après avoir observé que les coups de fil étaient de moins en moins nombreux. Alors qu'il était allongé sur le divan, l'un des appareils sonna avec insistance, et il se leva pour décrocher.

— Allô ? Vous avez des informations sur Kiera ? demanda-t-il, avec une lueur d'espoir.

Mais à l'autre bout retentit le rire démoniaque de deux adolescents qui souhaitaient juste faire une blague.

— Ils auraient dû vous kidnapper, vous, sales gosses ! hurla-t-il. Ma fille de trois ans a disparu, vous savez ce que ça fait ?

Il se dit que l'une des voix s'excuserait mais les rires continuèrent.

Aaron cria.

Et il le fit avec une telle force que l'aboiement d'un chien lui répondit dans la rue. Ensuite, incapable de supporter tout cela une minute de plus, il se saisit de tous les téléphones et tira dessus pour arracher les câbles. Il jeta le tout à la poubelle, regrettant d'avoir demandé de l'aide.

Tout le temps qu'il avait travaillé pour la compagnie d'assurances, il avait toujours agi dans l'intérêt de ses clients. Il avait même modifié certains dossiers afin qu'ils soient acceptés par ses patrons. Il fermait les yeux sur les questionnaires initiaux des assurances de santé, établissait des constats pour des véhicules en parfait état pour que la peinture de la carrosserie soit remboursée. Ce n'était pas un métier qui le passionnait mais cela lui permettait de payer les factures et de vivre confortablement. Le seul inconvénient était de devoir parfois refuser une couverture lorsque ses supérieurs se plaignaient de ses résultats médiocres. Il se contentait d'atteindre les objectifs fixés, ni plus ni moins. Il était apprécié par ses clients, mais pas par tous. Il est impossible d'être aimé par tout le monde, surtout lorsque vous devez refuser le remboursement astronomique d'un traitement contre le cancer, ou expliquer à quelqu'un qui vient de perdre ses deux mains dans un accident domestique que l'assurance ne couvrira que la greffe d'une seule.

Il se considérait comme une bonne personne et il faisait de son mieux. Il donnait trente dollars tous les mois à une ONG qui s'occupait des enfants démunis du Guatemala, il portait une grande attention au recyclage, il participait à toutes les collectes pour les pauvres de son quartier. Voilà pourquoi ses voisins l'aidaient, parce qu'ils savaient que c'était un homme généreux. Les autres, ceux qui ne le connaissaient pas, ne le faisaient que par curiosité malsaine pour cette sordide affaire de disparition.

Il demeura un instant hébété, perdu dans ses pensées. Tout avait tellement changé en à peine une semaine. La disparition de Kiera, la fausse couche, l'effondrement de sa famille. Il sentait encore dans sa main les petits doigts de Kiera, il entendait encore dans ses oreilles les cris de sa fille l'appelant : « Papa ! » Il sortit de la maison pour essayer de se calmer.

Son téléphone portable sonna. Il le tira de sa poche et vit qu'il s'agissait de l'inspecteur Miller. À ce moment-là, un rien aurait pu lui insuffler un peu d'espoir. Un petit progrès dans l'enquête, une contradiction dans la confession d'un interpellé, n'importe quoi lui aurait suffi.

— Dites-moi que ce salaud a avoué qu'il a enlevé ma fille, lâcha-t-il en décrochant.

— Pas encore, monsieur Templeton. Et... nous pensons qu'il n'est pas coupable. Je voulais que vous le sachiez.

— Quoi ?

— Il a l'air de dire la vérité et d'être un honnête citoyen. C'est juste un homme qui travaille dans un vidéo-club, marié avec deux enfants.

— Mais ça ne veut rien dire ! Ce n'est pas parce qu'il a l'air d'être un bon citoyen qu'il l'est !

— Je sais. Je sais aussi que vous avez besoin de penser que c'est lui qui a fait le coup, mais il ne se trouvait même pas à New York le jour de la disparition de Kiera.

— Vous êtes en train de me dire que ce n'est pas lui ?

— Je sais que c'est difficile à avaler, monsieur Templeton. Les gens réclament que justice soit faite et la une du *Press* nous a rendu les choses un peu difficiles. Mais ce type voulait juste aider.

— Aider ? Il a essayé d'enlever une gamine dans le secteur même où Kiera s'est fait kidnapper ! C'est lui, inspecteur, c'est sûr que c'est lui ! soupira Aaron.

— Vous m'avez entendu ? Il n'était pas à New York quand Kiera s'est fait enlever !

— Vous avez vérifié ça ? Comment pouvez-vous en être aussi sûr ?

— Ok, il a un casier judiciaire, mais l'accusation est trop fragile. Il était en Floride la semaine dernière. Nous avons vérifié la liste des passagers du vol et il dit vrai. Il a pris un avion le 24 novembre et il est revenu avant-hier. Nous avons analysé les vidéos des caméras de surveillance de Times Square et à aucun moment il n'a l'air d'emmener la fillette de force. C'est juste que… les parents ont paniqué et ont réagi de manière démesurée en la voyant avec un inconnu. Le casier judiciaire et l'hystérie provoquée par... l'affaire de votre fille... ont fait le reste.

— Et la gamine, qu'est-ce qu'elle dit ? s'enquit Aaron, de plus en plus abattu.

— Je ne devrais pas vous révéler les détails de l'enquête mais je fais une exception pour vous, monsieur Templeton, parce que ce qui vous arrive me touche. J'ai une nièce de l'âge de Kiera et tout ça me bouleverse, mais l'accusation ne tient pas.

— Que dit la gamine ? répéta le père.

— La petite dit qu'elle était perdue et que l'homme lui a proposé de la ramener à ses parents. Vous pouvez y croire ou pas, monsieur Templeton, mais rien ne nous indique que c'est lui qui a enlevé Kiera.

— Laissez-moi lui parler, inspecteur. S'il vous plaît.

— Nous allons le relâcher, monsieur Templeton. Voilà pourquoi je vous appelle. Pour que vous ne l'appreniez pas par la presse. Je crois que c'est le minimum que je vous dois. Nous faisons tout ce que nous pouvons et... et ce qu'a fait le *Press* est une belle saloperie. Ils nous ont coupé les ailes. L'avocat de Foster a porté plainte parce qu'il n'y avait rien contre son client et... il a raison.

— Mais vous pouvez l'interroger encore un peu plus, non ?

— Non, nous ne pouvons pas. Et c'est mieux pour l'enquête. Tout le temps que nous perdons avec lui, nous ne le passons pas à rechercher votre fille. Vous comprenez ? Faites-moi confiance, monsieur Templeton. Nous allons continuer à avancer, nous allons examiner d'autres pistes et revoir ce que nous avons déjà. Mais Foster, c'est du passé. Ce type est innocent.

Mais Aaron avait déjà éloigné son téléphone lorsque le policier lui avait demandé de lui faire confiance. Son unique espoir venait de s'évaporer à cause d'un appel d'à peine trois minutes. Il sentit le froid de Dyker Heights sur son visage, il regarda les lumières d'une des maisons, celle de son voisin Martin Spencer, s'éteindre d'un coup, sans doute car elles étaient programmées pour s'éteindre à cette heure-là, et il aperçut dans le lointain un taxi jaune du centre-ville prendre la direction du sud. Il le remarqua car il était rare d'en voir un venir jusqu'ici depuis Manhattan, mais il oublia presque aussitôt ce détail lorsqu'il sentit un flocon de neige se poser sur le bout de son nez. Il laissa tomber son portable sur la pelouse et rentra dans sa maison qui, à ce moment-là, lui sembla plus vide encore que quelques minutes auparavant.

Soudain, il entendit un bruit provenant de la chambre à coucher dans laquelle il avait laissé Grace se reposer et il monta les escaliers quatre à quatre. En approchant, il reconnut le son répétitif des ressorts de son lit, comme lorsque Kiera entrait dans leur chambre et sautait dessus. Pendant quelques secondes, il crut que c'était sa fille. Il crut même entendre son rire qui lui rappelait toujours le son d'un doigt habile glissant sur les notes les plus aiguës d'un piano. Mais quand il arriva sur le palier, il réalisa que c'était Grace qui était victime d'une crise d'épilepsie dans son sommeil.

Il était normal que cela lui arrive la nuit. Grace avait souvent allégué, pour rire, être épileptique dans le seul but d'embêter son mari quand il dormait, alors qu'en réalité elle n'avait des crises que de temps en temps, quand elle était stressée ou inquiète. La mère de Grace était elle aussi épileptique et c'était là, avec sa fragilité, la seule chose qu'elle avait laissée en héritage à sa fille.

Aaron s'assit à côté d'elle, sur le bord du lit, et lui caressa les cheveux durant toute la crise, lui murmurant que cela allait passer. Lorsque les spasmes se dissipèrent, Grace entrouvrit les yeux, somnolente mais consciente de ce qui venait d'arriver, et esquissa un sourire fatigué. Aaron lui murmura à l'oreille qu'il l'aimerait toujours et elle referma les yeux, tout en sachant qu'il disait vrai, mais que cela avait cessé de lui importer désormais.

33

Quelque part

1998

> *Nous mentons pour cacher la vérité*
> *ou pour ne pas causer de mal,*
> *mais aussi parce que nous espérons*
> *que le mensonge deviendra vrai.*

William arriva à la maison en bleu de travail, avec plusieurs sacs en plastique. Il avait les mains sales, les ongles noirs de graisse. Il s'arrêta sur le seuil lorsqu'il s'aperçut que Kiera était assise sur les genoux d'Iris et qu'elles regardaient la télé ensemble. La fillette tourna la tête vers l'entrée puis de nouveau vers Iris, qui inventait des histoires de plus en plus abracadabrantes pour lui expliquer pourquoi elle ne pouvait pas revoir ses parents.

— Ça a été aujourd'hui ? Ça va mieux ?

Iris soupira et serra la fillette dans ses bras. Celle-ci était absorbée par la scène de la ruée des animaux dans *Jumanji*, dont ils avaient acheté la cassette vidéo deux ans auparavant et qu'ils n'avaient encore jamais regardée. Une bande de singes entrait dans un magasin de téléviseurs et commençait à tout saccager, ce qui fit rire Kiera. Une musique céleste pour les oreilles d'Iris.

— T'es con ou quoi ? Ferme donc cette fichue porte. Il fait froid et Mila va attraper froid.

— Mila ? demanda-t-il, surpris.

Iris baissa les yeux sur la petite et lui fit un grand sourire empreint de tendresse.

— Oui, elle s'appelle Mila. J'ai toujours aimé ce prénom. Pas vrai, Mila ?

— Non ! Moi, c'est Kiera ! protesta la fillette.

— Dis pas ça, c'est pas joli. On dit pas Kiera, on dit Mila. Tu t'appelles Mila.

— Mila ? répéta Kiera, troublée.

— Oui, c'est ça ! s'écria Iris.

Elle fit sauter Kiera sur ses genoux, qui se crut un instant sur les montagnes russes.

— Regarde, un singe ! s'exclama la fillette en montrant l'écran, et elle éclata de rire.

Ce jour-là, son moral était passé du plus haut au plus bas. Elle s'était réveillée sur le divan, après avoir passé toute la nuit blottie contre Iris qui n'avait cessé une seconde de lui caresser la tête, cependant qu'elle la regardait dormir dans la lumière de la pleine lune qui se glissait par l'unique fenêtre. Elle avait appelé sa mère plusieurs fois, comme les jours précédents, et plus tard, elle avait joué avec Iris avec de petites figurines de porcelaine posées sur un meuble du salon. À l'heure du déjeuner, Kiera avait pleuré et demandé cette fois-ci à voir son père, sans comprendre pourquoi il ne venait pas manger avec elle comme il le faisait toujours. Toutes ces questions faisaient souffrir Iris et une partie d'elle s'énervait et protestait, mais elle ne le montrait pas. Elle s'était rendu compte que, jour après jour, depuis la première nuit passée chez eux, il y avait une semaine, Kiera semblait appeler ses parents de moins en moins. La petite était en train de s'habituer à sa compagnie, à ses jeux inventés avec des objets en tout genre qu'elles trouvaient dans la maison. Un presse-agrume, un cadre ou une lampe chinoise achetée au magasin de bricolage où ils avaient choisi le papier peint.

Lorsque Kiera demandait où étaient ses parents, Iris lui expliquait qu'ils avaient dû partir en voyage et qu'ils n'étaient pas encore revenus. Une fois, elle lui avait raconté qu'ils étaient très en colère contre elle parce qu'elle posait trop de questions et qu'ils ne voulaient plus la revoir, mais la fillette avait pleuré encore plus fort, comme si on venait de lui arracher ce à quoi elle tenait le plus.

Iris tourna son regard vers son mari et, d'un ton trois octaves plus bas que celui qu'elle utilisait pour s'adresser à Kiera, elle lui demanda dans un murmure :

— T'as acheté tout ça ?
— Oui, mais dans plusieurs magasins.
— Quelqu'un t'a vu ?
— Évidemment. Comment tu veux que j'achète sinon ?
— Je veux dire quelqu'un du voisinage.

— J'ai été dans un centre commercial à Newark et j'ai acheté un seul truc par magasin. J'ai dit aux vendeurs que c'était pour un cadeau.

— Et tu y as été comme ça ? Dans ton bleu de travail tout sale ?

— Comment tu voulais que je fasse ? J'y suis allé en sortant de l'atelier, Iris. Tu es en train de devenir parano. Personne va nous trouver. Personne va la voir. C'est notre fille.

— Sa photo est dans tous les journaux, Will. Ils la cherchent partout.

— Quoi ?

— Ils la cherchent partout, je te dis. Le FBI a donné une conférence sur les progrès de l'enquête. Ils vont nous trouver, Will.

— Écoute, personne nous enlèvera notre fille. Tu comprends ? Quitte à ce qu'elle sorte jamais de la maison. Ce sera notre petit trésor rien qu'à nous. Personne rentrera chez nous.

— On peut pas élever une gamine sans qu'elle sorte de la maison. Tous les enfants ont besoin de jouer dehors et de voir d'autres enfants. Mila est une petite fille joyeuse et bientôt elle voudra aller au parc ou courir dans l'herbe.

— Elle fera ce qu'on lui dira de faire, on est ses parents, protesta l'homme en haussant le ton, ce qui poussa Kiera à se tourner vers lui, surprise.

— Et papa ? demanda-t-elle, le visage illuminé par l'écran.

— Mila, ma chérie, je t'ai déjà expliqué… murmura Iris en lui caressant la joue. Will est aussi ton papa. Il t'aime beaucoup et il va prendre soin de toi comme je le fais.

Kiera regarda Iris dans les yeux et lui dit :

— J'ai sommeil... tu peux me raconter une histoire ?

Iris soupira.

— Bien sûr, ma chérie, quelle histoire tu veux que je te raconte ?

— Celle où papa et maman reviennent...

34

30 novembre 2003
Cinq ans après la disparition de Kiera

*Les gens lisent les journaux
pour trouver des réponses, pas des questions,
et c'est peut-être cela le problème.*

L'article de Miren Triggs eut l'effet d'une bombe dans tout le pays. Et même si d'autres journaux avaient rappelé la disparition de Kiera pour Thanksgiving dans de petits articles de deux paragraphes, personne ne s'attendait à cela. Toutes les chaînes essayèrent, le matin de sa publication, de mettre la main sur une copie de la cassette pour tirer parti de cet événement médiatique.

Cinq ans avant, le visage de Kiera à la une du *Manhattan Press* avait fait sensation mais, en définitive, les gens étaient habitués aux disparitions d'enfants. L'emballement médiatique fut de courte durée et se calma avant la fin de l'année. Aux États-Unis, on avait l'habitude de voir des visages d'enfants perdus sur les packs de lait durant les années 80 et une bonne partie des années 90. Ce système de publicité, devenu obsolète avec l'apparition de l'alerte AMBER, était si ancré dans le subconscient des Américains que tout le monde le connaissait mais rares étaient ceux qui avaient vraiment regardé ces photos d'enfants en noir et blanc sur les briques de lait.

Lorsqu'un journal comme le *Press* changeait son fusil d'épaule et demandait de l'aide en échange de quelques éléments d'une énigme qui paraissait insoluble, les lecteurs se jetaient sur l'occasion. Les gens lisent les journaux pour trouver des réponses, pas des questions, et c'est peut-être cela le problème. Voilà pourquoi tout le pays s'était jeté sur cet article.

En arrivant à la rédaction ce matin-là, Miren trouva la souriante secrétaire derrière le comptoir de l'entrée, son téléphone collé à l'oreille.

— Phil est arrivé ?

— Une seconde, dit-elle à la personne qui était à l'autre bout du fil. Il est arrivé et il a demandé trois fois si tu étais là. Il veut te voir. J'ai accompagné les jeunes jusqu'à ton bureau, ils t'attendent là-bas.

— Il y en a combien ?

— Deux.

— Seulement deux ?

La secrétaire acquiesça avec un sourire.

— Eli, Phil était en colère ?

— Je ne sais pas. Il a toujours l'air d'être en colère.

— Il est dans son bureau ?

La secrétaire leva la main en regardant ailleurs et hocha la tête avant de reprendre sa conversation téléphonique.

Miren se dirigea rapidement vers son bureau en sentant sur elle le regard de ses collègues alors qu'elle traversait la rédaction de bout en bout. Après avoir salué ses deux visiteurs, elle leur montra le téléphone fixe posé sur la table et qui était en train de sonner.

— Bonjour, je suis Miren Triggs. Vous voyez ce téléphone ? dit-elle avec un sourire un peu forcé.

Les deux jeunes acquiescèrent, nerveux.

— Si quelqu'un appelle, vous décrochez et vous notez tout ce qu'il vous dit. Je dis bien tout, insista-t-elle.

— Qui c'est qui décroche ? demanda le garçon. Y a qu'un téléphone.

— Exact, répondit Miren, qui n'avait pas pensé à ce détail. Eh bien, chacun votre tour, alors, et vous notez tout ce qu'on vous dit. J'embaucherai celui qui a la plus belle écriture.

— Hein ?

— Ça s'appelle la méritocratie, les jeunes, rétorqua Miren. Bienvenue au *Press*.

La jeune fille avait le regard plein d'étoiles et elle hocha la tête. Le jeune homme regarda Miren avec incrédulité puis se tourna vers sa camarade.

La journaliste se rendit au bureau de Phil Marks, le directeur du *Manhattan Press*, dont la porte était ouverte. Il était en grande conversation avec un journaliste au sujet de documents relatifs à l'invasion de l'Irak à l'initiative du gouvernement Bush. Elle attendit, adossée au chambranle de la porte en verre, que son collègue sorte. Phil lui fit signe d'entrer.

— Miren, il faut que tu m'expliques ce que tu as fait hier. L'article sur Kiera n'était pas validé, il n'est pas passé par la supervision et ton rédacteur en chef m'a dit qu'il t'avait déjà demandé d'abandonner le sujet. Nous ne sommes pas un journal à sensation et on ne veut pas l'être.

— Phil, permets-moi de te dire que…

— Non, tu me laisses terminer, s'il te plaît.

Miren déglutit en essayant de maîtriser le sentiment de culpabilité qui l'assaillait et elle fut sur le point de tourner les talons. Phil était tranchant mais c'était une des personnes les plus sensées qu'elle connaissait. Si un sujet se trouvait dans les pages du *Press*, c'était pour changer les choses.

— On ne peut pas envoyer un article à l'imprimerie sans le faire relire avant, Miren. On est en guerre contre l'Irak. Le gouvernement affirme que Saddam possède des armes de destruction massive. Au *Press*, notre boulot est de vérifier cette information. Toute l'unité d'investigation est là-dessus en ce moment.

— Je comprends.

— Cependant… j'ai une fille de l'âge de cette Kiera. Elle s'appelle Alma et… s'il m'arrivait ce qui est arrivé à cette pauvre famille, je n'aimerais pas que tout le pays soit concentré sur ce qui se passe à des milliers de kilomètres de chez moi sans lutter contre l'ennemi qui habite la porte à côté.

— Je ne suis pas sûre de comprendre.

— Je ne suis pas le seul père à ressentir cela. Tout le monde connaît quelqu'un du même âge. Une nièce, une cousine, une fille, une petite-fille. Kiera a aussi besoin de notre aide et pas seulement nos soldats à l'autre bout du monde.

— Je suis un peu perdue, là, Phil.

— Il y a quelques années, nous avons annoncé à la une la disparition de Kiera. Ce serait injuste de ne pas l'aider maintenant qu'on ne parle presque plus d'elle. Tu peux reprendre ton enquête. Mais ne merde pas. Ta couverture de l'événement a fait sensation. Bravo.

— Mer… merci, Phil.

— Je t'en prie. Tu n'as besoin de rien? demanda-t-il en cherchant des papiers sur son bureau.

— J'ai deux stagiaires. Je pense que ça ira.

— Ok. Continue comme ça. Je veux deux articles par semaine sur la petite. Et surtout, je veux que tu la retrouves, Miren.

— La retrouver? fit la journaliste, nerveuse.

— Tu ne crois pas cela possible?

— Non, je n'ai pas dit ça. C'est juste que… je n'ai jamais fait un truc pareil.

— Moi non plus, Miren. Et c'est bien pour ça que tu dois traiter ce sujet comme il se doit. Cette vidéo… je ne la sens pas.

— Merci beaucoup.

— Ce n'est pas à moi qu'il faut dire merci. Tu fais un excellent travail. Jim avait raison.

— Le professeur Schmoer a toujours été un bon ami.

— Comment va-t-il? Nous étions rivaux mais je l'ai toujours admiré. Je crois que le monde du journalisme est bien pire depuis qu'il l'a quitté.

— Il se concentre sur ses cours et… il a une émission de radio à l'université qu'il enregistre tous les matins et qui est diffusée le soir. Il n'a pas changé. C'est toujours un plaisir de l'écouter. On pourrait presque prendre des notes à chacune de ses interventions.

— C'est bien, ça. S'il arrive à former à la fac des journalistes comme lui, il aura gagné. Il fera peut-être à la radio plus de choses qu'au *Daily*, où il ne se chargeait que des escroqueries financières et des structures pyramidales. Je pense que ce n'est pas le genre d'articles qu'il aimait écrire. Un journaliste doit trouver un sujet qui le passionne et se plonger dedans, jusqu'aux coudes, et j'ai toujours remarqué que, malgré son œil nouveau et son grand esprit critique, il n'a jamais trouvé ce dans quoi il pourrait s'épanouir.

— C'est lui qui m'a encouragée à rechercher Kiera, dit Miren, afin d'apporter elle aussi son lot d'éloges à ce grand homme.

— La recherche de la gamine est peut-être le sujet de sa vie. Je pourrais l'embaucher pour que vous travailliez ensemble ici. Après tout, c'est lui qui t'a recommandée pour cet article il y a cinq ans sur la remise en liberté de ce type soupçonné d'avoir essayé d'enlever une fillette.

— Je lui demanderai. Ça fait longtemps que nous n'avons pas parlé. Peut-être qu'il aimerait me donner un coup de main.

— On part sur deux articles par semaine, donc. Et nous verrons ensuite si nous avons assez de matériel pour continuer.

— Merci beaucoup, Phil.
— Une minute, je n'ai pas terminé.
— Oui ?
— Cette histoire de viol, c'est vrai ? demanda-t-il à brûle-pourpoint.

Il fixa la jeune femme et attendit une réponse. Elle lut dans son regard de la compassion ou de l'intérêt, difficile de trancher.

Miren hocha la tête en silence, le visage fermé. À tel point que Phil Marks sembla gêné d'avoir abordé le sujet.

— Ce n'était pas la peine d'en parler dans l'article, dit-il.
— Je sais.
— Alors, pourquoi tu l'as fait ?
— Pour me soulager, en quelque sorte.
— Je comprends, dit-il avec un petit mouvement de tête. C'est vrai qu'ils n'ont jamais mis la main sur le coupable ?
— La police, non, répondit Miren avant de sortir.

Elle retourna à son bureau où la stagiaire était en train de répondre à un appel pendant que son camarade notait des informations sur un cahier à spirale. Celui-ci se rendit compte que Miren était revenue et donna un petit coup de coude à la stagiaire. La fille se retourna et continua d'écouter attentivement ce qu'on lui disait en hochant la tête. Elle nota quelque chose sur le carnet tout en affichant une expression de surprise. Elle demanda le nom de son interlocuteur et un numéro de téléphone au cas où, et enfin, elle raccrocha.

— Je viens de parler au boss, annonça Miren. J'ai de bonnes nouvelles.

— Qu'est-ce qu'il t'a dit ?

— En résumé, que le journal d'aujourd'hui se vend comme des petits pains. Je vous expliquerai. Pour en revenir à la bonne nouvelle que je voulais vous annoncer : vous êtes embauchés tous les deux. Un contrat de stage pour trois mois : cinq cents dollars par mois, plus les frais de transport. Les repas sont à votre charge. Félicitations, vous venez de mettre un pied dans le monde du journalisme. Vous devrez passer au département des ressources humaines pour les papiers, c'est deux étages au-dessus. Bon, alors, vous avez reçu un appel sérieux ? Je veux dire, un appel qui n'ait pas été passé par un fou avec une piste fantaisiste ?

— C'est quoi, une piste fantaisiste ? demanda le jeune homme. Pour l'instant, on n'a eu que deux appels.

— Bonne question. Dites-moi ce que vous avez. Je suis sûre que ça nous servira d'exemples.

— Le premier appel, c'est une dame du New Jersey qui affirme que la fillette sur la photo lui rappelle beaucoup sa nièce.

— On dirait bien une piste fantaisiste. Et le second appel ?

— Je ne sais pas si ça vaut la peine de t'en parler, dit la jeune femme.

— Dis toujours.

— C'est à propos des jouets.

— Ça pourrait être une piste fantaisiste. Ou pas. Raconte.

— Le gérant d'un magasin de jouets dit que la maison de poupée de l'une des photos est une *Smaller Home & Garden* de la Tomy Corporation of California. Un modèle pas très courant aujourd'hui, mais super répandu dans les années 90.

— Intéressant. Ça, tu vois, ce n'est pas une piste fantaisiste. On peut peut-être en tirer quelque chose. Cherchez sur Internet la liste de tous les magasins de jouets qui vendent cette maison de poupée. Et continuez à répondre aux coups de fil. J'ai quelques trucs à faire. Si vous avez besoin de quelque chose, allez voir Eli, à la réception. Et s'il y a une urgence, vous m'appelez.

Elle nota le numéro de son téléphone portable sur leur carnet.

— Jusqu'à quand ? Jusqu'à quelle heure on répond au téléphone ?

— Jusqu'à quelle heure ? Je ne vous ai pas dit que maintenant vous faisiez partie du monde du journalisme ?

Les deux jeunes se regardèrent, confus, et comprirent. Miren sourit et tourna les talons. Le téléphone sonna de nouveau et le jeune homme répondit. Sa camarade regarda Miren s'éloigner, admirative de sa démarche assurée.

Pendant ce temps-là, celle-ci se demandait si elle avait bien fait de répondre à Phil Marks : « La police, non… »

35

Quelque part

12 septembre 2000

*L'amour fleurit
jusque dans les recoins les plus sombres.*

William ouvrit la porte et entra chez lui avec un grand sourire. Il portait un polo bleu et un jean et avait dans les bras un énorme paquet cadeau. Il était 11 heures du matin et Kiera sortit de sa chambre en courant pour l'accueillir. Elle se jeta dans ses bras en poussant des cris de joie.

— C'est pour moi ? C'est à moi ? demanda-t-elle.

Iris sortit de la cuisine et sourit à son tour.

— Qu'est-ce que c'est ?

— Je l'ai vue dans une vitrine et j'ai pensé que ça lui plairait.

— C'est quoi ? demanda Kiera.

— Joyeux anniversaire, Mila, dit Will.

— C'est mon anniversaire ?

— Bien sûr, ma chérie, mentit-il. Tu as cinq ans aujourd'hui. Tu es une grande fille maintenant.

Iris regardait la scène, contrariée, sans vouloir intervenir. L'année d'avant, ils lui avaient offert un poupon que Mila avait délaissé au bout de deux jours. Si la taille de ce jouet correspondait à celle du paquet, il devait avoir coûté une petite fortune, et ils ne pouvaient pas se le permettre en ce moment, surtout si Mila jouait avec ce nouveau joujou autant qu'elle l'avait fait avec son bébé.

— T'inquiète pas, ok ? C'était en promo, murmura William pendant que Mila sautillait sur place.

L'homme laissa le paquet sur la table en verre du salon et ils regardèrent leur fille qui ne cessait de rire devant ce cadeau qui lui arrivait au niveau du front.

— En réalité, c'est pas si grand. C'est la boîte qu'est comme ça, ajouta Will, qui cherchait à se justifier.

— Elle est géante ! hurla la fillette. C'est le cadeau le plus grand du monde !

La petite Mila défit le papier pour déballer une énorme boîte dont la partie frontale en plastique transparent laissait voir une maison de poupée avec des meubles et un jardin. L'inscription *Smaller Home & Garden* était écrite en grand mais, Mila ne sachant pas encore lire, elle se concentra sur le contenu.

— C'est une maison ! Une maison de poupée !

Iris ne put s'empêcher de regarder Will avec un petit sourire. La surprise semblait finalement la rendre heureuse, ce qui la changerait des horribles semaines qu'elle venait de traverser. La nuit, Mila faisait des cauchemars et, durant la journée, elle était triste et n'avait envie de rien. Iris avait bien essayé de lui donner des cours d'anglais et de calcul mais elle s'était heurtée à un mur et avait eu le sentiment d'échouer en tant que mère. Voir sa fille heureuse était une consolation et cela la soulagea un peu de la culpabilité qu'elle avait éprouvée jusque-là.

— Maman, c'est une maison ! Regarde ! Et y a même un petit arbre !

— Oui, ma chérie, c'est une maison de poupée. Joyeux anniversaire !

— Je vous aime ! s'écria Mila.

Devant son euphorie, Iris fut sur le point de pleurer. Will, lui, s'approcha de la fillette et l'embrassa sur le front. Iris fit de même puis ils ouvrirent la boîte tous ensemble et en sortirent la maison. Ils placèrent tous les petits meubles sur la table du salon, où Kiera les rangea par taille avant de les mettre à l'endroit qui leur correspondait. Les ustensiles de cuisine, les chaises, les tables, les divans, les armoires et les lits. Ensuite, elle examina à nouveau la boîte et trouva un petit morceau de bois dont elle ignorait la fonction. Il s'agissait peut-être de l'accoudoir d'un divan ou d'un barreau de lit.

Will jeta un regard complice à sa femme avec un demi-sourire et elle lui fit un signe pour qu'ils aillent parler dans la cuisine.

— Combien ça t'a coûté ?

— Je t'ai dit, presque rien.

— Plus de cent dollars, pas vrai ?

— Quatre cents.

Iris porta la main à sa bouche.

— T'as perdu la tête, ma parole !

— Ça va lui faire de l'usage. C'est un jouet pour toute la vie, Iris. C'est pas cher. Quand elle sera plus grande, elle pourra encore y jouer.

— Quand elle sera plus grande, elle voudra plus jouer avec. C'est beaucoup trop d'argent, Will. On peut pas dépenser autant. Ils ont augmenté le loyer et y a que toi qui travailles.

— Et pourquoi tu travailles pas alors ?

— Je travaille déjà, Will. Je m'occupe de Mila et de la maison. T'es qu'un gros macho !

— Me parle pas comme ça. Sois pas injuste.

— Tu sais que j'ai raison. Et en plus, c'est toi qu'es injuste. Si je travaillais, on la laisserait avec qui ? On peut pas la mettre à l'école. Je te rappelle que tout le monde la cherche, Will. Pourquoi tu réfléchis jamais avant d'ouvrir la bouche ?

— Tu veux bien baisser d'un ton ? Elle va nous entendre. Quoique... il est peut-être temps qu'elle sache d'où elle vient.

— Arrête ça tout de suite. J'ai pas envie de la voir pleurer encore. Tu crois pas que c'est déjà assez qu'elle nous demande toujours d'aller jouer dehors et qu'on lui dit non ? Pauvre gamine. Et pauvre de moi, parce que c'est moi qui dois la supporter quand elle est triste, tu sais ? Toi, t'es pas là pour la voir quand elle demande et qu'elle me supplie.

— Et qu'est-ce qu'on peut faire d'autre ? On sort avec elle comme si de rien n'était ? En moins de dix minutes, tu peux être sûre qu'on se retrouve en taule, Iris. Y a pas de marche arrière possible.

Iris soupira tout en essayant de dissiper l'angoisse qui lui nouait le ventre. Will s'approcha d'elle, l'embrassa sur le front, la serra dans ses bras, puis prit son visage entre ses mains.

— C'est notre fille et je suis prêt à tout pour elle. Et si je dois me serrer la ceinture pour qu'elle puisse avoir un beau jouet, je le ferai. Tu comprends ?

Iris sentit la force de son mari. Quelquefois, elle doutait de lui, mais elle se souvenait ensuite que c'était grâce à lui que Kiera était ici avec eux, qu'elle lui avait pris la main au milieu de la foule ce jour de Thanksgiving et qu'elles s'étaient frayé un chemin jusqu'à la bouche de métro de Penn Station.

— Je sais, Will… C'est juste que… c'est compliqué. Je passe tout mon temps avec elle ici. Et… quand je la regarde dans les yeux, j'ai l'impression qu'elle sait la vérité.

— Elle sait rien, chérie. Ça fait combien de temps qu'elle demande plus ses parents ?

— Presque un an.

— Tu vois ? Relax. On est ses parents et on le sera toujours. Tu m'entends ?

Iris eut une expression étrange et Will la regarda, vexé.

— Quoi ?

— Je l'entends plus jouer.

William et Iris sortirent de la cuisine, inquiets, afin de vérifier que Mila allait bien. Un jour, Iris avait lu quelque part qu'il n'y avait rien de plus terrifiant pour des parents que le silence de leurs enfants, mais lorsqu'ils entrèrent dans le salon, ils réalisèrent qu'il y avait bien pire. La porte d'entrée était ouverte et il n'y avait aucune trace de Mila.

— C'est pas possible ! s'exclama Will.
— Mila ?! hurla Iris de toutes ses forces.

36

Miren Triggs

1998

> *Le diable est capable de vivre*
> *de manière paisible le matin*
> *et de se rattraper le soir.*

Margaret S. Foster était une femme douce et chaleureuse.

Elle nous invita à entrer pour nous mettre à l'abri du rude froid de novembre. Elle nous guida jusqu'au salon et nous pria de nous asseoir, ce que nous refusâmes pour ne pas perdre de temps. L'intérieur de la maison répondait aux standards du quartier. Les murs étaient couverts de papier peint à fleurs, un divan en velours rose trônait dans le salon, il y avait des moulures au plafond et un beau parquet au sol.

Elle s'excusa parce que ses enfants étaient déjà au lit et qu'ils ne pouvaient pas descendre nous dire bonsoir. J'étais inquiète. Je sentais un étrange vide dans ma poitrine en pensant à la raison de notre visite.

Alors que la femme nous dévisageait, perplexe, Jim, voyant que je demeurais silencieuse, se lança :

— Vous savez que votre mari a été arrêté, n'est-ce pas ?

— Pardon ?

— Vous ne savez pas ? se troubla le professeur.

— Votre mari, repris-je, il a été interpellé pour tentative d'enlèvement d'une petite fille de sept ans.

La femme ne répondit pas et je pus lire dans ce silence de nombreuses choses. Un proverbe dit que nous sommes esclaves de nos mots et maîtres de ce que l'on tait. Margaret était l'exemple vivant du contraire. Son silence était plein de regret et de tristesse.

— La police ne vous a pas prévenue ? Vous n'êtes au courant de rien ? demandai-je, confuse.

Le professeur me fit un signe et je compris aussitôt pourquoi.

Margaret était morte d'inquiétude. Elle semblait sur le point de se briser en mille morceaux et nous ne pouvions qu'assister à cela en spectateurs après avoir retiré nous-mêmes la pièce dont dépendait toute la structure.

— Je l'ai appelé toute la journée sans résultat. Personne ne m'a rien dit.

— Incroyable ! Vous êtes en train de nous dire que personne ne vous a prévenue que votre mari s'est fait arrêter ? insista le professeur.

Elle secoua la tête et se mit à pleurer. Je ne comprenais rien. Je cherchai en vain à croiser le regard de Jim.

— Vous... vous n'avez pas à vous inquiéter. Je

suis sûre que c'est un malentendu, dis-je, parce que je ressentais le besoin de la rassurer. Je suis convaincue que tout s'expliquera et qu'ils vont le libérer très vite. Votre mari n'a pas l'air d'être un kidnappeur. Nous sommes venus pour en avoir le cœur net. Pourriez-vous nous raconter la raison de la condamnation qui se trouve dans son casier judiciaire ?

Elle hocha la tête et déglutit, le regard perdu, comme si elle venait d'ouvrir le tiroir sombre de ses secrets.

— Nous savons qu'il a été arrêté quand il avait dix-huit ans pour avoir couché avec une mineure de dix-sept ans, continuai-je. Nous pensons que vous étiez cette mineure et que vous étiez fiancés. La loi est parfois injuste et… il suffit d'un père un peu trop protecteur pour que ça finisse mal.

— Je lui ai toujours dit d'arrêter, avoua-t-elle finalement. Que ce n'était pas bien. Que Dieu nous voyait et que ce n'était pas bien. Mais il insistait.

Nous demeurâmes silencieux, Jim et moi, l'invitant à se confier. Ses yeux étaient noyés de larmes.

— Alors, ça a été… le début de tout. On a commencé à sortir ensemble quand on était encore des enfants, on devait avoir quoi, treize ou quatorze ans, même si lui a toujours été plus mûr. Il faisait des choses de grande personne, si vous voyez ce que je veux dire. Il fumait, il buvait. Et ça, ça me plaisait. Je me vantais auprès de mes copines, vous savez. (Elle nous regarda puis se replongea dans ses souvenirs.) On a commencé à avoir des relations sexuelles très tôt et pile notre première fois, mes parents nous ont surpris. Mon père l'a foutu dehors et il nous a interdit de nous revoir. Mais ça n'a pas été un grand obstacle pour deux adolescents aux hormones bouillonnantes et on a recommencé en cachette. Mes parents n'ont jamais aimé James. Ils le trouvaient bizarre, ils disaient que c'était un coureur de jupons. Mais moi, j'étais ravie. Il me regardait avec tellement de désir que je me sentais vivante.

Je hochai la tête parce qu'elle attendait que je le fasse, et elle continua :

— Un jour, quand j'avais seize ans, il m'a demandé de me raser le pubis. J'ai trouvé ça osé mais ce n'était rien comparé à ce que nous avions l'habitude de faire ensemble, puis peu à peu cette demande est devenue une condition, voire une obligation. Il a refusé de coucher avec moi jusqu'à ce que je le fasse. Il trouvait cela vulgaire, offensant, que je ne veuille pas me raser l'entrejambe. J'ai fini par accepter. J'étais amoureuse. Et puis, après tout, ce n'était pas très important. Quand il a eu dix-huit ans, on continuait de se voir en cachette, et c'est là que mes parents nous ont de nouveau surpris, je n'avais encore que dix-sept ans. Mon père a porté plainte et James a fait l'objet d'une injonction d'éloignement durant plusieurs mois et a dû suivre un stage dans lequel on lui martelait que ce qu'il avait fait n'était pas bien.

— C'est donc vrai que vos relations consenties sont à l'origine de sa condamnation.

— Oui.

— Je suis convaincue qu'ils relâcheront votre mari alors. Vous n'avez pas à vous inquiéter. La supposée tentative d'enlèvement pour laquelle ils l'ont arrêté ne peut être qu'un malentendu. Je pense qu'il voulait juste accompagner cette petite fille perdue au commissariat.

— Où travaille votre mari ? demanda le professeur.

— Dans un Blockbuster. La chaîne de vidéo-clubs. C'est à deux minutes d'ici.

— Et son absence ne vous a pas alertée ? Il est retenu depuis hier soir, continua le professeur, une question que j'avais été sur le point de poser moi-même.

— Voilà pourquoi je vous raconte tout ça. Pour que vous le sachiez et le mettiez dans la déposition. Comment je vais expliquer ça aux enfants, moi ?

Elle porta les mains à son visage et regarda le plafond comme si elle pouvait voir ce qui se passait dans la chambre du dessus. Je me rendis compte qu'elle pensait que nous étions des policiers. Le professeur sortit de sa poche un dictaphone qu'il alluma et posa sur la table. Une petite cassette de soixante minutes commença à tourner, enregistrant les soupirs chaque fois plus sonores de la femme et, sans doute, les battements de son cœur.

— Continuez, s'il vous plaît, demanda-t-il.

Je me contentai de déglutir, nerveuse, il vaut toujours mieux écouter les histoires jusqu'à la fin.

— Mais à ce stage… il a rencontré des gens. C'était une espèce de thérapie de groupe pour des personnes qui avaient été condamnées pour le même délit : agression sexuelle. Ils étaient presque tous plus âgés que James qui, à l'époque, n'avait que dix-huit ans, c'était encore un gosse. D'après ce qu'il m'a raconté quand j'ai eu moi-même dix-huit ans et qu'on a recommencé à se voir, ces mecs avaient été condamnés pour des délits plus graves et étaient en conditionnelle. C'était un programme pour… aider à la réinsertion. (Elle fit une pause pour ordonner ses idées et reprit :) C'est à ce moment-là qu'il a commencé à changer. Il s'est mis à fréquenter ces types plus âgés que lui et à passer de plus en plus de temps avec eux. Parfois, je m'énervais parce qu'on aurait dit qu'il ne voulait plus me voir, et quand on se voyait, c'était juste pour le sexe. Mes parents n'approuvaient pas notre relation car ils sont très traditionnels, mais j'étais majeure et je pouvais faire ce que je voulais. Peu de temps après, je suis tombée enceinte et mes parents nous ont obligés à nous marier. James ne voulait pas, il disait qu'il détestait les curés, qu'il en avait connu quelques-uns et qu'il ne leur faisait pas confiance, mais il a fini par accepter. Et puis, il a trouvé ce job chez Blockbuster et, pendant quelque temps, tout allait bien. Ils l'ont promu plusieurs fois et il n'était pas rare qu'il rentre le soir à la maison avec un grand sourire. Notre fille Mandy est née et on a formé une jolie petite famille.

Je soupirai. Tout cela ne me disait rien qui vaille.

— Vous pourriez aller au but ? demanda le professeur.

— Et puis j'ai trouvé les cassettes vidéo dans son studio.

— Les vidéos ?

— Des dizaines. Des enregistrements de filles filmées devant des lycées. Des groupes d'amies marchant dans la rue. Il n'y avait rien de sexuel, ça, je ne l'aurais pas toléré, mais quand je les ai trouvées, je lui ai demandé des explications. Et vous savez ce qu'il m'a répondu ?

— Dites.

— Que c'était pour ses copains, ceux du stage, qu'il les enregistrait pour eux, qu'ils le payaient une fortune pour ces images d'adolescentes en mini-jupe. Il m'a dit qu'il le faisait parce que c'était le seul à savoir manipuler une caméra et qu'il disposait de tout le matériel au magasin pour faire toutes les copies qu'il voulait. Il avait monté un trafic de vente de vidéos de jeunes filles filmées sans leur consentement.

— C'est dégoûtant, dis-je, choquée.

— Votre mari filmait des inconnues dans la rue en mini-jupe et vendait ensuite ces images, résuma le professeur.

Margaret porta les mains à son visage et je la vis s'effondrer, incapable d'émettre un mot de plus. Quelques secondes passèrent, pendant lesquelles elle sembla débattre avec elle-même, puis elle reprit la parole entre deux sanglots :

— Il m'a juré que ça en resterait là. Que ce n'était pas un délit parce que ce n'était pas à caractère sexuel. Et qu'il ne faisait que tirer profit de quelques dépravés de son groupe de thérapie.

— Mais c'est un délit ! m'exclamai-je, en colère.

— Je ne suis pas avocate, vous savez. Je... me contentais de m'occuper de mes enfants pour qu'ils ne manquent de rien. Il gagnait tellement d'argent avec ses vidéos qu'on a pu acheter cette maison. Sinon, comment croyez-vous qu'un petit employé de Blockbuster pourrait vivre dans un quartier comme celui-là ? Avec le temps, je me suis habituée à l'idée, et alors, James a commencé à s'absenter quelques jours de la maison, pour des voyages dans d'autres États, souvent à Disneyland, parce que c'était plus facile, comme il disait, et il revenait chargé de cassettes vidéo qu'il rangeait au sous-sol. Voilà pourquoi je ne savais pas qu'on l'avait arrêté. Je pensais qu'il faisait un de ses voyages.

— Et alors, la chose est passée à un niveau supérieur, non ? m'enquis-je, tremblante à l'idée de découvrir la vérité. Et vous n'avez pas osé le dénoncer. Parce que vous êtes complice, après tout. Vous aviez peur de perdre ce que vous aviez.

— J'avais peur de perdre mes enfants, murmura-t-elle.

— Et les enfants des autres ? Vous n'avez jamais pensé à eux ? Et Kiera Templeton, la fillette de trois ans qui a disparu il y a une semaine ? Vous pensez que votre mari l'a enlevée ?

— L'enlever ? James ne... n'a jamais rien fait contre... contre la volonté de personne.

— Votre mari a été interpellé pour tentative d'enlèvement d'une mineure, madame Foster, répétai-je, afin qu'elle se fasse une fois pour toutes à cette idée.

— Je ne vois pas pourquoi il ferait une chose pareille. Cela ne... Ça ne lui ressemble pas.

— Ça ne lui ressemble pas ? m'exclamai-je. Madame Foster, votre mari ne fait que descendre chaque fois un peu plus les marches de l'enfer. Vous ne comprenez pas ? C'est pathologique. Il ne fait pas ça pour l'argent. Ouvrez les yeux. Il fait ça parce qu'il en a besoin.

Elle ne dit rien, mais sa lèvre inférieure tremblait.

— Attendez voir... Vos enfants, il les... demanda le professeur.

Elle secoua la tête et je respirai, soulagée.

— Dieu merci, c'est la ligne qu'il n'a jamais franchie. Je ne l'ai jamais laissé seul avec eux. Jamais.

— Bien, dit le professeur Schmoer, légèrement abattu.

— Et Kiera, qu'est-ce que vous savez sur elle ?

— Suivez-moi, s'il vous plaît. Je vais vous montrer quelque chose.

Elle se leva et nous guida jusqu'à la porte sous les escaliers. Quand elle ouvrit le loquet, nous découvrîmes qu'il s'agissait de l'accès au sous-sol, qui ressemblait à un trou béant se perdant dans les ténèbres. Elle alluma une ampoule dont le fil pendait du plafond et commença la descente accompagnée par le craquement des marches en bois. En arrivant en bas, je ne vis d'abord rien de spécial, puis je tombai sur les étagères de métal débordant de cassettes VHS munies d'étiquettes avec différents chiffres : 12, 14, 16, 17, sur certaines un 7 ou un 9. Je me rendis compte que tous étaient inférieurs à 18. Il y avait aussi deux tables avec des cartons posés dessus et des posters de plages californiennes punaisés aux murs.

— Tout ça, ce sont des... commença le professeur, essayant de confirmer l'évidence.

— Des enregistrements, oui, répondit Margaret.

Elle s'approcha des étagères et, dans l'un des coins, tira une cordelette. Une trappe se leva, laissant voir un lieu plus sombre encore. Elle appuya sur un interrupteur et Jim et moi nous penchâmes pour voir car nous ne voulions pas descendre. Au fond, il y avait un petit lit et un drap froissé en face duquel se trouvait un caméscope monté sur un trépied.

— Il a commencé à payer des adolescentes pour… pour venir ici et les filmer.

Je commençai à me sentir mal et je dus m'appuyer contre la table, au bord de la nausée.

— Vous saviez tout cela et vous n'avez rien dit? demandai-je, choquée.

— Je le savais, oui, mais elles venaient de leur plein gré. Il y en a même qui étaient des amies de mes enfants.

— Quoi?

— Elles venaient à la maison et… James leur donnait trente, cinquante dollars. Elles descendaient avec plaisir. Et eux… aussi.

— Il y avait des garçons aussi? Vos enfants étaient au courant? Ils savaient que vous payiez leurs copains pour… pour les filmer là-dedans?

Elle acquiesça, défaite. Le professeur sortit l'appareil jetable qu'il avait toujours sur lui et prit une photo en prenant soin que l'on voie bien le caméscope et le trépied. Ensuite, il photographia les étagères remplies de cassettes.

— Vous allez m'arrêter, n'est-ce pas? C'est la fin. Cela fait des années que j'attends que tout cela se termine, mais… je ne voulais pas perdre mes enfants, vous comprenez?

— Nous ne sommes pas de la police, madame Foster. Nous n'allons pas vous arrêter et nous ne sommes pas là pour vous comprendre.

— Comment ça, vous n'êtes pas des policiers ?

— Non. Mais si nous l'étions, nous ne vous laisserions même pas dire au revoir à vos enfants, dis-je.

Nous remontâmes au salon et le professeur appela directement le procureur pour l'informer de nos dernières découvertes et de cette abominable histoire. Pendant toutes ces années à travailler au *Daily*, à dénoncer des dizaines de cas de corruption et d'escroquerie, à révéler les manigances cachées de la société et à être l'un des appuis parfaits pour documenter des affaires qui, la plupart du temps, finissaient au tribunal, le professeur avait établi des liens avec les hautes autorités de la justice et de la police. Quelques minutes après, il revint, le visage livide.

— Tu leur as tout raconté ? Ils envoient la police ? demandai-je.

— Ils viennent de le relâcher, faute de preuves... répondit-il, et mon sang se figea dans mes veines.

Je ne pouvais y croire. Ma foi dans la justice et dans le système venait de s'envoler. Comment avais-je pu être aussi naïve ?

— Relâché ? De quoi tu parles ? Le sous-sol est plein de preuves ! criai-je.

— Quelqu'un n'a pas bien fait son travail, Miren, répondit-il.

— Bien ? Ils ne sont même pas venus chez lui faire une perquisition ! Ils n'ont rien fait ! hurlai-je, sur le point de défaillir. Et qu'est-ce que le procureur t'a dit ? Il t'a dit qu'ils allaient l'interpeller à nouveau ?

— Il m'a demandé d'allumer la télé.

37

1998

> *Il y a des personnes qui sont comme le feu,
> d'autres qui en ont juste besoin.*

Les flammes envahirent les écrans de tout le pays avant de faire la une des journaux de la moitié du monde. Cette image allait devenir le symbole d'une justice que les autorités bafouaient mais que la planète réclamait : la danse du feu consumant James Foster à sa sortie du commissariat.

Le lendemain de son arrestation, les autorités avaient abandonné les accusations portées contre lui. La fillette qu'il avait supposément enlevée aux environs de Times Square avait confirmé la version de James, les caméras de surveillance du quartier ne montraient aucun signe de tentative d'enlèvement ni de violence, et la plainte passée pour abus de mineur s'avéra avoir été déposée par les parents de son épouse actuelle, lorsqu'ils étaient jeunes. La police ne souhaitait pas se laisser influencer par la une du *Press*, qui laissait penser que James Foster était aussi coupable de la disparition de Kiera Templeton. Le pays tout entier avait commencé à le détester dès que son visage était apparu dans tous les kiosques à journaux de Manhattan. À midi, une multitude de gens se pressaient devant les portes du commissariat où il était retenu et interrogé. À 18 heures, et à mesure que les gens sortaient de leur travail, la foule grossissait. Peu à peu, les appels à la justice se calmèrent et, à minuit, il ne restait plus qu'une trentaine de personnes, principalement des agitateurs, dans l'attente d'une déclaration de la police pour agir en conséquence. Durant toute la journée, par plusieurs journaux télévisés et forums de discussion, la nouvelle s'était propagée, les supputations allaient bon train, on avait élaboré les plus sinistres scénarios, dans lesquels James Foster avait tué Kiera, ce qu'il n'avait heureusement pas eu le temps de faire à la petite fille de sept ans qu'il avait essayé de kidnapper.

Ainsi, lorsque Foster posa un pied hors du commissariat, escorté par deux policiers dont la seule mission était de le raccompagner chez lui, le chaos fut tel que, sans que personne sache comment, dans la bousculade, James se retrouva couvert d'essence. En un instant, les deux gardes du corps furent dépassés par les événements. Plusieurs personnes se jetèrent sur eux parce qu'ils protégeaient un assassin et ils tombèrent à terre. Couchés au sol, ils virent l'expression de terreur de James qui regardait partout et nulle part en même temps. Un cercle se forma autour de lui et, lorsque l'on auditionna ensuite tous ceux qui se trouvaient dans la cohue, nul ne sut dire qui avait allumé la mèche ayant provoqué l'image la plus puissante dont l'on se souvienne aux États-Unis.

Le feu se propagea aussitôt de ses pieds à son visage. Quelques témoins se rappelaient encore les cris de James demandant clémence, agenouillé, les mains tendues vers le ciel, mais tous reconnaissaient avoir ensuite détourné le regard, réalisant que cela était allé trop loin. Une minute après, James gisait sans vie sur l'asphalte et son corps continua à brûler jusqu'à ce qu'un policier arrive avec un extincteur.

Tous les journaux du lendemain confirmèrent l'innocence de James Foster avec une photo de l'homme en flammes sous des titres comme : « Ils mettent le feu à un innocent », « Le seul suspect de l'affaire Kiera Templeton brûlé vif », « Erreur judiciaire ». La photo, la seule sur laquelle on pouvait voir James Foster, les mains en l'air, de profil, le feu illuminant le visage anonyme et flou de la foule qui le regardait brûler, fut prise par un photographe affilié à l'*Associated Press*, l'agence d'information à but non lucratif, qui était resté avec la foule qui demandait justice devant le commissariat. Cette image gagnerait, quelques mois plus tard, le prix Pulitzer de la photographie.

Tous les journaux avaient clamé l'innocence de ce type qui avait été relâché, blanchi des accusations de tentative d'enlèvement. Tous les journaux, sauf un.

Quelques heures avant que les journaux ne bouclent, le directeur du *Manhattan Press*, Phil Marks, avait reçu un appel vers minuit de Jim Schmoer, un ancien camarade de la fac de journalisme à Harvard, avec qui il avait partagé plus de fêtes que de notes de cours à cette époque-là. Tous deux avaient eu une carrière similaire mais dans des journaux différents et ils étaient restés en contact. Tous deux travaillaient à New York et leur réussite avait été fulgurante. Jim avait gagné une réputation de journaliste d'investigation craint par les sociétés et les puissants. Phil, de son côté, avait la chance d'avoir écrit des articles qui avaient fait grand bruit, en plus il possédait assez d'argent pour suivre en même temps un master en gestion d'entreprise qui lui ouvrirait les portes et l'accès à un poste de direction.

— Phil, j'ai une bombe entre les mains.

— Une bombe ? Je viens de changer la une de demain pour mettre James Foster en train de brûler devant le commissariat. Ils ont brûlé vif un innocent, Jim. À cause de nous, des informations que l'on a publiées hier à son sujet. Il est de notre devoir de lui demander pardon.

— C'est justement de ça que je veux te parler. Il n'est pas innocent. Il ne mérite pas que les gens le voient comme la victime d'une injustice.

— Qu'est-ce qui te fait dire ça ? demanda Phil Marks, soudainement intéressé.

Le professeur Schmoer lui résuma la situation. Il lui affirma que le procureur venait d'envoyer des agents de police chez les Foster.

— Tu crois qu'il pourrait détenir Kiera ?

— Kiera ? Non. On a regardé partout dans la maison, et il ne semble pas qu'il ait d'autres propriétés. Ce n'est pas lui qui l'a. Il faudra continuer de chercher Kiera.

— Et pourquoi tu ne vas pas raconter tout ça au *Daily* ?

— Pour deux raisons. La première... je ne travaille plus pour eux. Ils m'ont viré aujourd'hui parce que j'ai toujours un temps de retard.

— Tu es l'un des meilleurs, Jim. C'est juste que... tu n'as pas encore trouvé ton truc. Personne ne t'a jamais laissé cette liberté dont tu as besoin pour avancer.

— La deuxième... ce n'est pas moi qui ai fait cette découverte. C'est ma meilleure étudiante et je pense qu'elle mérite sa chance.

— Une étudiante ? Elle est avec toi ?

— Oui.

— Ok. Venez tout de suite à la rédaction. Tu sais où c'est. La nuit va être longue.

— On arrive.

Miren était demeurée dans le jardin pour essayer de remettre de l'ordre dans ses idées après tout ce qu'ils venaient de découvrir. Cette visite au domicile de James Foster avait au départ eu pour objectif de confirmer que c'était une erreur de l'avoir arrêté. Cependant, il arrive que lorsqu'on illumine une ombre, on découvre que ce qu'elle cachait est plus sombre encore que ce que l'on imaginait.

Le professeur Schmoer fit un signe à Miren après avoir raccroché et à ce moment-là trois voitures de police aux gyrophares éteints se garèrent devant la maison.

— J'ai appelé le *Press*.

— Pour quoi faire ? demanda Miren, surprise.

— Tu as un entretien d'embauche dans quarante-cinq minutes. On y va. On n'a pas de temps à perdre.
— Quoi ?

Miren Triggs et Jim Schmoer arrivèrent aux bureaux du *Press* à 1 heure du matin avec l'intention d'écrire leur article directement sur place. Ils n'avaient pas le temps de rentrer chez eux et de dépendre d'une connexion Internet aléatoire pour l'envoyer par mail.

— Miren Triggs, c'est ça ? dit Phil Marks en la voyant. Je vous attendais. Si tout ce que m'a raconté Jim sur James Foster est vrai, demain, nous serons le seul journal à raconter la véritable histoire. Et ça, mademoiselle Triggs, c'est ce qui doit toujours guider une bonne journaliste. Merci pour ça, Jim.

— Je t'en prie. Tu sais que c'est toujours un plaisir pour moi de venir ici. En plus, comme je t'ai dit, ils viennent de me licencier. Je n'avais pas envie de donner ça à mes anciens chefs.

— Nous allons traiter cette information comme elle le mérite, si Mlle Triggs nous démontre qu'elle peut écrire un bon article pour la une du *Press*.

— La une ? répéta Miren, inquiète.

— Votre histoire n'est pas assez bonne pour faire la une ? Parce que si vous n'êtes pas capable de supporter ça, vous ne supporterez pas le poids d'une simple colonne à la page 30. Nous écrivons tous nos articles comme s'ils devaient être publiés à la une.

Miren demeura silencieuse et Phil Marks l'invita à s'asseoir à une table. Près d'elle attendaient un correcteur pour réviser l'article dès qu'il serait prêt et un maquettiste. Jim Schmoer donna son appareil jetable dont les photos étaient destinées à illustrer l'article. Miren s'assit devant l'ordinateur, plus nerveuse que jamais.

— Vous avez vingt-cinq minutes.

Les doigts de la jeune femme commencèrent à voler d'un côté à l'autre du clavier. Elle sentait la terminaison nerveuse de ses phalanges directement connectée à la rage et à l'impuissance que lui inspirait cette histoire.

Dans son texte, Miren raconta sans tabou la perversion de James Foster, employé d'un Blockbuster de banlieue, et le chemin qu'il avait suivi vers les ténèbres. Elle expliqua comment, depuis sa maison, l'homme avait créé un empire de production et de distribution d'images à contenu pédophile. Elle reprenait les déclarations de son épouse, Margaret, qui relataient comment il filmait des mineurs pour des clients un peu partout dans le monde.

L'article fut accompagné d'un des clichés pris par le professeur Schmoer, sur lequel on pouvait voir un lit à la structure métallique rouillée couvert de draps défaits face à un trépied. Pendant que Miren écrivait son texte à la hâte et que les rotatives attendaient pour commencer à tourner, Phil proposa plusieurs titres, envoya le correcteur chercher des cafés et demanda au maquettiste de se tenir prêt. Après plusieurs minutes de tension pendant lesquelles elle se dit qu'elle n'y arriverait jamais, étant donné le court délai à respecter s'ils voulaient que le journal sorte aux premières heures du jour, Miren prononça un simple «Ça y est».

La pendule indiquait qu'elle n'avait mis que vingt et une minutes.

Phil Marks fit une rapide lecture et le professeur Schmoer applaudit, aussitôt suivi par le correcteur et Phil lui-même, qui la félicita pour son entrée au *Manhattan Press* par la grande porte.

Le lendemain matin, alors que tous les quotidiens demandaient vengeance contre un innocent, le *Press*, dans un article signé par une certaine Miren Triggs, sortait du lot en donnant les détails de la vie privée de James Foster. Sa femme, Margaret S. Foster, se trouvait au même moment au commissariat sans qu'aucun média sache qui elle était, pourquoi on l'avait arrêtée et pour quelles raisons on avait confié ses enfants aux services sociaux. Le scandale rouvrirait un long débat sur la peine de mort dans l'État de New York, sur les limites de la justice dans ce genre d'affaires, sur l'incompétence de la police qui relâchait un suspect qui possédait une pièce aussi sordide dans le sous-sol de sa maison. En tout cas, le public dans sa majorité pensa que les flammes étaient la meilleure punition possible pour quelqu'un comme James Foster.

38

30 novembre 2003
Cinq ans après la disparition de Kiera

> *Peut-être y a-t-il quelqu'un, là, dehors,*
> *qui ne veut pas savoir que,*
> *même sur la plus belle rose,*
> *des épines poussent sans crainte.*

Miren sortit de la rédaction et marcha jusqu'au parking pour lequel elle payait un abonnement mensuel de presque trois cents dollars. C'était une grosse somme mais il y avait longtemps qu'elle ne prenait plus le métro et qu'elle assumait cette dépense pour ne plus avoir à être approchée par des inconnus. Peu de gens à New York se déplaçaient en voiture et, durant un certain temps, elle s'était débrouillée avec les taxis, mais dès qu'elle avait commencé à devoir faire des allers-retours au bureau, elle avait estimé que cette option n'était pas viable.

Elle savait qu'il s'agissait là d'une contradiction, étant donné que cela entraînait qu'elle arrive en retard aux rendez-vous la plupart du temps, et dans le monde du journalisme, c'était inenvisageable. Cependant, elle n'était pas entrée au *Press* au service des faits divers, mais au service investigation, qui traitait de sujets demeurés cachés ou passés inaperçus et qu'elle devait découvrir et éclaircir. Ce type de journalisme était plus calme, mais non exempt de stress. Miren avait toujours l'impression qu'un autre journal lui volerait l'affaire avant qu'elle la publie et, dans la pratique, le fait de suivre plusieurs histoires en parallèle, de fouiller dans les archives, les dossiers, les instances gouvernementales et les registres publics, nécessitait des efforts énormes, que seul compensait l'éventuel impact des articles qu'elle publiait. Elle travaillait souvent en équipe de trois ou quatre journalistes et collaborateurs, lorsque l'affaire était importante, mais le reste du temps, elle agissait seule. Un jour, sans que personne lui demande et sache sur quoi elle était en train d'enquêter, elle arriva à la rédaction avec un article rédigé dans un style incisif mais chargé d'émotion sur une fille de seize ans disparue à Salt Lake City et dont personne ne semblait se soucier. Dans un autre, elle exposait l'implication de hauts responsables du secrétariat d'État à la Justice dans une affaire d'agression sexuelle sur mineures dans une discothèque caribéenne.

Petit à petit, Miren avait réussi à se forger une réputation et, même si la dernière piste de la disparition de Kiera Templeton s'était envolée dès lors que le principal suspect avait été brûlé vif, elle n'avait jamais cessé d'enquêter sur cette affaire.

Elle avait loué un box dans l'un des entrepôts de brique rouge près du fleuve et stocké là-bas toutes les archives et tous les dossiers qu'elle avait accumulés et qu'elle avait déjà tellement étudiés qu'elle pensait ne plus pouvoir rien en tirer. Avant de lever le rideau de fer du box, elle regarda des deux côtés afin de vérifier que personne ne l'observait. La rue était déserte et le reste des garages, fermés. Elle poussa de toutes ses forces et le crissement du métal rouillé résonna dans le silence.

À l'intérieur, des dossiers étaient rangés dans une dizaine de meubles métalliques accrochés aux murs. Sur des tiroirs, on pouvait lire des numéros écrits sur de petites étiquettes en carton indiquant les décennies, depuis les années 60 jusqu'au quatrième à droite muni d'un sobre 00. Sur d'autres étaient écrits des noms : Kiera Templeton, Amanda Maslow, Kate Sparks, Susan Doe, Gina Pebbles, etc. Miren gardait là toutes les informations sur les affaires en cours, avec l'espoir de tomber un jour sur une piste suffisamment intéressante pour pouvoir éclaircir ce qui était arrivé.

Elle ouvrit le tiroir de Kiera, en tira quelques chemises cartonnées et une boîte qu'elle déposa sur l'un des archiveurs. Puis elle fourra l'ensemble dans un sac en toile et, peut-être à cause du silence, peut-être à cause de la tension qui la prenait lorsqu'elle se retrouvait dans ce box plein d'histoires tristes et difficiles, elle sursauta quand son téléphone sonna dans la poche de son manteau.

— Maman ? Tu m'as fait peur !

— Moi ? Tu n'es pas en train de faire quelque chose de dangereux, au moins ?

— Laisse tomber. Je suis… au bureau. Qu'est-ce que tu voulais ? J'ai du travail.

— Euh... je voulais juste savoir comment tu allais.
— Tout va bien, maman.
— Cette année, la maison a été un peu vide sans toi pour Thanksgiving.
— Je sais, je suis désolée, maman. C'est vrai, j'avais du boulot.
— Et j'en suis heureuse, ma chérie. Tu travailles dans ce que tu aimes et ce pour quoi tu as étudié, mais...

Miren ferma les yeux. Elle se sentait coupable.

— Je sais, maman, je suis désolée. Ça faisait plusieurs semaines que j'essayais de finir un article et... il y a eu quelques imprévus. Une de mes sources a fait marche arrière, rompant notre accord, et on ne pouvait plus publier l'article en l'état sans son témoignage crucial. Ça a été une course contre la montre pour trouver un nouvel informateur de confiance. Je suis sincèrement désolée, maman.
— Tu as fêté Thanksgiving au bureau, n'est-ce pas ?
— Si ça te console, je t'assure que je n'étais pas seule. Le journal doit sortir tous les jours de l'année. Le bureau est plein de gens comme moi. Les chefs ont commandé de la dinde pour tout le monde. Ne va pas croire que j'ai mangé un sandwich devant mon ordinateur.
— Ça, c'est ce que tu fais tous les jours.
— Oui, mais pas pour Thanksgiving.
— Je suis contente qu'ils prennent bien soin de toi, ma chérie. Tu le mérites.
— Il faut faire quelques sacrifices. Internet est en

train de tout changer et il y a des services qui doivent réduire leurs effectifs. En ce moment, il faut se serrer un peu la ceinture. Que serait le monde sans le journalisme ?

— Aucune idée, Miren. La seule chose que je sais, c'est que tu nous manques beaucoup. Ton père a raconté sa blague sur la noix de cajou pendant le dîner et il y en a une qui a failli rester coincée dans son nez.

— Encore ? s'exclama Miren en éclatant de rire.

— Tu le connais.

La jeune femme était si absorbée par la conversation qu'elle n'entendit pas les pas derrière elle ni ne vit l'ombre projetée sur son épaule. Une main puissante l'attrapa par-derrière et vint se poser sur sa bouche. Elle lâcha son téléphone et Mme Triggs put entendre, stupéfaite, le bruit du portable qui s'écrasait par terre et les cris sourds de sa fille.

— Miren ? Qu'est-ce qui se passe ? Tu es là ?

Durant quelques instants, l'homme ne fit rien, si ce n'est la serrer contre lui avec force, en silence, à l'affût de ses réactions. L'espace d'une seconde, elle se revit, vulnérable, couchée sur le banc, sa robe orange déchirée. Sa respiration s'accéléra en entendant que sa mère était toujours à l'autre bout du fil.

— Ça va être rapide... J'ai... un petit cadeau pour toi, murmura une voix masculine éraillée derrière elle.

— Miren ? Qui est cet homme ? Miren ! hurla Mme Triggs dans le téléphone.

L'agresseur commença à palper les poches du manteau de Miren jusqu'à ce qu'il sente son portefeuille, puis il glissa sa main à l'intérieur pour le prendre.

Juste à ce moment-là, la jeune femme lui mordit violemment l'index et le majeur. Son cri résonna jusque dans le téléphone et, avant de s'en rendre compte, il était à terre, la tête contre le métal d'un des archiveurs et le canon d'un pistolet dans la bouche.

— Moi aussi, j'ai un petit cadeau pour toi, murmura Miren.

39

27 novembre 2010
Douze ans après la disparition de Kiera

*Il est envisageable de rechercher la douleur
si c'est la seule chose
qui puisse nous donner de l'espoir.*

Lorsque l'inspecteur Miller arriva au bureau du FBI avec la cassette vidéo, il jeta sa gabardine sur la table où était posée une photo de la remise du diplôme de fin de scolarité de sa fille et se dirigea vers l'Unité de la police scientifique afin de vérifier, comme il l'avait fait pour les précédentes, si elle ne portait pas d'empreintes autres que celles de Grace, d'Aaron ou de la personne qui l'avait trouvée. La première année, les empreintes les avaient engagés sur une fausse piste et n'avaient servi qu'à perturber un enfant et à obtenir le gribouillis du portrait-robot d'une femme blanche aux cheveux frisés. Le dessin était punaisé au mur de son espace de travail, à côté de l'écran de son ordinateur, mais on ne voyait qu'une partie du visage tant l'endroit était rempli de chemises cartonnées débordantes de feuilles.

Les deux vidéos suivantes, apparues depuis 2003, étaient tellement passées de main en main, pour terminer leur course dans les bureaux du FBI, que les empreintes avaient été inexploitables. À première vue, cette vidéo était semblable aux autres. Une TDK de cent vingt minutes, sans boîtier, remise dans une enveloppe à bulles qui pouvait s'acheter à tous les coins de rue du pays. Il n'y avait pas de timbre, ni de marques particulières, ni de griffures, juste le chiffre 4 écrit dessus.

— John, tu pourrais y jeter un coup d'œil ? demanda Miller au responsable de la police scientifique.

— Une nouvelle cassette de Kiera ? Elle est passée par beaucoup de mains ?

— En théorie, juste par celles des Templeton et, peut-être, par celles de la personne qui habite dans leur ancienne maison, où elle a été découverte. Si tu trouves quelque chose, préviens-moi aussitôt.

— Tu es pressé ?

— Qu'est-ce que tu imagines ? Bien sûr que je suis pressé !

— Ok. Je t'appelle dans une heure ou deux.

— Si tu pouvais me la digitaliser tout de suite et m'envoyer le document, ce serait formidable. Et qu'elle ne sorte pas d'ici.

— Pas de problème, dit John, y a-t-il quelque chose de nouveau dans celle-là ? Un meuble nouveau ou n'importe quoi ? Sur la troisième, il y avait cette robe orange, non ?

— Dans celle-ci, Kiera n'apparaît pas.

John retint sa respiration, puis reprit :

— D'accord, je m'y mets tout de suite.

— Merci, John. Je suis à mon bureau. Appelle-moi dès que tu as quelque chose.

— Pas de souci.

L'inspecteur Miller revint à son espace de travail sans grand espoir et, après avoir allumé son ordinateur et tapé son mot de passe, accéda à l'Intranet pour revoir les trois vidéos précédentes et réfléchir à cette affaire pour la millième fois. Il avait rangé tout ce qu'il possédait sur l'affaire dans un document intitulé «Kiera Templeton», après un effort récent du FBI pour digitaliser les archives dans le but de réduire la quantité astronomique de papier utilisé pour chaque enquête. Formulaires, fiches, photographies, négatifs, preuves physiques. Chaque disparition dont il s'occupait demandait chaque fois plus d'espace, les dossiers prenaient la poussière et cela augmentait le risque de ne rien trouver quand il en avait besoin. Il cliqua sur «Vidéos». Les enregistrements originaux se trouvaient dans une boîte en carton, dans une salle fermée à clé au sous-sol, où il ne se rendait que pour y déposer le nouvel original reçu. Grace et Aaron recevaient une copie VHS de chacune des cassettes, à leur demande, dans le but symbolique de voir leur fille quand ils en avaient besoin. Il trouva dans le dossier une longue liste de documents correspondant aux enregistrements des caméras de surveillance de la zone dans laquelle Kiera avait disparu et qu'ils utilisaient pour essayer de retrouver la personne qui déposait les vidéos dans les différents lieux.

Chaque fois qu'une cassette apparaissait, il suivait

le même protocole : il visionnait, une par une et dans l'ordre, les anciennes vidéos de Kiera filmées dans cette même chambre triste. Il ouvrit la première, celle qu'il avait le plus regardée, et, après une longue minute de réflexion, il prit sa tête entre ses mains.

Il s'agissait de la vidéo dans laquelle Kiera jouait avec une poupée devant une maisonnette en bois, avant de se lever et de laisser le jouet sur le lit. Elle collait ensuite son oreille contre la porte et allait regarder à la fenêtre. Enfin, elle se tournait, fixait la caméra et l'enregistrement prenait fin.

Dans la deuxième vidéo que les Templeton avaient reçue, et qui avait été déposée devant le bureau d'Aaron une journée d'août 2007, Kiera avait déjà douze ans et l'on remarquait sa silhouette svelte et ses jambes fines. L'inspecteur Miller se força à regarder les images. Dans cette vidéo, Kiera passait tout son temps à écrire quelque chose sur un carnet, le visage concentré. Elle ne regardait la caméra à aucun moment. La qualité des images était la même et les experts du FBI en avaient déduit qu'il s'agissait toujours du même appareil d'enregistrement, accroché de manière fixe au mur et dont les images étaient diffusées en direct sur un écran proche connecté à un magnétoscope de la marque Sanyo ; à en juger par les marques que la tête de lecture laissait sur la bande.

La troisième vidéo, découverte dans un parc en février 2009, avait toujours été la pire pour la famille Templeton, celle qu'ils regardaient avec la plus grande douleur. On pouvait y voir Kiera, à quatorze ans, assise à son bureau, en train d'écrire quelque chose dans un cahier noir, la porte fermée, en train de pleurer et de gémir. Puis elle se levait et semblait crier en direction de la porte, mais elle se trouvait de dos et on ne pouvait comprendre ce qu'elle disait. Les experts en phonétique déduisirent qu'il s'agissait d'une seule phrase de quatre mots, à en juger par les mouvements de la mâchoire et de l'os situé en dessous de l'oreille. Ils en conclurent que Kiera ne se trouvait pas seule et que la personne qui la retenait prisonnière n'était pas loin d'elle à ce moment-là et qu'elle le savait. On pouvait voir sur la table quatre cahiers identiques à celui sur lequel elle écrivait quelques instants auparavant et qui semblaient être des journaux intimes. Grace et Aaron s'évertuaient toujours à imaginer les pensées que leur fille pouvait bien coucher sur ces pages vierges.

Une nuit, Grace Templeton avait regardé la vidéo en boucle tout en pleurant avec sa fille, l'accompagnant dans sa tristesse et lui murmurant de ne pas s'inquiéter, qu'un jour elle serait avec elle et qu'elle la consolerait, même si elle ne se souvenait peut-être même plus de l'existence de sa mère. Sur cette vidéo, Kiera était différente. Elle avait lâché ses cheveux, délaissant la queue-de-cheval qu'elle portait sur les autres et ils tombaient jusque sous ses seins, déjà formés.

L'amour que ses parents ressentaient pour elle en la voyant grandir de vidéo en vidéo augmentait lui aussi. Ils ne partageaient pas seulement les souvenirs de ses trois premières années de vie, mais aussi des moments des années suivantes, quand elle pleurait, quand elle riait. Ils la voyaient se développer comme une âme libre, même si elle était un joli oiseau enfermé dans une cage.

L'agent spécial Spencer sortit de son bureau et alla retrouver Ben.

— Encore la gamine ? Une nouvelle cassette ?
— Oui.
— On est sur l'autre fille, Ben, celle du quai 14. On ne peut pas mobiliser d'effectifs supplémentaires, tu le sais bien. La recherche de Kiera a coûté autant que celle de trente disparus. Non, Ben.
— Donne-moi une journée. Empreintes, ADN, examen des caméras de la zone, la procédure habituelle. Cette fois-ci, on dirait que c'est différent.
— On ne peut pas, Ben. On est sur le point de retrouver la fille du quai 14 et j'ai besoin de toi. Le fiancé a avoué. On a maintenant besoin de retrouver l'endroit où il a pu la jeter. Je veux que tu ailles là-bas et que tu participes aux recherches. Une équipe de plongeurs est prête à fouiller la zone indiquée. C'est bientôt fini, mais il faut limiter le périmètre.
— J'ai promis à la famille Templeton que je m'occuperais d'eux.
— Je ne peux pas me défaire de l'un de mes agents pour continuer de soulever du sable dans le désert, Ben.
— Je n'ai jamais été ton agent, Spencer. Nous avons toujours été collègues de bureau.
— Maintenant, tu es l'un de mes agents. Même si tu n'aimes pas cette idée. Tu as beau répéter que je ne mérite pas ma promotion, j'ai cent quatorze affaires

résolues à mon actif, sur cent vingt ! Et toi, tu continues à perdre ton temps sur les cas non résolus… Tout le monde mérite d'être retrouvé. Pas seulement Kiera Templeton.

— Tu n'es qu'un connard, Spencer.

— Ne me pousse pas à te foutre un blâme, Ben. Arrête ça tout de suite.

— Mets-moi un blâme si ça te fait plaisir. Tu as toujours été un connard et ça le confirmera.

Le visage de l'agent Spencer changea. L'air désolé, il dit en haussant le ton pour que tout le monde puisse entendre :

— Inspecteur Miller, vous êtes suspendu de vos fonctions pour un mois. Vous n'aurez plus accès aux locaux ni aux enquêtes en cours. Vos dossiers passeront automatiquement à l'agent Wacks.

Ben hocha la tête, regarda, incrédule, ses collègues, qui baissèrent les yeux. Il se leva, attrapa sa gabardine et fit face à Spencer une dernière fois.

— Tu sais ce qui nous différencie toi et moi ? Toi, tu t'es toujours centré sur tes maudits quotas de réussite, alors que moi je me suis intéressé à chacune des vies qui disparaissaient.

— Eh bien, tâche de ne pas faire aussi disparaître ta carrière ici ! rétorqua Spencer, tranchant.

Ben tourna les talons et laissa Spencer planté là, sans savoir ce que serait son avenir en tant qu'agent.

Un instant plus tard, un document intitulé Kiera_4.mp4 apparut dans un dossier de l'Intranet de l'agent Miller, dans lequel il gardait tous les éléments de l'affaire Kiera. Mais cela faisait un petit moment déjà qu'il déambulait dans la rue sans trop savoir quoi faire.

Il composa le numéro de Miren Triggs, cette journaliste du *Press* qui avait toujours fourré son nez dans ses affaires, mais elle ne répondit pas. Il décida alors d'appeler directement le *Manhattan Press* et demanda qu'on la lui passe, mais une fille aimable à la voix douce lui annonça qu'elle n'était pas venue au bureau de la journée.

— Où es-tu, bordel ? s'exclama-t-il après avoir raccroché.

40

Miren Triggs

1998

> *Nous avons tous des ombres au fond de nous,*
> *de différentes formes et tailles,*
> *et, une fois le moment venu,*
> *certaines d'entres elles grandissent tant*
> *qu'elles en viennent à couvrir toutes les autres.*

Cela peut sembler immoral mais je ne ressentis rien en voyant James Foster en feu à la télévision, alors que j'étais assise sur son divan, en train de parler à sa femme, leurs enfants dormant au-dessus de nous. C'était... comme si pour une fois dans ma vie je voyais la justice frapper les méchants. Enfin.

Je ne me souvenais pas si j'avais soufflé ou si je n'avais pu réprimer un sourire en voyant cette image, mais c'est ainsi que je me sentais au fond de moi. Après le premier impact de la scène et la lecture du titre qui défilait sur l'écran (BREAKING NEWS : J. F. brûlé vif après sa remise en liberté) sur la chaîne d'information en continu, Jim dit à Margaret qu'il était désolé de ce qui venait d'arriver à son mari. Moi, j'étais sortie, sans rien dire, pour éviter d'être hypocrite.

Je me sentais très bien et je ne souhaitais pas gâcher cette sensation. Surtout depuis que Jim m'avait annoncé que je pourrais mettre un pied au *Press* si j'écrivais un article sur James cette nuit-là. J'étais à la fois nerveuse et euphorique. C'était un doux mélange. Et même si je n'avais pas retrouvé Kiera, ce sentiment de justice s'avérait agréable. Cette piste semblait arriver à sa fin mais je n'allais pas abandonner pour autant.

Nous attendîmes que la police arrive au domicile des Foster, puis Jim raconta en détail au procureur ce dont il lui avait parlé au téléphone et nous nous rendîmes à la rédaction, où la magie opéra. Il ne restait que quelques journalistes et le directeur nous reçut avec un grand enthousiasme. Je rédigeai en hâte l'article que mes parents encadreraient avec fierté dans leur salon et, pendant que j'écrivais, je me souviens que la seule chose qui m'intéressait était de relater le plus clairement possible la vérité sur James Foster pour qu'il n'y ait plus le moindre doute. Lorsque j'eus fini, et que tout le monde m'applaudit, cette étincelle qui change le stress en bonheur jaillit en moi et, pour la première fois, je pus effacer de mon esprit ce qui m'était arrivé cette nuit-là dans le parc.

Nous sortîmes du journal vers 3 heures du matin. Phil Marks, le directeur, nous avait demandé d'assister le lendemain à 16 heures à la conférence de rédaction. Je commencerais avec un contrat pour les après-midi, après mes cours, jusqu'à ce que l'année se termine. Jim et moi entrâmes dans l'ascenseur, chacun évitant le regard de l'autre. Nous hélâmes un taxi qui roulait dans la direction opposée à celle vers laquelle je me dirigeais et, lorsque nous montâmes ensemble, il donna mon adresse sans hésiter.

— Félicitations, dit-il. Ils t'ont prise.

— Oui, répondis-je.

Jim regardait devant lui, sans rien dire, et je m'aperçus que sa chaussure tapait joyeusement sur le tapis de sol.

— Je te... commença-t-il.

Je me penchai vers lui et l'interrompis en l'embrassant.

Une seconde plus tard, nos lèvres se décollèrent comme celles des amants qui se disent au revoir dans un aéroport. Jim s'était reculé pour mieux me regarder. Mais je m'approchai de nouveau et l'embrassai. Il sembla y prendre plaisir mais il me rejeta encore une fois et je me dis que j'avais commis une erreur et que tout allait se terminer.

— Ce n'est pas bien, Miren, murmura-t-il.

— Si tu savais comme je m'en fous, répondis-je d'un ton plus que déterminé.

Nous nous embrassâmes durant tout le trajet. Nous continuâmes dans les escaliers de mon immeuble, également lorsque je me battis avec ma clé dans la serrure et quand nous retirâmes nos vêtements. Nous nous embrassâmes alors que ses lunettes volaient jusqu'au sol et qu'un des verres cassait, et aussi lorsque nos corps nus se glissèrent entre les draps du lit de mon minuscule studio.

Une heure plus tard, nous étions tous deux emplis de remords, mais convaincus que c'était inévitable. Il se rhabilla en silence, dans la pénombre, et je fus la première à parler :

— Nous ne recommencerons pas, Jim.

— Pourquoi ? Moi, j'aime être avec toi, Miren. Tu es... différente.

— Parce que tu ne peux pas perdre l'unique travail qui te reste, répondis-je.

— Personne ne le saura.

— Tu es prof de journalisme d'investigation. Tu as une classe entière de gens prêts à rechercher la vérité sur tout.

Jim éclata de rire.

— Alors nous nous disons au revoir ici, maintenant, comme si rien n'était arrivé ?

— Je crois que c'est mieux comme ça, oui.

Il hocha la tête, de dos. Il se baissa, encore torse nu, ramassa ses lunettes cassées et les mit dans sa poche.

— Tout ira bien pour toi, Miren. Tu as ce petit truc que les autres n'ont pas.

— La seule chose qui me différencie des autres, c'est que je suis entêtée.

— C'est le principal pour un journaliste.

— Je sais. J'ai appris ça de toi.

Il termina de s'habiller et je demeurai au lit. Ensuite, il prit congé de moi avec un baiser sur les lèvres. Durant des années, je me souviendrais de ce dernier contact.

Le lendemain, la une du *Press* sur l'histoire secrète de James Foster envahirait le pays, et mon nom, pour la première fois mais pas la dernière, serait associé à tout jamais à celui de Kiera Templeton, parce que j'avais découvert la véritable histoire derrière l'unique suspect officiel qui apparaîtrait jamais dans cette affaire de disparition.

J'appelai mes parents le lendemain matin et les mis au courant de la bonne nouvelle. Fiers que leur fille soit devenue célèbre, ils sortirent aussitôt acheter plusieurs exemplaires du *Press* qu'ils distribuèrent dans tout Charlotte.

Ma mère me demanda si je venais finalement les voir ce week-end-là, comme je l'avais promis, mais ma toute récente embauche au journal annula tous mes plans d'un seul coup. Avec les années, je regretterais d'avoir reporté ces rencontres, particulièrement après ce que je devais découvrir bien plus tard. Mais à ce moment-là, j'étais encore une gamine et je venais de décrocher un poste au *Press* !

J'allais prendre ma matinée, mais une graine d'espoir avait germé dans mon esprit et, sans que je m'en rende compte, j'entrai à 10 heures du matin dans une armurerie qui, depuis l'extérieur, ressemblait plus à un mont-de-piété.

— Quel modèle recherchez-vous ? Si c'est pour défendre votre maison, je vous recommande celui-là, me dit un homme qui avait l'air d'être un fier membre de la National Rifle Association.

Il sortit un fusil de sous le comptoir à canon scié qui paraissait peser une tonne.

— Non... je... je veux juste un pistolet. C'est pour me défendre.

— Vous êtes sûre ? Si quelqu'un entre chez vous, les méchants en auront un comme ça.

— Je suis sûre, vraiment. Un pistolet fera l'affaire.

Il y avait des armes partout, sur les murs et dans les vitrines, exposées. Fusils, pistolets, revolvers, armes d'assaut. Il était impossible de ne pas être pris de panique en voyant tout ça.

— Si vous dépensez plus de mille dollars, je vous offre une boîte de cartouches de calibre 25.

— Euh... oui, c'est intéressant. Un pistolet et une boîte de cartouches.

Le type éclata d'un rire moqueur et m'indiqua la vitrine où se trouvaient une quantité de modèles et de calibres. Il me dit ensuite que je devais remplir un formulaire et attendre la vérification de mon casier judiciaire. Il me demanda alors mon permis et je me pétrifiai.

— Un permis ?

— Ici, à New York, il faut un permis de port d'arme, mademoiselle.

— Je n'en ai pas. Je suis de Caroline du Nord. Làbas... enfin, ce n'est pas aussi compliqué.

— Eh bien, vous devriez l'acheter là-bas alors.

— Vous ne pouvez pas fermer les yeux ? Je la veux pour me protéger. Je vis à Harlem et en ce moment, c'est un peu dangereux. Il y a déjà eu six cambriolages dans mon immeuble, mentis-je.

— Des Noirs, pas vrai ?

Je hochai la tête. Qu'il était facile de manipuler quelqu'un comme lui.

— Ils se croient les maîtres de la ville et ils saccagent tout. Je vous la laisse pour six cents dollars si vous me promettez de tirer s'ils entrent chez vous. C'est mieux que ça soit eux que vous, jeune fille.

— Bien... bien sûr, dis-je, même si j'étais paniquée à l'idée de devoir l'utiliser.

Il glissa l'arme dans un sac et me fit promettre de ne pas la porter dans la rue. Je sortis du magasin. C'était bizarre de se promener dans la rue avec un pistolet au fond de son sac à dos. Ce n'était pas comme le spray au poivre que je portais toujours sur moi et qui me procurait la même sécurité qu'un parapluie. Le pistolet, en revanche, faisait naître une sensation différente, même si, statistiquement, en avoir un augmentait mes chances de finir morte. Il n'était pas rare qu'au cours de disputes, de braquages, les armes finissent dans de mauvaises mains, qu'une détonation retentisse et mette fin à la vie de quelqu'un qui aurait peut-être dû donner son sac ou son portefeuille. Mais j'avais besoin de cette sécurité, même si ce pistolet ne sortirait pas de chez moi. Je ne cherchais pas vengeance, je ne l'avais pas acheté pour ça, mais parce que j'avais besoin d'éprouver à nouveau la sensation de justice qui avait été la mienne en voyant James Foster mourir dans les flammes. Les méchants doivent payer quelquefois, non ?

En arrivant à la maison, je mis le pistolet sous mon oreiller et vérifiai que le CD que m'avait apporté Jim était toujours sur la table.

J'avais un peu de temps jusqu'à 16 heures, heure à laquelle je devais être à la rédaction, et j'insérai le disque dans l'ordinateur en me disant que je n'y trouverais rien de nouveau.

Il s'agissait d'un dossier contenant les enregistrements d'une centaine de caméras de surveillance, en plus de ceux qu'il m'avait envoyés par mail. Dans l'un des sous-dossiers, se trouvait une autre centaine de documents avec les transcriptions d'auditions des habitants de l'immeuble où la police avait retrouvé les habits et les cheveux de Kiera. J'en déduisis que c'était une copie complète de l'enquête policière et je me demandai comment Jim avait mis la main dessus.

J'en commençai la lecture. Les cinquante personnes qui résidaient dans l'immeuble n'avaient rien vu. Ce jour-là, à cette heure-là, tout le monde était sorti pour profiter des gigantesques ballons, des spectacles de rue ou tout simplement pour faire les dernières courses de Thanksgiving. Ceux qui étaient restés chez eux n'avaient rien entendu de particulier dans le hall du 225.

Il y avait aussi les déclarations de tous les commerçants de la zone autour de Herald Square. La 35e Ouest comptait cinquante-sept magasins en tout genre, mais ce jour-là seuls deux supérettes, une boutique d'articles variés, six débits de boisson et de nourriture à emporter, parmi lesquels un kebab, une pizzeria qui vendait des portions à un dollar et quatre marchands de hot-dogs, étaient ouverts. À nouveau, le doute me submergea, tout cela me parut une affaire impossible à résoudre et l'espoir m'abandonna devant tant d'informations qui paraissaient ne mener nulle part.

Il était 15 heures et je me rendis à la rédaction. En

arrivant, je regardai, nerveuse, le nom du journal sur la façade et je demandai à la réception mon accréditation.

— Miren Triggs, annonçai-je non sans fierté lorsque la réceptionniste me demanda mon nom et l'étage où je me rendais.

Pendant qu'elle vérifiait que tout était en ordre, une voix masculine éraillée retentit derrière moi :

— S'il vous plaît, mademoiselle, il faut m'aider à retrouver ma fille.

On ne pouvait pas dire qu'il avait la voix cassée, elle était brisée en mille morceaux. Je me retournai, surprise, et ce fut la première fois que je vis Aaron Templeton en personne. Les joues ruisselantes de larmes, il tenait un exemplaire du *Press* du jour dans la main.

41

Quelque part

12 septembre 2000

> *Les voleurs n'ont-ils pas peur,*
> *eux aussi, qu'on les vole ?*

— Mila ! cria à nouveau Will alors qu'il sortait de la maison et regardait, affolé, dans toutes les directions. Mila !

Il était près de midi et une douce brise automnale caressait les feuilles des arbustes de son haleine froide.

— Tout va bien, Will ?

Un frisson parcourut tout son corps à l'idée que le voisin, un retraité du Kansas qui vivait seul dans la maison d'à côté, ait vu Mila et découvert leur terrible secret.

— Qui est Mila ? demanda celui-ci, depuis son porche.

Il portait une salopette en jean, un polo blanc et une casquette rouge avec le slogan de la campagne de George Bush.

— Euh… c'est notre chatte.

— Depuis quand vous avez un chat ? Jamais vu.

— Si, c'est une vieille chatte grise. On l'a toujours eue mais elle ne sort jamais de la maison. On la trouve pas. Elle a dû s'échapper.

— Si je la vois, je te préviens.

Iris et Will se séparèrent pour couvrir plus de terrain et chercher dans toutes les directions. Si quelqu'un la retrouvait avant eux, ce serait la fin de tout.

Iris courait, nerveuse, regardait derrière chaque arbre, conteneur et dans chaque recoin du quartier. Will faisait de même, énervé et inquiet à l'idée que cette étourderie de quelques secondes leur valût la prison à vie.

Pendant que ses nouveaux parents parcouraient le quartier, la petite Kiera, dans le jardin de derrière, observait un papillon qui venait de se poser sur une fleur orange. C'était la première fois qu'elle sortait depuis longtemps, elle ne se souvenait plus combien exactement, et la lumière intense du soleil la forçait à plisser les yeux. Le bleu du ciel avait une couleur différente de celle qu'elle pouvait voir depuis la fenêtre de sa chambre. Même le jardin, qu'elle avait l'habitude de regarder à travers les vitres, semblait différent et d'une couleur vive irréelle.

Elle commença à se sentir mal. Puis un fourmillement s'empara de tout son corps. Elle s'assit sur l'herbe en croyant que cela lui passerait, et elle se gratta les bras comme si cette étrange sensation venait de quelque chose d'extérieur à elle. Soudain, elle dut fermer les yeux car ses paupières pesaient plus que jamais et, juste au moment où Iris arrivait, à bout de souffle, elle commença à avoir des convulsions semblables à celles dont souffrait quelquefois sa mère.

— Mila, qu'est-ce qui t'arrive ?!

Iris la secoua avec force, horrifiée de voir sa fille dans cet état et désirant la sortir de sa transe qui paraissait incontrôlable.

— Mila ! cria-t-elle encore une fois, désespérée. Réveille-toi !

En entendant les cris de sa femme, Will revint en courant vers la maison. Il la contourna par l'allée qui débouchait sur le jardin de derrière, guidé par le son des pleurs de son épouse. En arrivant, il se prit la tête dans les mains. Mila était allongée par terre, le visage tourné d'un côté, les poings serrés et le corps rigide et tremblant avec violence.

— Qu'est-ce qui se passe, Iris ? Qu'est-ce que t'as fait à la petite ?

— Qu'est-ce que tu veux dire ?

— Fais quelque chose. Elle tremble, ajouta-t-il comme si Iris connaissait la solution au problème.

— C'est pas trembler, ça, Will ! C'est pire. Il faut l'amener à l'hôpital.

— T'es folle ou quoi ? Je préfère la laisser mourir.

Iris fusilla son mari du regard.

— Comment tu peux dire un truc pareil ? Aide-moi à la rentrer. Je peux pas toute seule.

Will souleva Mila comme il le put. Son corps avait l'air d'une planche, ses jambes étaient tendues et pétrifiées par la tension. Ses bras faisaient des mouvements d'une telle force que Will fut sur le point de la laisser tomber par terre à deux reprises. Une fois à l'intérieur, il la déposa sur le dessus-de-lit orange de sa chambre et, pendant qu'Iris se lamentait en croyant que sa petite fille allait mourir, il fit les cent pas dans la pièce sans savoir quoi faire.

Quelques minutes plus tard, le petit corps fragile de Mila cessa de trembler et Iris pleura, cette fois-ci de joie. Elle s'agenouilla au bord du lit et la prit dans ses bras en remerciant Dieu. Elle lui caressa les cheveux un long moment, replaça une à une les petites mèches sur son front. Kiera était épuisée, mais lorsqu'elle ouvrit enfin les yeux, elle vit que sa mère la regardait, là, à quelques centimètres à peine de son visage, avec un sourire si ému qu'elle se sentit à nouveau chez elle.

— Pourquoi tu pleures, maman ? demanda Mila dans un murmure, non sans difficulté.

— C'est rien... ma chérie... C'est juste que... (elle chercha une explication qui puisse convaincre sa fille sans pour autant l'inquiéter) je pensais qu'il t'était arrivé quelque chose de grave.

— J'ai très mal à la tête.

Iris se tourna vers son mari, qui observait la scène avec un visage de circonstance.

— Tu peux pas sortir de la maison, Mila. Tu as vu ce qui t'arrive ? Tu tombes malade, improvisa Will, profitant de l'incident.

— Malade ?

— Oui, ma chérie, surenchérit Iris avec douceur. Je croyais que... tu t'étais perdue.

— Je m'étais pas perdue... Je jouais près de la fenêtre...

— Je sais, ma puce… C'est juste que… tu peux pas sortir. C'est pour ton bien. Papa et moi, on veut pas qu'il t'arrive quelque chose.

— Pourquoi ? s'enquit Mila d'une voix fatiguée.

— La pollution, les ondes électromagnétiques, les appareils électroniques. Tout ça, ça fait mal et… quand tu sors de la maison, tu tombes malade, répondit Iris, qui se souvenait d'un documentaire sur l'hypersensibilité électromagnétique qu'elle avait vu sur une chaîne pseudo-scientifique.

Selon le reportage, les personnes souffrant de cette étrange maladie avaient des symptômes variés, tous plus complexes à vérifier : vertiges, picotements, malaises, tachycardie, difficultés à respirer voire de fortes nausées et des toux compulsives lorsqu'elles se trouvaient à proximité d'une source d'ondes électromagnétiques. Le documentaire montrait la vie solitaire d'une femme de cinquante ans de San Francisco qui ne sortait plus de chez elle et ne voyait plus la lumière du jour parce qu'elle affirmait que les téléphones portables, de plus en plus nombreux dans les rues, lui donnaient du psoriasis et quelquefois la faisaient s'évanouir. Elle rapportait que lorsqu'elle voyait quelqu'un parler au téléphone dehors, elle devait changer de trottoir pour éviter l'impact dévastateur de ses ondes. Il y avait aussi un jeune de vingt ans, passionné d'informatique, qui avait couvert les murs de sa maison de papier d'aluminium pour éviter les douleurs que les ondes mystérieuses et omniprésentes lui provoquaient. À la fin du documentaire, on voyait l'un des journalistes allumer et éteindre son portable dans sa poche pendant qu'il interviewait le jeune à son domicile sans que celui-ci soit pris de démangeaisons. Mais Iris n'avait pas vu cette partie car Will venait de rentrer, et ils avaient commencé à se disputer.

— Les ondes ? Qu'est-ce que c'est ? demanda Mila, qui était beaucoup trop intelligente et curieuse pour qu'ils puissent répondre à toutes ses questions.

— C'est… des trucs des appareils électriques. C'est à cause des antennes des portables. C'est pour ça qu'on n'a pas de portable à la maison. L'antenne des télés produit des mauvaises ondes aussi.

— La télé ? Des mauvaises ondes ? murmura Mila, affaiblie.

Alors qu'ils s'apprêtaient à répondre, ils entendirent deux grands coups sur la porte d'entrée. Iris et Will se regardèrent. Celui-ci fit un geste à Mila pour qu'elle ne dise rien. Il voulait faire croire qu'il n'y avait personne à la maison, mais bientôt, une voix qu'ils reconnurent aussitôt se fit entendre :

— Will ! C'est moi, Andy, ton voisin. Tout va bien ?

42

30 novembre 2003
Cinq ans après la disparition de Kiera

Tous les secrets ne doivent pas être révélés.

Le type qui avait essayé d'agresser Miren ne savait pas qu'il avait jeté son dévolu sur la mauvaise victime. Quelques minutes auparavant, lorsqu'elle était passée près de lui, il avait pensé que c'était une proie facile. Une jeune femme mince, séduisante et bien habillée. Elle avait l'air d'avoir de l'argent sur elle, assez pour qu'il puisse vivre tranquillement les deux ou trois semaines à venir, mais il y avait mieux encore, elle était canon, et pour lui, qui était un type en général assez invisible pour les filles, ce serait une bonne occasion de mettre fin à des mois de sevrage sexuel.

Il avait tiré un couteau de sa poche et l'avait suivie sans bruit, jetant des coups d'œil à droite et à gauche afin de vérifier qu'ils étaient tout seuls. Même s'il s'était décidé à agir en plein jour, il lui suffirait de s'enfermer dans l'un de ces box avec elle. Il en profiterait et s'amuserait un peu.

Il l'avait observée à distance et, lorsqu'elle avait levé un rideau de fer, il avait souri, dévoilant ses dents jaunes. À New York, qui comptait plus de huit millions d'habitants, on recensait plus de deux mille viols à l'année, soit six par jour, ou un toutes les quatre heures. Cette jeune femme en aurait fait partie s'il ne s'était pas agi de Miren Triggs.

Depuis l'agression dont elle avait été victime en 1997, Miren avait changé. Au début, elle avait eu peur de sortir, d'aller à des fêtes, de traverser le parc dans lequel tout cela était arrivé, mais après être entrée au *Manhattan Press* et avoir participé à sa première enquête, elle avait découvert qu'on ne pouvait vaincre la peur qu'en continuant à faire des choses, qu'en sortant et en luttant pour que tout s'arrange. Son article, dans lequel elle révélait la vérité sur James Foster, brûlé vif dans le centre-ville, confirmait que les gentils finissaient par gagner et que la terreur et l'obscurité perdaient. Après cela, elle s'était acheté une arme, elle s'était inscrite à des cours de self-défense et s'était promis de ne plus boire une goutte d'alcool tant qu'il resterait un seul individu de la liste des délinquants sexuels de la ville en liberté.

Lorsque l'agresseur l'avait attrapée par-derrière, Miren s'était tout d'abord demandé quoi faire. Le mordre, le tirer à elle, lui faire une clé au bras avant de le projeter au sol ? Elle avait visualisé chacune de ces possibilités et s'était finalement décidée pour tout autre chose.

Elle sortit son pistolet, se retourna et le fourra dans la bouche du type.

— Moi aussi, j'ai un petit cadeau pour toi, dit-elle, furieuse.

Elle ramassa son portable et s'adressa à sa mère pendant que l'homme la regardait, l'air paniqué et un goût de métal dans la bouche.

— Maman ? Je peux te rappeler plus tard ? Je suis…

— Ma chérie ? J'espère que tu n'es pas en train de m'acheter quelque chose pour Noël ! Tu sais que je n'aime pas les cadeaux.

— Je suis à la caisse d'un grand magasin. Je te rappelle.

Avant que sa mère puisse répondre, elle avait raccroché et poussé un soupir en direction de son agresseur, à qui elle avait fait son plus beau sourire.

Une heure plus tard, une ambulance arrivait sur les lieux après un appel anonyme passé depuis une cabine téléphonique par une voix féminine. Ils trouvèrent un homme, les mains attachées à une grille entre deux conteneurs du port, avec une affreuse blessure par balle à l'entrejambe. Lorsqu'on lui demanda ce qui s'était passé, il ne donna pas d'explication. Les agents de police déclareraient plus tard dans leur rapport qu'il s'agissait d'un règlement de comptes entre trafiquants de drogue. Miren lui avait conseillé de ne rien dire, qu'elle le retrouverait, car son nom et son adresse devaient figurer dans le registre des délinquants sexuels.

Miren revint chez elle en voiture avec deux boîtes entières de dossiers sur l'affaire Kiera et passa sa soirée à les éplucher, en pyjama et sans se lever une seule fois de son bureau. De temps en temps, elle buvait une gorgée de Coca-Cola et croquait dans une pomme. Elle avait acheté un iBook G3 et abandonné le gigantesque iMac au moniteur vert qui l'avait accompagnée pendant toutes ces années. À ses côtés se trouvait un petit transistor, dont elle avait déplié l'antenne qu'elle avait dirigée vers la fenêtre.

Lorsqu'elle arriva à saturation devant tant de chiffres correspondant aux rues, caméras de surveillance, auditions et codes postaux, Miren alluma le transistor.

Aussitôt, une petite lumière rouge s'alluma sur un côté et la voix de son ancien professeur, Jim Schmoer, envahit la pièce :

« ... la vive voix de l'espoir. À part ça, je vais vous parler d'affaires significatives et aussi déconcertantes que celle de l'enfant peintre de Malaga, qui a défié jusqu'à aujourd'hui toutes les polices du monde entier. Il y a quinze ans, en 1987, en Espagne, un enfant doté d'un don prodigieux pour la peinture, qui lui a valu ce surnom d'enfant peintre, a disparu. Un jour d'avril, il est sorti de chez lui pour se rendre à une galerie et... il s'est évanoui dans la nature comme s'il n'avait jamais existé. Ou encore l'affaire Sarah Wilson, qui, à huit ans, est descendue du bus devant sa maison au Texas et a disparu avant d'en atteindre la porte. Ces deux cas ont été très suivis dans le monde entier pour les conditions énigmatiques qui entourent ces disparitions. Ou encore l'affaire de la petite Française Marion Wagon, dix ans, qui s'est volatilisée en 1996 en sortant de l'école. Or les enfants ne disparaissent pas comme ça ! Soit ils sont morts, soit quelqu'un ne veut pas qu'on les retrouve. Mais dans l'affaire Kiera Templeton, c'est différent. Celui qui la retient prisonnière souhaite qu'on la retrouve, ou il veut peut-être jouer, enfin, peut-être veut-il simplement que ses parents sachent qu'elle va bien et qu'il vaut mieux ne plus continuer à la chercher. On ne sait jamais, on ne peut jamais savoir ce qui se trame dans l'esprit d'un kidnappeur, néanmoins le rôle de tout journaliste d'investigation n'est pas de trouver ce qu'il recherche mais de ne jamais arrêter de chercher. »

Miren hocha la tête et sourit. Elle aimait sentir Jim à ses côtés, se laisser guider par lui, ne fût-ce que par sa voix. Elle baissa le volume et continua de fouiller dans les documents composés de photos et de déclarations diverses. Elle ouvrit le dossier dans lequel elle avait rangé le contenu du CD que le professeur lui avait remis cinq ans auparavant et examina à nouveau les images des caméras de surveillance. Elle espérait avoir une étincelle qui lui ferait assembler les pièces de ce puzzle, tout en se répétant les dernières paroles de son mentor : « Ne jamais arrêter de chercher. »

— Et qu'est-ce que tu crois que je fais, là, Jim ? s'exclama-t-elle avant de boire une gorgée de Coca-Cola et de mordre dans sa pomme à pleines dents.

43

Quelque part

12 septembre 2000

La méchanceté peut repérer ceux qui en sont pétris.

— Cache la petite ! murmura Will, terrifié. Cache-la ! S'il la voit, on est foutus !

Iris referma la porte de la chambre de Mila et demeura à l'intérieur avec elle, tout en tendant l'oreille afin d'entendre la conversation à travers la porte. La crise d'épilepsie avait épuisé la fillette et elle observait depuis son lit le visage inquiet de sa mère.

Iris entendit les pas de son mari de l'autre côté de la cloison. Il semblait chercher quelque chose dans un tiroir, puis il y eut le tintement métallique de clés qui s'entrechoquaient. Cependant, elle ne parvint pas à associer ce son aigu au seul trousseau qui ouvrait le cadenas. Il y eut de nouveau deux coups et la voix de Will se répercuta contre les murs :

— J'arrive ! Une seconde !

Iris vérifia que Mila, assommée par la fatigue et les

maux de tête, avait fermé les yeux. De l'autre côté, Will ouvrit la porte d'entrée avec précaution et salua son voisin.

— Qu'est-ce que je peux faire pour toi ? demanda-t-il.

— Tu es sûr que tout va bien ?

— Bien sûr, pourquoi ? répondit Will.

— Si tu avais besoin de quelque chose, tu me demanderais, pas vrai ? On est voisins, mais j'aime à penser qu'on est amis aussi.

— Bien sûr, Andy. Pourquoi tu me dis ça ?

— Tu ne m'offres pas une bière ?

Will jeta un coup d'œil par-dessus son épaule et fit claquer sa langue.

— C'est que… Iris… Elle se sent pas très bien.

— Arrête ton char ! Je viens de la voir courir dans la rue. Elle avait l'air en pleine forme.

Andy poussa la porte, ce qui déconcerta Will.

— Je crois que tu devrais pas…

Le voisin entra rapidement et jeta des coups d'œil dans le salon comme s'il cherchait quelqu'un.

Le son des pas d'Andy dans leur maison glaça le sang d'Iris, qui colla son oreille contre le papier peint à fleurs. Elle regarda la maison de poupée, que son mari avait déjà mise dans la chambre, et son regard se perdit dans ses petites pièces jusqu'à ce qu'elle se sente aussi minuscule qu'une poupée.

— Qu'est-ce que tu veux, Andy ? demanda Will, mal à l'aise. C'est pas très poli. Ça se fait pas, entre voisins, de rentrer chez les autres et de fouiner dans leurs affaires.

— Tu as raison. Excuse-moi, Will. Où sont passées mes bonnes manières ? dit Andy d'un ton mélancolique en s'asseyant sur le divan et en mettant ses pieds sur la table basse. Ce n'est pas... normal. Tu as tout à fait raison.

Will déglutit avant de reprendre :

— Andy, je crois que je vais te demander de bien vouloir partir. Iris va pas bien du tout et... j'aimerais être seul avec elle, là. J'aimerais... qu'elle voie que je suis là, avec elle.

— Tu sais, commença le voisin, ignorant ce que venait de dire Will, ma femme est morte il y a six ans. Et... bon, je ne vais rien t'apprendre, la vie n'est pas juste. On n'a jamais pu avoir d'enfants. Ce n'est pas faute d'avoir essayé. On faisait l'amour tous les soirs. C'était le bon temps. Moi... moi, je n'ai jamais voulu avoir d'enfants. Mais elle, elle oui. Elle ne parlait que de ça. Elle s'arrêtait devant les vitrines des magasins de vêtements pour enfants et elle fondait en larmes en voyant les petites robes, les petits pantalons...

— Je te suis pas, Andy, murmura Will.

— Moi, je ne prenais pas les choses au sérieux, mais elle... elle était toujours en train de chercher des méthodes pour augmenter la fertilité. Je ne sais pas si tu me comprends.

Will demeura silencieux.

— C'était son seul sujet de conversation et moi... eh bien moi, je l'écoutais. C'est bien ce que fait un mari, non ? Je l'écoutais tout le temps. Tu as connu Karen. Elle parlait beaucoup. Et particulièrement avec ta femme. Et tu sais ce qu'elle n'arrêtait pas de me raconter ?

Will commençait à devenir nerveux.

— Elle parlait de la même chose avec ta femme. De vos difficultés à avoir un enfant. Et même des positions que vous inventiez. Tu sais, moi, j'ai rien contre ça. Mais elles échangeaient des informations, toutes les deux. Et on vous copiait pas mal. Le truc du coussin, le fait de le faire sur le sol froid du salon, et de toujours le faire un nombre pair. C'était la fête, tu sais ? Enfin, jusqu'au jour où elle a eu son AVC en plein supermarché. Des médecins ont dit que c'était le stress. Et d'autres, les hormones de fertilité. Mais personne n'a su la raison exacte. Elle est morte et… la fête est finie. Tu me suis ?

— Oui… je me rappelle… On était sous le choc, c'est arrivé sans qu'on s'y attende, répondit Will, mort de panique. Bon, si ça te dérange pas…

— Et tu sais ce que ta femme a aussi raconté à la mienne ? reprit Andy.

— Quoi ?

— Que vous ne pouviez pas avoir d'enfants. Que c'était impossible. Que ses ovaires étaient morts et que son utérus semblait rejeter tout ce qui aurait pu s'y nicher.

— Oui… on a essayé de vivre… avec ça. On continue d'essayer… même si on a plus trop d'espoir. Et puis l'âge arrange pas les choses…

— Je sais, j'imagine bien, Will.

— Andy, vraiment, si ça te dérange pas, j'ai des choses à faire et…

— C'est pour ça que je me demande… qui est cette gamine que je viens de voir rentrer chez vous en courant ?

— Une gamine ? manqua s'étrangler Will.

— Allez, Will, te fous pas de moi. Je vous ai vus la chercher comme des fous partout autour de la maison. Tu me prends pour un con ou quoi ? On n'est plus amis, alors ?

— Je te jure, Andy... y a pas de...

— C'est Kiera Templeton, pas vrai ?

À l'évocation de son nom, Will se sentit défaillir et il fut bien incapable de répondre. Un nœud se forma dans sa gorge et la rage lui coupa les cordes vocales.

— C'est vous qui avez cette gamine, pas vrai ? Celle qu'ils cherchent depuis tout ce temps. Il m'a semblé que c'était elle. Elle a changé mais... ce visage... Comment oublier ce petit visage d'ange, hein ? Combien ils offraient pour la retrouver ? Un demi-million ? Waouh... c'est un bon paquet de fric, ça, pas vrai, voisin ?

— Qu'est-ce que tu veux, Andy ? De l'argent ? C'est ça que tu veux ? Tu sais bien qu'on a juste le nécessaire. On gagne à peine de quoi payer la maison.

— T'as rien écouté de tout ce que je t'ai raconté, pas vrai, Will ? Je veux... ta femme. Je veux la seule chose qui me manque. J'ai bien essayé d'aller aux putes... mais... c'est pas pareil. Par contre, Iris, elle...

— J'aurais jamais imaginé que t'étais si...

Andy regarda vers la porte de la chambre de Kiera.

— Elle est là, la gamine ? Je peux la voir ?

Will était pétrifié. Il hocha la tête pour toute réponse. Andy sourit et se leva d'un bond. Lorsqu'il passa à ses côtés, il lui donna un petit coup sur l'épaule et il alla tourner la poignée de la porte. À l'intérieur de la chambre, il vit Iris, le visage baigné de larmes, et la fillette somnolente, inconsciente de tout ce qui se jouait à cet instant. Andy sourit à Iris et s'approcha d'elle pour lui essuyer la joue.

— Andy... s'il te plaît... non, parvint-elle à murmurer.

— Comprends-moi, Iris... tu as toujours été si... normale. Et toutes ces choses que tu essayais avec Will et qu'ensuite Karen venait me raconter. Je t'ai toujours imaginée en train de... Je ne vais pas continuer ma phrase à cause de la gamine qui est là mais... (Il s'approcha de l'oreille de la femme et lui dit :) Je me suis toujours demandé comment tu baisais...

Iris s'écroula et s'appuya sur Andy, en pleurs.

— Ne t'inquiète pas... On... on va passer un bon moment. On est... de bons voisins, non ?

Soudain, Iris s'écarta et sursauta.

— Hé, Andy ! cria Will depuis le seuil de la chambre.

L'homme se retourna, intrigué, et découvrit Will armé du fusil de chasse qu'il gardait dans l'armoire du couloir.

— Will ! cria-t-il.

Le coup de feu déchiqueta le ventre d'Andy, qui s'écroula aussitôt, du sang plein la bouche. Quelques plombs perdus finirent dans le mur, laissant une trace indélébile de ce tragique événement. Iris se jeta sur Mila et lui caressa le visage quand elle s'aperçut qu'elle avait ouvert les yeux à cause de la détonation.

— Qu'est-ce qui se passe, maman ?

— Rien... ma chérie. Rendors-toi... C'est juste papa qui s'est cogné.

Au pied du lit, le corps d'Andy était en train de se vider de son sang, mais Mila demeurait couchée, sans avoir l'air de vouloir bouger, sans vouloir regarder, parce qu'une partie d'elle-même avait deviné que quelque chose de grave venait de se passer. Iris lui embrassa le front et Mila ferma les yeux, mais continua d'entendre les gémissements de sa mère. Près de la porte, Will restait immobile, tremblant de tout son être, ses yeux fous fixant le cadavre de son voisin, dont le sang se répandait sous le lit dans une flaque qui s'agrandissait à vue d'œil, comme le font les pires craintes.

44

Miren Triggs

1998

Dites-moi, quand la vie vous a-t-elle bien traitée ?

La première fois que j'avais parlé avec Aaron Templeton, la conversation avait été très pénible. Il patientait devant la porte du *Manhattan Press* où, d'après le personnel de sécurité, il m'avait attendue pendant plus de deux heures, demandant sans cesse si quelqu'un savait qui était Miren Triggs, celle qui avait signé l'article sur James Foster.

— Oui, c'est moi, répondis-je, confuse.
— Pouvons-nous parler ?
— Je dois… J'ai du travail. On m'attend à la rédaction.
— S'il vous plaît, je vous en supplie.

Je fus si troublée de voir un homme âgé de plus de quinze ans que moi me demander de l'aide avec cet air désespéré que je ne pus la lui refuser. Une partie de moi craignait que je m'approche de trop près de la disparition de Kiera. Il me serait alors impossible de rester suffisamment objective. Mais pourquoi me mentais-je à moi-même ? Je m'étais tellement plongée dans cette affaire, j'avais tellement vu le regard de Kiera sur les affiches que le vent disséminait dans toute la ville, que je me sentais aussi impliquée dans sa recherche que sa propre famille. J'appelai la secrétaire depuis le comptoir de sécurité pour qu'elle prévienne les autres que j'allais arriver en retard à cause d'une affaire importante. Oui, j'allais arriver en retard pour mon premier jour de travail. Pas la meilleure façon de faire bonne impression.

J'essayai d'imaginer l'enfer que Aaron Templeton devait être en train de vivre, à en juger par son aspect. Il avait de profonds cernes, une barbe négligée, les cheveux hirsutes et les vêtements froissés. On aurait dit un clochard.

Nous nous rendîmes dans un bar en face du journal et il m'invita à boire un café. Lorsque nous prîmes place, il s'arma de courage et me dit :

— Merci, mademoiselle Triggs.

— Vous n'avez pas à me remercier, répondis-je.

— Un monstre est mort hier et le monde est aujourd'hui un peu meilleur.

— Je... je n'y suis pour rien.

— Je sais. Mais grâce à vous, les gens savent qui il était vraiment. Si vous n'aviez pas écrit cet article...

— S'il vous plaît, tutoyez-moi. Je ne suis qu'une... enfin, je ne suis qu'une femme qui cherche la vérité.

— Si tu n'avais pas écrit cet article... tout le monde aurait pensé qu'un innocent avait encore une fois été victime d'une injustice. Enfin, c'est ce que tous les journaux disent, non?

— Tous, sauf le *Press*.

— D'où ma présence ici... parce que vous êtes les seuls à avoir vraiment recherché la vérité dans toute cette histoire. Ce type ne méritait pas de mourir comme un héros et... grâce à toi, il n'en sera jamais un.

— Il est mort parce que les gens réclamaient justice mais ils ont confondu la justice avec la vengeance. Ce n'est pas à cause de mon article. Mais, s'il vous plaît, dis-je, un peu perdue, puis-je vous demander quelque chose, monsieur Templeton?

— Bien sûr.

— Êtes-vous venu pour ça? Pour me remercier d'avoir révélé la vérité sur James Foster?

Aaron réfléchit un instant et répondit:

— Oui... et non. Je suis venu te demander ce que tu sais.

— Je ne peux rien vous dire de plus, monsieur Templeton. Vous comprendrez que la police est la seule à pouvoir partager ce genre d'informations avec vous.

— S'il te plaît...

Je me levai pour mettre un terme à la discussion. Je savais pertinemment qu'accéder à sa requête ne me causerait que des problèmes.

— Je dois retourner à la rédaction.

— S'il te plaît..., dis-moi juste si tu as vu chez Foster quelque chose qui pourrait te faire penser que c'est lui qui retenait Kiera prisonnière. Juste ça.

Je soupirai et fis non de la tête, navrée pour lui.

— Rien ? insista-t-il.

— Non, monsieur Templeton. Votre fille n'était pas là-bas. Et rien ne m'indique qu'elle ait pu s'y trouver avant. Je sais que cela aurait facilité les choses, mais c'est ainsi. Votre fille… ne semble pas avoir été enlevée par Foster. Ce qui n'est pas si mal finalement. Croyez-moi, Kiera est peut-être ailleurs, dans un endroit où l'on prend soin d'elle, en tout cas mieux que Foster ne l'aurait fait.

— Merci, mademoiselle Triggs, c'est tout ce que je voulais entendre, dit-il en essuyant une larme qui coulait sur sa joue.

— Il faut que j'y aille maintenant. Si vous voulez en savoir plus, je vous conseille de parler avec les enquêteurs. Je… je ne sais pas grand-chose. Je sais juste ce qui a fuité dans la presse, peut-être un peu plus, mais rien de vraiment utile.

— Tu m'aiderais à retrouver Kiera ? demanda-t-il soudain d'un ton si désespéré que cela me fit mal.

Je serrai les lèvres et esquissai une grimace.

— Ce n'est pas la peine de me le demander, je suis déjà en train de la chercher. Mais… ce n'est pas facile. Personne ne l'a vue. Personne n'a rien vu. Il… il faut juste attendre quelque chose de nouveau. Celui qui a fait ça commettra bien une erreur. Mais… n'arrêtez pas vos recherches. J'ai l'impression que la police arrivera bientôt au bout de ses pistes et alors… il vous faudra être fort pour ne pas vous laisser abattre.

— Miren, promets-moi que tu continueras à enquêter.

— Et vous ?

— Il ne pourrait en être autrement, répondit-il. Je le dois à ma femme.

— Je suis tenace. Je vous promets que je n'abandonnerai pas.

— Merci, Miren Triggs, tu as l'air d'être une belle personne. La vie a dû bien te traiter.

Je ris en mon for intérieur. Il connaissait bien peu de choses sur moi et avec quelle rapidité il avait lancé ce jugement à l'emporte-pièce !

— Et vous ? Êtes-vous une belle personne ? lui demandai-je.

— Je crois que oui. Enfin... j'essaie, répondit-il en pleurant.

— Et quand la vie vous a-t-elle bien traité ?

Il demeura silencieux et but une gorgée de café. Nous échangeâmes nos numéros de téléphone et nous promîmes de nous tenir au courant de nos progrès dans nos enquêtes respectives, puis je pris congé. Aaron Templeton m'avait paru sympathique, mais je ne savais pas si c'était à cause de la peine qu'il me faisait ou si cela venait de son regard qui réussissait à transmettre, malgré tout, de l'espoir.

Je revins à la rédaction. Lui resta dans le café, à regarder par la fenêtre, hagard, les gens pressés qui traversaient la rue. Peut-être cherchait-il dans sa mémoire le moment où il s'était mal comporté pour mériter ce qui était en train de lui arriver, mais j'étais convaincue que la vie ne fonctionnait pas ainsi, elle mettait des bâtons dans les roues à tous ceux qu'elle pouvait atteindre. Et si elle ne savait pas comment te faire un croche-pied, elle t'offrait un vélo sans freins pour que tu finisses dans le décor.

En arrivant, je m'installai à mon bureau. Dix minutes plus tard, une brune au visage joyeux s'approcha de moi et me salua.

— Tu ne serais pas Miren Triggs ? La nouvelle ?

J'acquiesçai.

— Bravo pour la une. C'est ce que j'appelle entrer par la grande porte. Je m'appelle Nora. D'après ce que m'a dit Phil, nous sommes dans la même équipe. Tu trouveras vite ta place ici. Tu es bien jeune. Après, je te présenterai Bob. Il est un peu con mais c'est l'un des meilleurs. Et Samantha… Où est-elle encore passée ? se demanda-t-elle en la cherchant du regard.

— Bob Wexter ? Le légendaire Bob Wexter ?

— Lui-même. Mais il n'est pas aussi légendaire une fois que tu le connais. Il est assez distrait. Quelquefois il ne retrouve même plus son bureau.

— Attendez une minute, vous ne seriez pas Nora ? Nora Fox ?

Elle me sourit. Je n'arrivais pas à le croire. J'étais en train de parler à Nora Fox en personne, l'autrice d'une célèbre série d'articles qui avaient dévoilé une tentative de dissimulation, de la part de la CIA, de supposées faveurs sexuelles à un groupe de sénateurs en échange d'un vote pour les lois sur les jeux en ligne. Elle avait également réalisé des reportages sur les manipulations électorales en Amérique du Sud, qui avaient presque réussi à renverser le gouvernement en place. C'était une pointure et elle parlait avec un calme et une fraîcheur qui contrastaient avec sa capacité à plonger au cœur des affaires les plus noires.

— C'est moi, répondit-elle.

— J'ai lu pas mal de tes reportages, dis-je, enthousiaste.

— Miren. Je peux t'appeler Miren, n'est-ce pas ? Merci. Je vais t'expliquer comment on fonctionne et on va définir ton rôle dans le groupe, d'accord ?

— Parfait.

— Tous les trois, Samantha, Bob et moi, et maintenant tous les quatre, avec toi, nous enquêtons sur une affaire précise. En théorie, Bob est le chef, mais dans la pratique, il n'y a pas de chef. On choisit tous ensemble un sujet et on creuse toutes les pistes. En ce moment, on bosse sur ces entrepreneurs qui disparaissent partout en Europe. C'est un sujet dont personne ne parle. Tu parles français ? allemand ? Bon, ensuite chacun de nous traite son thème de prédilection, ou deux si tu y arrives, mais dans ce cas-là, tu dois travailler à ton compte. Quel est ton sujet favori ? Tu as déjà décidé ?

— Euh... non.

— Qu'est-ce que tu aimes ? Qu'est-ce qui t'intéresse ? Il faut que tu ailles chercher là-dedans, te plonger au plus profond de tes peurs. Moi, c'est la liberté d'expression. Je redoute le jour où l'on m'empêchera de parler.

— En ce moment, j'ai peur de disparaître comme Kiera Templeton, répondis-je.

— La petite fille ? Ok, c'est un bon sujet, mais tu te compliques la vie. Toutes les pistes ont été exploitées.

Cela dit… en fait, oui, si tu la retrouves, tu gagnes le Pulitzer ! C'est un bon choix finalement.

— Je ne… je ne veux pas le Pulitzer.

— Oui, on dit tous ça. Mais… ne t'emballe pas. On fait du journalisme. Il n'y a ni légende ni glamour, seulement la vérité. Ta parole vaut autant que ce que tu vendras. Et ça, c'est le plus compliqué, tu comprends ?

J'acquiesçai. En parlant avec elle, j'eus l'impression que le monde avait accéléré autour de moi. Je réalisai que les gens n'arrêtaient pas de marcher dans toutes les directions. Deux journalistes avançaient dans un couloir en discutant de leurs dossiers, d'autres martelaient le clavier de leur ordinateur IBM, d'autres encore répondaient à des coups de fil en prenant des notes.

— Je peux te demander quelque chose ? demandai-je.

— Bien sûr. Tu as du cran pour ton âge. Tu me plais.

— Tu crois que je trouverai ma place ici ?

— Franchement ?

Je ne répondis pas. J'attendis juste qu'elle continue.

— On aura de la chance si tu tiens plus de deux semaines. Ce monde est plus sombre qu'il n'y paraît.

— Bon, répondis-je, alors il n'y aura aucun problème.

— Pourquoi tu dis ça ?

— Parce que moi aussi je suis plus sombre qu'il n'y paraît…

Nora me répondit par son silence.

45

1er décembre 2003
Cinq ans après la disparition de Kiera

*Et un jour, comme ça, quelqu'un vous demande
de cesser d'être vous-même.*

Le lendemain de l'incident survenu dans son box, Miren arriva à la rédaction, ses deux grosses boîtes sur l'enquête de Kiera sous le bras, et les posa sur son bureau. Il était encore tôt et les stagiaires n'étaient pas encore là. Elle alla donc voir Nora, qui travaillait.

— Je n'ai pas trop envie de parler avec toi, Miren, dit la journaliste lorsqu'elle la vit arriver.

— Tu es en colère ?

— Ça ne se voit pas ?

— Je suis désolée pour l'article sur la cassette vidéo. J'aurais dû en parler à l'équipe avant, mais… c'était important. Cela faisait des années que j'attendais quelque chose comme ça et c'est une bonne opportunité pour trouver de nouvelles pistes.

— Je sais, Miren, mais on devait publier le reportage sur l'industrie de la viande. Ça fait des mois qu'on est là-dessus. Tu n'as pas demandé l'approbation du groupe. Tu n'as rien respecté. Tu as envoyé ton article à l'imprimerie sans nous consulter avant.

— Je sais… Je suis désolée… mais…

— Il y a des choses inacceptables, Miren. Et tu le sais. Je ne m'attendais pas à un coup comme ça venant de toi.

— C'était important, Nora. Grâce à cet article, on va peut-être la retrouver.

— Tu ne penses qu'à toi. Tu te fous de tout le reste, pas vrai ?

Miren ne répondit pas.

— Bob est au courant. Et il est en colère, tu peux me croire. Il a parlé avec Phil.

— C'est toi qui lui as dit ?

— Je l'ai appelé hier en Jordanie pour tout lui raconter. En Jordanie ! Je ne savais même pas qu'il était là-bas. Il est toujours en vadrouille et encore plus maintenant à cause de tout ce qui se passe en Irak. Qui aurait cru que tu nous ferais un truc pareil, Miren ?

— Sincèrement, l'article sur la viande ne pouvait pas attendre ?

— Miren, c'est très grave. On a envoyé des échantillons au Royaume-Uni pour qu'ils les analysent et… si tout se confirme, ça va être un des plus grands scandales alimentaires des États-Unis. Nous avons un temps d'avance sur ce sujet et on ne peut pas prendre de retard. C'était un des projets du groupe, Miren. Ce que tu as fait était si nécessaire que ça ?

— J'ai pensé que vous trouveriez ça bien. Phil semblait content du résultat. Le journal s'est bien vendu…

— Mais tout ça ne concerne pas Phil ou ce qu'il peut décider ou pas. Lui, il est encore sur la guerre en Irak et sur tout ce qui se passe au Moyen-Orient. Nous, on enquête sur quelque chose que personne ne veut que l'on révèle. Ce sujet sur la viande, c'est du lourd, Miren. Ils appellent ça la maladie de la vache folle. Si le laboratoire britannique confirme nos soupçons, ce sera très, très grave. C'est ça, notre boulot, Miren. Je sais que tu n'avais pas de mauvaise intention et que… cette gamine, c'est ton affaire personnelle, mais… tu ne peux pas tous nous entraîner là-dedans.

— Et qu'est-ce qui va se passer ?

— On a déposé une plainte auprès de Phil à ton sujet. Je suis désolée, Miren.

— Quoi ? Il m'a dit qu'il était d'accord. Pourquoi vous avez fait ça ? Maintenant… maintenant, il faudra que je passe devant le conseil et…

— Je suis vraiment désolée, Miren, mais… tu ne nous as pas laissé le choix.

Miren leva les yeux vers le bureau de Phil et vit qu'il venait de raccrocher. Elle se leva et alla le voir d'un pas si déterminé que lorsqu'elle passa près des deux stagiaires qui venaient d'arriver, ils n'osèrent pas la saluer.

— Ils m'ont flinguée, pas vrai ? s'exclama Miren en entrant dans le bureau de Phil.

— Miren… tu sais ce que j'en pense. Je t'ai donné le feu vert…

— Mais il y a un «mais», non ? Je me suis fait traîner dans la boue, pas vrai ?

— Cette plainte de ton groupe n'a pas du tout plu au

conseil. Ils respectent énormément le travail de Bob et cet article n'avait pas été validé par lui.

— Toi-même, tu m'as dit que l'histoire de la vidéo était… incroyable.

— Je sais, Miren, mais… on frôle le sensationnalisme.

— Hier, tu m'as dit que tu trouvais super que…

— Et aujourd'hui je te dis que tu fais partie d'un groupe et que tu dois t'adapter à lui. C'est comme ça, Miren.

— Phil… je veux juste retrouver cette fillette. Je suis entrée ici pour elle et grâce à elle. C'est notre chance.

— Le conseil a demandé qu'on abandonne l'affaire. Cette recherche va se transformer en un véritable carnage et toute la presse à sensation va s'en emparer. Et ils ont raison, Miren. Tu as vu les journaux d'aujourd'hui ? Tu as vu les conférences de presse ? Tout le monde ne parle que de ça et s'acharne sur cette famille. Ce n'est pas de l'information, c'est juste du voyeurisme. Le *Press* ne peut pas se le permettre. Tu es entrée ici pour avoir démasqué James Foster. Cette gamine n'a rien à voir.

— Tu es sérieux, là ? J'ai deux stagiaires à ma disposition. Tu m'as donné ton feu vert.

— Miren, je crois que j'ai été clair.

— Et qu'est-ce que je fais, moi ? Je les vire ? C'est ça que tu es en train de me dire ?

— On n'est pas obligé de les virer. Ils peuvent intégrer le service des faits divers. Ils ont toujours besoin de quelqu'un. Je demanderai à Casey qu'elle leur donne du travail.

— C'est nul, Phil. Je ne vais pas abandonner cette affaire.

— Miren, tu es suffisamment intelligente pour savoir que l'affaire Kiera Templeton s'achève ici. (Il fit une pause avant de continuer :) Tu es bonne dans ce que tu fais. Tu n'auras pas de mal à trouver un sujet moins... scabreux. Nous ne sommes pas un journal à sensation.

— Ce n'est pas du sensationnalisme, nom de Dieu, Phil ! C'est la vie d'une petite fille qui a besoin de nous.

— Ta une est super, Miren, vraiment. Je sais que chaque fois qu'on a parlé de cette histoire, on a vendu deux ou trois fois plus d'exemplaires, mais le conseil... accorde maintenant plus d'importance à la crédibilité et au sérieux du journal qu'aux ventes. Tu as déjà aidé Kiera. Grâce à ton article et à l'intérêt des médias, peut-être que la police mettra plus d'effectifs et de ressources dessus.

— Depuis quand ils préfèrent le sérieux aux ventes ?

— Depuis aujourd'hui. Le conseil n'aime pas qu'on court-circuite la hiérarchie. Tu devrais le savoir. Et je crois que... j'ai déjà consacré plus de temps à cette affaire que je n'aurais dû.

Miren le fusilla du regard et il se plongea dans les notes sur son bureau, ce qui mit un terme à la conversation. C'était sa méthode. Il faisait toujours cela.

— Tu es injuste, Phil, dit-elle avant de sortir.

Elle traversa la rédaction comme une furie et rejoignit ses deux stagiaires.

— Salut, chef ! s'exclama la fille. Qu'est-ce qu'il y

a là-dedans ? ajouta-t-elle en désignant les deux boîtes en carton que Miren avait posées sur la table.

— Bon, c'est la merde. Changement de plan, annonça la journaliste. Il va falloir faire vite. Aujourd'hui, c'est votre dernier jour au service d'investigation. Vous allez passer à l'étage du dessus. Aux faits divers. Toi, tu devrais aimer, dit-elle en pointant le doigt vers le garçon.

— Tu plaisantes, non ?

— J'aimerais bien, mais… non.

— Merde alors… Hier, j'ai refusé un poste de journaliste d'investigation au *Daily*.

— Et pourquoi as-tu fait ça ? s'enquit Miren, gênée. Ici, tu n'es qu'un stagiaire. Si on t'offre quelque chose de mieux ailleurs, tu le prends ! Dans la vie, ce genre d'opportunité n'arrive pas tous les jours.

— Oui, mais là, c'est le *Press*. Et même si je ne suis qu'un stagiaire… c'est le *Press* quand même.

— Et alors ? Ce qui compte, c'est les histoires, pas le nom du journal. Si ce que tu écris est bon, où que tu publies, tu peux faire changer les choses.

— Putain… pesta le jeune homme en levant les yeux au ciel.

— Bon, c'est pas grave. C'est fait. Je sais que c'est nul, mais… c'est la vie. Un matin, tu es important et le lendemain, tu t'occupes des mots croisés de la dernière page.

— On va vraiment aux faits divers ?

— Oui. Et vous n'imaginez pas comme cela me met en colère.

Le jeune soupira. La fille semblait moins affectée,

mais ce n'était qu'une apparence. Miren n'était pas furieuse parce qu'on lui retirait ses deux stagiaires, mais parce qu'on lui avait coupé les ailes. Alors qu'elle était sur le point d'approcher Kiera, elle tombait nez à nez avec une bureaucratie qu'elle ne supportait pas. L'affaire Kiera était frappante et intéressante mais… la rigidité du conseil était un frein qui l'empêchait d'avancer.

— Tout ce que nous avons au sujet de Kiera Templeton se trouve dans ces boîtes. Je veux que vous y jetiez un œil aujourd'hui et que vous me disiez ce que vous en pensez. Moi, j'ai déjà épluché tout ça des milliers de fois. J'ai besoin d'un regard neuf. Tout le monde mange de la viande ? Je vous invite à déjeuner. C'est la moindre des choses. On fête un… licenciement.

— Euh… et les appels téléphoniques ? demanda la jeune fille.

— Je suis vegan, ajouta le jeune homme.

— Les appels ? On fera ça en même temps, répondit Miren à la fille.

— Mais le téléphone n'arrête pas de sonner ! On n'a pas un instant pour souffler.

— Vous êtes deux, non ?

— Oui, mais… on est aussi sur la liste des magasins de jouets et…

— Vous l'avez ?

— Juste ceux de Manhattan et du New Jersey. Il nous reste ceux de Brooklyn, Long Island, Queens et… si on élargit un peu plus le périmètre, ça devient beaucoup plus compliqué.

— Pour l'instant, on fait avec ce qu'on a.

Miren tendit le bras et se saisit d'un plan de New York gribouillé de cercles et de croix.

— Les croix sont les magasins qui vendent des jouets pour enfants, dit la stagiaire, et les ronds, ceux de maquettes et modélisme. Hier, on en a appelé quelques-uns et ils nous ont confirmé qu'ils vendent bien cette maison de poupée.

— Super... Attends un peu, comment tu t'appelles ?

— Victoria. Victoria Wells.

— Et moi, tu me demandes pas mon nom ? s'exclama le stagiaire, ignorant la sonnerie du téléphone.

— Pas pour l'instant. Et quoi d'autre, Victoria ?

— Le papier peint. Une femme de... (son collègue avait décroché le téléphone qui n'arrêtait pas de sonner, comme si à l'autre bout du fil attendaient un tas de personnes disposées à raconter leur version ou désireuses d'être écoutées)... Newark dit qu'elle a le même chez elle. Celui qui apparaît sur la vidéo. Elle l'a acheté sur un marché dans la banlieue de New York il y a plus de vingt ans.

— C'est déjà quelque chose.

— Attends. Ensuite on a reçu une trentaine d'appels où on nous a dit que ce papier peint est un des modèles standards de la chaîne de magasins de bricolage Furnitools. Ça fait vingt-cinq ans qu'ils le vendent. Il est disponible dans tout le pays.

— Merde, lâcha Miren dans un soupir.

Elle se leva, la carte des magasins de jouets en main, et déambula autour de son bureau sans en détourner le regard.

— Ça nous prendrait une éternité, continua-t-elle, de tous les visiter, si tant est qu'ils tiennent un historique des clients, un registre des achats, et tout ça.

— Peut-être... que tu pourrais à nouveau demander de l'aide dans un article, proposa Victoria. Mais cette fois-ci aux magasins de jouets. Je suis sûre que beaucoup d'entre eux seraient enchantés de nous donner un petit coup de pouce.

— Un article ? Tu veux que je me fasse virer ou quoi ? Cette affaire, c'est fini pour moi au *Press*. Et c'est la raison pour laquelle ils vous changent de service. Il faut faire ça de manière... traditionnelle. Et même comme ça, il se peut que l'on ne trouve rien.

— Tu veux qu'on aille dans tous les magasins de jouets ? demanda le stagiaire, qui venait de raccrocher.

À peine remis sur son socle, le téléphone sonna de nouveau. Victoria décrocha :

— *Manhattan Press*, bonjour, quelle est votre information ?

— Il y a plus de mille magasins de jouets à New York et dans le New Jersey, dit le jeune homme. Sans compter le Queens et Long Island. On arrivera facilement à deux mille avec les petits commerces et les grands magasins qui vendent des jouets.

— Je sais mais... si je pouvais me rendre dans deux magasins chaque jour, pendant mes moments libres, je mettrais...

— Trois ans, dit le garçon.

— Tu es un as du calcul mental, toi ! Ok, maintenant je te le demande : comment tu t'appelles ? Attends, non, ne me dis rien, je préfère garder le mys...

— Je m'appelle Robert, dit-il sans lui laisser le temps de terminer sa phrase.

Cela rappelait de bien mauvais souvenirs à Miren, mais il était inévitable de tomber sur ce prénom de temps en temps. C'est fou comme il y avait toujours une personne qui s'appelait Robert dans ce bas monde, ce qui provoquait un rejet immédiat chez elle.

— Qu'est-ce que vous faites quand vous n'êtes pas au bureau ? demanda Miren, qui venait d'avoir une idée absurde.

— Euh… on étudie ? On est encore à la fac, répondit Robert.

— Bien. Maintenant que vous ne serez plus au service d'investigation, est-ce que ça vous dirait de gagner un peu d'argent de poche le week-end ?

46

27 novembre 2010
Douze ans après la disparition de Kiera

Imaginez une seule seconde
que personne ne vous cherche
ni ne vous attende nulle part.
N'est-ce pas cela, l'amour ?
Se sentir attendu ou désiré ?

L'agent Miller erra pendant deux heures dans le centre-ville. Il était accablé et ne souhaitait pas rentrer chez lui ni avoir à raconter à sa femme ce qui venait d'arriver. Il avait besoin de réfléchir à ce qu'il devait faire. Démissionner n'avait jamais été dans ses plans mais cette mise à pied le pousserait peut-être à franchir le pas. Il envisagea la possibilité de se retirer des affaires sur lesquelles il travaillait mais il lui était impossible d'oublier les visages heureux de ces photographies qu'il regardait tous les matins. Il repensa à Josh Armington, un garçon d'à peine douze ans qui avait disparu sur une aire de jeux en plein jour ; à Gina Pebbles, une adolescente qui s'était évaporée en

2002 à la sortie de son lycée dans le Queens et dont on avait perdu la trace à deux kilomètres de là, dans un parc où on retrouva juste son sac à dos. Il pensa à Kiera, il pensait toujours à elle, aux cassettes vidéo, à la douleur des Templeton, dont la vie s'était brisée et auxquels il rendait visite de temps en temps pour prendre des nouvelles et les tenir au courant des progrès de l'enquête.

Sans même savoir où il se trouvait, il marcha vers le nord, traversa SoHo et arriva bientôt au Washington Square Park, au centre duquel trônait une gigantesque fontaine. Il se souvint également d'Anna Atkins, une femme qui, en 2008, avait rendez-vous avec un homme à cet endroit même et dont on n'eut plus jamais de nouvelles. La ville entière, parce qu'elle était si peuplée, avec ses millions d'habitants, invitait à l'anonymat, et chaque recoin, chaque arbre et chaque marque sur les trottoirs recelaient des histoires qu'il valait peut-être mieux ne pas révéler. Malgré le nombre croissant de caméras de surveillance qui essayaient de contrôler et de juguler le vandalisme, il était difficile que quelqu'un se souvienne d'un visage ou d'avoir vu quelque chose. New York était parfait pour disparaître. Si les caméras n'avaient rien vu, comment avancer dans l'enquête ? Les témoins brillaient aussi par leur absence.

Perdu dans ses pensées, il atteignit Union Square Park, où il se souvint encore d'une autre affaire. Il continua ensuite vers le nord, zigzaguant de rue en rue, et décida de s'arrêter au Wildberg's Sandwich, un bistrot historique dans lequel on servait le meilleur pastrami de la ville. Il prit place au comptoir, entre un type en costume et deux touristes. Il était dévasté et assoiffé. Le serveur le salua avec un sourire :

— Qu'est-ce que ce sera pour monsieur ?

— Une bière et… un sandwich au… (il jeta un coup d'œil à la carte), un Mitch.

— Très bon choix. Pas une super journée, hein ?

— Cette période me rappelle toujours… de mauvais souvenirs. Tout devient plus compliqué.

— Nous sommes nombreux à qui Noël rappelle de mauvais souvenirs, l'ami. On a tous perdu quelqu'un pendant les fêtes mais… la vie continue, non ?

— C'est vrai. Mais quand il s'agit d'une en…

Ben n'osa pas terminer sa phrase, car il devrait tout raconter et ne s'en sentait pas le courage.

— Ma femme est morte la veille de Noël, dit le serveur. Depuis… je le fête pour elle. C'est comme ça qu'il faut le prendre. Sinon, c'est invivable. Quand il y a quelque chose à fêter, faites-le, mon ami. Parce que les mauvaises choses sont là, à l'affût.

Ben hocha la tête et prit le verre de bière que le serveur venait de poser sur le comptoir. Quelques minutes plus tard, une assiette avec un sandwich aux œufs et à l'oignon glissa jusqu'à lui, juste au moment où son téléphone sonnait.

— Allô ? John ? Tu as déjà appris la nouvelle ? dit-il en décrochant.

— Oui, c'est la merde. Je ne supporte plus Spencer, je te jure. Mais bon, prends-le comme des vacances à passer en famille.

— Tu as raison. Je vais appeler Lisa pour qu'on

s'organise un petit voyage. Toutes les économies y passeront mais... là, tout de suite, je ne peux plus rester en ville. Je ne peux pas m'empêcher de penser au boulot. Ça me fera du bien.

— En fait, je t'appelais pour...

— Attends, laisse-moi deviner. Il n'y a rien sur la cassette ni sur l'enveloppe.

— Non, je voulais te demander, qui les a touchées ?

— D'après ce qu'on m'a dit, les Swaghat, la famille indienne qui vit maintenant dans leur ancienne maison, et puis les parents de Kiera et... moi. J'ai mis des gants. Tu devrais seulement trouver les empreintes des Swaghat et des parents.

— Euh... alors, voyons voir... comment je t'explique ça... hésita John à l'autre bout du fil. Il y a deux empreintes en plus.

— Deux empreintes ?

— Les premières sont celles de... Miren Triggs. On les a dans le fichier depuis 2003.

— Miren ? Comment c'est possible ? Elle n'était pas... avec nous.

— Je n'y ai pas accordé trop d'importance parce que je sais que c'est une amie de la famille.

— Ça n'a aucun sens.

— Enfin... les autres empreintes que le système a identifiées sont plus étranges encore...

— Raconte.

— Tu sais, le software d'évolution des empreintes, qui calcule les caractéristiques de la pulpe des doigts selon l'âge...

— Oui, tu m'en as déjà parlé.

— Il s'agit d'un programme de simulation implanté sur le IAFIS qui permet de modifier les empreintes digitales en fonction de l'âge. Plus un enfant grandit et moins précis sont les résultats, comme les prévisions météorologiques et…

— Vas-y, accouche !

— Eh bien, on a trouvé des empreintes qui correspondent à 42 % à celles de Kiera Templeton. Les mêmes sillons, bifurcations…

— Qu'est-ce que tu racontes ?

— Bon, 42 %, ce n'est pas valable devant un tribunal, mais… ce pourcentage est normal compte tenu du passage des années. Il ne faut pas oublier qu'elle n'avait que trois ans et ces empreintes correspondent à une personne adulte.

— Tu es en train de me dire que Kiera a peut-être touché cette enveloppe ? C'est… c'est pas possible. Je ne sais pas, John, mais… tout ça est difficile à comprendre.

— Qu'est-ce qu'on fait maintenant ? Ça te sert à quelque chose ?

— À rien si je n'arrive pas à retrouver Miren Triggs. Il faut que je lui parle pour savoir pourquoi ses empreintes sont sur le paquet.

47

Quelque part

14 septembre 2000

*On franchit une ligne et, tôt ou tard,
on tombe dans un précipice.*

Monté sur une échelle, Will était en train d'installer dans un des coins supérieurs de la chambre de Mila la petite caméra de surveillance qu'il avait achetée dans un magasin d'articles d'occasion.

— Ça y est ! dit-il lorsqu'il vit la petite lumière rouge clignoter.

Le câble de la caméra suivait la moulure du plafond et passait au travers de la cloison par un trou que Will avait percé, puis il serpentait sur le mur du salon jusqu'à atteindre le téléviseur.

Iris jouait avec Mila sur le divan et demanda, inquiète :

— C'est vraiment nécessaire ?

— Je veux pas de surprises, Iris. Regarde, j'ai mis la chambre de Mila sur la 8 et la caméra de l'entrée sur la 9. Si tu appuies sur ce bouton, ça active le son, tu vois ?

— Ça t'a coûté combien, tout ça ?

— Même pas cinquante dollars, t'inquiète. C'est juste... par précaution.

— Elle sortira plus, Will. C'est pas la peine, tout ça. Pas vrai, ma chérie ? dit-elle en se tournant vers Mila qui la serrait dans ses bras comme si elle était un petit koala craintif.

— Non, maman, répondit la fillette d'une voix aiguë et éraillée. Je veux pas tomber malade.

— Tu tomberas pas malade, ma chérie. Dehors, c'est... dangereux.

— Iris, je ne veux plus de frayeurs, dit Will.

— C'était pas suffisant de mettre les serrures des portes plus haut ? Comme ça, elle...

— Je veux regarder *Jumanji* ! lança Mila, ignorant la conversation.

— Encore ?

— Je veux voir le lion ! cria-t-elle en rugissant avec force. Arghhhhhh !

— D'accord, dit sa mère tout en se levant et en introduisant la vidéo de *Jumanji* dans le magnétoscope.

Lorsque le logo de Tristar Pictures apparut, elle murmura à Will :

— Tu crois que... qu'elle a vu quelque chose ?

— D'Andy, notre vois... dit-il avant de s'interrompre.

— Oui.

— Je crois bien que oui. Depuis, elle fait comme si j'étais plus là. Elle veut être qu'avec toi.

— Oui, je sais. Elle reste collée à moi.

— Et toi, t'es contente, pas vrai ?
— T'es sérieux ?
— Finalement, tu regrettes pas. Comme ça, la gamine, elle est toujours sur toi.
— T'es complètement malade, Will ! On a... (elle baissa la voix)... on a tué notre voisin et on l'a enterré dans le jardin, comment tu veux que je... ?
— Moins fort, elle va t'entendre, murmura l'homme, et il tourna son regard vers le jardin de derrière.
— Tu crois qu'elle a pas compris ?
— Maman, tu viens ? Ça commence.
— J'arrive, ma chérie, dit Will en se dirigeant vers le divan.
— Pas toi ! Maman !

Mila leva les yeux vers le téléviseur comme s'il n'était pas là.

Will fit la sourde oreille et s'assit à côté d'elle. Il passa son bras sur ses épaules.

— Pas toi ! Maman ! répéta-t-elle, en colère.

Will prit sa tête dans ses mains, refrénant un cri. Il se leva et se mit à faire les cent pas dans le salon. Ce rejet lui était insupportable. Il repensa à tout ce qu'il avait dû faire pour Mila : les visites aux magasins de vêtements, les nuits blanches quand elle ne cessait de pleurer et de demander ses parents, les jouets qu'il lui avait achetés pour la rendre heureuse. Rien ne semblait fonctionner. Il avait beau faire des efforts, il sentait que la petite fille le repoussait. Iris s'approcha de Mila et celle-ci se cramponna à son bras. Pour Will, ce fut comme un coup de poing dans l'estomac.

— Je savais que ça arriverait... J'aurais pas dû...
— Quoi, Will? demanda Iris.
— Ça! Vous deux! Et moi qui... comme si je... comme si j'étais un criminel. Moi aussi, je fais partie de la famille, vous savez? hurla-t-il.

Mila le regarda. Son visage se décomposa et elle fut sur le point de pleurer.

— Arrête de faire peur à la petite, dit Iris. C'est rien, ma chérie. C'est juste que ton père parfois... devient nerveux.

— C'est pas mon papa, répondit Mila.

— Qu'est-ce que t'as dit? beugla-t-il en s'approchant d'elle, le poing levé.

Iris serra la mâchoire, furieuse, et le fusilla du regard. Le bras de Will trembla dans les airs et la petite fille éclata en sanglots.

— Touche-la si t'en es capable! lança Iris.

Will fut sur le point de frapper. Il ne sut même pas pourquoi il ne le fit pas. Peut-être à cause du visage effrayé de la petite ou du regard haineux de sa femme. Il se sentit tout à coup si étranger à cette famille usurpée qu'il s'écroula, s'agenouilla par terre et commença lui aussi à pleurer.

Iris prit Mila dans ses bras et tenta de la calmer pendant que Will pleurait devant elles. Il tendit alors la main vers son épouse en même temps qu'il laissait échapper un timide «Je suis désolé». Mais elle retira la sienne et ce simple geste fut le commencement de la fin, qui allait arriver plusieurs semaines plus tard d'une manière qu'Iris était encore incapable d'imaginer.

48

Miren Triggs

1998-1999

> *La vie ne peut être juste*
> *que si tu fais ce qu'il faut pour cela.*

Mon entrée au *Press* fut plus dramatique que je l'aurais voulu. À peine avais-je foulé la rédaction que l'on me mit dans l'équipe de Bob Wexter, Nora Fox et Samantha Axley comme stagiaire d'investigation. J'étais la seule qui n'avait pas un nom de famille contenant un X et cela me valut quelques blagues pendant que nous enquêtions sur des affaires dont je n'aurais jamais imaginé m'occuper. La vente d'armes par le gouvernement américain aux pays du Golfe, les scandales sexuels des membres du Sénat, les fuites gouvernementales qui permirent de mettre au jour de graves affaires de corruption. Durant les six premiers mois, je fus débordée et l'affaire Kiera, malgré son importance à mes yeux, et à mon grand regret, passa au troisième plan. Je passais des examens et rendais des travaux le matin à la fac, et les après-midi, j'allais au *Press* voir si je pouvais aider. Mon contrat avec le journal prévoyait que mon salaire serait augmenté si j'obtenais le diplôme et que mon stage se transformerait en emploi à temps plein. Mais avant cela, je devais passer tous les après-midi au bureau, où je restais parfois jusque très tard, lorsque je n'emportais pas de travail à la maison.

Durant cette période, je ne vis presque pas mes parents, qui étaient devenus une source lointaine de consolation à l'autre bout du téléphone.

Un matin, à l'université, je croisai le professeur Schmoer dans le hall, qui fit comme s'il ne me connaissait pas, et accrocha sur le tableau d'affichage les notes finales de sa matière. À côté de mon nom, la note maximale, avec les félicitations du jury, qui me décernait officiellement le titre de journaliste obtenu à Columbia. Nous ne nous étions pas revus en tête à tête après cette nuit-là et je m'approchai de lui avant qu'il s'éloigne, sans trop savoir quoi lui dire.

— Professeur, lui dis-je.

— Miren, répondit-il. Félicitations !

— Mer… merci.

— Ton travail de fin d'étude était excellent. Je n'en attendais pas moins de toi.

— Tu as vraiment aimé ? demandai-je.

— La note le montre bien, non ?

— Oui, on dirait. Merci encore.

— Je n'ai… je n'ai rien fait. Tu le sais. C'est la note que tu mérites. Tu es l'étudiante la plus…

Il chercha un adjectif qui puisse résumer une personnalité aussi complexe que la mienne mais il renonça lorsque je l'interrompis :

— Si je travaille au *Press*, c'est grâce à toi.

— Tu fais erreur, Miren. Si tu es au *Press*, c'est parce que tu le mérites et parce qu'ils l'ont compris. L'affaire James Foster...

— C'était de la chance. Moi aussi je pensais qu'il était innocent.

— Peu importe ce que tu pensais, du moment que tu recherchais la vérité. Le problème, c'est quand tu refuses la vérité si elle ne sert pas tes idées.

— Ce n'est pas ça qui arrive dans la plupart des journaux ?

— Si, et c'est pour ça que tu seras une excellente journaliste, Miren. Ta place est au *Press*. Je n'en ai pas le moindre doute.

— Tu vas continuer à enseigner ?

— Bien sûr. Je crois que... ça vaut la peine. C'est important pour moi.

— Merci encore, Jim.

— Pas de quoi, répondit-il en tournant les talons et en levant un bras au-dessus de sa tête alors qu'il s'éloignait.

— À propos, professeur ! m'exclamai-je soudain. Elles sont nouvelles, ces lunettes ?

— J'ai cassé les autres, dit-il en guise d'adieu complice.

En sortant du campus, j'appelai mes parents. J'étais euphorique. Je pourrais enfin me consacrer à temps plein au journal et reprendre la recherche de

Kiera. En réalité, elle n'était jamais bien loin de mes pensées, mais le train-train quotidien et le stress dû au rythme de la rédaction m'avaient tenue éloignée de la promesse que je m'étais faite, à moi-même et à son père.

— Maman ! criai-je lorsqu'elle répondit. Je suis officiellement journaliste !

Je me souviens encore de cet appel. C'est fou, la facilité avec laquelle tout votre monde peut s'écrouler. On peut essayer d'être fort, de penser que les choses arrivent pour une raison que l'on comprendra plus tard, que la vie vous donne des leçons qu'il vous faut retenir, mais la pure vérité, c'est que ma mère répondit au téléphone en pleurant, et que moi, durant quelques secondes, je ne compris rien.

— Qu'est-ce qui se passe, maman ?
— Je voulais t'appeler avant mais… je n'ai pas pu.
— Dis-moi ! Tu m'inquiètes, là.
— C'est papi…
— Quoi, papi ?
— Il a tiré sur mamie.
— Quoi ? m'exclamai-je, sidérée.
— On est à l'hôpital. Elle est dans un état très grave, Miren. Il faut que tu viennes.
— Mais… pourquoi il a…

Sur le moment, je ne voulus pas y croire.

Je demandai deux jours de congé au journal, je crois bien que ce fut la seule fois, et, lorsque j'arrivai à l'aéroport de Charlotte, mon père m'accueillit plutôt froidement. Durant le trajet, il ne pipa mot, ou du moins c'est ainsi que je m'en souviens, laissant nos silences guider nos émotions. Ce que je me rappelle bien, en revanche, c'est ce qu'il dit, alors qu'il se garait sur le parking de l'hôpital :

— Il faut que tu le saches, Miren, ton grand-père, lui aussi, est hospitalisé. Après avoir tiré sur mamie, il a sauté du balcon pour se suicider. Il n'a réussi aucune des deux choses qu'il se proposait de faire. Il est dans le coma. Les médecins pensent qu'il s'en sortira.

— Tu sais pourquoi il a fait ça ?

— Miren… ton grand-père a passé toute sa vie à la frapper. Tu ne t'en es jamais aperçue ? C'était un vrai bourreau. Tu te souviens quand mamie vivait avec nous ? C'était pour ça. Et l'accident dans les escaliers ? Ton grand-père l'avait rouée de coups.

Je demeurai pétrifiée en entendant tout cela.

— Et pourquoi ils étaient encore ensemble, alors ?

— On a essayé d'intervenir mais… ta grand-mère l'aimait.

— Mais mamie n'est pas comme ça !

— Ne me demande pas. Moi non plus, je ne comprends pas, ma chérie. Et ta mère encore moins. Elle la suppliait de porter plainte. Deux fois, elle l'a convaincue mais… mamie les a retirées et ils ont continué à vivre ensemble. Tu savais que papi a aussi braqué son fusil sur ta mère ? Elle me l'a raconté aujourd'hui. Ta mère est en mille morceaux. Elle s'est toujours évertuée à te le cacher. Elle a toujours voulu te faire croire que tout allait bien. Tes études, ton éducation, tout ça… mais… la vérité finit toujours par éclater au grand jour, pas vrai ?

Je hochai la tête. J'étais dévastée et les petites tapes

amicales que mon père me donnait sur la cuisse pour me réconforter étaient plus qu'insuffisantes.

En entrant dans la salle d'attente, je vis ma mère qui pleurait sur une chaise en plastique. Elle se leva, marcha avec difficulté et me prit dans ses bras comme elle ne l'avait jamais fait. Je me demandai à quel moment elle avait autant vieilli, à moins que ce ne fût de la voir là, effondrée. Elle fut la première à parler et me murmura à l'oreille, entre les sanglots, un «Je suis désolée» déchirant. Je lui caressai le dos et je ne pus m'empêcher de me mettre à pleurer à mon tour. C'était la première fois que nous nous voyions depuis des mois et le fait que ce soit dans ces conditions m'incita à penser qu'il faudrait peut-être que je leur rende visite plus souvent.

— Comment va mamie? demandai-je.

— Elle est dans un état grave. Ils sont en train de l'opérer et… il se peut qu'elle ne survive pas. Elle… elle a perdu beaucoup de sang et elle est âgée. Je n'aurais jamais dû la laisser retourner vivre avec lui…

Je déglutis. Je pouvais à peine parler.

— Ce n'est pas de ta faute. C'est lui.

— Mais je… si j'avais fait plus attention…

— Maman, s'il te plaît, ne dis pas ça. Elle va s'en sortir, tu vas voir.

Elle acquiesça, peut-être parce qu'elle avait besoin que quelqu'un lui dise que tout allait bien se passer. Mon père s'était rendu à la cafétéria de l'hôpital et je m'assis à côté de ma mère dans le couloir. J'essuyai ses larmes, elle pleura sur mon épaule. Pour la première fois depuis longtemps, je sentis que je n'étais plus un fardeau pour elle mais un appui sur lequel elle pouvait se reposer. Après mon agression dans le parc, elle n'avait vécu que pour moi, s'était inquiétée, avait essayé de me protéger et de m'aider à remonter la pente. C'était peut-être la raison pour laquelle elle ne me racontait jamais les problèmes de ma grand-mère. Elle avait enduré les soucis de tout le monde, s'était consacrée corps et âme aux autres et, pour une fois, elle avait besoin que quelqu'un en fasse autant pour elle. Après tout, il s'agissait de ses parents, elle se souvenait de son enfance avec eux, et le pire dans tout cela, c'est qu'on cherche toujours à ne se rappeler que les bons souvenirs pour ne pas perdre la tête. Et pendant qu'elle pleurait, j'étais convaincue qu'elle se souviendrait de toutes ces fois où mon grand-père avait été gentil, où elle avait vu mamie heureuse avec lui. Elle essayait de minimiser la tragédie que supposait cette dernière violence, même si chaque coup, chaque cri, chaque bousculade avait été aussi mortel.

Je lui proposai une tisane et elle accepta, ne serait-ce que pour tenir quelque chose dans ses mains et calmer ses tremblements. J'allai à la cafétéria et, en chemin, je jetai un œil dans toutes les chambres dont la porte était ouverte. Il y avait des gens dans chacune d'elles, auprès de ceux qui étaient alités. Dans toutes sauf une, celle de mon grand-père.

J'entrai et le regardai un instant. Il dormait, connecté à des moniteurs. Il avait la bouche ouverte et sa faible respiration faisait de la buée sur le plastique transparent de son masque à oxygène. Son expression, d'un calme effrayant, me bouleversa. Pendant que ma grand-mère se débattait entre la vie et la mort dans le bloc opératoire, lui semblait dormir en paix.

Je demeurai un moment à l'observer, ne voyant en lui que le machiste et le bourreau qu'il était. Je revis les bleus inexplicables de mamie, ses regards terrifiés que je ne comprenais pas, les silences pesants quand il rentrait à la maison, quand je n'étais qu'une enfant et que ma grand-mère appelait ma mère pour qu'elle vienne me chercher. Désormais, je savais que c'était pour que je ne voie pas ce qui se passait entre leurs quatre murs.

Soudain, le moniteur qui surveillait son rythme cardiaque commença à émettre des sons. Ses pulsations dépassèrent cent cinquante pour atteindre progressivement cent soixante-dix, puis sauter à cent quatre-vingts, alors que les sons devenaient de plus en plus aigus. Il était immobile et ne semblait pas se rendre compte de ce qui se produisait dans sa poitrine et moi, dans cette chambre avec ce type qui avait essayé d'assassiner ma grand-mère, ce type que je n'avais jamais aimé ni admiré, je m'approchai de l'écran où quelques lignes blanches dessinaient des ondes aléatoires et... je le débranchai.

Le silence envahit la chambre.

Sa respiration devint plus agitée mais l'alarme qui avisait les infirmières que le patient était en train de faire une crise cardiaque était désactivée.

Il gémit, se tordit de douleur pendant une longue minute jusqu'à ce qu'il cesse de bouger. Je m'approchai, apeurée, et vis qu'il n'y avait plus de buée sur son masque. Je rebranchai alors la machine et une silencieuse ligne blanche apparut là où il y avait avant des pulsations. Le son aigu s'était tu. Un message « sans signal » s'alluma et je sortis de la chambre, comme si rien n'était arrivé.

Quelques instants plus tard, je repris place à côté de ma mère avec, dans les mains, une infusion pour elle et un café chaud pour moi.

49

De décembre 2003 à janvier 2004
Cinq ans après la disparition de Kiera

On n'avance pas sans compromis.

De manière archaïque, aidée de ses deux stagiaires qui avaient commencé à faire des heures supplémentaires pour elle, Miren put recueillir des informations sur tous les magasins de jouets et de modélisme de Manhattan, de Brooklyn, du Queens, du New Jersey et de Long Island. Le journalisme fonctionnait de la sorte à cette époque-là. Il n'existait pas de grandes bases de données et toutes les boutiques n'étaient pas sur Internet. Il fallait ouvrir l'annuaire téléphonique à la section Jouets et jeux et composer des numéros avec l'espoir que quelqu'un réponde et soit bien disposé.

Au début, l'aire des recherches qu'ils avaient délimitée était telle que la tâche était titanesque. Selon leur plan, Victoria et Robert appelleraient les magasins de jouets depuis un bureau improvisé fait de deux tables au bar en face du *Press*, celui où Miren avait bu un café avec Aaron. À raison de six dollars de l'heure sortis du porte-monnaie de Miren, Victoria et Robert se chargeraient de lister les magasins de jeux vendant la maison de poupée *Smaller Home & Garden*. Petit à petit, au gré des week-ends, ils arrivèrent à la conclusion que très peu l'avaient à leur catalogue, ce qui était une bonne nouvelle. Le cercle se réduisait et si jamais Miren parvenait à mettre la main sur une liste de clients qui l'avaient achetée, elle pourrait enfin travailler.

Mais Noël 2003 s'immisça dans leur quête et les magasins de jouets cessèrent de répondre à leurs appels pour se concentrer sur les clients qui souhaitaient trouver le cadeau idéal.

Trois week-ends plus tard, en janvier 2004, Miren leur donna rendez-vous au café afin de parler de l'avancée de leurs recherches.

— On a que ça ? demanda Miren, surprise.

— Écoute, Miren, c'est… impossible. Ça fait des années qu'elle ne se fabrique plus et… c'est compliqué de trouver des magasins où ils la vendent encore.

— Je comprends, répondit-elle, troublée, sans détourner le regard de la feuille où n'étaient listées que quatre boutiques. Vous en avez appelé combien ces trois derniers week-ends ?

— Quarante.

— C'est tout ?

— Il y en a qui ne décrochent même pas ! Et ceux qui le font ne s'embêtent pas à vérifier s'ils ont vendu une maison de poupée. Ils nous disent de passer au magasin parce qu'ils sont très occupés et ils nous raccrochent au nez.

Miren soupira. C'était pire que ce qu'elle avait imaginé.

— On voulait aussi te dire autre chose, intervint Robert.

Jusqu'à maintenant, il était resté tête baissée, le regard perdu dans son verre.

— Vas-y, dit Miren.

— On veut plus continuer, dit-il.

— Quoi ?

— Ça. Appeler les magasins de jouets. J'ai pas fait la fac pour ça, tu sais ? J'ai fait un prêt étudiant de deux cent mille dollars. Je crois que je vaux un peu plus que ça. Mes parents en sont persuadés.

— Oui, mais... il faut bien commencer par quelque chose, non ? Vous vouliez être au service investigation et c'est une manière d'y être, faire des heures sup et gagner... (Miren hésita et n'acheva pas sa phrase.) Je ne comprends pas. Quelqu'un peut m'expliquer ?

— On a parlé avec Nora la semaine dernière, finit par répondre Robert.

— Et alors ?

— Elle quitte le journal. Elle veut monter une équipe en free-lance et vendre son travail au plus offrant.

— Quel est le rapport avec... ?

Les deux stagiaires regardèrent leur gobelet en carton. Miren les observa, intriguée. Ils n'avaient plus l'air enjoué qu'ils avaient toujours eu jusque-là.

— Ah... je comprends. Elle vous a proposé de travailler avec elle.

— C'est une super chance pour nous, Miren. Ton

truc, c'est comme chercher une aiguille dans une botte de foin, dit Robert pour se justifier.

— Je sais mais... c'est justement le travail d'un journaliste. Rechercher l'impossible. Et le trouver !

Victoria leva les yeux vers elle et secoua la tête.

— Ça, c'est plus qu'impossible, Miren. Et s'il a acheté la maison de poupée dans un autre État ? Et si Kiera Templeton est dans un autre pays ? Tu vas faire le tour de tous les magasins de jouets de la planète ? Et tout ça pour quoi ?

— Pour retrouver une petite fille qui a disparu à Thanksgiving et que personne ne cherche plus, si ce n'est pour vendre plus de journaux.

— On a aucun résultat, Miren. Et tu le sais. On perd notre temps.

— Et vous croyez que vous allez en gagner avec Nora ?

— Elle nous a proposé un contrat de six mois et on gagnera le double de ce qu'on gagne au *Press*, plus les heures sup.

— Mais vous travaillerez avec Nora.

— Et alors ?

Miren se leva et ramassa les papiers sur la table.

— Vous verrez bien par vous-mêmes... Je...

— S'il te plaît, Miren, comprends-nous. C'est une opportunité qui ne se représentera pas. Aux faits divers, on porte des papiers d'un bureau à l'autre. Avec toi... avec toi, on passe des coups de fil.

— On ne dirait pas, mais ces appels sont importants. Bon... ce n'est pas grave. Je me débrouillerai toute seule. Vous savez ce qui m'attriste ?

Les deux jeunes gens demeurèrent immobiles, dans l'attente de sa réponse.

— C'est que vous aviez l'air différents, mais je ne sais même pas pourquoi je vous dis ça. Dans cette foutue ville, tout le monde n'est que façade.

Et elle sortit du café, les plantant là. Elle observa l'imposant immeuble du *Press* depuis la rue et s'aperçut qu'une pluie fine avait commencé à mouiller le sol et rempli les rues de parapluies colorés. Elle traversa en courant, slalomant entre les taxis qui freinaient à quelques centimètres d'elle avec un coup de klaxon furieux, et elle pénétra dans le bâtiment, les cheveux et la veste trempés.

En arrivant à son bureau, elle réalisa qu'elle n'avait pas le choix. Elle composa le numéro de l'agent Miller.

— Miren, c'est vous ?

— J'ai besoin de votre aide, et vous, de la mienne…

50

Quelque part

21 décembre 2000

Même chez les plus coupables,
quelqu'un d'attentif est capable
de trouver un éclat fulgurant d'amour.

Will avait passé les dernières semaines la tête baissée, le verbe rare, une fois franchi le seuil de la maison. Il ne s'installait dans l'un des fauteuils du salon que pour s'adonner à l'ivresse, cependant qu'Iris et la petite fille jouaient avec la maison de poupée ou se faisaient des câlins sur le divan.

Chaque fois que sa femme lui demandait quelque chose, il émettait un grognement et, lorsqu'elle lui reprochait de boire trop, il l'écoutait d'un air indifférent, avant de se lever et de se servir un autre verre. En son for intérieur, Will savait qu'il était de trop. Son mariage était un échec cuisant, sa paternité, une mascarade. S'il avait bien pensé à un moment donné que tout se passerait bien, il cherchait à présent dans son esprit tous les moments où le contraire s'était imposé à lui. Ils ne pouvaient pas aller au parc pour que Mila joue avec les autres enfants, ils redoutaient le jour où la petite tomberait gravement malade et qu'ils n'auraient d'autre choix que de l'emmener à l'hôpital, ils priaient pour que jamais personne ne la voie.

Ces nuits où il s'asseyait dans son fauteuil jusqu'à ce que l'alcool l'abrutisse, sans même allumer la télévision, il se souvenait du moment où Iris et lui avaient emménagé à Clifton, dans cette maison du comté de Passaic, New Jersey. C'était une construction en bois d'à peine quatre-vingt-dix mètres carrés sur un terrain de deux cent cinquante, peinte en blanc et avec un toit en V inversé. Elle se trouvait dans un voisinage paisible, assez bon marché à cause de la station électrique qui s'élevait entre les bâtisses et, même si les riverains n'étaient pas les plus agréables du monde, Will et Iris avaient jugé l'endroit parfait pour former une famille. Will se souvint du matin où il était entré dans la maison, portant son épouse dans les bras – ils avaient à peine dix-neuf ans –, après s'être mariés dans une chapelle de Garfield, à quelques kilomètres de là, ville dont ils étaient tous deux originaires. Ils avaient grandi dans des environnements compliqués. C'est même grâce à cela qu'ils s'étaient liés, en voulant se secourir l'un l'autre. Le père de Will s'était pendu dans la salle de bains alors qu'il n'était qu'un enfant, sa mère avait fait une overdose quand il avait quinze ans. Will s'était retrouvé dans une famille d'accueil avec des parents qui s'étaient toujours efforcés de le comprendre mais qu'il avait toujours rejetés. À ses dix-huit ans, il avait fini par les quitter. Il avait trouvé du travail dans un atelier et avait vécu un certain temps dans un studio jusqu'à ce que le destin mette Iris sur son chemin, une jeune fille blonde aux cheveux frisés dont la mobylette était tombée en panne. Et ils tombèrent amoureux comme seuls tombent amoureux les idiots. Mais ils étaient si cabossés tous les deux qu'ils ne pouvaient que s'assembler, ne fût-ce que par erreur. Iris avait été élevée comme Will par une mère absente et un père mort trop tôt, remplacé par une succession d'hommes vulgaires dont elle avait essayé d'oublier les noms. Elle avait commencé à travailler dans un fast-food et, avec ses premières économies, s'était acheté une mobylette d'occasion qui la lierait à Will pour toujours.

Les fiançailles avaient été plus rapides qu'ils l'avaient prévu, Iris étant tombée enceinte à dix-neuf ans. Will s'était agenouillé devant elle sous une tonnelle près du lac Dahnert's, un après-midi où le soleil doré baignait les tables du pont qui reliait la berge au restaurant. Ils s'étaient mariés sans rien dire à personne, seul un collègue de l'atelier de Will était présent comme témoin. Avec les maigres économies dont ils disposaient, ils purent tout de même envisager d'acheter cette petite maison. Lorsque la mère d'Iris découvrit que sa fille ne l'avait pas invitée à son mariage, elle en fut si blessée qu'elle ne lui rendit jamais visite. Mais ce bonheur, qui pas après pas et avec beaucoup d'efforts leur avait permis de sortir du trou, s'était heurté à une terrible nouvelle : Iris s'était réveillée une nuit, au cinquième mois de grossesse, dans des draps trempés de sang, son entrejambe transpercé par mille poignards.

Ce fut là le premier bébé qu'ils perdirent, mais qui ancra en eux un besoin qu'ils n'avaient jamais ressenti jusque-là. Ils voulaient être parents. Ils avaient tant aimé ce petit morceau d'eux auquel ils avaient déjà donné un nom qu'il était impensable pour eux de continuer de vivre entre ces quatre murs sans être père et mère. Cependant, les années passèrent, les fausses couches et les factures médicales exorbitantes s'accumulèrent, et une tristesse indicible finit par s'emparer de ce foyer.

Ce soir-là, après avoir entendu les rires de Mila pendant qu'Iris lui racontait une histoire de sorcières et de voleurs, Will était sorti sans rien dire.

Inquiète, Iris fit plusieurs fois le tour de la maison, puis jeta un œil au jardin chaque fois qu'elle passait devant la fenêtre pour voir s'il n'apparaissait pas au loin dans la rue. Elle se coucha sans avoir eu aucune nouvelle de lui. Elle était persuadée qu'il finirait par rentrer. En temps normal, Will sortait la poubelle. Quelquefois, il se rendait à la station-service pour faire le plein et ne pas perdre de temps le lendemain matin, il allait aussi au supermarché 24/7 pour quelques courses, mais il prévenait toujours. Cette fois-là, en revanche, il était monté dans la voiture et il était parti vers le sud sans un mot. Il s'était simplement approché d'Iris pendant qu'elle racontait l'histoire à Mila et avait déposé un baiser sur ses cheveux avant de sortir en silence.

Vers 2 heures du matin, des phares balayèrent la

façade de la maison et Iris, qui n'avait pas fermé l'œil, bondit du lit pour vérifier que Will allait bien. Elle se faisait du souci pour lui. Depuis l'histoire du voisin, il avait changé. Il était devenu plus taciturne, il ne lui adressait quasiment plus la parole. Elle lui avait plusieurs fois demandé s'il allait bien mais il n'avait répondu que par un grognement désespéré.

Elle courut jusqu'au salon et attendit que la porte s'ouvre pour lui demander comment il allait, mais on sonna et une voix d'homme inconnue lui parvint :

— Madame Noakes ?

Iris demeura pétrifiée. Qui cela pouvait-il être ? Elle alla allumer le téléviseur et mit la chaîne 9, celle reliée à la caméra de l'entrée. Deux policiers en uniforme attendaient sur le pas de sa porte.

Qu'est-ce que tu as encore fait, Will ? pensa-t-elle, horrifiée. Et un million de possibilités lui traversèrent l'esprit. Avait-il tout avoué à la police ? se demanda-t-elle, au bord de l'évanouissement. Elle se rendit jusqu'à la chambre afin de vérifier que Mila dormait profondément. Rassurée, elle referma la porte.

On sonna de nouveau et elle alla ouvrir, feignant d'être encore endormie, tout en boutonnant sa robe de chambre.

— Oui ?

— Vous êtes madame Noakes ?

— Oui, dit-elle d'une voix éraillée, les yeux mi-clos. Il est arrivé quelque chose ?

Les deux agents se regardèrent comme pour se demander lequel des deux annoncerait la nouvelle. L'un d'eux, brun et mal attifé, se lança enfin :

— Ce n'est pas facile… mais…
— Quoi ? Qu'est-ce qui se passe ?
— Votre mari… est décédé.

Iris prit sa tête entre ses mains, sous le choc.

— Sa voiture s'est fait emboutir par un train sur le passage à niveau de Bloomfield Avenue. Il est mort sur le coup, je suis désolé.

— C'est… c'est pas possible, gémit Iris.

51

Miren Triggs

1999-2001

Le monde entier semblait être happé par les égouts et personne ne faisait rien pour empêcher cela.

La mort de mon grand-père fut un choc pour ma mère. Elle pleura en apprenant que son cœur avait lâché et que les médecins l'avaient appris trop tard pour pouvoir le sauver. Bien qu'il fût le plus grand des salauds, c'était son père, et la mort, bien souvent, suscitait le plus sincère des pardons chez ceux qui étaient encore en vie.

Je revins à New York et essayai d'oublier tout cela, happée par le tourbillon. Le monde de la presse me passionnait, mais en même temps, il exigeait chaque jour un peu plus de moi. Il dévorait mon temps et mon énergie et, même si je me sentais pleine de vie, il ouvrait les portes et les méandres d'histoires dont il était difficile de se remettre. Une entreprise qui exploitait des petites filles en Asie dans des ateliers illégaux le matin, dans des bordels la nuit venue. Une société protectrice des animaux qui vendait leur chair à des restaurants de Manhattan. Un père qui brûlait vif son fils pour se venger de sa mère. Plus on passait de temps dans ce monde-là, et plus il vous changeait. Lorsque je parlais à mes collègues, je me rendais compte que les jeunes étaient enthousiastes et que les vétérans étaient des cyniques ayant l'humanité en horreur. Ils n'étaient pas tous comme ça, mais chez chacun d'eux il était possible de débusquer, dans leurs phrases, le désir de tomber enfin sur de bonnes nouvelles.

Bob avait insisté pour que je donne le maximum et il me confiait des tâches de plus en plus ardues. Examen des comptes d'entreprises, des budgets fédéraux, des inventaires d'usines. Je me levais avant l'aube et, quand je n'étais pas en train d'enquêter sur un dossier ou d'interviewer quelqu'un, je repartais du journal à la nuit tombée, après avoir retranscrit tout le matériel que j'avais recueilli pendant la journée.

Un soir de 2001, en arrivant chez moi, je me rendis compte que la porte d'entrée de Mme Amber était entrouverte, ce qui n'était pas dans ses habitudes. Elle était si discrète que les volets de son appartement qui donnaient sur la rue principale étaient toujours fermés.

— Madame Amber ? demandai-je en poussant doucement la porte et en jetant un coup d'œil à l'intérieur.

Son appartement était presque deux fois plus grand que le mien. Je n'y étais jamais entrée, car elle ne m'avait jamais invitée à boire un thé ou pour me raconter de vieilles histoires. J'avais quelquefois vu la lumière d'une lampe qu'elle allumait en entrant chez elle, lorsque nous nous croisions sur le palier. Cette fois-ci, l'habitation était plongée dans l'obscurité.

— Madame Amber ? Vous allez bien ? demandai-je en haussant la voix.

Je n'aimais pas ça du tout. Il y a différents types de silence. On les distingue dans l'air, dans les notes insonores qu'émettent les pas sur le sol, dans la quiétude de rideaux au loin, que j'entendis glisser sur leur tringle à l'autre bout du salon.

Je me précipitai à l'intérieur et essayai d'allumer la lampe de l'entrée, mais l'ampoule avait grillé. J'avançai dans la pénombre, je distinguais néanmoins les photos accrochées au mur. Sur l'une d'elles, je reconnus Mme Amber, trente ou quarante ans de moins, bien coiffée et radieuse, arborant un sourire jusqu'aux oreilles tel un collier de perles. Sur une autre, elle était vêtue d'un maillot de bain et sautait dans l'eau, sur une plage, aux côtés d'un beau jeune homme de son âge. Sur une autre encore, elle courait sur un chemin de terre entre les arbres, accompagnée du même garçon, riant aux éclats. On l'imaginait heureuse. Il était indéniable qu'elle l'était, du moins à l'époque.

Soudain, j'aperçus un pied nu dépasser de derrière le divan, près des rideaux.

— Madame Amber ! hurlai-je.

Même dans la demi-obscurité, je pus voir qu'elle avait du sang sur le front.

— Vous allez bien ? murmurai-je en m'agenouillant près d'elle afin d'estimer la gravité de la blessure.

Elle paraissait légère, mais je composai tout de même le numéro des urgences et leur donnai notre adresse. La seule chose que je connaissais des premiers soins était plus à même d'obtenir l'effet contraire de celui désiré. Je me relevai et cherchai à tâtons l'interrupteur de la lampe du salon. J'allumai et, au moment où je me retournais, je le vis.

Un homme m'observait depuis le couloir qui semblait mener à la chambre. Il était immobile, un coffret à bijoux dans les mains. Je ne pouvais voir son visage, donc impossible de deviner ce qu'il s'apprêtait à faire.

— Si vous cherchez de l'argent, je ne sais pas où il se trouve, annonçai-je avec fermeté.

— Ton téléphone ! cria-t-il d'une voix cassée.

Je réalisai alors qu'il s'agissait d'un petit voyou désespéré à la recherche d'objets facilement monnayables. On était à la fin du mois. Noël approchait à grands pas. Les délinquants aussi avaient des cadeaux à offrir.

Je jetai mon portable et la silhouette se baissa pour le ramasser. Mon cœur battait à mille à l'heure, même si je faisais tout pour que cela ne se voie pas.

Avec le temps, j'avais découvert qu'une partie de moi revenait toujours au parc, cette nuit-là. Cet épisode s'était ancré dans mon esprit pour toujours et je devrais vivre avec cela, que je le veuille ou non.

— Je suis armée, mentis-je, car mon pistolet se trouvait chez moi. Prends le téléphone et on n'en parle plus. Mais si tu tentes quoi que ce soit, je te flingue.

Je notai aussitôt un changement dans son attitude, une légère altération de sa respiration. Il remarqua peut-être dans ma voix la rage que j'avais engrangée à cause de toutes les injustices. Mme Amber émit un petit gémissement de douleur et je tournai mon regard vers elle. Le coup n'avait pas dû être aussi fort que je le pensais. Alors, comme s'il n'eût été qu'une brise venue pour semer le doute et la peur dans ma vie, l'homme détala.

Pendant une heure, j'attendis l'ambulance en consolant Mme Amber, pendant que je pensais à tout ce qui arrivait autour de moi. Le monde entier semblait être happé par les égouts et personne ne faisait rien pour empêcher cela. La violence, les agressions, la corruption, la peur de marcher seule, les violeurs. Je pensais aussi à Kiera, que j'avais arrêté de chercher depuis un petit bout de temps, complètement absorbée par la vie, et je me promis de m'y remettre. Tous les soirs, jusque très tard. Il n'y avait pas d'autre moyen.

Mme Amber pleurait à mes côtés et je la pris dans mes bras, pensant que cela pourrait la réconforter.

— Merci, Miren. Tu es une gentille fille, dit-elle avec difficulté.

Le coup n'avait pas été si fort, même si elle saignait et avait besoin de points de suture.

— Vous ne diriez pas ça si vous étiez dans ma tête, rétorquai-je, pour une fois sincère.

Elle me regarda, l'air grave. Et sans que je le lui demande, elle commença à parler :

— Tu sais, Miren. Une fois, j'ai été seule comme toi et... je suis tombée amoureuse sans le vouloir. C'était un homme formidable. De ceux qui débarquent dans ta vie et te laissent être comme tu es, sans vouloir te changer, qui aiment même tes défauts et remplissent ta vie de feux d'artifice.

— Reposez-vous, madame Amber, la coupai-je. L'ambulance va arriver.

— Non, je veux que tu le saches. Je crois que tu es une bonne personne et je ne veux pas que la vie te malmène. Je veux que tu sois prête.

— D'accord, soupirai-je.

— Comme je t'ai dit... nous étions heureux. Très. Cette maison est pleine de photos de cette période. Nous avons été fiancés pendant deux merveilleuses années. Un soir, en sortant d'un excellent restaurant au bord de l'eau, à Brooklyn, entourés de guirlandes lumineuses accrochées aux branches des arbres, il s'est agenouillé et m'a demandé ma main.

— Et qu'est-ce que vous avez dit ?

— J'ai hurlé oui, bien sûr ! J'étais si heureuse à ses côtés, tu sais. (Elle fit une brève pause pour regarder une des photos.) Il s'appelait Ryan.

— Il est mort ?

— Dix minutes après m'avoir demandée en mariage.

Je retins ma respiration, la douleur semblait être partout, à l'affût, attendant le moment propice pour causer le plus de dégâts possible.

— Quelques mètres plus loin, alors qu'on attendait un taxi, un type a braqué une arme sur nous et a voulu que nous lui donnions tout ce que nous avions. Portefeuille, montre, bague de fiançailles. Moi, j'ai tout donné, mais Ryan était un homme courageux. Courageux ou fou. Le courage est dangereux quand on n'est pas capable de mesurer les conséquences de nos actes. Il est mort dans mes bras d'une balle dans le cou.

— Je… je suis désolée, madame Amber.

— Je n'aurais pas voulu que tu risques ta vie pour quelques bijoux. Ça n'en vaut pas la peine. Si le monde s'écroule, c'est parce que les bonnes personnes s'en vont avant l'heure.

Je hochai la tête, laissant l'idée faire son chemin dans mon esprit, mais je ne parvins qu'à la conclusion que la vie était misérable, que la violence était misérable, mais que tout cela était inévitable.

Lorsque l'ambulance emporta Mme Amber, j'entrai chez moi et sortis la boîte avec le dossier de Kiera. Je savais que j'y trouverais ce que je cherchais.

Une idée absurde me vint à l'esprit. D'une des chemises cartonnées, glissa une photographie qui tomba à mes pieds. Dans la pénombre, je ne vis pas de laquelle il s'agissait, alors que j'avais fouillé dans ces cartons des centaines de fois. Ce ne fut que lorsque je me baissai et que j'en attrapai un coin avec deux doigts que je vis son visage. À cet instant précis, après ce qui venait d'arriver à Mme Amber, je décidai de surveiller de près le type qui m'avait violée.

52

14 juin 2002
Quatre ans et demi après l'agression de Miren

Les ombres bougent car elles craignent la lumière.

Les nuits étaient toujours le moment le plus difficile pour Miren. La nuit, les ombres ne sont pas que des ombres, elles deviennent des problèmes. Mais tout était différent avec une arme sous la veste. Depuis qu'elle l'avait achetée, et seulement les week-ends, lorsqu'elle avait un peu de temps, elle sortait de chez elle pour surveiller une personne. Une seule personne.

Il ne s'agissait pas de quelqu'un sur qui elle enquêtait pour l'un de ses articles, il ne s'agissait d'aucun puissant, d'aucun homme d'affaires ou politicien. En réalité, la personne qu'elle suivait n'avait même pas de travail. Du moins aucun pour lequel il payât des impôts. Il vivait dans une HLM de Harlem. En théorie, ces quartiers où le gouvernement avait fait construire des habitations bon marché destinées aux populations ayant peu de ressources venaient d'une belle intention. Mais dans la pratique, ces résidences n'avaient réussi qu'à réunir dans deux ou trois rues des gens pauvres et une grande criminalité. Il y avait là des familles modestes et honnêtes, qui travaillaient du matin jusqu'au soir pour payer leur loyer et essayer de donner un avenir à leurs enfants. Mais parmi ces honnêtes gens s'étaient glissés un grand nombre de délinquants et de toxicomanes qui avaient investi le secteur avec force agressions, vols et trafics de drogue.

Miren vivait à la limite de ce quartier, sur la 115e Rue Ouest, et plus le numéro des rues montait, plus le danger augmentait. Les membres des gangs locaux s'asseyaient sur les escaliers de la 116e, les voitures aux vitres teintées roulaient au pas à partir de la 117e. Dans la journée, ce quartier ne présentait aucun risque, il recélait une multitude de parcs où les familles allaient se promener avec leurs enfants, des magasins en tout genre ouverts jusqu'au coucher du soleil, moment où l'insécurité commençait à régner.

Ce soir-là, Miren portait un pull à capuche noir et un jean foncé. Elle resta une heure à observer une série de fenêtres allumées sur la façade d'un immeuble de la 115e. Elle vit un couple, un homme et une femme, arpenter leur chambre, en train de se disputer, puis se suivre d'une pièce à l'autre en gesticulant. Soudain, la femme apparut à la fenêtre et regarda dans sa direction.

Miren sursauta et se cacha derrière une voiture garée dans la rue. Quelques secondes plus tard, un homme sortit de l'immeuble et la femme restée à la fenêtre lui hurla « Pauvre type ! » tout en lui jetant un briquet qui se brisa contre le trottoir. L'homme balbutia quelque chose que Miren ne comprit pas et s'éloigna. Elle le suivit à distance.

Il marcha jusqu'à la 117ᵉ, et Miren s'arrêta lorsqu'elle le vit descendre les escaliers qui menaient à un pub, devant lequel s'étaient regroupés quatre hommes d'apparence aussi négligée que lui. Elle attendit, comme à son habitude. Ce jour-là ne serait peut-être pas différent des précédents, et elle se demanda si elle ne ferait pas mieux de rentrer chez elle. Deux heures passèrent avant que l'homme ne ressorte. Miren n'avait pas détourné une seule fois le regard de la porte, par laquelle entraient et sortaient des groupes de jeunes garçons et de jeunes filles bien habillés qui paraissaient avoir une envie folle de danser jusqu'à épuisement.

Elle fut sur le point de renoncer plusieurs fois, mais elle savait que les gens comme lui nécessitaient une surveillance extrême. C'est du moins ce qu'elle pensait, sans savoir précisément ce que cela signifiait. L'affaire s'avérait si complexe qu'elle-même se demandait ce qu'elle faisait là. Elle avait pris l'habitude de faire cela tous les week-ends : venir se poster devant la porte de l'immeuble de ce type, et le suivre où qu'il aille. C'était comme si elle se rendait compte de ce qu'elle faisait une fois qu'elle avait passé quelques heures à l'attendre et qu'une voix dans sa tête lui disait : « Qu'essaies-tu de faire, Miren ? Pourquoi ne rentres-tu donc pas chez toi ? » Mais les heures passaient et elle restait là, jusqu'à ce que ce sale type reparte chez lui et qu'elle s'en aille elle aussi avec la sensation du devoir accompli.

Mais cette fois, Miren fut surprise de voir l'homme sortir du pub avec une fille à son bras. Celle-ci tenait à peine debout et elle eut du mal à monter les marches. Le videur lui demanda si elle avait besoin d'aide mais le type répondit que c'était sa copine et qu'il s'en occupait. Miren observa la scène, tous les sens à l'affût, telle une lionne sur le point de chasser une gazelle dans la savane au coucher du soleil. Sauf que cette fois-ci, la gazelle essayait de dévorer un lionceau.

L'homme tenait la fille avec difficulté, d'autant qu'elle pouvait à peine garder les yeux ouverts. Elle portait une robe bleue, assez courte, comme celle de Miren cette fameuse nuit.

Elle les suivit, sentant que quelque chose n'allait pas, mais sans oser rien faire. Tout cela la troublait à tel point que pendant une grande partie du trajet, elle se tint à une distance prudente. Par deux fois, l'homme souleva la fille car elle ne tenait plus sur ses jambes. Il la soutenait par les hanches, en silence, et celle-ci le remerciait en riant.

Ils arrivèrent bientôt dans une impasse. Miren les perdit de vue quelques secondes puis les rattrapa et entra dans la ruelle en frissonnant.

La jeune fille était à terre, au pied d'un conteneur de poubelle, les yeux fermés et la tête en arrière, appuyée sur un mur de brique couvert de graffitis.

Miren l'entendit dire :

— Ramène-moi chez moi, s'il te plaît… Je me sens pas bien.

Il ne répondit pas. Mais il la toisa de toute sa hauteur, avec les yeux d'un démon.

— Je crois que j'ai… trop bu. Où sont mes copines ?

— Elles arrivent, murmura-t-il, puis il ouvrit sa braguette et se coucha sur elle.

— Qu'est-ce… qu'est-ce que tu fais ? Non !

— Tais-toi, c'est ce que tu voulais, non ? haleta-t-il en commençant à l'embrasser dans le cou.

— Non… c'est pas… s'il te plaît !

— Ferme-la ! asséna-t-il dans un cri sourd.

Il remonta la robe de la jeune fille en la déchirant.

— Non, s'il te plaît… mes copines… elles me… elles m'attendent.

— Je vais pas être long, t'inquiète, chuchota-t-il en continuant de l'embrasser et de la peloter.

Soudain, une voix féminine s'éleva dans l'impasse, amplifiée, par l'écho :

— Elle t'a dit de la laisser tranquille.

L'homme leva les yeux et tomba sur Miren.

— Qu'est-ce que tu veux, toi ? Dégage. On s'amuse.

Il s'écarta un peu du corps de la fille et regarda l'intruse, incrédule.

— Elle t'a dit de la laisser tranquille, reprit-elle, mais elle tremblait de peur.

— Dégage, je te dis, c'est pas tes oignons.

— Oh que si ! s'exclama-t-elle.

Alors, Miren sortit son pistolet et le pointa vers lui.

— Elle t'a dit non, connard !

— Hé, du calme ! répondit-il, soudain en proie à la panique.

Il se leva d'un bond et leva les mains en l'air.

— Ok, ok, je m'en vais, continua-t-il. Je veux pas de problèmes, moi.

Ses yeux croisèrent alors ceux de Miren et il resta un instant à observer son visage.

— Attends un peu, on se connaît, pas vrai ?

— Si on se connaît ? répéta-t-elle. Si on se connaît ? Tu ne te rappelles même plus de moi ?

Ce fut la goutte d'eau qui fit déborder le vase. Pas un jour elle n'avait cessé de penser à ce type, dans le parc, après que lui et sa petite bande avaient roué Robert de coups. Robert, ce lâche qui n'avait jamais assumé et ne l'avait jamais aidée, avec sa déclaration trompeuse et son pardon falot. Elle n'avait pas oublié le visage de l'homme qui se tenait à présent devant elle. Quelquefois, lorsqu'elle fermait les yeux, elle le voyait, avec son sourire démoniaque flottant dans la nuit. Ce qui est triste dans la vie, c'est qu'elle est injuste parce qu'elle oublie toujours. Cependant, Miren n'oubliait pas, elle. Cela lui était impossible.

— Je sais pas... je vois pas là... Baisse ton arme, ok ?

— Ne bouge pas.

— Hé, tout doux...

L'homme tendit les mains devant lui afin qu'elle se calme. Mais elle tira son portable de sa poche et appela le 911.

— Allô, la police ? dit Miren sans baisser son arme.

À ce moment-là, l'homme lui sauta dessus et la poussa en arrière. Le pistolet glissa de ses mains et tomba à côté d'elle. Elle ferma les yeux, en proie à un soudain vertige. Elle gémit de douleur lorsqu'elle heurta le sol et se retrouva couchée sous l'homme, qui l'immobilisa et la coinça entre ses jambes.

— Dis donc, on dirait bien qu'on va se faire un plan à trois, finalement !

Miren essaya de se dégager mais elle pouvait à peine bouger. Elle sentait le poids du corps de l'homme sur elle et ses poignets étaient prisonniers de ses mains. Chacun de ses coups de pied était contré. Elle se sentait impuissante, comme cette nuit-là, et sur le point de pleurer. L'homme tirait son pull vers le haut, assez pour dévoiler son soutien-gorge. À nouveau, son sourire dansa dans l'obscurité.

Miren réussit à l'attraper par les cheveux et l'approcha d'elle.

— On va vraiment s'amuser, lâcha-t-il en pensant l'avoir convaincue. J'adore les filles rebelles, tu sais ?

Son visage était si près de celui de Miren qu'ils sentaient chacun la respiration de l'autre. La lèvre inférieure de la jeune femme frôla celle de l'homme et, juste à ce moment-là, la lueur fugace d'un coup de feu illumina la ruelle. La détonation, qui se réverbéra contre les murs, déclencha des miaulements et des aboiements.

La jeune fille tenait l'arme de la journaliste à bout de bras, tremblante, et le corps de l'agresseur s'écroula sur Miren, la couvrant de sang.

Miren se dégagea avec difficulté et les deux femmes se regardèrent, atterrées, se faisant une promesse qui n'avait nul besoin de mots.

Miren remit son pistolet dans sa poche. Aucune des deux ne parla alors qu'elles s'éloignaient d'un pas déterminé. Elles s'arrêtèrent dans un coin et Miren essuya le sang qui lui maculait le visage avec son pull.

Plus tard, elles montèrent dans un taxi et elles allèrent chez Miren, qui laissa son lit à son invitée. Elle ne ferma pas l'œil de la nuit, elle la passa à regarder cette fille sans savoir s'il s'agissait là d'une fin ou d'un début. Elles ne se demandèrent pas leur nom et, lorsque le lendemain la jeune fille partit du studio avec les quelques vêtements que Miren lui avait laissés, elle ne lui dit que « merci » avant de refermer la porte derrière elle.

Elles ne se revirent plus jamais.

53

Du 15 janvier 2004 à la mi-2005
Sept ans après la disparition de Kiera

*La plus grande vertu d'une personne entêtée
est de transformer ses dernières tentatives
en avant-dernières tentatives.*

Après leur conversation téléphonique, l'inspecteur Miller avait accepté de rencontrer Miren Triggs le lendemain. Celle-ci l'avait mis au courant de toutes les informations qu'elle avait tirées des images de la cassette VHS : la maison de poupée, une *Smaller Home & Garden* de la Tomy Corporation, le modèle de papier peint, un des plus vendus de Furnitools, une chaîne de bricolage présente dans tout le pays.

L'inspecteur Miller avait, pour sa part, demandé plus d'effectifs pour la recherche de Kiera, mais il s'était heurté à un mur et Miren ne le savait pas encore.

Ils s'étaient donné rendez-vous à Central Park, sur le Bow Bridge. Miren avait choisi cet endroit parce que l'eau et le parc en cette saison l'aidaient à réfléchir. Après qu'elle eut attendu un quart d'heure, pendant lequel un couple se demanda en mariage devant une douzaine de personnes, le policier apparut de l'autre côté du pont et Miren le rejoignit d'un pas rapide.

— Où en est votre enquête, mademoiselle Triggs ?

— C'est justement pour ça que je vous ai appelé. J'ai... je ne peux pas continuer toute seule. Je sais que vous aussi vous la recherchez, mais la prochaine étape demande des moyens considérables dont je ne dispose pas.

— Des moyens considérables ?

— Je me suis renseignée : le modèle de maison de poupée qui apparaît sur la vidéo a pu être acheté dans plus de deux mille magasins de jouets et supermarchés de Manhattan, Brooklyn, Queens, New Jersey et Long Island. J'ai la liste de presque tous ces magasins. Je sais que beaucoup de gens viennent d'ailleurs pour Thanksgiving, mais j'ai l'intuition que la ou les personnes qui ont fait le coup vivent dans l'État de New York.

— Et qu'est-ce qui vous fait croire ça ?

— Ce jour-là, il pleuvait. Quand il pleut, en général, on va dans le centre-ville en prenant les transports en commun. Ça prend une à deux heures pour arriver depuis le New Jersey ou Long Island. La parade commence à 9 heures. L'enlèvement a eu lieu à midi. Ma théorie est que le kidnappeur est arrivé au défilé, au niveau de Herald Square, avec pas mal d'avance pour être sûr d'avoir de la place. C'est un quartier très encombré auquel il est impossible d'accéder si on ne s'y prend pas tôt. Il a dû arriver vers 8 heures. On peut donc délimiter assez facilement un périmètre dans lequel le kidnappeur pourrait vivre en consultant les horaires des premiers trains de la journée qui permettent d'être vers 8 heures là où Kiera a disparu.

— Je comprends.

— Cela limite l'emplacement du domicile de notre délinquant à Manhattan, Brooklyn et Long Island.

— Vous êtes arrivée toute seule à cette conclusion ?

— C'est une hypothèse. Je peux me tromper, mais cela fait des années que je relis ce dossier, inspecteur, et que je pense à cette enfant. Un journaliste d'investigation avance en confirmant des hypothèses, c'est ce que m'a appris un bon ami, et je pense que cette possibilité est plus plausible que le fait qu'un type soit venu de n'importe où dans le monde pour enlever une petite fille en plein milieu du défilé le plus célèbre de la planète.

L'inspecteur Miller acquiesça et émit un soupir avant de demander :

— Et en quoi puis-je vous aider ?

— Vous pourriez lancer une recherche dans tous les magasins de jouets et de modélisme des zones que je vous ai mentionnées. Certains d'entre eux sont peut-être munis de caméras de surveillance, de registres d'achats par carte de crédit ou, mieux encore, ils pourraient avoir noté l'adresse de quelqu'un qui se serait fait livrer une maison de poupée à domicile.

Le policier récapitula tout ce que Miren venait de lui dire.

— Vous savez combien de temps ça peut prendre ?

— Oui. C'est pour ça que j'ai besoin de vous. Au journal, ils m'ont interdit de travailler sur ce sujet, et toute seule, c'est impossible.

— Vous abandonnez ? demanda l'inspecteur.

— Abandonner ? Non. C'est juste que... je ne peux pas tout faire. C'est impossible. Vous avez plus de moyens que moi... pour poursuivre les recherches. Vous, vous êtes des cracks, et moi... je suis toute seule.

— Ne croyez pas ça. J'ai les mains liées. Tout le monde veut retrouver Kiera Templeton, mais tous les autres gamins aussi. Quand vous vous focalisez sur une affaire dans la presse, il n'y en a qu'une pour vous, mais pour la police, il y en a plus d'une centaine. Vous n'avez pas idée du nombre de gens qui disparaissent et ce nombre augmente tous les jours.

Et vous, vous n'imaginez pas la liste que j'ai, moi, pensa Miren, qui avait son box rempli de dossiers sur des personnes disparues.

— Mais vous avez maintenant du matériel nouveau sur lequel travailler, dit-elle. Ne laissez pas tomber cette famille, inspecteur. Peut-être que vous mettrez la main sur quelque chose. J'en suis sûre. Cette vidéo vous mettra peut-être sur la bonne voie.

— Je ferai tout ce qui est en mon pouvoir pour retrouver cette enfant, mademoiselle Triggs.

— Moi aussi, dit-elle.

Ils arrivèrent bientôt à une bifurcation.

— Je sais que l'information ne circule que dans un sens, inspecteur. Vous n'avez pas à partager vos progrès avec moi, mais vous savez tout comme moi que je ne vais pas lâcher cette affaire.

— Vous voulez que je vous dise ce que nous avons ?

Miren ne répondit pas, pour elle, c'était une

question rhétorique. Le policier grogna et leva la tête vers la sculpture métallique d'un puma aux aguets entre les arbres de Central Park, une parfaite allégorie de ce qu'était devenue la journaliste.

— En réalité, on ne sait pas grand-chose. Il n'y a pas de portrait-robot fiable. Nous savons juste qu'il s'agit d'une femme blanche, blonde, avec les cheveux frisés. Selon la police scientifique, il n'y a aucune empreinte sur la vidéo ni sur l'enveloppe, en dehors de celles de la famille et du garçon qui a apporté le paquet, et qui est incapable de se souvenir de la personne qui le lui a donné. Nous sommes dans une impasse. Nous connaissons le modèle du magnétoscope, un Sanyo VCR de 1985, grâce aux marques sur la bande magnétique de la cassette. C'est un peu technique mais infaillible. Apparemment, chaque modèle de tête arrange à sa manière les particules magnétiques de la bande et laisse une empreinte unique. Un peu comme une empreinte digitale qui, si elle ne nous permet pas d'identifier le modèle exact du magnétoscope, nous renseigne quand même sur la marque. Nous avons aussi les caméras de surveillance du jour de la disparition, mais rien à en tirer : des gens partout, Kiera nulle part. Celui qui l'a enlevée lui a coupé les cheveux, ça on le sait, mais on ne peut pas enquêter sur toutes les personnes qui marchaient dans la rue en tenant un enfant par la main. C'était Thanksgiving. La rue était pleine de familles. Comme vous pouvez le voir, rien n'est véritablement exploitable.

— Je comprends, dit Miren.

— Si vous trouvez quelque chose, vous me le

direz ? demanda l'inspecteur. Moi... j'essaierai de m'occuper des magasins de jouets, mais ça m'a l'air compliqué.

— Je vous tiendrai au courant de mes découvertes. Je ne cherche pas un scoop, je veux juste retrouver Kiera Templeton et la ramener chez elle.

— Je peux vous demander pourquoi c'est si important pour vous ? Il y a beaucoup d'autres affaires similaires. Pourquoi elle ?

— Et qui vous dit que je ne cherche pas les autres aussi ? rétorqua-t-elle avant de tourner les talons.

En arrivant au bureau, l'agent Miller remplit une demande de recherche et visite des magasins de jouets de la zone délimitée par Miren Triggs. Si elle disait vrai, le coupable vivait dans un périmètre d'où l'on pouvait arriver au défilé de Thanksgiving à 8 heures. S'ils pouvaient avoir accès à une liste de clients ayant acheté une maison de poupée *Smaller Home & Garden*, ils pourraient opérer des perquisitions dans des endroits précis. Il ne s'agissait pas d'obtenir cette liste et d'aller fouiller le domicile de tous les clients, mais uniquement de ceux ayant un profil d'éventuel kidnappeur. À sa grande surprise, ses supérieurs de l'Unité des personnes disparues du FBI accédèrent à sa demande.

On lui assigna douze agents pour qu'ils se rendent dans les magasins de jouets, mais ils tombèrent rapidement sur un os : presque aucun ne possédait de trace des clients ayant acheté une maison de poupée. Certaines boutiques leur donnèrent le nom de clients de 2003, d'autres jusqu'en 2002, d'autres encore jusqu'à 2001. Mais l'information était si mince qu'elle n'était d'aucune utilité. Sur un total de deux mille trois cents magasins de jouets, ils ne purent recueillir les données que de soixante et un d'entre eux, ce qui ne les renseigna que sur douze acheteurs de ce modèle en particulier.

Ils leur rendirent visite à tous : douze familles idylliques avec des enfants qui reçurent les agents avec des crêpes et du café, avant de leur faire visiter toutes les pièces de leur maison dans laquelle ne se trouvait, bien entendu, aucune Kiera.

En 2005, le FBI ferma officiellement l'affaire pour la deuxième fois et l'inspecteur Miller appela les parents pour leur annoncer la mauvaise nouvelle.

— Vous avez trouvé quelque chose ? demanda Aaron Templeton en décrochant.

— Pas encore, monsieur Templeton, mais nous sommes près du but. Tous nos agents sont dessus. Nous allons retrouver votre fille. Nous n'abandonnerons pas les recherches, je vous le promets, mentit-il.

54

Miren Triggs

2005-2010

> *La solution est en général devant vous,
> dans l'attente que quelqu'un la découvre.*

Franchement, je n'attendais pas grand-chose de l'inspecteur Miller. Je l'avais trouvé fatigué, découragé, cela se sentait dans chaque phrase qu'il avait prononcée, comme si chaque disparition dont il avait la charge lui avait arraché un petit morceau de lui-même. Le temps passa et, aussi rapidement que le FBI avait visité les deux mille magasins de jouets, ils abandonnèrent les recherches et passèrent à une autre affaire. Je ne leur en voulais pas. Il fallait bien qu'ils se fixent des priorités, mais une partie de moi allait toujours dans la chambre de Kiera et s'asseyait à côté d'elle, pour la regarder jouer quelques instants avec ses poupées. J'aimais m'imaginer sa voix. J'aimais l'imaginer souriante et les yeux pleins de vie, même si j'avais l'intuition que son vrai regard s'était éteint, comme un phare défectueux qui pousserait les bateaux contre les récifs de la côte. L'inspecteur Miller et moi étions ces bateaux, et les parents de Kiera, détruits, pleuraient moins sur les navires fracassés que sur le phare qui n'émettait plus de lumière.

En 2007, soit quatre ans après l'envoi de la première cassette vidéo, une femme aux cheveux blonds et frisés en laissa une deuxième devant les bureaux de la compagnie d'assurances d'Aaron Templeton et je me sentis plus vivante que jamais. Je passais mes journées au journal et mes nuits à la recherche de personnes disparues et, durant un certain temps, le désir de la retrouver m'enflamma de plus belle. J'étais devenue une chercheuse. N'est-ce pas cela le journalisme ? Chercher. Chercher et trouver. Quelquefois, ce que l'on cherche souhaite être découvert. D'autres fois, il faut saisir la corde de la vérité et tirer de toutes ses forces pour la sortir des profondeurs du trou dans lequel elle est plongée. Depuis la disparition de Kiera, j'avais commencé à réunir des informations sur des affaires qui laissaient penser que quelque chose de grave était arrivé : Gina Pebbles, par exemple, l'adolescente disparue en 2002 après être sortie de son lycée dans le Queens et dont on avait perdu la trace à deux kilomètres de là, dans un parc où l'on n'avait retrouvé que son sac à dos ; Amanda Maslow, une jeune fille de seize ans qui avait été enlevée en 1996 dans un petit village, ou encore Kate Sparks, du même âge, qui s'était volatilisée de chez elle en 2005 alors que toutes les portes et les fenêtres étaient fermées à clé.

Avec la deuxième cassette vidéo, celle de 2007, je fis chou blanc, mais le cirque médiatique commença. J'essayai de m'abstraire de tout cela et je me plongeai à nouveau dans son dossier. Je visionnai les vidéos des caméras de surveillance pour retrouver cette femme, mais les images, floues, étaient inexploitables. Kiera Templeton apparaissait, cette fois-ci en juin, avant de disparaître encore jusqu'à ce que celui qui envoyait les cassettes décide de reprendre le jeu.

J'appelai l'inspecteur Miller pour lui demander s'ils avaient établi le profil du kidnappeur. L'utilisation de cassettes VHS laissait à penser que ce sale type devait être un perturbé nostalgique des années 90. Miller ne tarda pas à m'envoyer, de manière officieuse, un petit paragraphe élaboré par l'Unité d'analyse comportementale de Quantico qui disait : « Homme, blanc. Entre quarante et soixante ans. A une profession liée à la mécanique. Conduit une voiture grise ou verte. Marié avec une femme de caractère soumis. L'usage des cassettes vidéo indique son rejet du monde moderne. »

Rien de plus. Le FBI résumait le kidnappeur potentiel en ces quelques lignes qui auraient pu correspondre à n'importe qui. Même à mon père, sauf que ma mère n'avait rien de soumis.

Le temps passa avec la vitesse et la force d'un ouragan qui dévora tout jusqu'à l'arrivée de la troisième cassette en 2009, quelques semaines après l'élection présidentielle que gagna Barack Obama. Sur toutes les chaînes, on pouvait voir les visages d'Obama et de John McCain, souriant et vendant de l'espoir, comme si le monde n'était pas en train de s'effondrer.

Sur cette vidéo, Kiera me fit de la peine. Pendant la minute que durait l'enregistrement, on la voyait écrire sur un carnet, habillée d'une robe orange flashy. On aurait dit une poupée cassée, comme je l'avais été moi-même. On pouvait presque imaginer que des larmes tombaient sur la page. J'avais eu une époque comme ça. Je me sentais seule, et je l'étais peut-être, même si j'avais réussi à me reconstruire à force de rage et de désespoir.

Après avoir visionné la cassette, j'éprouvai le besoin d'aller rendre visite aux Templeton. J'ignore pourquoi, mais je voulais leur transmettre un peu de lumière. En définitive, je me considérais un peu comme Kiera, perdue et désemparée. Aaron accepta un café et de notre conversation, je ne me souviens que des larmes et de sa façon de m'étreindre avant que l'on se quitte. Il n'avait presque pas parlé. Il était si différent de ce qu'il avait été. Nous avions vécu la même chose.

À cette époque-là, je m'accrochais à mon travail. J'essayais de mener à bien les missions que m'attribuait mon équipe d'investigation, fort heureusement débarrassée de Nora Fox, et je dois admettre que je profitais du caractère arrangeant de Bob, avec qui j'entretenais désormais une relation professionnelle cordiale.

Durant l'année 2010, nous travaillâmes sur un seul article qui accapara les fonds et la patience de Phil Marks. Il s'agissait d'une affaire qui n'avait pas été médiatisée jusqu'à présent et dans laquelle une douzaine d'employés d'une importante entreprise de téléphones portables chinois s'étaient suicidés à cause d'un grand stress et de leurs conditions de travail. Lorsque, début novembre, le reportage de douze pages sortit enfin, Phil nous convoqua tous les trois, Bob, Samantha et moi, dans son bureau pour nous féliciter et nous accorder une semaine de congé.

Mais je n'avais pas besoin de me reposer. Je devais trouver une réponse à une question qui me torturait depuis longtemps : où était Kiera Templeton ? Qui la retenait prisonnière ?

Je visionnai à nouveau les vidéos digitalisées de Kiera, plusieurs fois. Je passai une journée entière à regarder Kiera grandir, à imaginer sa vie, me demandant même si elle avait encore besoin que l'on vienne la secourir.

Une idée absurde me vint à l'esprit : je devais regarder les vidéos comme elles avaient été filmées, et je décidai de m'acheter un magnétoscope Sanyo VCR de 1985. Je dénichai deux antiquités sur Craiglist qui se vendaient pour les pièces et je donnai rendez-vous à l'un des vendeurs. Le gros bonhomme tenait un vieux vidéo-club et bradait tout avant liquidation.

— C'est cent dollars, lança-t-il après m'avoir saluée. Comme je l'ai écrit dans l'annonce, il est cassé mais c'est facile de le réparer. Il faut juste changer une des têtes de lecture de la bande magnétique et c'est bon.

— Et vous sauriez où je peux trouver ça ? demandai-je en observant l'appareil à la recherche d'autres défauts.

— On ne trouve pas ça partout, vous savez. Dans

toute la ville, il n'y a que deux ou trois ateliers qui réparent ces machins. Ça ne vaut presque pas la peine de le réparer. Le *streaming*, c'est l'avenir, à ce qu'on dit. Mais bon, si vous avez de vieilles cassettes, c'est la seule solution.

— Juste deux ou trois ateliers? répétai-je, alors qu'une petite lumière s'allumait dans ma tête.

— C'est ça, en comptant le New Jersey, où j'habite. Je crois que le vieux VidRepair du centre-ville a fermé il y a quelques mois. Étonnant quand on sait que ces machines se détraquent tout le temps. La poussière s'accumule dedans et les pièces en plastique se cassent. Mais bon, plus personne ne les utilise de nos jours. C'est un commerce qui tend à disparaître. Comme le mien, aussi triste que ça puisse être. Même les DVD deviendront vite obsolètes.

— Vous auriez le nom de ces magasins? m'enquis-je, le cœur faisant des bonds dans ma poitrine.

55

Quelque part

26 novembre 2003
Un jour avant la première cassette vidéo

> *La compassion a toujours besoin d'amour*
> *et de douleur pour s'épanouir.*

La veille de Thanksgiving, Iris passa toute la matinée chez elle avec Mila.

— Et celle-là, comment elle me va, maman ? demanda la fillette drapée dans une nappe orange en guise de robe.

— Il te manque l'essentiel, ma chérie, répondit Iris en lui nouant un ruban de la même couleur à la taille.

Elle adorait jouer à la princesse avec elle et, bien qu'elle ne lui ait pas acheté beaucoup de robes pour ne pas éveiller les soupçons, Iris s'arrangeait toujours pour en improviser quelques-unes avec des nappes qu'elle arrangeait autour de ses hanches de guêpe. Cela leur permettait de jouer à se déguiser de mille manières, de développer l'imagination de la petite en créant des vêtements à partir d'à peu près n'importe quoi. La plupart du temps, tout se passait bien sauf les fois où Mila se faisait un sceptre avec la balayette des toilettes.

— Il me manque quelque chose. Je reviens, dit Mila en repartant vers sa chambre en sautillant.

Une heure plus tard, après que Iris eut vérifié par deux fois la chaîne 8 pour s'assurer que tout allait bien, la petite sortit de sa chambre avec un serre-tête fait de nouilles collées sur un morceau de carton.

— Et maintenant ? Je suis belle ?

Sa mère sourit.

— Tu es magnifique, ma chérie, dit-elle sur un ton où perçait la fierté de voir qu'elle l'élevait comme il fallait.

Elles passaient la plus grande partie du temps ainsi, à jouer ensemble, à lire de vieux livres et à regarder des films de la collection de Will sur cassettes VHS, vautrées sur le divan.

Elles avaient oublié que Will n'était plus là. Après la mort de son mari, Iris avait traversé une période difficile. Elle avait eu besoin de sortir de temps en temps pour les papiers du décès et, chaque fois, elle suppliait Mila de n'ouvrir la porte à personne et de ne pas aller dehors car elle tomberait à coup sûr malade comme la dernière fois. Elle espaçait les rendez-vous pour ne pas avoir à tout faire le même jour et rester trop de temps dehors. Elle ne s'occupait que d'un seul papier à la fois, revenait rapidement à la maison et n'était soulagée que lorsqu'elle constatait que Mila allait bien et qu'elle lui avait obéi. Durant cette période, Iris fut on ne peut plus inquiète, se demandant quelle serait leur vie à présent. La petite ne pouvait pas rester seule toute la journée pendant qu'Iris irait travailler pour gagner un salaire. Elle maudissait Will. Elle en vint à le haïr à tel point qu'elle n'alla même pas à son enterrement et ne prévint pas sa famille éloignée de sa mort. Pendant ses dernières semaines, Will n'avait été qu'un lâche qui avait abandonné le navire dès que la situation s'était un peu compliquée.

Elle découvrit bientôt que l'accident de son mari lui vaudrait une indemnisation de près d'un million de dollars. Sans le lui dire, Will avait contracté une assurance-décès. À cela s'ajouta la somme que la mairie accepta de payer pour ne pas avoir dûment signalé le passage à niveau. Ainsi, lorsqu'elle consulta ses comptes et qu'elle vit le montant total, elle pleura pendant des heures. La mort de Will n'avait finalement pas été une catastrophe pour sa fille et elle, mais un soulagement. Elle garda donc de son époux le souvenir d'un homme bien. En définitive, il lui avait donné Mila et la chance de pouvoir passer tout son temps avec elle.

La mort de Will renforça en Mila l'idée que le monde extérieur était dangereux, non seulement pour ces mystérieuses ondes invisibles qui semblaient lui provoquer des spasmes, mais aussi parce qu'il pouvait la tuer, comme il avait tué son père.

Il arriva un moment où Mila fut si convaincue que l'extérieur était plein de dangers qu'elle suppliait sa mère, quand celle-ci s'apprêtait à sortir, de bien faire attention. Petit à petit, Iris prit son courage à deux mains pour prolonger ses sorties et en profiter pour faire les courses. Elle laissait la petite seule à la maison et, lorsqu'elle rentrait, s'étonnait toujours que sa Mila coure vers elle et la prenne dans ses bras, heureuse qu'elle soit revenue saine et sauve de sa périlleuse excursion. La fillette avait aussi peur de sortir que de voir sortir sa mère, et ce sentiment les unit dans une lutte contre un ennemi commun, bien qu'imaginaire.

Un jour, Iris oublia de fermer la porte derrière elle en rentrant des courses, les bras chargés de sacs. À sa grande surprise, Mila accourut, la ferma et sermonna sa mère :

— Maman, s'il te plaît, fais attention, je n'ai pas envie de tomber malade.

Sa captivité, même si Iris n'en avait pas eu l'intention, avait été comme le dressage d'un éléphant, que l'on attache d'abord à un poteau pour qu'il ne puisse pas bouger, tout en le rouant de coups si jamais il essaie de s'enfuir. Ensuite, lorsque les coups s'arrêtent, l'animal cesse de vouloir s'échapper et commence à se sentir bien, protégé par son maître qui, à ses yeux, passe alors pour un protecteur. Désormais, Mila ne voulait plus s'éloigner de cet environnement sécurisé, le faire l'aurait exposée à d'horribles conséquences, comme les spasmes. Elle était devenue un éléphant apprivoisé.

Cet après-midi-là, après avoir joué avec les robes, Mila essaya de coiffer sa mère, mais elle lui tira les cheveux avec le peigne, ce qui fit rire Iris de douleur. Elles échangèrent ensuite les rôles, même si Iris prodigua à sa fille de meilleurs soins. Les cheveux de Mila étaient longs et bruns, et la brosse glissait dessus comme sur un mouchoir de soie. Ses caresses apaisaient la petite fille, qui regardait *Matilda* à la télévision.

À la fin du film, elle regagna sa chambre en fredonnant une chanson de Noël qu'elle avait entendue dans *Maman, j'ai raté l'avion !* et, lorsqu'elle revint au salon, elle trouva sa mère en train de pleurer, la télécommande du téléviseur dans la main.

— Maman, qu'est-ce qui t'arrive ? demanda-t-elle, effrayée.

— Rien, ma chérie... c'est juste... des mauvais souvenirs qui me reviennent à l'esprit.

— Papa ?

— Oui, ma puce, mentit Iris. C'est papa.

— Y a pas de problème, hein ? dit Mila, caressant le visage de sa mère. On est toutes les deux. Papa va bien, il est au ciel. Comme dans le film *Charlie, mon héros*.

Iris éclata de rire. Sa fille avait le chic pour tourner en dérision les situations les plus dramatiques.

— Tu es en train de comparer papa à un chien ? demanda Iris dans un sourire, cependant qu'elle séchait ses larmes du revers de la main.

— Non ! répondit l'enfant en riant. C'est juste que... j'aime pas que tu pleures. Tu veux que je te lise un conte ?

— Oh oui, ma chérie, j'adorerais. Mais tu pourrais me laisser dix minutes toute seule avant ? Il faut que je fasse quelque chose, là, dans le salon.

— Tu veux que j'aille dans ma chambre ?
— Pourquoi tu jouerais pas un peu avec ta maison de poupée, et je te rejoins, d'accord ?
— T'es sûre que tu vas bien ?
— Oui, Mila, vraiment, affirma Iris une dernière fois.

La petite partit dans sa chambre et referma la porte derrière elle. Elle se demanda ce qui arrivait à sa mère. Elle était encore jeune mais déjà d'un tempérament inquiet, et elle ne souhaitait qu'une chose, que sa mère soit heureuse.

Pendant ce temps-là, dans le salon, Iris ralluma la télévision, connecta l'antenne qui permettait de capter les chaînes et laissa tomber la télécommande par terre aussitôt que les images apparurent. On pouvait voir deux parents en train de pleurer, serrés l'un contre l'autre, la photo d'une fillette de trois ans devant eux. Elle reconnut immédiatement Kiera. Il s'agissait d'une cérémonie d'hommage qui s'était déroulée la veille à Herald Square, et à laquelle avaient participé deux cents personnes, une foule composée d'amis et de gens qui n'avaient pas oublié. Grace se tenait derrière un micro, les yeux rougis par les pleurs, le visage déformé par la douleur. À ses côtés, Aaron Templeton, le regard perdu et la mine défaite. Ils n'étaient plus que l'ombre d'eux-mêmes. Iris monta le volume et, pour la première fois, entendit la voix cassée de la mère à laquelle elle avait volé son enfant.

— Aujourd'hui, ma puce, tu aurais presque huit ans, disait Grace à l'assemblée.

La photo de Kiera semblait rappeler que sa fille avait été heureuse avec elle. L'image était différente de celle qui avait circulé dans le *Press* et dans les annonces diffusées à la télévision les années précédentes. Sur celle-ci, Kiera riait à gorge déployée, on pouvait voir ses fossettes et ses dents du bonheur. Ses yeux irradiaient de bonheur.

— J'aurais aimé te voir grandir, te mettre des pansements sur tes genoux, j'aurais aimé continuer de te chanter cette chanson douce avec laquelle je te bordais chaque soir et qui disait qu'il ne t'arriverait jamais rien. (Elle fit une pause pour retrouver sa voix, qui tremblait.) J'aurais aimé t'élever en te donnant de bonnes valeurs, ma chérie. Si seulement j'avais pu t'embrasser sur le front plus que je ne l'ai fait, si seulement tu pouvais être là, maintenant, devant moi, si je pouvais savoir que tu vas bien, mon petit ange. Je demande clémence à la personne qui me l'a enlevée. Si, en revanche, elle a commis l'irréparable et que ma petite fille est morte, quelque part, je ne demande qu'une seule chose : qu'elle nous dise où elle se trouve pour que nous puissions...

Elle éclata en sanglots et Aaron la prit dans ses bras. Sur l'écran, alternèrent des images de l'ancienne maison des Templeton décorée de lumières de Noël, pendant que le présentateur du journal télévisé rappelait, en voix off, que les parents avaient monté un centre d'appel durant les premiers jours mais que cela n'avait rien donné.

Iris avait regardé ces images en pleurant, inconsolable. Elle n'avait jamais réfléchi au mal qu'elle avait causé. Même si elle savait que la petite avait une famille qui continuait de la chercher, elle ne s'était jamais posé de questions sur la douleur qu'elle leur infligeait. À présent qu'elle aimait Mila de tout son cœur, elle comprenait à quel point les Templeton devaient l'aimer eux aussi. Sa lèvre inférieure tremblait, comme celle de Grace Templeton pendant qu'elle parlait de sa fille. Elle pensa à elle, à ce qu'ils avaient dû endurer. Elle se demanda ce qu'elle devait faire.

Elle entreprit de sécher ses larmes mais ne put apaiser son sentiment de culpabilité. Elle changea de chaîne pour ne plus voir Grace Templeton et, sans le vouloir, appuya sur la 8. Mila jouait tranquillement avec sa maison de poupée dans sa robe orange improvisée.

Elle rit.

Un rire nerveux et entrecoupé de sanglots. Soudain, une idée ridicule lui traversa l'esprit. Une de ces idées aux conséquences néfastes.

Elle fouilla dans les films de Will et trouva une boîte de plusieurs cassettes vierges de la marque TDK. Elle les essuya un long moment avec un chiffon, vérifia qu'il n'y avait plus d'empreintes digitales dessus, puis en introduisit une dans la fente du magnétoscope et, sans le vouloir, sans le savoir, sans aucune intention de faire du mal à qui que ce soit, elle appuya sur le bouton REC et observa Mila se déplacer dans la chambre. Elle arrêta l'enregistrement une minute plus tard et, après avoir écrit KIERA au feutre sur l'étiquette, elle examina à nouveau la cassette pour s'assurer qu'elle n'y avait laissé aucune trace. Elle la mit dans une enveloppe à bulles et frappa à la porte de Mila, le cœur battant la chamade.

— Qu'est-ce qu'il y a, maman ? demanda la fillette lorsqu'elle vit sa mère. Ça va ?

— Oui, ma chérie, c'est juste que... ce soir, il faut que je sorte donner ce paquet à des amis et... j'ai peur qu'il m'arrive quelque chose, dit Iris sans vouloir donner trop de détails.

— N'y va pas, maman ! s'exclama Mila, en proie à la panique. Dis-leur de venir. C'est dangereux et je veux pas qu'il t'arrive quelque chose.

— Je dois le faire, chérie. Ils vont pas bien et... je suis sûre que ça va les aider. Ça ira, toi ?

Mila la prit dans ses bras et lui murmura :

— Oui, maman. J'ouvrirai à personne et j'éteindrai les lumières, mais promets-moi que tu reviendras.

— Je te le promets, mon ange.

56

Miren Triggs

26 novembre 2010
Un jour avant la dernière cassette vidéo

*Le passé nous paraissait-il aussi étrange
que nous le paraît le présent ?*

Le lendemain, très tôt le matin, je me rendis au premier des ateliers de réparation de magnétoscopes. Il se trouvait dans le New Jersey et c'était, selon le type qui m'avait vendu le Sanyo VCR, le meilleur atelier de toute la ville. Si son propriétaire, un certain Tyler, ne trouvait pas de solution à votre problème, ou une pièce de rechange, il s'engageait à vous offrir un de ses cent magnétoscopes en parfait état.

Il s'agissait d'un long et étroit local rempli d'étagères en métal débordant de vieux appareils. À peine entrée, j'eus l'impression d'être dans un cimetière d'épaves qui avaient accompagné toute une génération mais qui avaient été jetées au rebut par la suivante.

N'est-ce pas cela le progrès ? La marche en avant, sans se soucier de ce qu'on laisse derrière soi.

Soudain, un homme d'une soixantaine d'années surgit de derrière les étagères et me salua. Il émanait de lui une bonhomie rassurante qui semblait tout droit sortie des films des années 90.

— En quoi je peux vous aider, ma petite dame ? demanda-t-il.

— Bonjour, monsieur, je m'appelle Miren Triggs, je suis journaliste au *Manhattan Press*.

— Une journaliste dans mon magasin ? Vous savez que je suis un dinosaure ? Je ne vois pas en quoi je peux encore intéresser la presse.

— Au contraire, je pense qu'elle a énormément à apprendre d'un commerce comme le vôtre, répondis-je avec mon plus joli sourire.

J'avais besoin de son aide. C'était peut-être là ma dernière cartouche. Elle ne servirait certainement à rien, mais il me fallait essayer.

— Bien dit ! s'exclama-t-il. Et vous avez besoin de quoi ? Y a-t-il quelque chose que puisse faire ce vieux monsieur pour vous ?

— Je sais que ce que je vais vous demander est plus qu'improbable mais... avez-vous réparé un magnétoscope Sanyo VCR de 1985 ces dernières années ?

— Un Sanyo VCR de 1985 ?

— Je sais que c'est compliqué. Je recherche le propriétaire d'un de ces vieux machins et vous êtes ma dernière chance.

— C'est pour quoi, si c'est pas trop demander ?

Au diable! pensai-je. La sincérité aussi ouvre les portes.

— Vous souvenez-vous de l'affaire Kiera Templeton? La petite fille qui a disparu et dont les parents ont reçu des cassettes vidéo.

— Bien sûr, comment j'aurais pu oublier? J'ai été très intéressé par cette histoire de VHS. Les utiliser pour faire du mal… les gens ont complètement perdu la boule.

— On sait qu'elles ont été enregistrées par un magnétoscope Sanyo de 1985, à cause des têtes qui laissent des marques sur la bande magnétique.

— Les têtes des Sanyo?

— Oui.

— Vous savez que ce sont les mêmes que celles des Philips?

— Quoi?

— Les Sanyo étaient pas les seuls à avoir ce modèle de têtes. Philips, à l'époque, n'avait pas de chaîne de production à lui, du moins complète, c'est Sanyo qui les fabriquait pour eux, et ils leur mettaient leurs têtes de lecture. Je sais pas quel genre d'accord ils avaient mais c'est quelque chose que sait tout bon amateur de magnétos d'avant, dit-il en riant comme s'il s'agissait de l'évidence même.

— Vous êtes en train de me dire que je dois ouvrir mon cercle de recherche aux Philips?

Il sourit par politesse.

— C'est ça.

— Et, dites-moi… avez-vous déjà réparé un Sanyo ou un Philips avec ces têtes?

L'homme acquiesça avec un petit sourire qui me frappa en pleine poitrine. Je fermai les yeux et expirai profondément. Peut-être que cette fois-ci, cela servirait à quelque chose. Peut-être que cet homme au grand cœur avait la réponse à toutes mes questions.

— Si je me trompe pas, j'ai dû en réparer une dizaine ou une douzaine ces trois dernières années. Certains modèles, qui n'avaient pas bénéficié d'un bon contrôle de qualité, duraient pas cinq ans sans casser.

— Cinq ans, soupirai-je sans arrêter de réfléchir. Si je comprends bien, si quelqu'un continue d'utiliser ce modèle, il doit le faire réparer de temps en temps.

— C'est le cas s'il a un des premiers sortis. Ce sont ceux qui ont eu le plus de défauts, mais c'est toujours comme ça avec la technologie, pas vrai ?

— Et vous auriez une liste des clients qui sont venus vous voir pour une réparation ?

Il me rendit mon sourire, une fois de plus.

— Ça me prendra un peu de temps pour examiner mes factures, mais… bien sûr. Tous les clients qui me laissent leur appareil me laissent aussi leurs coordonnées et une caution. Donnez-moi deux heures, que je voie ce que je peux faire, répondit-il, la phrase la plus porteuse d'espoir que j'avais entendue depuis longtemps.

J'attendis patiemment devant la porte, d'où j'observai l'apparente tranquillité de la rue. Là, dans un de ces recoins, se trouvait peut-être Kiera, ou une autre de ces personnes disparues dont on n'avait plus jamais eu de nouvelles. J'entrais dans une panique folle lorsque j'y pensais.

Deux heures plus tard, comme il me l'avait dit, M. Tyler me rejoignit avec un bout de papier dans la main, sur lequel il avait dressé une liste de onze noms et les adresses correspondantes. Il avait aussi noté, à côté de chaque personne, le montant de la réparation, l'éventuel achat d'autre matériel, ainsi que la date, qu'il avait l'habitude d'inscrire dans son vieux cahier. Les pièces neuves, les pièces d'occasion, les cassettes VHS, les réparations. Il gardait un registre détaillé de tous les paiements réalisés par carte de crédit parce qu'il ne voulait pas de problèmes avec les banques.

— Merci, dis-je. Si tout le monde vous ressemblait...

— C'est déjà le cas, ma petite dame. Il suffit de regarder au bon endroit, répondit-il avant de tourner les talons et de disparaître à l'intérieur de son magasin.

Presque toutes les adresses étaient de ce côté du fleuve, je décidai donc de passer ma journée à m'y rendre.

Je n'avais aucun plan. Je n'avais aucune idée de ce qu'il me faudrait faire si je découvrais quelque chose de suspect. Pendant un instant, je pensai appeler l'inspecteur Miller pour lui raconter tout ça, mais je n'aurais perdu que plus de temps.

Le premier client était un certain Mathew Picks, un monsieur d'une soixantaine d'années. Lorsque je lui parlai de la réparation de son magnétoscope, il n'hésita pas une seconde à me le montrer, avant de me faire visiter sa maison. Il adorait le grain de ces vieilles cassettes et la magie de devoir rembobiner la bande. Il conservait son mariage dans ce format-là et, jusqu'à la fin de sa vie, il visionnerait chaque soir le film où il demandait la main de sa femme. Elle était morte dix ans plus tôt.

Je le quittai, un goût aigre-doux dans la bouche, puis je rendis visite à une dizaine de personnes de plus avant que le soleil se couche, toutes avec le même résultat : il s'agissait d'amateurs de VHS qui ne voulaient pas renoncer à regarder leurs films préférés qui n'étaient pas encore passés en DVD ou en Blu-ray.

La nuit était déjà bien avancée lorsque je me garai aux abords d'une petite maison blanche aux lumières allumées, à Clifton, dans le comté de Passaic, New Jersey. Je n'attendais rien de cette visite. Le matin, j'étais pleine d'espoir, mais à présent je me sentais presque désespérée. Je sonnai à la porte. Une femme blonde aux cheveux frisés m'ouvrit, apparemment soucieuse.

— Bonsoir, dis-je en essayant de dissimuler mon extrême nervosité. Est-ce que je pourrais parler à William ?... William Noakes.

57

Clifton, New Jersey

26 novembre 2010
Un jour avant la dernière cassette vidéo

Les mots que l'on n'a pas dits
en disent bien plus que ceux que l'on a prononcés.

— Bonsoir. Est-ce que je pourrais parler à William ?... William Noakes, demanda Miren en faisant mine de consulter un dossier.

Il était 22 heures et Mila était déjà au lit, comme à son habitude. Malgré ses quinze ans, sa mère continuait de la traiter comme une petite fille.

Iris demeura stupéfaite. Cela faisait bien dix ans que plus personne n'avait demandé à parler à son mari. Elle avait changé le nom de la ligne téléphonique et des comptes bancaires, et cette question la bouleversa.

— Euh... oui, il vivait ici. C'était... mon mari. Il est décédé il y a dix ans.

— C'est justement pour cela que je suis là,

improvisa Miren. Nous avons détecté quelques mouvements irréguliers sur les comptes.

— Qu'est-ce qui se passe ? C'est pas un peu tard pour… ce genre de chose ? demanda Iris, inquiète, même si Mila dormait et qu'elle n'avait rien à cacher dans le salon.

— Euh… oui. Je sais qu'il est tard mais je n'ai pas pu venir avant, je suis désolée. En fait, il y a eu un petit souci avec les cartes de votre mari. Apparemment, quelqu'un a continué de les utiliser après sa mort et… c'est une erreur que notre compagnie doit réparer.

— Quel petit souci ? Je regarde tous les mois les reçus.

— Oui, oui. En réalité, il n'y a aucun problème. Je me suis mal expliquée. Il faut juste que vous remplissiez un formulaire et que vous répondiez à quelques questions liées à des paiements réalisés depuis le compte bancaire de votre mari afin de vérifier que personne ne vous a volé les cartes ou que quelqu'un de non autorisé les utilise.

— Quelqu'un de non autorisé ?

— Ça arrive plus souvent que vous ne le pensez. Ils font une copie de votre carte et, quand vous vous en rendez compte, ils vous ont déjà tout vidé.

— Quelle horreur ! Je… j'ai pas vu de mouvement suspect sur les comptes.

— Je peux entrer, s'il vous plaît ? Ça ne prendra qu'une minute. Il fait un peu froid dehors.

Iris hocha la tête, troublée, mais elle ne pouvait tout de même pas laisser cette jeune femme dehors. Un vent glacial soufflait ce soir-là. Elle ne semblait pas présenter une menace. Elle souriait et avait un regard plein de vie. Elle ressemblait à une vendeuse d'assurances.

Miren balaya l'intérieur d'un seul regard : table, divan, table basse, téléviseur, magnétoscope Philips. Le papier peint était celui vendu par Furnitools, bleu avec des fleurs orange.

— Merci beaucoup, madame… Noakes.

— Je vous en prie. Vous travaillez à la banque ? C'est la première fois que je vous vois, souligna Iris en s'asseyant et en invitant Miren à faire de même.

— Je travaille pour celle de votre carte bancaire. Je n'en ai que pour cinq minutes, je vous le garantis.

— Pas de problème, dit Iris.

Miren observa les lieux : le long couloir, le placard vert fermé avec un cadenas ouvert, la fenêtre, les rideaux de gaze. Au fond, deux portes, toutes deux closes.

— Quelle est votre profession ? demanda Miren en s'asseyant à son tour.

Elle sortit un stylo et fit mine de vouloir prendre note de la réponse.

— C'est un peu… compliqué. Je suis femme au foyer. L'assurance nous a donné une belle somme d'argent quand Will est mort. Si je ne fais pas trop de folies, je crois que je pourrai… m'en sortir avec ce qu'il y a sur mon compte.

Une alarme résonna dans l'esprit de Miren. Ce mot normalement sans importance avait fait tilt : *nous*.

— Vous avez dit « l'assurance nous a donné ». Vous avez des enfants ? Je… je ne vois pas cela dans le dossier.

Un frisson parcourut Iris, depuis la nuque jusqu'au bout de ses orteils.

— Des enfants ?… Non. Mais j'ai toujours aimé les chiens et… ils sont comme mes enfants, vous savez ?

Miren sourit et accepta la réponse mais, en son for intérieur, elle sut que quelque chose clochait. Elle n'avait vu aucune niche en arrivant, il n'y avait pas de gamelle à l'intérieur ni aucune odeur animale. En revanche, l'air semblait vicié. Elle ne devait jamais ouvrir les portes ni les fenêtres.

— Bien, passons maintenant aux… dépenses. J'ai là une série d'achats que je voudrais que vous confirmiez.

— Bien sûr, dites-moi.

— Le 18 juin il y a trois ans, vous avez dépensé 12,40 dollars avec la carte de votre mari chez Hanson Repair. Apparemment, il s'agirait de l'achat de plusieurs cassettes VHS. Vous les avez achetées vous-même ?

— Hanson Repair ?

— Il s'agit du magasin d'appareils électroniques qui se trouve à une dizaine de minutes d'ici. Vous connaissez M. Tyler ?

— Euh… je m'en souviens pas… mais si vous le dites, je suppose que c'est vrai, répondit-elle, gênée.

Miren barra une ligne de la liste écrite sur sa feuille et passa à la suivante :

— Le 12 janvier 2007, il y a une facture de 64,20 dollars dans le même magasin, Hanson Repair. Est-ce correct ?

— 2007 ? Euh… c'était il y a longtemps, je m'en

souviens pas. J'ai fait réparer des choses là-bas, mais… je saurais pas vous dire si c'était en 2007.

— En réalité, nous avons juste besoin que vous nous confirmiez qu'il s'agit bien de vous. J'ai parlé avec le magasin. Ils m'ont confirmé que vous êtes bien cliente. En particulier pour la réparation d'un magnétoscope Philips.

— Ah oui ! C'est bien possible !

— C'est celui-là, pas vrai ? demanda Miren en désignant l'appareil de la pointe de son stylo avec un grand sourire.

— Euh… oui.

— C'est un véritable bijou. Il a quel âge ? Vingt ans ? Trente ?

— Je pourrais pas vous dire. C'est Will qui l'a acheté quand on a emménagé dans cette maison. On l'a beaucoup utilisé à une époque. Mais maintenant, avec les DVD, on l'allume plus.

De nouveau le pluriel. Ce *on*. De nouveau ce silence gênant après ce mot. Cette fois-ci, Miren se contrôla.

— Parfait. Je crois que c'est tout ce dont j'ai besoin.

— C'est tout ? Je pourrai continuer d'utiliser le compte ?

— Bon, il vous faudra l'annuler en apportant le certificat de décès de votre mari et virer l'argent sur le vôtre. C'est la procédure habituelle. C'est un peu lent, mais c'est la meilleure chose à faire. Vous vous éviterez des problèmes, continua Miren en se levant.

Ça y est, elle l'avait. Elle en était convaincue et elle réfléchit à la meilleure façon de résoudre tout cela. Elle alla à la porte, en proie à mille questions, Iris lui emboîtant le pas. Elle se souvint alors du conseil du professeur Schmoer : « Un journaliste d'investigation avance en confirmant des hypothèses, Miren. Et la tienne a juste besoin du oui ou du non de Margaret S. Foster. C'est quelque chose que tu peux obtenir rien qu'en le lui demandant et en observant sa réaction. »

— C'est tout ce dont vous aviez besoin ? demanda Iris avec un sourire.

— Oui... je crois que... j'ai tout ce qu'il faut...

La femme ouvrit la porte et Miren sortit. Elle se retourna d'un coup, son cœur frappant fort dans sa poitrine. Il fallait qu'elle se lance, quitte à s'écraser contre un mur.

— Une dernière chose... dit-elle alors.

Iris lui lança un regard à la fois chaleureux et troublé.

— Bien sûr.

— Avez-vous acheté, vous ou votre mari, une maison de poupée *Smaller Home & Garden* ?

Le visage d'Iris passa en une seconde de la sympathie à l'horreur. La maison de poupée se trouvait dans la chambre de Mila et il était impossible que cette jeune femme le sache. Iris ouvrit les yeux en grand comme si elle avait cherché quelque chose dans l'obscurité, elle s'agrippa à l'encadrement de la porte, ses lèvres s'ouvrirent pour inspirer l'air qui commençait à lui manquer. Elle hésita assez de temps pour que sa réponse ne laisse aucun doute.

— Je sais pas... de quoi vous parlez, articula-t-elle enfin après un long silence, se retenant à la porte. Maintenant, si vous permettez, j'ai des choses à faire.

Elle ferma la porte d'un coup sec et Miren marcha jusqu'à sa voiture, essayant de contenir l'adrénaline qui pulsait dans ses veines. Elle ne savait pas comment réagir. Elle démarra et roula jusqu'au bout de la rue, pendant qu'Iris l'observait depuis l'intérieur de la maison, à travers les rideaux. Ensuite, lorsque Miren disparut, elle hurla si fort qu'elle réveilla Mila.

— Qu'est-ce qu'il y a, maman ? demanda celle-ci, à moitié endormie.

— Ma chérie, dit sa mère, en larmes, fais ta valise, on s'en va dans une heure.

— On s'en va ? Dehors ? De quoi tu parles, maman ? Tu veux que je tombe malade ?

— On a pas le choix, chérie, répondit Iris entre deux sanglots. On doit partir. Tout ira bien, tu verras.

— Pourquoi ? Non !

— Ma puce, il faut qu'on parte. On peut rien faire d'autre.

— Et pour aller où, maman ? demanda Mila, paniquée.

— Là où on nous retrouvera jamais, ma chérie, dit Iris à bout de souffle.

58

Clifton, New Jersey

27 novembre 2010
Le jour de la dernière cassette vidéo

Quand on entreprend le premier voyage,
ce n'est jamais le dernier.

Mila s'était habillée comme le lui avait demandé sa mère. Elle portait un foulard sur la tête et des lunettes de soleil, bien qu'il fasse nuit. Ses habits ne laissaient à découvert que ses mains, ses pommettes et ses lèvres pulpeuses. Avec ses lunettes, elle voyait mal dans l'obscurité, elle se tenait donc fermement à sa mère, craignant à chaque instant d'être prise d'une crise d'épilepsie.

Jusqu'à présent, elle n'en avait eu qu'une dizaine. Après une dispute avec sa mère, après avoir regardé un film trop émouvant à la télé, après s'être brossé les dents… À chacune de ces crises, sa mère l'avait convaincue qu'elle souffrait d'une hypersensibilité aux ondes électromagnétiques. Elle avait grandi en craignant le monde extérieur comme s'il eût été un environnement radioactif capable de la réduire en cendres. Pour cette raison, à la maison, ils ne disposaient pas d'une télévision par câble, du moins c'était ce que croyait Mila, car Iris la débranchait dès que celle-ci se trouvait dans les parages. Elles ne regardaient que les films VHS qu'Iris achetait d'occasion.

Pendant que Mila préparait ses affaires, Iris s'était demandé où aller et quoi faire. Elles ne disposaient pas de beaucoup de temps. Cette jeune femme avait posé des questions sur la maison de poupée et cela signifiait qu'on les avait retrouvées. Elle avait fait une valise à la va-vite et l'avait traînée avec difficulté jusqu'à sa voiture, une petite Ford Fiesta de couleur blanche, de plus de dix ans, qu'elle avait achetée pour faire les courses depuis que Will n'était plus là.

Elle aida Mila à rejoindre la voiture. C'était la première fois depuis longtemps que l'air glacé du dehors caressait le visage de l'adolescente. Plus elle s'éloignait de la maison, plus elle se sentait mal, et, bien que ce ne fût que de l'autosuggestion, ses jambes flageolèrent juste avant de monter à bord.

— Attends ici, lui ordonna Iris, je vais chercher des affaires.

Elle revint à la maison et introduisit dans le magnétoscope l'une des dernières cassettes vierges TDK qu'elle gardait dans une boîte. Elle filma la chambre une minute, cette fois-ci vide, comme elle l'avait fait à d'autres occasions. Elle pensa que les parents de Mila comprendraient qu'ils ne recevraient plus jamais de nouvelles de leur fille. C'était un adieu, un adieu sans mots, silencieux, il ne pouvait pas en être autrement. Au fond, elle compatissait. Elle ne pouvait imaginer une vie sans Mila et souvent elle avait pensé, avec regret, à leur douleur. C'est ainsi qu'était née l'idée de la première cassette vidéo.

Elle conduisit toute la nuit d'un endroit à l'autre, indécise, arpentant la ville pendant que Mila observait par la vitre ce monde qu'elle ne connaissait pas.

De temps en temps, elle demandait ce qui défilait devant elle : une station-service, une boulangerie ouverte qui préparait des bretzels pour le lendemain, un groupe de SDF qui avaient monté une tente près de conteneurs. Iris n'avait aucun plan et, lorsque sa montre afficha 5 heures du matin, elle se rendit compte qu'elle était en train de se garer à Dyker Heights, devant l'ancienne maison des Templeton.

Les riverains avaient commencé à décorer leur façade d'illuminations de Noël qui, à cette heure-là, étaient toutes éteintes. Dans certains jardins, on pouvait voir des rennes, le père Noël, des soldats aux costumes bigarrés.

Iris était inquiète, comme chaque fois qu'elle avait déposé une des cassettes. Cependant, tout était différent ce matin-là. À ses côtés, Mila la regardait sans comprendre.

— Ma chérie, tu pourrais aller mettre ce paquet dans la boîte aux lettres, s'il te plaît ? demanda-t-elle après s'être armée de courage.

Iris tendit le bras vers la banquette arrière et prit une enveloppe marron. À l'intérieur se trouvait la cassette qu'elle avait enregistrée pendant que Mila attendait dans la voiture, effrayée et agitée de sortir de la maison au milieu de la nuit.

Iris avait allumé le téléviseur, mis la chaîne 8 et attendu que l'image de cette chambre vide surgisse à l'écran. Elle avait pensé à ces deux parents, Aaron et Grace Templeton, qui apparaissaient de temps en temps aux informations, en larmes et suppliant le ravisseur de leur fille de la relâcher.

Elle avait ressenti une peine immense pour eux. Chaque fois qu'elle entendait parler d'eux, elle avait peur de ne plus pouvoir continuer avec Mila et de devoir la rendre, pour qu'elle vive la vie qui lui revenait, avec sa vraie famille, et non celle qu'elle lui offrait entre quatre murs, en lui faisant croire que si elle sortait quelque chose de grave lui arriverait.

Mais Iris ne pouvait plus laisser partir Mila. Elle l'aimait trop pour la perdre. Elle était devenue la seule chose qui existait à ses yeux. Un enfant, même volé, vous change pour toujours. Un seul sourire après des heures à pleurer en réclamant ses parents était un vrai bonheur, un rire pendant les jeux était comme un premier baiser, un «je t'aime, maman» et plus rien n'existait au monde. Un enfant vous rendait accro à l'amour et il était devenu impensable qu'elle lui dise au revoir. Elle avait passé tant de temps avec elle, elle avait tissé un tel lien avec cette petite fille, devenue adolescente, que dans sa tête, il était maintenant inenvisageable qu'elles se quittent.

Lorsque, la veille au soir, la jeune femme s'était présentée chez elle, Iris n'avait pas su comment réagir et, pendant toute la nuit, elle n'avait eu qu'une envie : disparaître.

— Qu'est-ce qu'on fait là, maman ? C'est quoi, cette enveloppe ?

Iris soupira et essaya de contrôler son tremblement en serrant fort le volant.

— Je te raconterai plus tard, d'accord, ma chérie ? On part pour un long voyage et... c'est pour dire adieu à des amis.

— D'accord, maman, répondit Mila sans comprendre pour autant.

Elle descendit de la voiture, le foulard sur la tête, mais sans les lunettes de soleil, l'enveloppe avec le numéro 4 dans la main. Elle s'approcha de la boîte aux lettres de cette maison aux lumières éteintes avec une sensation étrange. Il était encore tôt et, derrière la baie vitrée, elle put distinguer un sapin de Noël illuminé. Cet endroit lui semblait familier, comme si elle l'avait déjà vu avant mais sans pour autant pouvoir dire quand exactement. Elle força un peu le couvercle de la boîte. Elle ne savait pas comment l'ouvrir, elle n'en avait jamais ouvert, et alors qu'elle s'activait, une ombre surgit à côté d'elle et lui murmura avec douceur :

— Laisse-moi t'aider, Kiera.

Effrayée, Mila lâcha un petit cri et laissa tomber l'enveloppe. Iris, qui avait vu depuis la voiture cette jeune femme s'approcher rapidement de sa fille, sentit qu'on était en train de lui enlever ce qu'elle aimait le plus au monde.

Elle descendit de voiture et courut jusqu'à sa fille.

— Kiera ? demanda Mila, troublée. Je crois que... tu te trompes de personne.

Miren se baissa et ramassa l'enveloppe avec un tel flegme que Mila ne se sentit en danger à aucun moment, même si sa mère approchait rapidement.

— Qui es-tu ? demanda l'adolescente.

— Une... une vieille amie de tes parents.

— Tu connais mes parents ?

— Oui, je crois que... mieux que toi, d'ailleurs.

Mila fronça les sourcils en essayant de comprendre ce qu'elle voulait dire.

— On se connaît ? s'enquit-elle juste au moment où sa mère arrivait à sa hauteur et la prenait par le bras avec force.

— Allez, il faut partir, ma chérie. Monte dans la voiture.

— Qu'est-ce qui se passe, maman ? demanda Mila, sidérée.

— On s'en va, monte dans la voiture, je te dis !

— Tu connais cette femme ? Elle dit que c'est ton amie.

— C'est pas vrai ! Allez, monte ! hurla Iris.

Miren glissa l'enveloppe dans la boîte aux lettres. Puis elle regarda Iris traîner Kiera jusqu'à la voiture et elle se rua sur elles.

— Comment vous avez pu vivre avec ça ? demanda-t-elle, alors qu'Iris faisait entrer Mila dans l'automobile et en faisait le tour pour y monter à son tour. Comment vous avez pu voler la vie d'une enfant ?

— Vous parlez sans savoir ! s'exclama Iris en ouvrant la portière.

— Vous n'irez nulle part ! rétorqua Miren, chargeant son arme et la pointant sur la tête de la femme.

Iris retint sa respiration quelques secondes, la regarda avec tristesse et finit par dire :

— S'il vous plaît… Non… Mila mérite pas ça. C'est une gentille fille. Elle mérite pas de perdre sa mère.

— Je sais. Mais elle ne le méritait pas à l'époque non plus.

Iris soupira, impuissante. Une petite ligne rouge se dessina au bord de ses paupières.

— Prenez le volant, ordonna Miren. (Elle ouvrit la portière arrière et s'assit derrière le siège de Mila, qui tremblait de peur.) Le moment est venu que Kiera retrouve ses vrais parents.

59

Centre de New York

27 novembre 2010
Le jour de la dernière cassette vidéo

*Les bons amis sont toujours là,
même si on ne les voit pas.*

Jim Schmoer avait fait cours toute la matinée dans une salle où, durant un court instant, il avait eu l'impression de voir une multitude de Miren Triggs l'observer, lui poser des questions embarrassantes et contradictoires qui mettaient à mal son raisonnement. Il était heureux. Il avait laissé derrière lui ces années où il arrivait en classe enthousiaste mais déçu, parce qu'un profil de vrai journaliste n'émergeait du lot que rarement. Ce groupe-là était différent. Chaque fois qu'il abordait un sujet, il s'avérait que ses étudiants avaient déjà débattu longuement ce point sur les réseaux sociaux, avaient participé à des discussions sur Facebook, Twitter, Reddit ou Instagram, s'étaient forgé une opinion si personnelle que c'était un plaisir pour cet amoureux des débats de se lancer dans cette délicieuse guerre rhétorique. L'instantanéité d'Internet avait ouvert les portes de l'information et de la discussion et il sentait que c'était là les meilleurs étudiants qu'il ait jamais eus. Les réseaux avaient aussi développé la désinformation, mais ce groupe-là semblait ne jamais prendre pour argent comptant ce qu'ils lisaient sans l'avoir auparavant confronté à d'autres sources, plus officielles. Il était si étranger à cette génération qui s'imposait avec une force et une hargne qu'il n'avait jamais vues qu'il consacrait ses journées à chercher comment innover pour satisfaire la boulimie de ces aspirants journalistes bien plus déterminés qu'il ne l'avait été à leur âge. Ce matin-là, il fit cours pendant six heures d'affilée et, lorsqu'il entra dans son bureau de l'université de Columbia, à 15 heures, il se rendit compte qu'il avait reçu plusieurs appels d'un numéro inconnu.

Il se demanda s'il devait rappeler ou pas, mais il était journaliste, et donc curieux, il ne pouvait pas laisser cette question sans réponse.

Il composa le numéro. Après trois sonneries, une voix féminine décrocha :

— Hôpital de Manhattan Sud, bonjour.

— Bonjour, dit le professeur, j'ai manqué plusieurs appels de votre part. Il est arrivé quelque chose ?

— Quel est votre nom ?

— Schmoer. Jim Schmoer.

— Patientez, s'il vous plaît… je vérifie… Non, ce doit être une erreur. Nous n'avons appelé aucun Jim Schmoer, répondit la femme d'un ton neutre.

— Une erreur? Vous êtes sûre? J'ai reçu quatre appels.

— Quatre? Attendez...

La voix s'éloigna et sembla s'adresser à une autre personne: «C'est toi qui as appelé un certain Jim Schmoer, Karen?» Un timide «Oui» parvint à l'oreille du professeur et il commença à s'inquiéter.

— Que s'est-il passé? demanda-t-il.

— Un moment... dit-elle, avant d'être remplacée par une voix plus chaleureuse.

— Vous êtes Jim Schmoer? Le professeur Jim Schmoer?

— Oui, dites-moi.

— Vous figurez sur la liste des personnes à contacter en cas d'urgence de... Mince, comment s'appelle-t-elle déjà?

— La liste des personnes à contacter en cas d'urgence? De quoi parlez-vous? La liste de qui? Qu'est-ce qui s'est passé?

Les parents du professeur vivaient dans le New Jersey et il pensa qu'il leur était peut-être arrivé quelque chose.

— Mes parents vont bien?

— Vos parents? Ce n'est pas d'eux qu'il s'agit. Mais d'une jeune femme. Elle s'appelle... Miren Triggs. Vous la connaissez?

60

Dyker Heights, Brooklyn

27 novembre 2010
Douze ans après la disparition de Kiera

Et si toute cette obscurité n'était
qu'un simple bandeau sur nos yeux ?

— Maman, qu'est-ce qui se passe ? demanda Kiera, effrayée et sur le point de pleurer.

Elle n'était pas prête à affronter le monde. Elle avait peur et cette situation était si nouvelle et déconcertante pour elle qu'elle se figea.

Iris appuya sur l'accélérateur et la voiture alla se perdre vers le nord, alors que les premiers rayons du soleil commençaient à illuminer les gratte-ciel qui s'élevaient comme de gigantesques piliers en or de l'autre côté du fleuve.

— Tournez à droite, en direction de Prospect Park, ordonna Miren, qui pointait toujours son pistolet sur Iris, en larmes.

Grace Templeton vivait aux abords de ce parc. Iris

conduisait en regardant droit devant elle, essuyait de temps en temps ses yeux du revers de sa manche, consciente que tout était fini. Autour d'elles, une dizaine de voitures, toutes étrangères au cauchemar qui était sur le point de se terminer.

— Qui êtes-vous ? demanda Iris. Pourquoi vous me faites ça ? Pourquoi vous voulez me prendre mon enfant ?

— Maman, qu'est-ce qui se passe ? cria Kiera.

— Votre enfant ? Kiera… cette femme n'est pas ta mère, dit Miren.

Soudain, Iris appuya sur l'accélérateur sans prêter attention aux indications de Miren. Elle ne prit pas la direction du parc. Ses entrailles étaient sur le point d'exploser. Elle donna un coup de volant pour s'engager sur la Belt Parkway, de justesse, et un camion dut freiner sec pour ne pas emboutir la petite Ford.

— Qu'est-ce que vous faites ? hurla Miren. Nous allons chez ses vrais parents !

La Belt Parkway traversait Brooklyn par-dessus, sur une passerelle. Autour d'elles, les immeubles de bureaux et les entrepôts industriels demeuraient à mi-hauteur, profilant l'imposant panorama des gratte-ciel de Manhattan qui apparaissaient au loin.

— Mes vrais parents ? répéta Kiera.

— Ne l'écoute pas, Mila. Elle ment !

— Vous lui racontez ou c'est moi qui le fais ? demanda Miren, du défi et de la menace dans la voix.

— Maman, qu'est-ce que ça veut dire ?

Iris pouvait à peine respirer. La pression était trop forte. Elle ne pouvait plus la supporter. Elle avait toujours su qu'un jour la vérité lui exploserait au visage, même si elle avait vécu dans le déni, avec l'espoir que ce jour-là n'arriverait jamais. Elle avait toujours cru que la meilleure chose qu'elle avait faite pour sa fille, sa toute petite, sa princesse, avait été de lui cacher ses origines afin de la protéger d'une douloureuse et terrible vérité : sa mère était une horrible femme qui l'avait enlevée à ses vrais parents, qui lui auraient donné une meilleure vie que celle qu'elle avait pu et pourrait lui offrir. Iris avait élevé Mila dans la peur du monde extérieur, dans le seul but égoïste que personne ne la lui enlève à son tour. Elle ne craignait plus ce qui pouvait lui arriver. Elle n'avait pas peur de la prison mais peur d'être séparée de Mila. Et cette peur avait dominé toute son existence. L'éducation à la maison, la rupture avec l'extérieur. Mila n'avait connu que deux personnes dans sa vie, deux parents imposteurs qui avaient accordé plus d'importance au fait d'avoir un enfant qu'à son éducation et qui avaient transformé, à force de tromperies, une petite fille souriante en une adolescente terrorisée par le monde extérieur. Et c'était cela la plus grande erreur que pouvait commettre une mère ou un père, couper les ailes de leur enfant pour qu'il ne puisse pas s'envoler.

— Alors, vous lui dites ? répéta Miren, de plus en plus menaçante.

Finalement, Iris murmura dans un sanglot :

— Je suis désolée... Mila. Je suis vraiment désolée...

— De quoi, maman ?

— Tu... t'es pas ma fille... commença-t-elle d'une

voix brisée. Tu... t'es pas malade. Tu peux sortir dehors... Tu as toujours pu...

— De quoi tu parles, maman ? Pourquoi tu dis ça ? Je suis malade, et tu le sais ! se défendit Kiera, incrédule.

— Je suis pas ta mère, Mila, continua la femme. Will et moi, on t'a prise à la maison en 1998. T'étais toute seule, tu pleurais dans la rue, c'était Thanksgiving, on était au défilé, et je t'ai donné la main, et toi, tu t'es laissé faire. Tu m'as souri, ma chérie, et moi... je me suis sentie comme ta mère. Et après, je sais pas pourquoi, tu as accepté de venir à la maison avec nous. Pendant qu'on marchait, j'ai pensé que ça s'arrêterait à un moment donné, qu'on ferait demi-tour et qu'on te rendrait à tes parents... mais ta petite main... ton sourire... Tu as toujours été si souriante... Je suis désolée, Mila.

— Maman ? demanda Kiera, qui avait commencé à pleurer à la moitié des explications d'Iris comme si elle avait encore été cette petite fille qui avait lâché la main de son père pendant le défilé de 1998.

Iris mit quelques secondes à se reprendre avant de continuer :

— Et un jour... Will n'était plus là... j'ai vu tes parents à la télé. C'était un hommage qu'ils avaient organisé la veille de Thanksgiving à Herald Square, en souvenir de ta disparition. Cette fois-là, j'ai vu tes vrais parents pleurer pour toi, ma chérie.

Miren ne chercha pas à l'interrompre. Kiera était abattue, les yeux rouges et secouée de sanglots.

— Dis-moi que tout est faux, maman. S'il te plaît, dis-moi que c'est pas la vérité.

— J'ai eu si mal... je me suis sentie si misérable... que j'ai voulu leur dire, à ma manière, que tu allais bien et qu'il fallait pas qu'ils s'inquiètent, que quelqu'un s'occupait de toi.

— Vous leur avez envoyé trois cassettes vidéo en douze ans, la coupa Miren. Pourquoi ?

— Oui, j'ai utilisé la caméra que Will avait installée... Je t'ai filmée, Mila, et j'ai laissé la cassette chez eux. J'ai pensé que grâce à ça, leur douleur s'estomperait... mais à chaque fois... ils apparaissaient à nouveau à la télé et j'avais besoin de leur dire que tu allais bien, qu'ils me laissent tranquille, que je t'élevais et t'éduquais bien, comme tu le méritais, qu'ils n'avaient pas à s'inquiéter. Je voulais juste qu'ils sachent qu'il t'était rien arrivé de mal.

— Maman, dit Kiera en se serrant contre Iris et en pleurant comme jamais.

Son cœur était plein de sentiments contradictoires, entre l'amour et la tristesse.

— Tu t'appelles Kiera Templeton, pas Mila, murmura Iris entre deux sanglots. Je suis désolée, ma chérie... Je... je voulais juste le meilleur pour toi.

Lorsqu'elle eut retrouvé son calme, Kiera demanda :

— Qu'est-ce qu'on va faire ? Je... je t'aime, maman. C'est pas grave, d'accord ? dit-elle en essuyant une larme sur le visage d'Iris. Je veux rester avec toi, s'il te plaît.

Le véhicule plongea dans les profondeurs du tunnel Hugh L. Carey, qui reliait Brooklyn à Manhattan. L'aube et la ville disparurent, changés en une lumière fluorescente qui se glissait dans l'habitacle de manière intermittente.

— Je sais, mon ange... mais on peut pas rester ensemble, tu comprends ? Je peux pas... je pourrai plus me regarder dans la glace maintenant que tu sais ce que j'ai fait. Je peux pas continuer, Mila.

— Mais je veux être avec toi, maman. Je te pardonne, vraiment. Ce que t'as fait n'a aucune importance pour moi. Je sais comment tu t'es occupée de moi. Je sais combien tu m'aimes, maman.

— Il faut que vous vous rendiez à la justice, madame, intervint Miren. Si vous le faites, il se peut qu'ils soient plus cléments avec vous et qu'ils vous laissent lui rendre visite de temps en temps.

Miren essayait d'évaluer la situation et de faire retomber la tension. Iris tremblait, accrochée au volant comme à une bouée, et Kiera semblait imprévisible. Au début, elle avait pensé que la retrouver reviendrait à la secourir, mais comment faire si elle avait grandi enchaînée ?

— Il y a un père et une mère qui ont besoin de savoir où est leur fille. Ce n'est pas juste pour eux, ni pour Kiera. Faites-le pour elle. Rendez-vous à la police. Il y a une antenne du FBI après la sortie du tunnel. Rendez-vous et tout se passera bien, vous m'entendez ?

— Vous êtes pas policière ? demanda Iris, stupéfaite.

— Je suis journaliste. Et je ne souhaite que le bonheur de Kiera et que ses parents sachent la vérité.

— Moi aussi je veux le meilleur pour ma fille, répondit Iris dans un murmure.

Elle soupira, essaya de contrôler le trop-plein de

ses sentiments. Kiera se serra de nouveau contre elle, consciente que lorsqu'elles arriveraient au FBI, elle ne pourrait sûrement plus le faire.

Iris éclata une nouvelle fois en sanglots et sentit, réconfortée et triste, la longue étreinte de sa fille. Elle se souvint de toutes les fois où elles avaient joué ensemble, de tous ces moments où elles avaient ri en dansant sur la musique de vieux films. Elle repensa aux histoires qu'elle lui avait racontées, quand elle faisait la sorcière et Mila, la princesse. Elle se rappela les pleurs de Mila quand elles se disputaient et leurs embrassades quand elles se demandaient pardon. Elle se souvint de la peur qui l'assaillait dès qu'elle sortait faire les courses en la laissant seule à la maison, et comment elle soupirait, soulagée, lorsqu'elle s'apercevait en rentrant que Mila était toujours là, qu'elle n'était pas partie et qu'elle l'attendait avec un sourire. Avec le temps, Mila était devenue comme complice de sa captivité dans une sorte de jeu où elles devaient lutter contre le monde extérieur. Mila la prenait dans ses bras quand elle rentrait à la maison et lui murmurait que tout s'était bien passé. Il était arrivé tant de choses dans cette maison qu'imaginer sa vie sans elle était plus dur que de mourir. Elle comprit alors Will et sa mort. Il se sentait vide sans l'amour de leur fille.

— Tout aurait pu être si facile... dit Iris à Mila.

Quand la lumière à la sortie du tunnel illumina le visage d'Iris, Miren réalisa qu'elle avait appuyé sur l'accélérateur. Elle avait surestimé sa capacité à la convaincre. Elle ne voulait pas de coup de feu fatal, elle ne voulait pas d'une fin tragique pour cette femme. Mais les vrais héros, ceux faits de chair et d'os, se trompent eux aussi, et Miren s'était trompée en croyant la situation sous contrôle. Il était impossible de dominer un esprit comme celui d'Iris, il était impossible de séparer une mère de sa fille, bien qu'elles ne fussent pas mère et fille.

— Moins vite ! hurla Miren, pointant le canon de son pistolet sur la tempe d'Iris.

— Cette histoire s'arrête ici, ma chérie, dit Iris à Kiera.

— Maman ! supplia l'adolescente en s'écartant de sa mère.

Elle posa les mains sur le tableau de bord en sentant le coup de volant à gauche.

— Non ! cria la journaliste dans une dernière tentative pour éviter le drame.

Un coup de feu brisa le verre. La balle avait effleuré la tempe d'Iris et avait fini sa course dans le pare-brise. À la sortie du tunnel, la voiture traversa brusquement la voie opposée à 100 km à l'heure. La chance voulut qu'elle évitât une moto, mais le malheur, toujours aux aguets dans ces moments-là, toujours présent pour tout changer, fit que la Ford alla s'encastrer dans une fourgonnette de livraison.

61

Hôpital de Manhattan Sud

27 novembre 2010
Douze ans après la disparition de Kiera

*Lorsque l'on croit la fin arrivée,
il s'agit en réalité d'un nouveau commencement.*

Le professeur Schmoer suivit le couloir de l'hôpital à une vitesse inhabituelle pour lui, son cœur frappant fort dans sa poitrine. Cela faisait maintenant plusieurs années qu'il n'avait pas vu Miren Triggs, mais il n'avait jamais cessé de la lire dans le *Press*. Chaque fois qu'il avait posé ses yeux sur l'un de ses articles, un sentiment de fierté l'avait assailli. Durant un certain temps, il avait même pensé reprendre contact avec elle, mais il trouvait toujours une excuse pour ne pas le faire. Il l'aimait à sa manière, dans la distance du souvenir de cette soirée-là, et il sentait qu'elle aussi maintenait peut-être cet étrange et improbable lien entre eux.

Il franchit des portes battantes et se retrouva dans

un nouveau couloir qui semblait plus long encore que le premier. Pendant qu'il le parcourait, il regardait les numéros des chambres et, lorsqu'il arriva enfin devant la 3E, celle que la réceptionniste avait mentionnée, il jeta un coup d'œil à travers la petite fenêtre de la porte avant de l'ouvrir.

Il s'approcha du lit et la reconnut aussitôt, bien qu'elle fût endormie et couverte d'hématomes. Elle était reliée à un tas d'appareils et d'écrans qui affichaient ses constantes vitales et, malgré son changement physique évident depuis la dernière fois qu'il l'avait vue, il reconnut la jeune fille énergique et inébranlable de l'époque.

Il s'assit et regarda passer les heures. De temps en temps un infirmier entrait pour vérifier que tout allait bien. Avant la tombée de la nuit, Miren ouvrit les yeux et sourit.

— Hé, tu t'es réveillée… murmura Jim d'une voix chaleureuse.

— Et toi… tu es venu… professeur.

— Si tu voulais qu'on se revoie, ce n'était pas la peine de faire tout ça ! s'exclama-t-il. Tu n'es plus mon étudiante. Tu n'as plus à m'appeler « professeur ». On pourrait avoir… un rendez-vous normal, d'amoureux…

Miren sourit de nouveau.

— Ils m'ont dit que tu avais eu beaucoup de chance, dit le professeur. Tu as la tête dure, tu sais. On m'a appris que quelqu'un était mort dans l'accident.

— Je l'ai retrouvée… murmura la journaliste.

— Qui donc, Miren ?

— Kiera.

— Kiera ? Kiera Templeton ?

Elle acquiesça de la tête non sans difficulté.

— Où est-elle ? Qui la retient prisonnière ? Cet accident a-t-il quelque chose à voir ?

Miren soupira, ferma les yeux un instant et reprit la parole :

— Tu pourrais me rendre un dernier service, Jim ?

— Bien sûr... dis-moi, Miren, demanda-t-il en s'approchant avec précaution pour mieux l'entendre.

— Tu pourrais dire aux Templeton de venir ? C'est très important. Il faut qu'ils sachent ce qui s'est passé.

Le téléphone de l'inspecteur Miller sonna juste au moment où il arrivait à Herald Square et observait la ville s'illuminer, presque d'un coup, de ses décorations de Noël. Il avait erré dans les rues sans savoir quoi faire ni où aller, et finalement ses pas l'avaient porté jusqu'à l'endroit où l'histoire de Kiera Templeton avait commencé.

Quelque part dans les environs, la petite avait disparu et un frisson le parcourut à l'idée qu'il ne la retrouverait jamais. Et si jamais cela arrivait, elle ne se souviendrait peut-être plus de ses parents. Elle avait disparu lorsqu'elle avait seulement trois ans et il savait que la mémoire gardait peu de choses jusqu'à cet âge. L'agent se remémora son premier souvenir, il se revit à cinq ou six ans, traînant derrière lui un petit chariot, sans toutefois savoir s'il s'agissait d'un souvenir réel ou inventé.

Il répondit à l'appel sans regarder l'écran et une voix masculine qu'il n'identifia pas le salua :

— Inspecteur Miller ? Vous êtes bien l'inspecteur Miller ?

— C'est moi. Qui est-ce ?

— Je m'appelle Jim Schmoer, je suis professeur à l'université de Columbia.

— L'université ?

— J'ai appelé votre bureau et un de vos collègues m'a donné votre numéro personnel. Il m'a dit que vous ne travailliez plus là-bas.

— Oui… mais vous n'auriez pas dû…

— Écoutez-moi. Je vous appelle au sujet de Miren Triggs. Elle m'a demandé de vous contacter, vous et les Templeton. Son téléphone est cassé, elle a eu un accident et je n'avais aucun autre moyen de vous joindre.

— Miren Triggs ? Où est-elle ? Il faut que je lui parle. Ses empreintes… sont sur…

— Miren va bien. Elle a juste quelques os cassés et un léger traumatisme.

— Dans quel hôpital se trouve-t-elle ? demanda le policier, inquiet.

— Dans celui de Manhattan Sud. Prévenez les Templeton, c'est important… Elle a retrouvé Kiera.

Aaron et Grace Templeton trouvèrent l'inspecteur Miller devant la porte de l'hôpital, qui s'ouvrit pour les laisser passer à un des moments les plus dramatiques de leur vie. Il émanait d'eux une tristesse infinie, même s'ils marchaient d'un pas déterminé et rapide.

L'inspecteur les salua en les prenant dans ses bras.

— Vous savez quelque chose, Ben ?

— Pas encore. Je viens juste d'arriver. Apparemment, Miren Triggs veut nous annoncer quelque chose. Je n'ai encore prévenu personne. Je ne veux pas de fuites. Ça a l'air important.

Aaron saisit la main de Grace qui, pour la première fois depuis des années, serra celle de son mari et marcha avec lui, soupirant à chaque pas.

— Je n'ai pas un bon pressentiment, dit l'inspecteur avant de passer devant eux pour les guider.

Ils entrèrent dans la chambre et virent Miren assise sur son lit, vêtue d'un pyjama d'hôpital, en train de boire un verre d'eau. Elle semblait aller mieux, même si elle était encore faible. Elle avait un hématome sur le visage et son bras droit était couvert d'une gaze.

— Inspecteur Miller, salua le professeur, je suis Jim Schmoer, c'est moi qui vous ai appelé. Monsieur et madame Templeton, je suppose que vous connaissez déjà Miren Triggs.

— Mon Dieu, Miren, qu'est-ce qui t'est arrivé ? demanda Aaron. Tu vas bien ?

Grace demeura près de son mari, nerveuse. Ils savaient tous deux que Miren avait continué de chercher leur fille, ou du moins, c'est ce qu'elle leur avait dit à plusieurs occasions, lorsqu'elle leur rendait visite pour leur demander des détails sur Kiera ou sur les circonstances de sa disparition.

Miren hésita avant de parler, afin de chercher les mots adéquats. Cela faisait des années qu'elle pensait à ce moment, imaginant l'instant où tout prendrait sens. Elle se leva avec difficulté, commença par poser un pied nu par terre avec prudence, vérifia que cela ne lui causait aucune douleur, et marcha en direction des Templeton en tirant sa perfusion de sérum.

— Miren, tu devrais te reposer, dit le professeur.

— Ça va. C'est juste que... je ne trouve pas les mots pour vous expliquer tout ce qui s'est passé avec Kiera, tout ce que j'ai découvert.

Aaron et Grace se serrèrent l'un contre l'autre et baissèrent la tête en fermant les yeux si fort qu'il leur fut difficile encore de retenir leurs larmes. Même Miren ne savait pas encore ce qu'elle allait leur dire.

— J'ai retrouvé Kiera, dit-elle finalement.

Grace mit sa main devant sa bouche et ne put retenir ses sanglots. Elle demanda d'une voix désespérée :

— Où est-elle ? Ma petite fille... Ma toute petite...

Miren ne répondit pas. Elle aussi avait du mal à maîtriser ses émotions.

Elle réalisa qu'elle ne pourrait pas tenir plus longtemps. Ils attendaient tous une réponse. Les parents effondrés, l'inspecteur Miller inquiet et le professeur éprouvant une espèce d'admiration pour ce papillon blessé dont il ne connaissait que la chrysalide. Elle sortit de la chambre et leur lança :

— Suivez-moi.

Elle marcha avec difficulté, traînant le goutte-à-goutte dont les roulettes émettaient un léger crissement dans le couloir vide. Les parents la regardèrent avancer sans savoir quoi penser. Miren s'arrêta net quelques mètres plus loin, face à la chambre 3K, et les parents se dévisagèrent, interdits et troublés, se demandant ce qui se passait, le cœur tremblant.

— Monsieur et madame Templeton, votre fille est là, dit-elle enfin tout en ouvrant la porte.

À l'intérieur, une adolescente endormie était reliée à des moniteurs qui affichaient des constantes vitales normales. Elle avait un plâtre à une jambe et une bande recouvrait une partie de son crâne, mais il n'y avait pas de doute possible, il s'agissait bien de Kiera.

Grace éclata en sanglots lorsqu'elle reconnut la fossette sur le menton, qu'elle caressait autrefois quand sa fille dormait à ses côtés, il y avait si longtemps. Elle s'approcha tout doucement, et Aaron la suivit, en silence, pour ne pas perturber cette belle image de retrouvailles dont ils avaient toujours rêvé. Lorsque Grace arriva à hauteur du lit, elle se tourna vers Aaron et le serra dans ses bras en lui murmurant quelque chose d'incompréhensible, qui ne faisait sens que pour eux.

Miren referma la porte de la chambre sur ces trois personnes afin que le bonheur de cette famille reste exclusivement entre ces quatre murs.

L'inspecteur Miller posa la main sur l'épaule de la journaliste.

— Où était-elle toutes ces années ? demanda-t-il. Qui la retenait prisonnière ?

— Une pseudo-mère, répondit-elle. Mais laissez-moi tout vous raconter dans ma chambre, inspecteur. Je crois qu'ils ont mérité un peu de temps en… famille.

Le professeur Schmoer lui lança un regard d'approbation et s'approcha d'elle lorsqu'il la vit reprendre sa marche vers la 3E. Miren émit un léger grognement en sentant une douleur dans les côtes et il la tint par les hanches pour l'aider à avancer.

— Ça va ? demanda-t-il, un nœud dans la gorge et quelque peu nerveux en se sentant si près d'elle.

— Maintenant oui, répondit la jeune femme.

Il la laissa abandonner tout son poids sur son épaule et sentit la chaleur de son corps. Ce qui le transporta aussitôt dans ce taxi qu'ils avaient pris ensemble un soir, il y a bien longtemps.

— Comment tu l'as retrouvée ? s'enquit-il à voix basse, lorsqu'il reprit le contrôle de ses émotions.

— Je n'ai fait que suivre ton conseil, Jim. Je n'ai jamais cessé de chercher.

ÉPILOGUE

23 avril 2011
Quelques mois plus tard

— Et comment va Kiera ? Vous l'avez revue ? demanda une femme assise au fond de la librairie, un exemplaire de *La Petite Fille sous la neige* dans la main.

— Oui, répondit Miren en s'approchant du micro.

Sa voix semblait plus cassée et plus douce une fois amplifiée par le haut-parleur. Sous la table, elle ne cessait de changer nerveusement son stylo de main depuis qu'on l'avait présentée.

— Kiera va bien, reprit-elle, mais je ne peux rien dire de plus. Elle préfère... rester loin des projecteurs et des caméras. Elle essaie de récupérer le temps perdu, et c'est quelque chose que personne ne devrait l'empêcher de faire, même si les médias continuent de surveiller sa maison pour essayer de lui voler une image ou la surprendre en train de faire les courses.

La femme qui avait posé la question acquiesça. Il faisait nuit et la librairie était restée ouverte tard, comme cela arrivait lorsqu'ils organisaient des présentations de livres. Il s'agissait d'un petit local dans le New Jersey, avec à peine assez d'espace pour une vingtaine de chaises. C'est la raison pour laquelle la plupart des gens présents étaient debout, tous avec leur exemplaire serré contre leur poitrine comme s'ils tentaient de protéger une petite fille en danger.

La publication du livre de Miren avait été une bombe médiatique que personne n'attendait. Elle avait profité de la semaine qu'elle avait passée à l'hôpital pour écrire son article pour le *Manhattan Press*, qui était devenu le plus retentissant de sa carrière. Elle y racontait comment elle avait retrouvé Kiera Templeton et quel avait été le dénouement de cette histoire. Dans ce reportage, qu'elle avait rédigé sur son lit d'hôpital, Miren Triggs avait donné tous les détails de son enquête et expliqué comment un couple ayant des problèmes de fertilité avait franchi la frontière qui sépare les rêves des cauchemars. On avait retrouvé Kiera Templeton et tout le monde voulait savoir ce qui lui était arrivé, où elle avait été tout ce temps-là et quelle avait été sa vie. Cette une du *Manhattan Press* avait été surprenante, comme toujours, et très différente des autres. Le titre annonçait : « Comment j'ai retrouvé Kiera Templeton », signé par Miren Triggs. Le format du quotidien de ce jour-là avait été légèrement modifié, avec une première page en couleurs, la photo de Kiera lorsqu'elle avait trois ans, et une impression sur un papier de haut grammage qui pourrait supporter le passage du temps sans trop s'abîmer. Le tirage avait été doublé et avait atteint les deux millions d'exemplaires pour faire face à une forte demande, mais même ainsi, il avait été insuffisant. Les gens s'étaient rués sur les kiosques et les maisons de la presse dès que la rumeur avait commencé à courir qu'une journaliste du *Press* avait retrouvé Kiera. Tout le monde voulait savoir comment Miren avait réussi à résoudre l'un des plus grands mystères de ces quinze dernières années.

Lorsque Miren était encore à l'hôpital, elle avait reçu la visite de ses parents, ainsi que celle d'une femme en tailleur, bien coiffée. Elle s'était présentée sous le nom de Martha Wiley, éditrice à Stillman Publishing, l'un des plus grands groupes éditoriaux du pays, et lui avait proposé un contrat d'un million de dollars pour écrire un livre racontant son enquête jusqu'à la découverte de Kiera Templeton.

Martha Wiley était repartie en laissant son numéro de téléphone.

Quelques jours plus tard, la journaliste avait quitté l'hôpital et elle était rentrée chez elle, à Harlem, à pas lents, accompagnée par ses parents. Une fois dans le hall, elle avait remarqué que sa voisine, Mme Amber, avait profité de son absence pour remplir sa boîte aux lettres de publicités.

Elle avait ri. Il ne pouvait en être autrement.

En arrivant à l'étage, elle s'aperçut qu'on avait forcé sa serrure et qu'on l'avait cambriolée. On avait pris tout ce qui pouvait avoir une quelconque valeur et pourrait être revendu. Elle appela Martha Wiley et lui annonça qu'elle écrirait ce livre, dont le titre hantait déjà son esprit : *La Petite Fille sous la neige*.

Elle y raconta ses peurs et ses incertitudes, son

premier contact avec l'affaire Kiera et comment, peu à peu, cette petite fille avait fini par faire partie d'elle, jusqu'à ce qu'elle la retrouve douze ans plus tard, fidèle à la promesse qu'elle s'était faite à elle-même de ne jamais cesser de la chercher. Elle écrivit le livre pendant l'hiver dans un chaleureux appartement payé avec son à-valoir, dans West Village, un quartier beaucoup moins difficile que celui dans lequel elle avait toujours vécu, à la grande satisfaction de sa mère. Les seuls dangers étaient les boutiques chics dans lesquelles Miren ne rentrait jamais.

Dès sa sortie, *La Petite Fille sous la neige* devint un best-seller et Miren, qui n'aimait pas parler en public, dut sortir de sa grotte pour honorer les douze rencontres et séances de dédicaces stipulées dans son contrat.

Au premier rang, une jeune femme leva la main et, quand son regard croisa celui de Miren, elle osa poser sa question :

— Vous avez arrêté le journalisme ? Vous ne travaillez plus au *Manhattan Press* ?

Miren fit non de la tête, un sourire sur les lèvres.

— Ce serait impossible pour moi d'abandonner le journalisme. C'est un métier qui me passionne et je crois que je ne sais rien faire d'autre dans la vie. Mon chef, qui est un homme compréhensif, m'a accordé quelques mois de congé sans solde. Dès que je me sentirai prête, je réintégrerai le *Press*. Je l'appelle toutes les semaines pour lui dire de veiller à ce que personne ne s'asseye à ma place.

Elle rit et la salle entière l'accompagna. À côté de la jeune femme qui avait posé la question, un jeune homme aux cheveux bruns qui avait l'air d'être son fiancé prit la parole :

— C'est vrai qu'ils vont faire une série pour la télévision sur vous ? J'ai lu qu'une grande maison de production a acheté les droits.

— C'est dans les tuyaux, oui, mais je ne peux rien vous dire à ce sujet. Par contre, ce que je peux vous annoncer, c'est que... ce n'est pas sur moi. C'est sur la recherche de Kiera. Je ne suis pas si... intéressante. Je ne suis qu'une journaliste qui cherche des histoires à raconter. Par exemple, celle de Kiera Templeton.

Le jeune hocha la tête avec un sourire. Miren répondit encore quelques instants aux questions comme s'il s'agissait d'un match de tennis, renvoyant la balle sans qu'elle atterrisse jamais en-dehors du terrain.

— Est-il vrai que vous portez une arme sur vous ?

Son éditrice, Martha Wiley, qui accompagnait Miren à chacune de ses présentations, leva la main et s'excusa :

— Je crois que... que nous n'avons plus le temps pour d'autres questions, il nous faudrait passer aux dédicaces. Mlle Triggs adorerait continuer à parler avec vous tous mais nous devons prendre un avion ce soir pour Los Angeles et il ne nous reste pas beaucoup de temps. Vous pourrez lui poser des questions pendant qu'elle signera votre exemplaire.

— Ne t'inquiète pas, Martha, dit Miren, je crois que je peux encore répondre à une ou deux questions sans problème.

Son éditrice fit claquer sa langue et les lecteurs apprécièrent. Ensuite, elle désigna un homme barbu au fond de la salle.

— Alors, vous portez une arme ou pas ?

— Vous êtes aussi têtu qu'un journaliste, dit Miren en souriant. Non, je n'ai pas d'arme sur moi. Disons qu'il s'agit là d'une licence dramatique pour le livre.

— Et votre romance avec le professeur, c'est aussi une licence dramatique ?

Miren éclata de rire avant de répondre :

— Je ne nierai pas que cela ait pu se produire...

— Allez, racontez ! Personne n'en saura rien.

Tout le public éclata de rire à son tour, attirant l'attention de tous les gens qui passaient devant la librairie.

— Disons que ce petit tour en taxi m'a laissée sur ma faim, admit-elle, se retenant de rire.

Martha Wiley commença à applaudir, suivie aussitôt par l'ensemble de l'assistance. Miren demeura assise pendant que la file d'attente se constituait. Elle se saisit du premier exemplaire d'une lectrice enthousiaste :

— J'ai adoré, n'arrêtez jamais d'écrire.

— C'est entendu, répondit Miren cependant qu'elle dédicaçait le livre.

La journaliste supporta difficilement les louanges des lecteurs. Elle sentait qu'elle ne méritait pas autant d'intérêt et d'amour et se proposa de consacrer à chaque personne le temps nécessaire pour qu'elle reparte chez elle satisfaite. Elle pensait que tout ce monde était peut-être là pour Kiera et pas pour elle, et elle se disait que, malgré le succès du livre, son histoire n'était pas intéressante puisqu'elle n'était pas Kiera Templeton et qu'elle n'avait pas vécu un calvaire pour survivre. Mais au fur et à mesure qu'elle parlait avec tous ceux qui se présentaient à sa table avec un exemplaire de *La Petite Fille sous la neige*, elle comprit que les gens avaient toujours des mots gentils pour elle et pour ce qu'elle avait fait : « Vous êtes une héroïne », « Le monde a besoin de gens comme vous », « Merci de ne jamais avoir cessé de chercher... » Une petite fille de huit ans qui était venue avec sa mère lui dit quelque chose qui devait demeurer gravé dans sa mémoire : « Quand je serai grande, je veux être comme toi et chercher tous les enfants perdus. » Une larme commença à se former dans l'œil de Miren mais elle réussit à l'essuyer avant que quelqu'un s'en rende compte.

Sur un côté de la table, s'étaient accumulés les lettres et les cadeaux de certains lecteurs. Il n'y en avait pas beaucoup et, lorsqu'elle termina de dédicacer et que tout le monde fut parti, une femme qui devait avoir soixante-dix ans lui proposa de les lui mettre dans un des sacs en toile qu'elle offrait à ses meilleurs clients, après l'avoir remerciée d'avoir choisi sa petite librairie pour l'une des présentations de son livre.

— Vraiment, vous n'avez pas à me dire merci. Au contraire, c'est moi qui vous remercie de m'avoir fait une petite place entre vos livres, répondit Miren en se levant et en l'aidant à tout mettre dans le sac.

Parmi les cadeaux, il y avait une copie miniature de *La Petite Fille sous la neige*, une rose blanche que lui avait offerte un homme qui avait été incapable de lui parler quand elle avait dédicacé son exemplaire, et le premier article de Miren paru à la une du *Manhattan Press* en 1998 sur la fin de James Foster. Elle fut surprise de le revoir. La dernière fois avait été chez ses parents, dans un cadre accroché sur l'un des murs du couloir de leur maison, où il attirait plus la poussière que les regards.

Les lettres qu'elle avait l'habitude de lire lorsqu'elle arrivait chez elle ou à l'hôtel quand elle était en déplacement étaient en général de longues missives dans lesquelles on lui demandait son aide pour retrouver des êtres chers disparus depuis plusieurs années. Il y avait aussi quelques propositions romantiques qui la faisaient sourire, et des offres d'emploi qu'elle était bien incapable d'honorer. Elle essayait de les ignorer, bien qu'il y eût quelques demandes d'aide qu'elle recopiait soigneusement sur un petit carnet afin de se renseigner sur ces affaires.

Au milieu de ce tas de lettres, l'une d'entre elles attira son attention. Il s'agissait d'une enveloppe à bulles marron au verso de laquelle on avait écrit trois mots au feutre : « Tu veux jouer ? »

— Tu sais qui m'a laissé ça ? demanda-t-elle à son éditrice, qui secoua la tête.

Miren ne se souvenait pas qu'on l'ait déposée à côté d'elle pendant la séance de dédicaces, mais en réalité, elle n'avait pas été aussi attentive qu'elle le croyait. Autour de sa table s'étaient pressées des dizaines de personnes qui l'avaient prise en photo et lui avaient parlé.

— C'est certainement une proposition érotique. Ouvre-la, qu'on rigole un peu.

Miren rit mais une sensation étrange l'avait assaillie. L'écriture était irrégulière et, même s'il ne s'agissait que de majuscules, elle l'avait mise mal à l'aise.

— C'est peut-être un admirateur fou. On dit que tous les écrivains en ont un, dit la libraire sur le ton de la plaisanterie.

— Ça irait bien avec l'écriture, en tout cas, répondit Miren, sérieuse.

Elle n'aimait pas du tout ça. Une partie d'elle lui disait de ne pas l'ouvrir, de s'en tenir là, comme elle le faisait de temps en temps, mais une autre avait envie de céder à la curiosité. Dehors, il avait commencé à pleuvoir, comme si les nuages avaient su qu'ils devaient le faire à cet instant-là afin de créer une atmosphère parfaite pour le drame final. Miren déchira l'enveloppe et glissa la main à l'intérieur. Elle ne sentit aucun danger, mais un papier froid et doux. Lorsqu'elle le sortit, elle vit qu'il s'agissait d'une photo Polaroïd sous-exposée et mal cadrée. La regarder fut comme recevoir un violent coup dans la poitrine. Au centre, une jeune fille blonde bâillonnée fixait l'objectif. Elle était assise dans ce qui semblait être une fourgonnette. En dessous du cliché, on pouvait lire : « GINA PEBBLES, 2002. »

REMERCIEMENTS

Voici venu ce qui est d'habitude la partie la moins intéressante d'un livre, mais qui a le plus de valeur pour celui qui l'a écrit. Un roman sans remerciements est pour moi un livre sans âme, parce que c'est grâce à ces gens, que la plupart d'entre vous ne connaissez pas, qu'une histoire inventée se transforme en feuillets imprimés, puis en livre qui voyagera dans un carton jusqu'aux étagères d'une librairie, et finira sur les genoux d'une lectrice ou d'un lecteur assis dans un bus, un métro, un avion, ou sur un confortable canapé.

Je remercie Verónica, comme toujours, parce que sans elle ce livre aurait été écrit sans aucune émotion. Qui doit écrire sur des sentiments se doit de les connaître, et elle me les a tous appris. Chaque mot de ce livre est né grâce à tout ce qu'elle me fait ressentir.

Je remercie mes enfants, Gala et Bruno, pour tout cet amour qu'un père transforme en peur en imaginant qu'il puisse leur arriver quelque chose. Je me suis rendu compte que j'écris sur mes craintes et sur ce que j'aime, et mes enfants sont les deux en même temps.

Je remercie toute l'équipe de Suma de Letras, que je considère comme ma maison et que, malgré la distance, je sens toujours à mes côtés. Je remercie en particulier Gonzalo, mon éditeur et surtout mon ami. Il est de ceux qui débarquent chez vous par surprise et d'un coup vous vous rendez compte qu'il faut acheter de la bière et la mettre au frigo alors que vous n'aimez pas la bière et que vous n'avez même pas de frigo.

Je remercie aussi Ana Lozano, pour être à la distance parfaite pour développer l'imagination ; grâce à ses yeux, tout prend une nouvelle dimension. Je remercie Iñaki, qui est toujours là même s'il fait de grands efforts pour demeurer invisible.

Je n'oublie pas Rita, si créative. Mar, si persévérante, Núria, si visionnaire, Patxi, si sensé. Mais aussi Michelle G. et David G. Escamilla, pour m'avoir ouvert les portes de l'autre monde. Je remercie Conxita et María Reina pour avoir publié mes histoires en plus de langues qu'on croit qu'il en existe et pour faire voyager mes mots jusque dans des endroits que l'on rêve de visiter.

Je remercie tous les libraires qui m'ont reçu avec tant de gentillesse, qui traitent mes livres avec amour et transforment chaque séance de signatures en fête.

Et enfin il y a vous, mes lecteurs. Il est difficile d'exprimer tout ce que je vis avec vous et ce que vous signifiez pour moi. Pour cette raison, je vous remercierai toujours d'offrir à mes histoires le plus beau des cadeaux : votre temps pour me lire.

Merci de tout cœur.

Je pourrais continuer, écrire plusieurs chapitres pleins de rebondissements, de surprises, de sauts dans les abîmes jusqu'à la dernière phrase, mais je crois qu'il vaut mieux que nous nous fassions une promesse : je n'arrête pas d'écrire et vous, chaque fois que l'on vous demande quel est votre livre préféré, vous répondez *La Petite Fille sous la neige*, mais sans rien dévoiler de l'intrigue (s'il vous plaît !). Ce sera notre pacte et moi, en échange, je me rendrai dans de nouvelles librairies l'année prochaine. Peut-être avec une autre histoire ou, sait-on jamais, avec *Le Jeu de l'âme*...

Affectueusement,

Javier CASTILLO

Le Livre de Poche s'engage pour l'environnement en réduisant l'empreinte carbone de ses livres. Celle de cet exemplaire est de :
300 g éq. CO$_2$
Rendez-vous sur
www.livredepoche-durable.fr

PAPIER CERTIFIÉ

Composition réalisée par Soft Office

Achevé d'imprimer en mars 2024 en France par
Maury Imprimeur – 45330 Malesherbes
Dépôt légal 1re publication : avril 2024
N° d'imprimeur : 276662

LIBRAIRIE GÉNÉRALE FRANÇAISE
21, rue du Montparnasse – 75298 Paris Cedex 06

16/6940/8